AF131899

KATHARINA SECK

Was wir nicht kommen sahen

KATHARINA SECK

Was wir nicht kommen sahen

ROMAN

Lübbe

Die Bastei Lübbe AG verfolgt eine nachhaltige
Buchproduktion. Wir verwenden Papiere aus nachhaltiger
Forstwirtschaft und verzichten darauf, Bücher einzeln in
Folie zu verpacken. Wir stellen unsere Bücher in
Deutschland und Europa (EU) her und arbeiten mit den
Druckereien kontinuierlich an einer positiven Ökobilanz.

NACHHALTIG
PRODUZIERT

Originalausgabe

Dieses Werk wurde vermittelt durch die
Literarische Agentur Thomas Schlück GmbH, 30161 Hannover

Copyright © 2024 by
Bastei Lübbe AG, Schanzenstraße 6–20, 51063 Köln

Vervielfältigungen dieses Werkes für das
Text- und Data-Mining bleiben vorbehalten.

Textredaktion: Angela Kuepper, München
Umschlaggestaltung: Kirstin Osenau
Umschlagmotiv: © shapranova/Shutterstock; Elina Li/Shutterstock
Satz: hanseatenSatz-bremen, Bremen
Gesetzt aus der Adobe Garamond Pro
Druck und Verarbeitung: GGP Media GmbH, Pößneck

Printed in Germany
ISBN 978-3-7577-0069-0

5   4   3   2   1

Sie finden uns im Internet unter luebbe.de
Bitte beachten Sie auch: lesejury.de

In Erinnerung an
alle Opfer von Mobbing und (digitaler) Gewalt.
Unvergessen, was man euch angetan hat.
Unvergessen, was sich nicht wiederholen darf.

Liebe Lesende,

dieser Roman enthält einige Themen, die für manche belastend sein könnten. Da uns am Herzen liegt, dass ihr ein gutes Leseerlebnis habt, findet ihr am Ende des Romans auf Seite 364 eine ausführliche Content-Note. Wenn ihr mit diesen Themen struggelt, lest dieses Buch bitte nur, wenn ihr euch bereit dafür fühlt und mögliche Anlaufstellen erreichbar sind.

Katharina und das Team von Lübbe

ADA

Draußen ist es längst dunkel, als Ada ihren Schreibtisch verlässt und aufs Bett fällt. Sie ist müde, ihr Kopf voller zäher Gedanken. Wie Kaugummi fühlt sich alles an, klebrig und matschig. Sie kann sich nicht konzentrieren. Nicht auf das Buch auf dem Nachttisch, nicht auf die Serie auf dem Tablet neben ihr. Ihre Aufmerksamkeitsspanne ist zu kurz. Alles, was mehr als zehn Minuten kostet, fühlt sich bleischwer an, anstrengend. Selbst die Schulstunden. Fünfundvierzig Minuten Konzentrationsfolter.

Das Einzige, was geht, ist irgendein Scheiß am Smartphone. Es ist immer derselbe Ablauf. Entsperren, WhatsApp, Instagram, Tik-Tok, Twitter (sie bringt es nicht über sich, die Plattform nun »X« zu nennen), Mails checken. Selbst, wenn sie das vor fünf Minuten erst getan hat. Selbst, wenn da gar nichts Neues ist. Aber da könnte ja was sein. Irgendwas Spannendes in diesem virtuellen Schlund.

Neben Ada stapeln sich Schulbücher auf dem Bett. Lektüre für den Deutsch-Leistungskurs und das Latein-Wörterbuch für eine Übersetzung, ein Buch, so schwer wie der Stein in ihrer Brust. So viel Arbeit liegt da für das Wochenende, dabei kann Ada sich nicht fokussieren. Sie kann nur auf ihr Handy starren.

> Kim: wann kommst du?

> Ada: gleich. muss noch die übersetzung fertig machen, kein bock.

Dabei will sie eigentlich gar nicht übersetzen. Und zu Kim will sie auch nicht gehen. Sie weiß nicht, ob sie es heute ertragen kann, dass ihre beste Freundin immer zu aufgedreht, immer ein bisschen zu laut ist. Und Ada ist immer etwas zu wenig von allem, so fühlt es sich jedenfalls an. Die letzten Monate haben aus der ganzen, der vollkommenen Ada eine Kopie gemacht. Eine, die noch funktioniert, so nach außen hin, aber mehr auch nicht. Alles, was darüber hinausgeht, ist ein Tauziehen. Ein Ringen um jeden Kraftakt. Ihr Akku ist schon lange auf Energiesparmodus. Und eigentlich weiß Kim das. Eigentlich weiß ihre beste Freundin, dass Ada sich am liebsten einigeln will.

Ada hebt den Kopf und sieht rüber in die Ecke des Zimmers, in der ihre Gaming-Area aufgebaut ist. Ein weißer Schreibtisch, ein gewaltiger Stuhl, der sich wie ein Kokon angefühlt hat, und bunte LED-Lichter, die gemeinsam mit ihrem PC-Gehäuse und der Tastatur leuchten. Mikrofon, Kopfhörer, zwei Monitore, wie es sich für ein ordentliches Equipment gehört. Da hat alles angefangen, ihre Existenz im Internet, und da ist alles außer Kontrolle geraten. Wie kann ein Ort Himmel und Hölle zugleich sein?, fragt sich Ada. Wie kann man von so vielen Menschen umgeben und zugleich so einsam sein, als wäre man allein in einer Wüste ausgesetzt worden?

Beide Monitore sind noch an. Auf der einen Seite ist Twitch offen, auf der anderen ihr Startbrowser mit der Google-Suchseite. Ada ist ein Mensch, der immer irgendwas suchen muss. Rezensionen zu Hardware für ihren Gaming-PC sucht sie am meisten. Aber auch technische Tricks für ihren Stream oder die Eigenarten seltener Tiere oder News aus der Szene, in der sie steckt. Ankündigungen von neuen Games, die sie spielen kann, so was eben. Jeden Scheiß kann man auf Google suchen, nur wie man sein Leben wieder auf die Reihe kriegt, das steht da nirgends. Auf ihrem Handy sind unzählige Benachrichtigungen. Eine Flut, die nicht enden will.

Plötzlich hat Ada das Gefühl, der Raum zöge sich um sie zusammen. Wie eine Kette um ihren Brustkorb. Einmal drumherum und dann zu, sodass sie nicht atmen kann. Sie muss raus, bevor das Zimmer implodiert und sie mit ihm. Draußen ist alles besser. Da ist sie frei, da kann sie nach Luft ringen. Die Nacht inhalieren. Die Dunkelheit draußen kann mit ihrer eigenen verschmelzen, Verbündete zu Verbündete.

Das Summen des PCs wird leiser. Es ist dämmrig, seit die LED-Leisten nicht mehr flackern. Sie sind mit den Monitoren und dem Rest des Computers in den Ruhemodus gewechselt. Da ist keine Farbe mehr, nicht im Raum und auch nicht in Adas Gedanken. Sie springt auf und schnappt sich ihren Rucksack. Der Rucksack ist ihr Alibi. Er untermauert ihr *Hey, ich bin dann mal weg, rüber zu Kim, bis morgen,* das sie ihren Eltern zuruft, die im Wohnzimmer auf der Couch sitzen und eine Serie schauen. Sie können ja nicht ahnen, dass im Rucksack gar nichts drin ist außer dem Kram, den man unausgepackt durch ein ganzes Schuljahr schleppt.

Für den Bruchteil einer Sekunde wünscht Ada sich aber, ihre Eltern würden was ahnen. Würden nicht wie festgeklebt auf dem Sofa sitzen und denken, alles wäre cool. Wie paradox, sie könnte auch einfach den Mund aufmachen und reden. Aber Adas Lippen sind versiegelt. Da sitzen so viele Stimmen in ihrem Kopf, die ihr sagen, dass sie nicht reden darf, auf gar keinen Fall. Dass sie diesen beiden Menschen, die Ada abgöttisch lieben, bloß nicht zur Last fallen darf. Ada weiß nicht, warum sie das nicht kann: ihnen gegenüber auspacken. Schwäche zeigen und mit ihr die Hässlichkeit der letzten Monate. Sie hat irgendwie das Gefühl, dass sie da allein durchmuss.

Ich bin stark, sagt sie sich, seit die Welle sich angebahnt hat.

Ich bin stark, sagt sie sich, seit die Welle sie überrollt.

Aber so stark dann doch nicht.

Sie gibt sich einen Ruck und winkt noch einmal. Ihre Eltern sehen das nicht mehr, deren Blicke hängen gebannt am Fernseher.

Schaut doch hin, will sie schreien, aber das geht nicht. Die Versiegelung ist noch da.

Adas Hand fühlt sich an wie aus Bronze gegossen, schwer und klobig. Dann verlässt sie ihr Zuhause. Als die Tür hinter ihr ins Schloss fällt, umarmt die kühle Nacht Ada und ihre geschundene Seele. *Gut gemacht,* flüstert die Nacht samtweich, ein Lob für das Schweigen gegenüber ihren Eltern.

Und Ada reckt sich. Drückt den Rücken durch, als wäre da ein unsichtbarer Feind, dem sie Stärke demonstrieren muss. Du kriegst mich nicht, will sie ihm sagen, und ihre Worte klingen wie eine Lüge in ihren Ohren. Und ein unsichtbarer Feind ist da auch, die ganze Zeit, seit Monaten. Er hat sie mit einem Seziermesser zersetzt, Stück für Stück und sich bis zu ihrem blanken Herzen vorgearbeitet.

Jetzt kann Ada nicht mehr, und während die Nacht verlockend wispert, weiß sie ganz plötzlich, wohin sie gehen will.

JENNY

Jenny rennt. Es ist früh. Noch kühl. Und dämmrig, nur langsam verzieht sich die Dunkelheit aus der Wohnsiedlung. Sie joggt an den Reihenhäusern vorbei und kontrolliert ihren Puls. Er ist schnell, zu schnell. Sie macht langsamer, gönnt sich eine Verschnaufpause, indem sie in einen strammen Schritt wechselt und nicht mehr über die Straße jagt. Ein Blick über die Schulter zurück, ein gewohnter, ein universeller Blick, den alle Frauen – ob jung oder schon in ihrem Alter – kennen und mit dem sie sich absichert, dass ihr niemand folgt. Dann sieht Jenny rüber zu den Häusern. Durch die Fenster. Hier und da sind die Leute schon wach und haben bereits die Lichter angeschaltet. Sie lassen die Sicht nach drinnen zu. Wie ein Kameraschwenk, unvermittelt und plötzlich und nur für Sekunden andauernd. Ein Standbild einer fremden Familie, eines fremden Küchentischs, um den herum sie versammelt sind, Mutter, Vater, Kinder oder Mütter und Kinder oder Väter und Kinder oder nur Paare ohne Kinder oder alte Menschen, die vielleicht Kinder haben, aber sie längst an die Welt verloren haben.

Hoffentlich haben diese Leute hinter den Fenstern ein schönes Leben, denkt Jenny. So wie sie. So wie ihre kleine Familie, in der es nur Ada, Dominik und sie gibt. Ada, ihre einzige Tochter, die sich nach außen abgeklärt zeigt, die, weil jetzt mit achtzehn Jahren einfach diese Zeit ist, erwachsen sein will und alles besser weiß, aber die trotzdem den Tisch deckt, den Müll rausbringt und ihr Zimmer aufräumt. Das Gröbste haben wir überstanden, hofft Jenny, während die Schritte ihrer Turnschuhe unter ihr knirschen. Herbstblätter zerbrechen unter ihrem Gewicht.

Und da ist Dominik, mit dem sie seit der Schulzeit zusammen ist, der kein Macho-Arschloch, sondern einer der wenigen Männer ist, die sich nicht nach Feierabend auf die Couch schmeißen und keinen Handschlag tun. Der anpackt und die Arbeit sieht, die er und sie alle hinterlassen. Der in seinem eigenen Haus nicht nur hilft, sondern sich als der Teil, der er eben ist, erkennt und den sie nicht wie ein zweites Kind auf die anfallende Arbeit stoßen muss.

Sie weiß, dass es vielen Frauen anders geht. Sieht es im Kreis ihrer Freundinnen. Sieht die Erschöpfung, die sich in Wäschekörben, in Einkaufstaschen und in Lunchboxen verbirgt. Sieht es hinter den Glasscheiben dieser fremden Häuser.

Jenny ist froh, dass ihr Leben anders aussieht, und gleichzeitig hat sie ein schlechtes Gewissen. Sie hat Glück gehabt. Sie ist nicht über die Jahre völlig zerrieben worden zwischen Muttersein und Job, und sie hat es geschafft, nicht vollkommen zu beidem, Mutter und Konditorin, zu verschmelzen, sondern sich ein Stück Ich zu behalten. Sie ist hier. Sie kann laufen, rennen, sich verausgaben, sich vorantreiben, sich in diesen kostbaren Momenten frei und jung fühlen.

Der Wind raschelt in den alten Eichen, als sie in ihre Straße einbiegt. Sie ist nur noch einhundert Meter von ihrem Haus entfernt, das sich perfekt in den Rest der Siedlung einfügt. Unscheinbar klebt ihre Hausseite an einer anderen. Sie teilen sich mit Familie Hauptmann ein Zweifamilienhaus, für jeden eine Hälfte, was manchmal anstrengend ist. Holger Hauptmann ist penibel. Hält sich an alle nachbarschaftlichen Regeln, egal, ob sie sinnvoll sind oder nicht, ob sie verbindlich oder nur ungeschrieben sind, und das verlangt er auch von anderen. Manchmal lautstark, manchmal mit wortlosen, anklagenden Blicken. Seine Frau Anna hat schon längst aufgegeben und lässt ihn gewähren. Früher hat sie ihn bremsen wollen, gegen ihn aufbegehrt, erst mit der Stimme, dann mit ihrer Mimik. Jetzt ist da nichts mehr, nur noch Resignation. Er hat sie kleingemacht mit dem akkurat gemähten Rasen, dem getrimmten Garten, der fast grau ist, weil da keine einzige Blume überleben darf, weil da kein Platz ist für ihre eigenen Gestaltungswünsche. Mit klassischen Rollenbildern, in die er sie gezwängt hat. Mit der Zeitung, die er beim Essen liest, während sie alles auftischt, was ihm schmeckt. Sie sind beide schon in Rente. Er könnte mit anpacken. Die Zeit hätte er. Aber er ist einer dieser Männer, die glauben, dass ein paar Jahrzehnte Job mehr wert sind als Care-Arbeit. Er denkt, dass er es sich verdient hat, bedient zu werden, auch wenn er es nicht laut ausspricht. Er klammert sich an überholte Rollenbilder, die sein Leben bequem machen.

Jenny klingelt an der Haustür. Dominik ist zu Hause, und er ist wach. Sie sieht, dass Licht in der Küche brennt, und verzichtet darauf, den Schlüssel aus ihrer engen Hosentasche zu fummeln. Sie hat heute nur den Schlüssel mitgenommen, kein Handy. Jedes Gramm Gewicht, das nicht mitjoggen muss, hat sie sich leichter fühlen lassen, und schneller und graziler. Sie fühlt sich besser jetzt. Ihre Muskeln sind aufgeheizt, die Sehnen gestreckt. Jenny ist unbezwingbar.

Dominik öffnet die Tür, und sie schlüpft hinein, an ihm und dem Geruch nach Schlaf und den vertrauten Parfümresten, die ihm anhaften, vorbei. Er sieht müde aus, obwohl Wochenende ist. Er sieht oft müde aus, egal, wie lange er schläft.

»Du hättest ausschlafen können«, sagt sie.

»Ich weiß«, sagt er zerstreut. Aus der Küche schlägt ihr ein brutzelndes Geräusch entgegen. Vermutlich Rührei, Dominiks Lieblingsfrühstück.

Jenny hebt fragend eine Augenbraue. Sie sind eingespielt genug, um keine Worte zu benötigen. Nach über zwanzig Jahren Ehe ist das so. Es ist gut und erleichternd und spart Arbeit und Worte, aber ist auch gefährlich. Wenn man jede Gesichtsregung an dem anderen kennt und zu deuten vermag, gibt es nichts Neues mehr an ihm zu entdecken.

Das ist der Punkt, an dem oft alles zerbricht.

»Ich konnte nicht. Die Kanzlei ...« Er muss nicht weiterreden, er sieht wohl ihre Missbilligung an dem Zucken um ihre Mundwinkel.

»Roger hat versprochen, nicht mehr am Wochenende anzurufen. Und du hast versprochen, nicht ranzugehen.« Jenny wirft den Schlüssel ein bisschen zu fest auf die Kommode im Flur und zieht die Turnschuhe aus.

Dominik zuckt mit den Schultern. Sein welliges braunes Haar fällt ihm in die Stirn. Jenny will hineingreifen, lässt es aber sein. Wenn *Steiner Rechtsanwälte* in ihrem Haus gegenwärtig sind, macht es keinen Sinn, zu Dominik durchdringen zu wollen. Diese Kanzlei verwandelt ihren Mann in eine andere Version seiner selbst, die distanziert und abgeklärt ist. Als würde er seinen Anzug überstreifen, nur unsichtbar, und mit ihm diese Schicht aus Kälte, die er braucht, um seinen Job gut zu machen.

»Roger verspricht viel, wenn der Tag lang ist. Lass uns lieber frühstücken, statt über ihn nachzudenken.«

»Klar. Ich springe noch eben unter die Dusche.«

Der Schweiß klebt ihr auf der Haut, und wenn sie ihn nicht schnell genug abwäscht, lässt er sie sich nicht mehr frei und unbezwingbar fühlen, sondern dreckig und stinkend. So weit will sie es nicht kommen lassen, dann sind der Erfolg und das Glücksgefühl dahin.

Sie geht nach oben, schnappt sich ein paar Klamotten aus dem Schrank. Jeans, ein grauer Wollpullover, Unterwäsche, auch grau. So ist das manchmal über die Jahre, wenn man älter wird, Kinder hat, im Alltag versinkt. Man fühlt sich grau, als würde die Zeit nicht nur das Leben, sondern auch die Farben aus einem heraussaugen. Sogar wenn man die knalligsten Klamotten trägt, tut sie das. Nur, dass sie sich dann auch noch verkleidet fühlt.

Rasch duscht sie, während durch die angelehnte Badezimmertür der Geruch des Rühreis strömt. Dazwischen mischt sich jener von gemahlenen Kaffeebohnen. Die Wände des Hauses sind so dünn, dass nicht nur Laute und Worte, sondern auch Gerüche durch jede Ritze dringen. Manchmal sogar die der Familie Hauptmann, die ihren ganz eigenen haben, wie es das jedes Haus und jede Wohnung mit seinen Bewohnenden eben hat. Dann kriechen Holgers strenges Aftershave und der Duft von frisch gedruckter Zeitung, aus der er seiner Frau vorliest und alles infrage stellt, was da steht, zu ihnen ins Haus. Vielleicht ist nicht einmal das Kreuzworträtsel vor seinem Zweifel sicher, rätselt Jenny manchmal bissig. In den Jahren der Corona-Pandemie ist Holger zum ersten Mal überhaupt in seinem Leben mit den Regeln in Konflikt geraten. Er hat sich einsammeln lassen von den Rattenfängern der Verschwörungstheorie, und irgendwann hat er zwar eine vermeintliche Sinnhaftigkeit in dem mit einem exakten Maß versehenen Rasen gefunden, der jeden Tag von einem Mähroboter bearbeitet wird, nicht aber in der Einhaltung von Maßnahmen, die zum Schutz von Risikogruppen dienen.

Seitdem meiden Dominik und Jenny ihre Nachbarn noch mehr als vorher. Nur die Gerüche lassen sich eben nicht abschütteln. Die sitzen hartnäckig in den Wänden fest.

Sie geht an einer verschlossenen Tür vorbei. Einem Impuls folgend, bleibt sie stehen und berührt kurz die Klinke. Drückt sie herunter, ohne dabei die Tür zu öffnen. Sie tut einfach nur so und stellt sich vor, wie Ada auf der anderen Seite läge und sauer wäre, weil Jenny sie zum Frühstück weckt.

Aber heute liegt Ada nicht auf der anderen Seite, und sie ist auch nicht sauer. Sie ist gestern zu ihrer besten Freundin Kim gegangen und hat dort übernachtet. Ada ist mittlerweile oft bei Kim, mehr als früher, wenn sie nicht gerade vor dem PC hockt und streamt. Und obwohl Jenny weiß, dass sie das zulassen, dass sie loslassen muss, fällt es ihr schwer. Vielleicht rennt sie deswegen so, als wäre der Teufel hinter ihr her. Vielleicht rennt sie lieber dreimal um den Block, damit sie nicht zu Kims Haus rennt und Ada mit nach Hause schleift. Nicht, weil sie ihrer Tochter nicht vertraut, aber Jenny vertraut der Welt nicht.

Am liebsten würde sie Ada manchmal in Watte packen. Denn im Gegensatz zu Holger stellt Jenny nicht alles infrage, was die Medien erzählen. Stellt nicht Pandemien, Klimakrisen und Erderwärmungen infrage, nicht all die Prozesse, die die Zukunft ihrer Tochter gefährden könnten. Nur sich selbst viel zu oft, dass sie früher nicht über solche Dinge nachgedacht hat, obwohl sie auch damals schon Platz in den Medien hatten. Früher, bevor sie ein Kind in diese Welt setzte, die nicht viel für Kinder übrighat. Die deren Zukunft und Lebensraum und die Luft zum Atmen zerstört.

Jenny weiß, dass sie Ada nicht davor beschützen kann. Aber trotzdem ist der Drang da. Der Drang ist so tief verwurzelt, dass sie ihn wohl nie loswird. Ihm nie davonrennen kann.

Sie geht nach unten. Dominik hat den Frühstückstisch gedeckt. Kaffee, aufgebackene Brötchen, Marmelade und ein weich gekochtes Ei für sie. Alles genau so, wie sie es mag, schon immer.

Mit den Gedanken ist er noch bei Roger, das sieht sie ihm an der Nasenspitze an. Aber er gibt sich Mühe, es nicht zu deutlich raushängen zu lassen. Keine Arbeit am Wochenende, das ist eine der wenigen Regeln, an der sie wirklich eisern festhalten. Diese Regel ist das Fundament ihrer Familie. Und es hat in all den Jahren, in denen Dominik in der Kanzlei arbeitet, schon oft genug gebebt.

Jenny trinkt einen Schluck Kaffee, und bevor er ihren Magen überhaupt erreicht hat, fühlt sie sich unruhig. Als hätte sie bereits fünf Tassen intus und als würde das Koffein ihr Herz zum Rasen und ihre Hände zum Zittern bringen.

Sie ist so unruhig, als wäre sie noch nicht gelaufen, noch nicht dem Wind nachgejagt. Es ist nur ihr Innerstes, das aufgewühlt ist, denn ihr Körper ist ganz schwer und weich, ein Körper nach dem Sport, nach getaner Arbeit. Diese Schwere müsste sich auf ihre Gedanken übertragen. Sie müsste das Frühstück mit ihrem Mann genießen, die Zweisamkeit, das Alleinsein. Aber sie kann nicht. Da ist etwas in ihr, das sich windet und dreht, das sich einen Weg hinausfressen will, durch ihre Atemwege und ihr Herz. Und sie kriegt dieses Etwas nicht zu fassen.

»Jenny?«

Dominiks Stimme ist wie ein Anker. Als Allererstes hat sie sich in seine Stimme verliebt, damals, vor so vielen Jahren. Und diese Jahre haben dem Charme seiner Stimme nichts anhaben können, sie haben sie nur noch mehr reifen lassen. Sie ist dunkel und rauchig und hat trotzdem etwas Weiches. Sie kann bestimmend sein und stark, sie hat diese *Ich-mach-das-schon*-Note an sich, und zugleich kann er ihr im Dunkel der Nacht etwas zuflüstern, das ihr Herz zum Splittern bringt. Er hat so eine Stimme, der man alles abnimmt und alles anvertraut.

Vielleicht ist er deswegen als Anwalt so erfolgreich. Er kann den Leuten Wahrheiten entlocken, die sie eigentlich gar nicht preisgeben wollen.

»Sorry, ich war in Gedanken«, sagt sie und stochert mit dem Löffel in der Marmelade herum, ohne sich etwas auf die Brötchenhälfte zu häufen. Er hat Heidelbeermarmelade geöffnet. Das ist die Sorte, die sie am wenigsten mag. Aber irgendwie hat sie ihm das noch nie gesagt, in zwanzig Jahren Ehe nicht.

»Und wo genau?«

An der verschlossenen Tür, denkt Jenny, spricht es aber nicht aus. Und bei dieser Unruhe, und das spricht sie erst recht nicht aus. Stattdessen schmiert sie sich Marmelade aufs Brötchen und beißt dann rein.

»Ich habe überlegt, was ich nachher noch einkaufen muss«, lügt sie zwischen zwei Bissen.

»Ich kann das auch machen. Du hasst es, samstags einzukaufen«, sagt Dominik nüchtern und schiebt ihr Milch zu. Sie hat tatsächlich an ihrem Kaffee genippt, ohne zu merken, dass er noch schwarz ist.

Er hat recht. Sie hasst Einkaufen. Vor allem am Wochenende, wenn sich die Menschenmassen durch die Regale schieben. Sie mag generell nicht, wenn sich viele Menschen bündeln. Vielleicht ist sie deswegen Konditorin geworden. In diesem Job ist sie viel allein. Sie kann kreativ sein und sich immer wieder neu erfinden, ist aber eben meistens für sich.

»Gut«, stimmt sie zu. Die paar Schlucke Kaffee und die zwei Bissen Marmeladenbrötchen liegen ihr im Magen wie ein Klumpen aus Blei. »Ada kommt heute wieder, richtig? Oder bleibt sie noch eine Nacht bei Kim?«

»Sie hat versprochen, nachher wieder hier aufzukreuzen.« Dominik verzieht den Mund zu einem schiefen Lächeln. »Das heißt nicht, dass sie nicht bis dahin dreimal anruft und fünfzig WhatsApp-Nachrichten schickt, um uns zu überreden, dass sie nicht doch noch eine Nacht bleiben kann.«

Nicht, dass Ada das nicht dürfte, sie ist volljährig. Aber sie drei versuchen es trotzdem mit Respekt miteinander. Mit Reden und Zuhören. Und mit Ritualen. Einen Filmabend in der Woche, das ist ihr Deal. Und der funktioniert ganz gut.

Jenny hat noch gar nicht auf ihr Handy geschaut, also holt sie es und deaktiviert die Bildschirmsperre. Zwei neue Nachrichten, eine von ihrer Schwester Karla, eine von ihrer besten Freundin. Die Nachrichten sind belanglos.

»Tja«, sagt sie trocken. »Bisher keine Nachricht. Vielleicht ist der samstägliche Filmabend doch beliebter, als wir dachten.«

Dominiks Augenbraue hebt sich. »Ada hat sich für heute *Addams Family* ausgesucht. Ich bin mir nicht sicher, ob wir nicht lieber hoffen sollen, dass sie bei Kim bleibt.«

»Kommen da keine nostalgischen Gefühle in dir auf?«, neckt sie ihn.

»Nicht wirklich.« Er lächelt sie an, und Rogers unsichtbare Anwesenheit verflüchtigt sich langsam.

Es klingelt. Jenny hält inne und wirft einen automatischen Blick auf die Uhr. 8.15 Uhr ist es, zu früh also für den Postboten, zu früh auch für Ada, die am Wochenende bis zehn, elf Uhr schläft und sicher gestern Abend mit Kim bis spät in die Nacht wach oder unterwegs war.

»Ist das jemand aus der Kanzlei?«, fragte sie eine Spur zu scharf. Dominik ist durch ihre indirekte Anschuldigung verletzt, das kann sie sehen, als er den Kopf schüttelt. Und es tut ihr auch sofort leid, schließlich könnte da jeder an der Tür sein. Möglicherweise ist es sogar Holger, der erbost ist, weil sie es gewagt hat, am Wochenende vor acht Uhr zu duschen. Er fühlt sich oft durch das Wasserrauschen in den Rohren gestört, die durch diese eine gemeinsame Wand laufen.

Jenny kommt ihrem Mann zuvor, als sie sich erhebt und zur Haustür geht. Die Unruhe in ihr klopft nun lauter, fast ein wenig gehässig: *Ich hab's doch gesagt*, flüstert sie ihr zu, *aber du wolltest ja nicht hören. Ich hab doch gesagt, dass da was in der Luft liegt.*

Sie legt die Hand an die Klinke, wie eben noch oben, an Adas Zimmertür. Und es ist, als würde sie ein Stromschlag durchfahren.

Manchmal weiß man Sekundenbruchteile zuvor schon, dass dann, wenn man das nächste Mal einatmet, wenn man das nächste Mal blinzelt, wenn man das nächste Mal einen Laut von sich gibt, alles anders sein wird. Man weiß, dass der nächste Augenblick die eigene Welt zerstören wird.

Und man hält am Jetzt fest. Man krallt sich an den Moment, in dem man gerade noch steckt, und umklammert ihn mit aller Gewalt, während der nächste wie ein zerstörerischer Asteroid auf einen zurast.

Genauso fühlt es sich an, als Jenny die Tür öffnet. Vor ihr stehen zwei Polizeibeamte in Uniform, ein Mann und eine Frau. Hinter ihnen eine weitere Frau, aber in Zivilkleidung. Eine Seelsorgerin, schießt es Jenny durch den Kopf. Sie weiß, was es bedeutet, wenn Polizeibeamte vor der eigenen Haustür auftauchen, und sie will den Moment davor, das Eben mit aller Gewalt zurückholen.

Noch ist nichts ausgesprochen.

Noch ist ihr Leben ein eingetrampelter Pfad, der in eine Richtung verläuft, der nicht plötzlich abknickt oder eine Kehrtwende macht.

Noch ist die Welt unverändert.

Noch schwebt nur in der Luft, was ist, was sein könnte, aber es ist noch nicht wahr.

Sie will das Jetzt nicht verlieren.

Aber gegen das Rad der Zeit hat Jenny keine Chance, das läuft weiter und reißt ihr den Augenblick aus den Fingern.

»Sind Sie Jennifer Wagner?«, fragt die junge Polizistin. Wie oft hat sie wohl schon die Worte abgespult, die Jenny erwarten?

»Ja«, hört sie sich selbst wie aus der Ferne sagen. Für den Bruchteil einer Sekunde macht sich etwas Hässliches in ihr breit: *Bitte lass es meinen Schwiegervater sein, der ist eh schon betagt, der hat sein Leben gelebt.* In Überschallgeschwindigkeit geht sie in ihrem Kopf all die Personen durch, die sie zu opfern bereit wäre, um eine andere zu schützen.

Dominik taucht hinter ihr auf und legt ihr eine Hand auf die Schulter. Seine Berührung ist nun kein Anker, sondern nur ein zusätzliches Gewicht, das sie in den Erdboden drücken will.

»Was ist hier los?«, will er wissen, und am liebsten hätte Jenny geschrien und ihn weggestoßen. Er hat diese Frage gestellt, und jetzt wird die Polizeibeamtin antworten.

Jetzt ist der Asteroid da,

und er schlägt ein.

JENNY

Der Alltag verwandelt uns in eine Maschine, denkt Jenny. Man funktioniert, jeder Handgriff sitzt, präzise bis zur Vollkommenheit optimiert, jede Bewegung ist eine einstudierte Choreografie. Aber er treibt auch die Emotionen aus einem raus, lässt einen gleichgültig werden. Und dann ist es manchmal so, dass man plötzlich hochzuckt und blinzelt und des Augenblicks gewahr wird und sich fragt: Habe ich die Wohnung abgeschlossen? Den Herd ausgeschaltet? Wie sah die Straße eigentlich aus, über die ich eben noch mit dem Auto gefahren bin? Waren da Bäume hinter der Leitplanke? Oder: Habe ich meiner Tochter gesagt, dass ich sie liebe, bevor sie sich das Leben genommen hat? Welchen Pullover hat sie getragen, als sie zur Tür hinausgegangen ist, mit diesem feinen Lächeln auf den Lippen, von dem Jenny jetzt weiß, dass es sie in Sicherheit wiegen sollte. Dass es nicht echt war.

Der Alltag lässt einen Details vergessen. Details, von denen man denkt, sie wären unwichtig, die der Verstand in irgendeine verstaubte Ecke stopft wie zu eng gewordene Jeanshosen in die unterste Schublade: *Brauche ich nicht. Kann weg. Unwichtig.*

Details, die, in einen Schlund gesogen, unumkehrbar und verschüttet sind und die es hinter Jennys Schläfe vor Anstrengung pochen lassen, weil sie so sehr nach ihnen greifen will und sie doch nicht zu fassen bekommt. Sie sieht das Lächeln nicht mehr. Weiß nicht, was sie gesagt hat, ehe Ada aus dem Haus verschwunden ist. War es etwas Nettes? Ein *Ich hab dich lieb*? Oder etwas Belangloses, eine Bitte, etwas aus dem Kiosk mitzubringen, der auf dem Weg von Kim zu ihnen liegt?

Die einzige Frage, die beantwortet ist, ist die nach der Farbe des Pullovers. Dunkelrot und oversized war er, etwas ausgeblichen, weil Ada ihn geliebt und oft getragen hat.

Jetzt mischen sich verschiedene Schmutztöne in den Stoff, den sie und Dominik zusammen mit Adas anderen Dingen in einer knisternden Plastiktüte von der Polizei überreicht bekommen haben. Möglicherweise sind da auch noch Blutreste drin, die der Fluss nicht rausgewaschen hat. Auf Wasser schlägt man auf wie auf Beton, wenn man von hoch genug springt. Das hat Jenny vorher nicht gewusst, und am liebsten hätte sie es auch nie erfahren.

Eine Woche ist es her, seit sie Ada beerdigt haben. Zweieinhalb Wochen, seit die Polizei vor ihrer Tür stand. Jenny hat die Gesichter der Beamten schon längst vergessen. In ihrer Erinnerung sind sie verschwommen. Jennys Verstand kann nicht Gesichter und die Aussage, die sie getroffen haben, gleichzeitig verarbeiten. Vielleicht können Leute mit großem Verstand so etwas. Leute wie Einstein oder Marie Curie, aber Jenny ist nur Konditorin, sie kann das nicht. Sie hat genug damit zu tun, diese eine Wahrheit zu verarbeiten. Daneben kann sie kaum Kaffee kochen oder einen Fuß vor den anderen setzen. Am liebsten würde sie sich einfach irgendwohin legen und ihren Körper auf Sparflamme herunterfahren, aber so ist der menschliche Organismus nicht gebaut. Einen dreimonatigen Winterschlaf, um mit dem Tod eines geliebten Menschen klarzukommen, hat er leider nicht im Angebot.

Jenny rennt auch nicht mehr. Sie schleicht. Von einem Zimmer zum nächsten, ins Bad, in die Küche. Durch den Flur, wo ihre schwarzen Mäntel von der Beerdigung noch an der Garderobe hängen. Sie bleibt stehen und berührt den kratzigen Stoff von Dominiks Mantel. Der Stoff gibt ihr mehr Nähe als die tatsächliche Anwesenheit ihres Mannes. Heute ist der erste Tag, an dem er wieder in der Kanzlei arbeitet. Und sein Fehlen fällt nicht einmal auf. Selbst als er die letzten zweieinhalb Wochen mit ihr im Haus gewesen ist, ist er nicht da gewesen. Er hat seinen Schmerz zu einem Klumpen geformt und ihn in sich vergraben. Als wäre er nicht da, wenn man nicht über ihn spricht.

Jenny hätte nie gedacht, dass Dominik so ist, wenn er trauert. Sie haben schon viel zusammen erlebt und durchgemacht, aber ein gemeinsames Kind zu verlieren, das ist eine ganz neue Ebene. Das zeigt Seiten an einem Menschen, die man nicht erwartet hat und die man nie hat sehen wollen.

Der schwarze Mantel unter ihren Fingerspitzen weckt Erinnerungen an die Beerdigung. Auch die sind unscharf, als hätte sich ein Filter über Jennys Augen gelegt, der genau unterscheidet zwischen *wichtig* und *unwichtig*. *Wichtig*: die Urne. Die Blumen in Adas Lieblingsfarben. Adas beste Freundin Kim in der ersten Reihe, die versucht, die Tränen wegzublinzeln, als müsste sie Ada selbst jetzt noch ihre trotzige Stärke demonstrieren. *Unwichtig*: die Trauerkarten, die den Briefkasten füllen, mit den immer gleichen Floskeln. Oder die Menschenmassen vor der Friedhofshalle. Nicht zu wissen, wer da ist, weil er wirklich trauern und ihnen beistehen will, und wer nur, um Zuschauender eines Kammerspiels zu sein.

Unklare Kategorie: Schiefe Blicke, in denen sich Mitleid und Verachtung abwechseln. Sie sind die Eltern, die es versaut haben. Jenny kann die Gedanken hinter den Stirnen der Menschen förmlich hören: Da muss doch hinter verschlossenen Türen irgendwas vorgefallen sein, kein Kind bringt sich einfach so um. Was für Eltern sind das, dass sie nicht merken, wenn es der eigenen Tochter so beschissen geht?

Jenny lässt den Stoff los. Sie muss weitergehen, auch wenn sie nicht weiß, wie und wohin, aber bloß nicht stehen bleiben, sonst holt die Trauer sie wieder ein. Sie sitzt in jeder Ecke wie ein lauerndes Tier, um zuzuschnappen, wenn Jenny nicht damit rechnet. Und jedes Mal, wenn sie Jenny erwischt, geht etwas in ihr zugrunde, ein Stück Herz oder ein Stück Knochengerüst, das sie zusammenhält.

Am meisten hat Jenny Angst, dass sie auch ihre Erinnerung zerreißt, den Klang von Adas Stimme, ihr Lachen, das Funkeln in ihren grünen Augen, die Art, wie sie sich bewegt, wie sie sich davonstehlen will, um Kim vor dem Haus zu treffen. Das alles will Jenny konservieren. Sie will es für die Ewigkeit aufbereiten. Aber sie weiß, dass das nicht geht und dass die Zeit irgendwann all das zernagen wird. Da ist die Zeit grausam. Sie kennt keine Gnade.

Jenny kämpft sich in die Küche. Dominik hat Kaffee für sie übrig gelassen. In der Filtermaschine brütet die braune Flüssigkeit vor sich hin. Sie hat zuletzt auf der Beerdigung Kaffee getrunken. Er ist viel zu stark gewesen und hat sie innerlich aufgeputscht, sodass die Trauer wie Feuer durch ihre Adern gerauscht ist. Sie ist geistig hellwach gewesen, ihr Körper dagegen ein bleischwerer Klotz aus Zement, der sie gefangen gehalten hat. Seitdem kann sie keinen Kaffee mehr trinken. Er wirkt wie ein Brennglas auf die düsteren Gedanken und macht jedes Detail unerträglich.

Sie schaltet die Kaffeemaschine aus und schüttet den Rest aus der Kanne in die Spüle. Dann wäscht sie den gläsernen Behälter aus, während sie aus den Augenwinkeln den Papierstapel auf dem Esstisch wahrnimmt, der da schon seit Tagen liegt.

Wer hätte gedacht, dass Sterben so viel Bürokratie erfordert?, überlegt Jenny. Da liegen Urkunden und ein Polizeibericht und Rechnungen. So viele Rechnungen, weil Sterben auch teuer ist. Gebühren fürs Standesamt, für das Grab, für den Bestatter, für Blumen und den Beerdigungskaffee im engsten Kreis. Dominik hat versprochen, sich um all das zu kümmern und die Rechnungen zu bezahlen, aber offenbar hat er noch nicht die Kraft gefunden. Das Geld zu überweisen hat was Endgültiges. Als hätten sie sich damit abgefunden, dass Ada tot ist, wenn sie den Betrag für die Urne überweisen, in der man ihre Überreste in die Erde unter einer Eiche befördert hat.

Wie paradox, schießt es Jenny durch den Kopf, dass ein Papierstapel den Tod näher an die eigenen Grenzen heranbringt als der Anblick einer Urne. Wenn ein Standesamt beglaubigt, dass der Mensch, den man vor achtzehn Jahren in die Welt gepresst hat, aus selbiger wieder verschwunden ist, fühlt es sich realer an als die Vorstellung, dass dieser Mensch Platz in so einem kleinen Behältnis haben soll. Alles, was Ada ausgemacht, was sie geliebt und gehasst hat, ihre Stärken und ihre Schwächen, ihre Angewohnheiten, das kann doch unmöglich da reinpassen.

Bei dieser Vorstellung sammeln sich Tränen in Jennys Augen. In ihr krampft sich alles zusammen. Sie will nicht wieder weinen. *Kann* nicht wieder weinen. Am Anfang sind Tränen gut. Sie lassen die Emotionen raus, mit denen man sonst explodieren würde, sie kanalisieren etwas, das man nicht in Worte fassen kann, und machen es für andere sichtbar. Dieser Mensch trauert, sagen sie, dieser Mensch spürt Verlust.

Aber irgendwann wird Weinen anstrengend. Es laugt aus, als würde man durch eine Saftpresse geschleudert und alle Flüssigkeit aus einem herausgesogen. Es knockt einen aus, bis man sich wieder gefangen und den Rotz abgewischt hat.

Jenny muss raus aus der Küche, weg von der Bürokratie. Sie geht stattdessen hoch. Sie will sich ins Bett legen und an die Decke starren, bis ihr irgendwann die Augen zufallen. Der Schlaf ist die einzige Option, die ihr Linderung verschafft. So nahe an die körperliche Sparflamme heran, wie es nur geht.

Oben läuft sie an Adas Zimmertür vorbei. Unzählige Male ist sie seit dem Tod ihrer Tochter an dieser Tür vorbeigelaufen, auf und ab, morgens, abends, nachts. Nicht einmal hat sie sich hineingetraut. Die Polizei ist in dem Zimmer gewesen, hat nach Hinweisen gesucht und nichts gefunden. Sie haben Jenny und Dominik auch befragt. Haben Sie etwas bemerkt? Hat es Anzeichen gegeben? Bei jedem Nein hat Jenny sich gehasst.

Und das Zimmer hat sie nicht betreten. Jenny konnte das bislang nicht. Ein Teil von ihr ist sich immer noch sicher, dass Ada auf dem Bett liegen wird, wenn sie den Raum betritt. Oder dass sie mit angezogenen Beinen vor dem PC sitzt und eines ihrer Spiele zockt und dabei mit irgendwelchen Leuten quatscht, die Jenny nicht kennt. Aber sie weiß, dass auch diese Vorstellung irgendwann verschwimmen wird, das Bild wird Risse bekommen, unscharfe Kanten. Und Adas Geruch wird sich aus dem Zimmer verflüchtigen, vielleicht wird er rüber zu Holger und Anna wandern, und das könnte Jenny nicht ertragen.

Jeder Tag, den sie abwartet und hinauszögert, wird Adas Gegenwart verschwinden lassen.

Also drückt Jenny den Griff runter und stößt die Tür auf.

Ada liegt nicht auf dem Bett, und sie sitzt auch nicht vor dem PC. Sie ist kein Geist, keine übernatürliche Präsenz, die an der Wand lehnt, Jenny schief angrinst und sagt: *Hey Mama, hast du echt gedacht, ich haue einfach so ab?*

Ada ist nicht da, aber irgendwie ist sie es doch. Alles im Schlafzimmer ist genau so, wie sie es hinterlassen hat. Das Bett ist nicht gemacht und die Decke zerwühlt. Der PC ist nicht aus, jedenfalls nicht ganz. Er blinkt im Ruhemodus. Wenn Jenny die Maus berühren würde, würde der schwarze Monitor aufleuchten, selbst jetzt, nach zwei Wochen. Über dem Gaming-Stuhl hängt ein zerknüllter schwarzer Hoodie mit dem Logo einer Firma, die Hardware vertreibt. Jenny hat nie genau zugehört, wenn Ada von ihrem Hobby erzählt hat, und jetzt bereut sie es. Jetzt wäre sie glücklich, wenn sie stundenlangen Monologen über Grafikkarten oder Mikrofone lauschen dürfte. Ja, jetzt sehnt sie sich nach den Dingen, für die sie sich nie interessiert hat. Hinter dem Schreibtisch steht ein weißes Regal, ebenfalls mit Lichterketten dekoriert und vollgestopft mit Büchern und Figuren, von denen Jenny nur ein paar aus den Marvel-Filmen kennt, die sie alle drei zusammen geschaut haben.

Ada ist nicht da, aber irgendwie ist sie es doch. Jenny schnappt sich den Hoodie und presst ihn an sich, ehe sie mit dem weichen Stoff auf Adas Bett sinkt. Zwischen den Baumwollfasern hängen noch Reste vom Geruch ihrer Tochter.

Warum hat sie diesen Hoodie nicht in jener Nacht getragen?, fragt sich Jenny. Er ist doch viel wärmer als der dünne rote Pullover, in dem man ihre Tochter aus dem Fluss gefischt hat. Vielleicht hätte der Hoodie sie besser vor der Kälte geschützt. Vielleicht hätte er die Wucht des Aufpralls abmildern können.

Aber Jenny weiß, dass sie nur Ausreden sucht. Erklärungen. Alternative Universen, in denen sich das Geschehen anders abgespielt hat. In diesen alternativen Universen lässt sie Ada nicht bei Kim übernachten. Da weicht sie nicht von Adas Seite, da geht sie in der Vergangenheit zurück, bis zu dem Punkt, an dem Adas Leben gekippt ist, ohne dass sie selbst davon auch nur ahnt.

Tausend Leben spielt Jenny durch, aber nie findet sie den Punkt. Nie weiß sie, wann ihre Tochter beschlossen hat, von dieser beschissenen Brücke in den beschissenen Fluss zu springen, und weil sie das nicht weiß, kann Jenny die Geschichte nicht umschreiben, nicht einmal in ihren Tagträumen. Es bleibt immer nur diese eine hämmernde Frage.

Warum?

Warum?

Warum?

Sie sieht sich in Adas Zimmer um. Vielleicht ist da ja irgendwo irgendetwas, eine Spur, eine Erklärung, eine Notiz, eine Antwort. Jenny erhebt sich wieder, geht auf und ab und sucht auf dem Schreibtisch nach Hinweisen, der so ordentlich aufgeräumt ist, dass Jenny sich fragt, ob Ada das alles geplant und sie deswegen Ordnung hinterlassen hat. Ordnung als Abschiedsgeschenk für ihre Mutter.

Und während Jenny die Tischplatte inspiziert, fühlt sie sich schuldig, dass sie hier in Adas privaten Dingen herumwühlt. Sie will unbedingt etwas finden, das all die Fragen in ihrem Kopf beantwortet, aber sie will auch, dass alles so bleibt, wie es ist. Sie will nichts umstellen, nichts berühren, sie will, dass der Raum ein Ort der Zeitlosigkeit ist, an dem alles so einfriert, wie Ada es zurückgelassen hat.

Wieder kommen die Tränen. Dass Jenny überhaupt noch weinen kann nach all den Tränen, wundert sie selbst. Sie müsste längst leer sein, so fühlt sich innendrin ohnehin alles an.

Sie bricht ihre Suche ab und verkriecht sich wieder aufs Bett. Nimmt den Hoodie und drückt ihn an sich. Sie stellt sich vor, wie sich darunter Adas Knochen und Muskeln und Fasern manifestieren. Und ein schlagendes Herz. Ein Mund, der noch sprechen und lachen kann und der ihr sagt, wann Jenny versagt hat und wie sie noch mal dorthin zurückkehren kann, um alles in Ordnung zu bringen.

Jenny rückt weiter nach hinten, um sich mit dem Rücken gegen die Wand lehnen zu können. Ihr Körper ist schwer, als würde durch jede Öffnung Sand einfließen und sich an ihre Eingeweide schmiegen. Jeder Millimeter fühlt sich an, als wäre er prall gefüllt mit Lasten.

Dann drückt etwas Hartes, Kantiges gegen ihr Bein. Jenny zieht die Decke zur Seite. Ihre Augen weiten sich. Da liegt Adas Handy, das Dominik und sie verloren im Fluss geglaubt haben. Die Polizei hat ihnen nur Adas Kleidung gegeben, mehr haben sie nicht finden können. Der Fluss treibt alles mit sich fort, hat die Beamtin entschuldigend gesagt, da ist nichts zu machen.

Jenny tippt mit dem Zeigefinger auf das Display. Zu ihrer Überraschung leuchtet es auf. Sie hat erwartet, dass nach zwei Wochen der Akku leer sein müsste, aber als sie die Bedienleiste herunterzieht, sieht sie, dass Ada den Flugmodus eingeschaltet hat und so noch ein paar Prozent Akkuleistung übrig sind. Jennys Hände zittern, ihr Herz rast.

Sie schaltet den Flugmodus aus, und Adas Handy erwacht. In der Vorschau steht zuerst Kims Name auf dem Display. In Jennys Adern gefriert das Blut. Was, wenn das Smartphone sich nur mit Face-ID entsperren lässt? Oder mit einem Code, der aus keinem Geburtstag oder keiner Telefonnummer besteht?

Unzählige Nachrichten sind da auf der Startseite, die Jenny nicht entsperrt kriegt. Adas Geburtstag passt als Passwort nicht, ihr eigener und Dominiks auch nicht. Wie kann eine einzige Person so viele Nachrichten bekommen?

Ganz oben stehen am Ende immer noch Kims Nachrichten. Sie muss Ada auch noch nach ihrem Tod geschrieben haben. Und da ist wieder dieser Zwiespalt in Jenny. Das Drängen, herauszufinden, was geschehen ist. Die Seiten an Ada kennenzulernen, die sie vor Jenny und Dominik verborgen hat. Und da ist auch der Skrupel. Jenny will nicht herumschnüffeln, will nicht schauen, ob irgendwo im Zimmer das Passwort niedergekritzelt ist. Sie starrt das Display an, das in diesem Moment etwas dunkler wird. Bald würde es wieder ganz erlöschen und in den Ruhemodus wechseln.

Jenny tippt auf die glatte Oberfläche und denkt daran, dass zuletzt Ada diesen Gegenstand berührt hat. Wieder leuchten all die Benachrichtigungen auf, aber nun, da Jenny den grünen Balken mit Kims Nachricht erwischt hat, erscheint eine Vorschau ihrer letzten Nachricht.

> hey du, ich wünschte, ich hätte dir noch
> sagen können, wie ...

ADA

Kim ließ an diesem Juninachmittag nicht locker. Sie rief an, als Ada mit Hausaufgaben im Bett lag und sich auf einen ruhigen Abend freute. Aber da machte ihre beste Freundin nicht mit. Wenn sie sich einmal etwas in den Kopf gesetzt hatte, war sie die sturste Person, die Ada kannte. Dann gab sie nicht nach. Nicht einen Fingerbreit.

»Ey, jetzt mach es mir nicht so schwer, dich zu überzeugen. Wir waren schon voll lange nicht mehr zusammen unterwegs«, sagte Kim am anderen Ende der Leitung.

»Du warst gestern hier«, erinnerte Ada sie, während sie sich ausstreckte. Auf ihrem Schoß lag Goethes *Faust*. Warum sie in der Schule seit Jahrzehnten die immer gleichen Bücher lasen, verstand sie nicht. Es gab so viel bessere Literatur, die wirklich einen Mehrwert für sie hätte. Wen interessierte heute schon, was für altertümliche Ansichten irgendwelche Männer von damals gehabt hatten? Viel zu selten lasen sie Literatur von Frauen, dabei gab es die, das hatte sie mal recherchiert. Die hatte der Kanon nur einfach ausradiert.

»Ich meine nicht nur wir beide. Sondern *wirklich* alle«, sagte Kim. »Das wäre doch voll schön.«

»Ich hab eigentlich keinen Bock.«

»Du hast nie Bock«, stichelte Kim weiter. Ada wusste, dass sie das nicht böse meinte. Kim war … ausdauernd. Sie ging einem so lange auf die Nerven, bis sie ihren Willen hatte. So war sie eben. Meistens war es nämlich so, dass gemeinsame Aktivitäten Ada dann doch Spaß machten, wenn sie sich einmal aufgerafft hatte.

Ada rollte mit den Augen, weil sie das natürlich nie zugeben würde. »Ich bin auch ziemlich beschäftigt mit Schule und Twitch. Der Streaming-Plan für diese Woche ist voll. Den kann ich nicht einfach canceln.«

Ada hatte vor einer Weile angefangen, auf der Video-Plattform einen eigenen Kanal aufzubauen. Dort sahen ihr im Livestream Leute dabei zu, wie sie PC-Spiele zockte. Dabei kommunizierten sie miteinander: Ada über Headset und Kamera, die Zuschauenden über die Chatfunktion, die Ada während des Spielens mitlesen konnte. So konnten sie sich über das Spiel oder eben Gott und die Welt austauschen.

»Es geht nur um einen Abend, Ada. Um einen fucking Abend. Lass mich nicht betteln.«

»Du bettelst doch schon.« Sie grinste, auch wenn Kim das nicht sehen konnte.

Ein gutmütiges Schnauben auf der anderen Seite. »Das ist mein Ernst. Ich fordere diesen Abend ein. Sozusagen im Namen aller. Das ist eine demokratische Entscheidung, und du kannst gar nichts dagegen machen. Die Mehrheit gewinnt.«

»Sag das mal meiner Community.«

»Du hast eine nette Community. Die Leute verstehen das, wenn du mal rauswillst. Die würden dich nicht dafür judgen.«

Nein, das würden sie wirklich nicht, stimmte Ada ihr im Stillen zu. Aber das musste sie Kim nicht auf die Nase binden. Jedes Rechtgeben ließ deren Ego nur noch weiterwachsen, und das war echt schon groß genug.

»Na gut«, gab Ada schließlich nach. »Einer demokratischen Abstimmung hab ich wohl nicht viel entgegenzusetzen.«

Aus der anderen Seite der Leitung ertönte ein Geräusch, das verdächtig nach einem Quietschen klang.

»Zwanzig Uhr erst mal bei mir?«, fragte Kim dann.

»Nee, ich komme später direkt zum Club. Eine kleine Streaming-Runde lege ich trotzdem vorher noch ein.«

»Das macht doch gar keinen Sinn«, fing Kim an, aber Ada schnitt ihr das Wort ab.

»Das nennt man einen Kompromiss, Sweetheart.«

»Okay«, sagte Kim. »Ich sag den anderen Bescheid, dass Vorglühen ausfällt.«

»Wir sind eh zu alt für Vorglühen.«

»Du wirst in ein paar Monaten neunzehn und klingst wie neunzig.«

»Im Herzen war ich schon immer neunzig«, merkte Ada trocken an, dann legte sie auf.

Es war wieder diese Jahreszeit, in der die Tage noch lang waren. Kies knirschte unter ihren Sneakersohlen. Als Ada durch die Straßen lief, war es gerade erst dunkel geworden. Die Straßenlaternen bildeten einen Weg, auf dem sich Helligkeit und Dunkelheit abwechselten. Der Lichtschein der einen Laterne reichte nie ganz bis zur nächsten. Die kurzen Zwischenräume ließen Spielraum für die Fantasie, dafür, was alles in den Schatten lauern konnte, vor allem für Frauen, für Kinder, für Schutzbedürftige. Ada hatte sich noch nie wohl damit gefühlt, nachts allein durch die Gassen zu ziehen, selbst in ihrer rebellischsten Phase nicht. Sie besaß nicht diese mutige, kratzbürstige Art, die Kim an den Tag legte. Ja, neben ihrer besten Freundin glaubte Ada oft, irgendwie unzulänglich zu sein. Viele kamen mit Kim nicht klar. Man war entweder für oder gegen sie, so sah Kim das eben. Aber wenn man einmal mit ihr befreundet war, wenn man einmal diesen Wall aus Trotz und metaphorischen Klauen überwunden hatte, gab es keine loyalere Freundin.

Ada sah ihre Clique bereits aus der Ferne. Sie konnte die Gruppe auch kaum übersehen, denn Kims türkisgefärbter Lockenschopf stach jedem sofort ins Auge. Ada fand, dass die Farbe Kims helle Haut noch blasser wirken ließ, als sie eigentlich war, aber da ließ Kim sich nicht reinreden. Die Haarfarbe war ein Ausdruck ihrer Seele, pflegte sie zu sagen, und jetzt fühlte sie sich eben nach Entspannung und dem strahlenden Himmel. Ada selbst fühlte sich beim Anblick dieses Farbtons eher gestresst als entspannt, aber es würde eh nicht lange dauern, da würde Kim eines Morgens mit lilafarbenen Haaren auftauchen.

»Hi«, sagte Ada und versank in Kims Umarmung. Neben ihrer besten Freundin standen Benni, Kims Freund, ein Schrank von einem Typen, ein Jahr älter als Ada und Kim, und Ibrar, Bennis bester Kumpel und ein Klassenkamerad. Die beiden legten gerade noch ihre mündlichen Abitur-Prüfungen ab und wollten dann zusammen studieren, Benni Bauwesen und Ibrar irgendwas, das Ada noch nicht erfragt hatte. Beide arbeiteten zusammen nebenberuflich in einem Fitnessstudio, was man ihnen zweifellos ansah. Vielleicht hatte Kim auch deswegen keine Angst vor den Laternenzwischenräumen, denn mit Benni an ihrer Seite war sie safe.

Die Letzte ihrer Clique war Angelique. Sie war erst im letzten Jahr zu ihnen gestoßen, weil sie in Kims Wohnblock eingezogen war und keinen Anschluss gefunden hatte. Kim hatte sich verantwortlich gefühlt. Außenseiterinnen müssen zusammenhalten, hatte sie gesagt und ja auch irgendwie recht gehabt. Angelique war noch introvertierter als Ada, aber eine Liebe verband sie miteinander: Sie lasen beide gern Bücher, bevorzugt weibliche Literatur.

»Wir haben uns den Arsch abgefroren«, sagte Ibrar mit einem vielsagenden Blick auf die Uhr.

»Ja, sorry. Ich hab die Zeit vergessen.«

»Kann ich verstehen, dass du die vergisst«, sagte er. »Ich hätte auch lieber einen Filmabend gemacht.« Er zwinkerte ihr zu.

»Stimmt gar nicht.« Kim hieb Ada den Ellenbogen in die Seite. »Glaubst du echt, ich hätte die Twitch-App nicht auf dem Handy?«

Ada rang sich ein zerknirschtes Lächeln ab. Manchmal konnte man eben nicht aus seiner Haut, und ihre Community, die Leute, die ihr und ihrem Kanal folgten und Ada mit Views, Likes und

Abos unterstützten, *war* so was wie ihre zweite Haut, eine, die sie sich ausleihen konnte, wenn die eigene ziepte und zu eng war. Eine, in der sie sich angenommen fühlte, passend, echt.

Sie liebte ihre Community. Und sie liebte das Internet und Twitch dafür, dass sie ihr diese Community ermöglichten. Sie war auf diese Weise mit Menschen vernetzt worden, die sie sonst niemals hätte kennenlernen können. Wie hatten die Leute das nur geschafft, bevor es eine Internetflatrate gegeben hatte?

»Beschwer dich nicht. Immerhin habe ich euch am Ende doch noch dem wunderschönen Nachthimmel von Animal Crossing vorgezogen«, flüsterte sie Kim ins Ohr, als sie sich in der Warteschlange nach vorne schoben.

»Dabei muss ich gestehen, ich hätte dir noch stundenlang beim Angeln zusehen können«, gab Kim kichernd zurück.

Benni und Ibrar bildeten den Rahmen der kleinen Crew, als sie endlich am Eingang ihre Ausweise vorgezeigt hatten und reingelassen wurden. Musik begrüßte sie. Hämmernde Bässe, denen sich der Takt des eigenen Herzens anschloss, als wäre es froh, eine Weile die Verantwortung über den Rhythmus abgeben zu können. Einfach mal mit allen anderen im Einklang schlagen.

Was für ein Kontrast, dachte Ada, von der entspannten Theme-Musik ihres Lieblingsspiels hinein in den ohrenbetäubenden Lärm der Punkmusik. Vor ein paar Jahren waren sie oft hier gewesen. Sie und die anderen hatten Nächte durchgemacht, meistens heimlich ohne das Wissen ihrer Eltern, weil Benni sie irgendwie reingeschleust hatte, obwohl sie noch nicht volljährig gewesen waren.

Benni, Ibrar und Kim steuerten die Bar an, während Ada mit Angelique zurückblieb. Da war die Musik, die sie beide mit Leben füllte. Angelique griff nach Adas Hand und zog sie auf die Tanzfläche.

»Das hat mir gefehlt«, brüllte Angelique, und sie musste den Mund ganz dicht an Adas Ohr halten, damit sie einander überhaupt verstehen konnten.

»Das Tanzen?«, brüllte Ada zurück, noch ein bisschen steif, weil sie selbiges so lange nicht mehr gemacht hatte. Ihre Glieder mussten erst noch weich werden. Sich auflösen. Und ihr Kopf musste das auch, viel mehr sogar noch. Was der Körper ganz automatisch von allein tat, musste man beim Kopf nachhelfen. Grenzen fallen lassen, na los, entspann dich, lass los, lass dich gehen. Denk an nichts, nur an die Schwerelosigkeit.

Aber Ada und der Takt hatten so ihre Probleme miteinander. Sie und die Clubs hatten sich im letzten Jahr auseinandergelebt. Ada hatte sich neu orientiert und war haften geblieben: am Streaming, am Zocken, an allem, was sie früher schon gern getan hatte, aber eher im Verborgenen. Deswegen dauerte es, bis die Musik auf ihrer Haut vibrierte. Bis die Bässe ihre Muskeln lockerten. Bis sie die Augen schloss und das blitzende Licht über ihr zwischen ihren Wimpern flackerte.

Angelique und sie redeten nicht. Sie schrien sich nicht mehr an, weil bei der Lautstärke eh ganze Wörter verloren gegangen wären. Sie kommunizierten jetzt schweigend. Mit Fingern, die sich zwischendurch suchten und fanden und tasteten, ob die andere noch da war.

Irgendwann konnten sie einander dann loslassen. Wie beim Fahrradfahren war das, irgendwann erinnerte man sich. Da wich die Unsicherheit dem Gedächtnis, und man wusste wieder, was zu tun war. Konnte sich dem Rhythmus hingeben, der von den Zehenspitzen in den Haaransatz wanderte und alle Gedanken aussperrte.

Und dann war da eine andere Hand an ihrem Rücken. Ein nicht unangenehmes, aber fremdes Parfum in Adas Nase, das nicht zu Benni oder Ibrar gehörte, aber definitiv zu einem Mann.

»Hey«, hörte sie eine tiefe Stimme an ihrer anderen Seite, und Ada streckte die rechte Hand nach Angelique aus. Sie fand sie nicht, obwohl Ada mittlerweile die Augen geöffnet hatte. Aber die

Dunkelheit auf der Tanzfläche hatte ihre Freundin, die noch keine richtige Freundin war, verschluckt. Sie war verschmolzen mit den anderen Leibern, war nicht mehr zu unterscheiden von den sich wiegenden Körpern. Irgendjemand musste sich zwischen sie gedrängt und sie voneinander getrennt haben. Vielleicht dieser Typ.

»Was?«, fragte Ada kühl. Sie hatte keinen Bock auf irgendwelche Männer. Sie war zum Tanzen da, für Spaß, für Zeit mit ihrer Clique. Weil sie Kim entgegenkommen wollte.

»Du kannst dich gut bewegen«, sagte der Kerl, an dem ihre Kälte einfach abprallte. Sein schwarzes Hemd war hochgekrempelt. Dunkelblondes Haar fiel ihm leicht zerzaust in die Stirn. Seine Augen konnte Ada trotz des Zwielichts erkennen. Sie waren eisblau und so durchdringend, als könnten sie jeden Gedanken in ihrem Kopf lesen. Ada wand sich innerlich.

»Ja schön«, sagte sie gedehnt, »und du kannst hoffentlich gut abhauen.«

Vielleicht verschluckte der Lärm ihre Antwort. Vielleicht ließ auch sein Ego sie ungehört versickern. Sein Lächeln vertiefte sich, und seine Hand blieb, wo sie war.

Im nächsten Augenblick hatte Ada sich umgedreht und die Hand weggeschoben. Um sie herum war kein Platz zum Zurückweichen oder zum Luftholen.

»Hey«, sagte er und hob abwehrend die Hände. »Ich bin doch ein Fan.«

Sie runzelte die Stirn. »Hä? Was redest du da?«

Das Eis in seinen Augen schimmerte. »Na, von deinem Stream. Ich hab dich abonniert. Ich bin's, Patrick, du müsstest mich doch kennen.«

Nicknames fügten sich in Adas Kopf zusammen. Ihre Community war nicht groß. Etwa einhundert Menschen hatten sie abonniert und unterstützten sie damit finanziell, etwa das Zwanzigfache an Leuten folgte ihrem Kanal. Viele kannte sie, wusste ihren Nicks

Profilbilder oder Persönlichkeitsmerkmale zuzuordnen. Aber viele waren auch unsichtbar. Eine anonyme Folge an Buchstaben und Zahlen und dahinter nichts als eine gesichtslose Masse.

»Ach ja?« Ada musste nicht mehr schreien. Gerade gab es einige Momente der Stille. Die Brücke von einem Song zum nächsten. Für einen Augenblick kämpften zwei Teile ihrer selbst gegeneinander: der, der freundlicher sein wollte, der überlegte, ob dieser Typ da vielleicht ein Abo dagelassen hatte und sie supportete. Und der andere Teil, der sich fragte, ob sie noch alle Latten am Zaun hatte. Wenn er bezahlte, dann für Content, und den bekam er. Für die Hand an ihrem Rücken, für die Nähe zueinander bezahlte er nicht, und sie war ihm gar nichts schuldig. Keine Frau in welcher Situation auch immer war das.

»Ja«, sagte er gedehnt. »Ich musste mir allerdings einen neuen Account zulegen. Meinen alten hast du blockiert.« Ein unmissverständlicher Vorwurf schwang in seiner Stimme mit.

Ada horchte auf. Sie blockierte online nicht einfach so. Da musste ihr schon jemand richtig unangenehm kommen und sich ganz schön danebenbenehmen.

In was für eine Scheiße bin ich hier eigentlich reingeraten?, fragte sich Ada still, und wie sie so dastand, in der Menschenmenge, die nun mit dem nächsten Song wieder zu tanzen begann, fühlte sie sich allein. All diese Leute waren nur einen Arm breit von ihr entfernt, aber das Dilemma bekam keiner mit. Sie hatte das Gefühl, dass es egal war, wohin sie sich drehte und wie sie sich wand, immer war der Typ da, immer war er irgendwo an ihr dran.

»Dann musst du mir einen verdammt guten Grund geliefert haben«, sagte sie mit zusammengekniffenen Augen. Ada mimte die Selbstbewusste, die Unverrückbare. Die, die nicht vor einem Typen zurückweichen würde. »Und jetzt verpiss dich. Meine Freunde kommen jeden Moment zurück.«

»Klingt cool.« Er senkte den Kopf zu ihr herunter. Sein Atem streifte ihre Wange. Nähe, um die Ada nicht gebeten hatte. »Dann lerne ich die endlich mal kennen. Dich kenne ich ja schon.«

Ada war kurz davor, ihm eine zu klatschen oder – noch besser – ordentlich zwischen die Beine zu treten. »Ich wiederhole mich ungern, aber du solltest dich *wirklich* langsam verpissen«, zischte sie und machte demonstrativ einen Schritt zurück. Es reicht jetzt, sagten ihr Körper und ihr Blick gleichermaßen.

Zentimeter nur, mehr Platz war da nicht für eine Flucht. Stattdessen begegneten ihr Blicke. Manche waren genervt, weil Ada und dieser Kerl Störenfriede im Rausch der anderen waren. Sie machten das Hoch kaputt. Andere starrten unschlüssig zu ihnen herüber. Sie konnten sie zwar nicht hören, aber ahnten vielleicht, dass da etwas schieflief.

Dann legte sich ein anderer Arm um Adas Schulter.

»Hey, Schatz, alles okay?« Bennis vertraute Stimme war ganz nah, sein Körper schmiegte sich wie ein Schutzschild halb zwischen Ada und den Kerl. Er drängte ihn zurück, nicht nur körperlich, sondern auch mental mit dem Vorspielen einer Fake-Beziehung zwischen ihm und Ada. Denn das war eben die beste Methode, einen Typen in die Flucht zu schlagen. Ein einfaches Nein reichte nicht, als Frau brauchte man einen triftigen Grund, irgendwas Respekteinflößendes.

Die aufgezwungene Nähe bröckelte. In den Eisaugen loderte kurz etwas auf. Widerwille, Aufbegehren, Vorsicht.

»Ja, alles gut«, sagte sie, und im selben Atemzug fragte sie sich, warum sie log. *Mach jetzt keine Szene hier,* war ihr erster Impuls, dabei war das doch nicht ihre Schuld. Sie hatte gar nichts gemacht. Sie musste sich doch nicht schlecht fühlen, weil ein anderer ihre Grenzen überschritt. »Der Typ hier weiß nur nicht, wann er zu gehen hat«, fügte Ada also hinzu.

Hinter Benni tauchten Kim und Ibrar auf, und auch Angelique hatten sie nun im Schlepptau. Letztere war blass, das konnte Ada sogar im Halbdunkel erkennen. Hatte sie bemerkt, was los war, und die anderen geholt? Ja, doch, sie wussten Bescheid. Ada sah die Wut in Kims Augen.

»Ist das so?«, fragte Benni den Typen. Patrick, korrigierte sich Ada in Gedanken. So hatte er sich vorgestellt. »Du solltest besser die Finger von meiner Freundin lassen«, ergänzte er fast im Plauderton. »Sonst muss ich sie dir leider brechen, Bro.«

Patrick hob beschwichtigend die Hände. Eine unterwürfige Geste, mit der er Respekt zeigte. Vor Benni, nicht vor Ada.

»Sorry, Kumpel«, sagte er. »Ich wusste ja nicht, dass sie einen Freund hat. Sonst hätte ich es gar nicht erst versucht.«

Sonst hätte ich es gar nicht erst versucht. Ada kam die Kotze hoch. Wie die beiden über sie redeten, als wäre sie gar nicht da, nahm Ada die Luft zum Atmen. Heiße Wut durchfuhr sie. Nicht auf Benni, der wollte ihr ja eigentlich nur helfen, und irgendwie doch, weil er ein Typ war und damit Teil des Systems, in dem das Nein einer Frau erst dann galt, wenn der Besitzanspruch eines anderen Typen dahinterstand. *Nein, ich will nicht* zählte nicht, aber *Nein, ich bin vergeben*, das schuf Eindruck, das kapierten die Männer sofort. Da waren die Frauen die Beute des anderen, die gestand man einander zu.

Fick dich, wollte Ada sagen und wusste nicht, zu wem. Zu diesem aufdringlichen Wichser auf jeden Fall, aber irgendwie auch zu Benni und zu all den anderen Kerlen, die bislang drumherum gestanden und nur geglotzt hatten, statt einzugreifen.

Und vielleicht hockte sie deswegen in letzter Zeit lieber mehr zu Hause, vor ihrem PC, mit ihrer Community. Da konnte sie Dudes wie Patrick sperren und blocken und melden, wenn sie Ada nervten. Da pirschte sich niemand an sie heran, wenn sie es nicht zuließ.

Kim quetschte sich an Ada vorbei und funkelte Patrick an. »Das nächste Mal sollte dir reichen, wenn eine Frau Nein sagt, Arschloch. Und jetzt hau ab, bevor sich hier einer vergisst.«

Und tatsächlich haute Patrick ab. Sein letzter Blick galt aber nicht Benni, sondern Ada. Irgendetwas lag darin, eine Botschaft, ein Versprechen, das in ihr einen Würgereiz verursachte. Dann verzog er sich.

»Lassen wir uns von dem Scheißkerl nicht die Laune verderben«, rief Kim und zog Ada an beiden Händen enger zu sich. In ihren Augen, ihren verkniffenen Mundwinkeln lag eine eindeutige Message: *Nur ein weiteres Arschloch, lass ihn dich nicht kriegen.*

Ja, dachte Ada, lass ihn dich nicht kriegen.

Aber irgendwie hatte er sie längst, ohne, dass sie es überhaupt mitbekommen hatte, und das war das Schlimmste.

Ada war todmüde. Trotzdem fuhr sie ihren PC hoch, und mit ihm leuchteten all die LEDs im Gehäuse und in der Tastatur auf. Sie vertrieben die Dunkelheit, die der Abend in Ada hinterlassen hatte. Die anderen hatten sie nach Hause gebracht, und sie alle waren ausgelassen gewesen. Es war schließlich nichts passiert, schräge Typen gab es ja immer, und sie hatten ihn in die Flucht geschlagen.

Ada hatte mitgespielt. Sie hatte zugehört und gelacht, als Ibrar wie ein kleiner Junge in eine Regenpfütze gesprungen war. Er musste mehr getrunken haben, als sie mitbekommen hatte. Sie hatte die Abgeklärte gespielt, ein Mauerwerk war sie, sogar vor Kim. Gerade vor Kim, denn die war sowieso immer in allem stark und gab Ada das Gefühl, sie müsste es auch sein. Die Feministin, die sich nicht unterkriegen ließ, auch wenn Ada sich fragte, ob das wirklich das Maß war, mit dem sich Feminismus messen ließ.

Sie war todmüde, ohne schlafen zu können. Also hatte sie sich an den PC gesetzt und öffnete Twitch. Sie scrollte durch ihre Aboliste. Dann durch ihre Follower. Durch ihre privaten Nachrichten. Sogar ihre Blockliste klickte sie durch, aber da sie schon ein paar Mal Opfer von stänkernden Trollen geworden war, war das die Suche nach der Nadel im Heuhaufen. Keine Ahnung, wer Patrick damals gewesen war, als sie ihn blockiert haben sollte, und wer er jetzt war. Mit neuem Nick und neuem Gewand und neuer Chance, sie zu umkreisen wie ein Komet. Und Ada hatte keine Möglichkeit, ihn abzuschießen. Sie musste nun mit diesem unguten Gefühl in der Magengegend leben, dass er auf der anderen Seite war, wenn sie streamte. Dass er ihr Leben weiterverfolgte, als wäre es eine Reality-Show. Theoretisch hatte sie gewusst, dass da auf der anderen Seite nicht nur coole Leute saßen. Aber das heute, das war ein krasser Schlag gewesen. Er hatte ihre Vorstellungen ins Wanken gebracht.

Dieser Pisser hatte ihren kleinen Rückzugsort in ein Shithole verwandelt, und das machte Ada wirklich sauer. Und vielleicht kreidete sie Patrick das am meisten an. Nicht die Berührungen. Nicht das Raumnehmen. Nicht die Missachtung ihres Willens.

Sondern, dass er Zweifel gesät hatte und sie nun ihre Follower-liste betrachtete, ohne zu wissen, wo er sich wie eine beschissene Kakerlake verkrochen hatte.

Ada atmete durch und schloss Twitch. Sie wollte sich nicht länger den Kopf darüber zerbrechen. Der Typ ist es nicht wert, würde Kim sagen, und sie läge damit richtig. Obwohl in Ada immer noch eine Wut schwelte, die sie bislang nicht gekannt hatte, wusste sie, dass sie dem Kerl nicht noch mehr Macht zugestehen wollte.

Morgen würde sie ihn schon wieder vergessen haben.

JENNY

Ihr Leben fühlt sich an wie ein Lieblingsfilm auf einer alten Video-kassette. Die aus Jennys Kindheit, bevor es CDs und digitale Medien gegeben hat. Die, die man immer wieder pausiert. Man spult zurück, hin zu den Lieblingsszenen. Man wiederholt sie, bis man sie auswendig kann. Zugleich sucht man immer wieder nach etwas Neuem in der Szenerie, nach dem einen Detail, das man bislang übersehen hat.

Ja, so fühlt sich Jennys Leben an. Sie spult zurück, wo sie nur kann, zu Fotoalben, zu Handyvideos, zu Sprachnachrichten. Und dann wird aus dem Film Realität, und das Band verheddert sich. Früher, in ihrer Kindheit, hätte sie das noch fixen können. Da hätte sie es mit einem Bleistift versucht. Die Bänder wieder reingedreht. Aber in der Realität klappt das nicht. Da ist das Leben ein Haufen zerstörter Bänder. Alles ist nur noch in die Erinnerung gebannt.

Jenny würde alles dafür tun, alles dafür hergeben, um noch einmal zurückspulen zu dürfen. Ein einziges Mal nur.

Aber so läuft das im Leben nicht. Ein Bleistift ist hier sinnlos, alles noch mal auf Anfang drehen nicht mehr als ein beknackter Wunschtraum.

Als Jenny vor dem Gymnasium steht, ist ihr übel. Sie ist zu Fuß gegangen. Ist demselben Weg gefolgt, den Ada täglich beschritten hat. Fünf Minuten bis zur Bushaltestelle, dann vier Stationen mit dem Bus, dann noch mal zehn Minuten bis zum Schulgelände. Merkwürdigerweise hat Jenny gedacht, sie würde sich ihrer Tochter nahe fühlen, wenn sie diesen Weg nachlaufen würde. Wie eine Pilgerreise, auf der sie irgendeine Eingebung bekommt. Irgendeine wichtige Erkenntnis, eine Erleuchtung. Aber da ist nichts. Nur Müll auf den Straßen, Gedränge im Bus und graue Wohnblöcke, die sie passiert. Aber Ada ist nirgends. Nicht auf dem unebenen Asphalt, nicht im Sitzpolster und erst recht nicht auf dem belebten Schulhof. Und der Weg ist nicht nur keine Pilgerreise, er ist auch keine Schatzsuche. Die Antwort auf das *Warum* hat Ada hier nicht liegen gelassen. Jenny bleibt wie angewurzelt am Zaun stehen, der das trostlose Gelände von der Straße trennt. So viele Jugendliche sind da auf dem gepflasterten Hof. Die Kinder anderer Leute. Seit Ada tot ist, glaubt Jenny, dass etwas Überlebenswichtiges aus ihrer Brust gerissen worden ist. Nicht nur ihre Tochter selbst und damit der Mensch, der sie war und der sie hätte werden sollen, in vielen Jahren und Jahrzehnten, sondern auch Jennys Identität als Mutter. Wie kann sie sich noch als Elternteil fühlen, wenn da kein Kind mehr ist, das sie umschwärmen kann? Ein Mond hat ja auch keinen Nutzen mehr, wenn sein Planet plötzlich fort ist.

Vielleicht verschwindet Jennys Umlaufbahn eines Tages einfach in das schwarze Nichts des Universums.

Sie hat keinen Schimmer, wie sie den Hof überquert hat. Plötzlich steht sie nicht mehr draußen, sondern im Flur des Hauptgebäudes, nur wenige Türen vom Sekretariat entfernt. Dort ist sie für eine Übergabe verabredet. Ada hatte noch ein paar Sachen in ihrem Spind, die will man Jenny übergeben. Erst hat sie sich gefreut. Alles, was sie von Ada in die Finger kriegen kann, ist etwas Gutes, hat sie angenommen. Lässt Ada noch länger in ihrem Gedächtnis haften, lässt Hoffnung auf Erklärungen. Aber jetzt merkt Jenny, dass das hier eine Scheißidee war. Sie hat nicht bedacht, dass da Momente zwischen ihrem Eintreffen und der Übergabe sein werden. Sie muss betretene Blicke und genuschelte Floskeln überbrücken.

Jennys Hände sind schweißnass, als sie gegen die graue Tür des Sekretariats klopft. Eine genervte Frauenstimme bittet sie, einen

Moment zu warten. Scheiße, denkt Jenny, während junge Menschen um sie herumlaufen und sie selbst wie angewurzelt auf dem billigen Plastikboden ausharrt. Junge Menschen, die so alt sind wie Ada. Mädchen in Adas Größe, mit ihrer Haarfarbe oder ihrer Frisur, mit ihrem Klamottenstil. Sie sind alle nicht Ada, aber sie haben vereinzelte Tribute, die ihrer Tochter ähnlich sind. Als könnte sie sich hier und jetzt ein Abbild ihrer Tochter zusammenpuzzeln.

Jennys Herz zerspringt fast in ihrer Brust. Beinahe hätte sie kehrtgemacht und wäre abgehauen, aber da reißt die Sekretärin die Tür auf. Ihre dunkelgrauen Augenbrauen sind mürrisch zusammengezogen, aber als sie Jenny sieht, verändert sich ihr Gesichtsausdruck. Da ist sie, die betretene Miene, und die genuschelte Floskel ist im Anmarsch.

»Frau Wagner, kommen Sie doch rein. Ich habe schon alles für Sie zurechtgelegt.«

Anneliese Hübner tritt einen Schritt zur Seite und lässt Jenny eintreten, befreit sie von den schlechten Abziehbildern auf dem Gang.

»Es tut mir furchtbar leid«, fügt die Frau hinzu.

Es tut mir leid.

Ich kann mir nicht vorstellen, was Sie und Ihr Mann durchmachen müssen.

Wenn ich irgendwas für Sie tun kann, sagen Sie Bescheid.

Es ist die immer gleiche Abfolge an Sätzen, nur anders angeordnet. Als könnte irgendjemand etwas gegen den Schmerz tun, der in Jenny wühlt.

»Frau Wagner?«

Jenny löst sich aus der Starre. Irgendwo in ihr muss ein Knopf sein. Ein Notknopf, den sie betätigen kann, wenn alle anderen Funktionen ihres Körpers versagen, und der dann einen Autopiloten laufen lässt. *Lächeln, nicken, Adas Kram nehmen, gehen.* So schwer kann das doch nicht sein.

46

»Entschuldigen Sie«, presst sie hervor. »Ich war in Gedanken. Was muss ich tun?«

Frau Hübner deutet auf ein Formular, das auf dem hohen Regal vor dem Schreibtisch liegt. Ein trennendes Element, das die jungen Leute von ihr fernhält.

»Da unterschreiben.«

Die Buchstaben verschwimmen vor Jennys Augen. »Was ist das?«

»Nur eine Erklärung, dass wir Ihnen die Sachen Ihrer Tochter ordnungsgemäß ausgehändigt haben.« Frau Hübner gibt sich Mühe, das kann man ihr nicht absprechen. Sie spricht so langsam, als wäre Jenny ein kleines Kind, was diese aufregt. Aber vermutlich weiß die Frau einfach nicht, wie sie sonst reden soll. Solche Situationen erleben schließlich die meisten Menschen in ihrem Leben nie.

Jenny nimmt den Kugelschreiber und setzt ihre Unterschrift. *Verdammte Scheiße*, schreit es dabei in ihr, *meine Tochter ist tot, und überall muss ich unterschreiben, dass ich ihre Reste ordnungsgemäß erhalten habe. Ihre Klamotten, ihren Schulkram, ihre Asche.*

Aber wo kann sie unterschreiben, dass sie mit alldem ganz und gar nicht einverstanden ist? Dass sie einfach nur ihre Tochter zurückhaben will? Der Autopilot gerät in schwieriges Fahrwasser, es ruckelt und schleudert Jenny hin und her.

Mit letzter Kraft nimmt sie die große Plastiktüte, die Frau Hübner ihr entgegenhält. Da sind also Adas Sachen drin. So groß ist der Einfluss des Bildungssystems auf junge Menschen, dass alles in eine lächerliche Tüte passt.

Jenny murmelt einen Abschiedsgruß, dann flieht sie aus dem Sekretariat. Noch bevor sie die Tür hinter sich zuzieht, hört sie einen erleichterten Seufzer, dann geht Frau Hübner an das penetrant klingelnde Telefon.

Und als Jenny nach draußen hastet, über den nun leeren Schulhof, denn die Pause ist vorbei, weiß sie, dass nichts von Ada übrig bleiben wird, sobald Jenny das Gelände verlassen hat.

Sie hat Ada hier nicht gefunden.

Stattdessen hat sie nur alles von Ada mitgenommen und nichts von ihr an diesem Ort zurückgelassen.

Als Jenny nach Hause kommt, ist Dominik noch auf der Arbeit. Obwohl heute Freitag ist, also der Tag, an dem er meistens früher geht, hängt er in der Kanzlei fest. Er verschwindet morgens im Dunkeln und kommt abends im Dunkeln wieder nach Hause. Vielleicht denkt er, im Dunkeln fällt ihm Adas Fehlen nicht so sehr auf, aber Jenny fragt nicht danach. Seit Adas Tod haben Dominik und sie die gemeinsame Sprache verloren. Nichts von dem, was der andere sagt, ergibt Sinn. Und noch viel weniger das, was der andere nicht sagt. Sie halten so viel voreinander verborgen, sie trauen sich nichts zu, sie denken, dass der andere den Schmerz und die Schuld nicht tragen kann, die jeder mit sich schleppt. Und die Formel der Trauer ist eh hinterlistig, sie lässt den Schmerz exponentiell wachsen, wenn man ihn teilt, statt ihn zu halbieren.

So zumindest kommt es Jenny vor, obwohl jeder Ratgeber etwas anderes behauptet.

Daheim schaltet sie den Fernseher an, der immer läuft, auch wenn sie nie zuhört. Aber da ist dann immer eine Stimme, die ihre eigene im Kopf übertönt. Mit der Plastiktüte setzt sich Jenny auf das Sofa. Sie kann sich kaum an den Heimweg erinnern, weil sie unablässig darüber nachgedacht hat, was sich in der Tüte befindet. Jenny hat vom ersten Besuch in Adas Zimmer gelernt. Sie ist nun vorsichtiger. Auf der Hut. Sie lässt sich nicht mehr so leicht von der Hoffnung verführen, dass sie etwas entdeckt, was das Unerklärliche plötzlich erklären könnte.

Nach und nach holt sie also den Inhalt der Tüte heraus: Schulbücher sind da drin, ein Taschenrechner, ein Beutel mit verschmutzter

Sportkleidung, eine Packung Tampons, eine halb geleerte Wasserflasche, eine unvollständige Zeichnung für den Kunstunterricht und mehrere Müsliriegel. Alles benutzt oder angebrochen, alles bekritzelt oder verschmiert. Wer öffnet denn eine Flasche Wasser, wenn er sie gar nicht austrinken will?, fragt sich Jenny. Wer beginnt ein Kunstwerk, das er nicht beenden will?

Erinnerungsfetzen kämpfen sich durch ihren diffusen Verstand. *Kurzschlussreaktion*, hat die Beamtin vor zwei Wochen gesagt. *War es möglicherweise eine Kurzschlussreaktion? Jugendliche neigen manchmal dazu.* Und Jenny hat sie für einen Augenblick dafür gehasst, dass sie Ada zum Teil einer Statistik machen wollte. Eine Kurzschlussreaktion eben, da war die Beamtin schnell fertig, da muss man nicht weiter bohren.

Aber was, wenn das stimmt?

Und was ist dann der Auslöser gewesen?

Jenny blättert durch die naturwissenschaftliche Formelsammlung. Überall begegnet ihr Adas Handschrift, und jede Zahl, jede Variable sticht in Jennys Herz.

Und dann fällt eine kleine Notiz aus den Seiten, direkt in ihren Schoß. Und noch eine. Für einen Moment brennt sich ein Feuer durch Jennys tauben Körper. Da ist sie, denkt sie aufgeregt, da ist die Nachricht von Ada, auf die sie so lange gewartet hat. Die Nachricht, die ihr sagt, hier ist eine Erklärung für ihren Tod, hier ist eine Liste an Gründen, eine Aufreihung der Warums, eigenhändig geschrieben von ihrer Tochter.

Aber dann erlischt das Feuer. Die Handschrift gehört nicht Ada. Ada hatte eine schöne, geschwungene Schrift. Sie hat sich Mühe gegeben mit Worten. Diese Schrift hier ist das Gegenteil. Die Bögen und Kanten der Buchstaben sind fremd, wild, unangenehm. Und der Inhalt jagt Jenny eine Heidenangst ein. So viele Fragen türmen sich in ihrem Kopf, vor allem eine: In was ist Ada da nur reingeraten? Was ist ihr zugestoßen?

hast du echt geglaubt, du wirst mich so schnell los?
du kannst mich nicht aus deinem leben blocken.
ich bin viele. ich bin überall.

Der andere Zettel ist mit Computer geschrieben und ausgedruckt. Ada hat ihn oft gefaltet, er ist ganz knittrig.

Wir wissen immer noch, wo du wohnst. Hast du keine Angst um dich und deine Lieben?

ADA

Seit der Partynacht nahm Ada ihre Community anders wahr. Es fühlte sich an, als hätte die Masse an Leuten ein zweites Gesicht bekommen. Eine hässliche Fratze, die im Verborgenen lauerte, versteckt hinter nur einem Mausklick.

Aber Ausnahmen bestätigen die Regel, das wusste auch Ada. Statistik war eigentlich nicht ihr Ding, doch selbst ihr war klar, dass sich unter Hunderten coolen Leuten eben auch ein Arschloch befand. Im echten Leben war diese Statistik sowieso viel härter, da konnte man nicht so einfach blocken und kicken, wenn einem jemand auf den Keks ging.

Ada zog sich ihren Lieblingshoodie über den Kopf. Schwarz und schlicht war er, mit einer weichen Kapuze. Gerade hatte sie sich die über den Kopf gezogen, denn sie war sauer. Sauer auf Mama, die kein Verständnis dafür hatte, dass Ada keine Zeit fürs gemeinsame Abendessen gehabt hatte. Aber heute war der Release vom neuen Teil *The Last of Us*. Da konnte Ada nicht am Esstisch sitzen. Nicht bei diesem Spiel. Da musste sie vorne mit dabei sein, im Gedränge der aktiven Streams. Musste mitnehmen, was ging, den Push der fiebrigen Aufregung.

Natürlich verstand ihre Mutter das nicht. Sie war sogar misstrauisch. Wann immer es ging, plapperte sie nach, wie gefährlich das Netz doch sei, weil sie das in irgendwelchen Reportagen aufschnappte. Dabei hatte sie keine Ahnung. Ada schnaubte. Nicht mal einen Facebook-Account hatte ihre Mutter, obwohl das doch das Netzwerk ihrer Generation war. Von all den anderen Plattformen ganz zu schweigen, davon hatte sie noch weniger einen Plan.

Und weil Jenny Social Media nicht verstand, verstand sie auch nicht, was Ada da abends tat. Verstand auch den Erfolg nicht, die Babysteps, mit denen sie versuchte, sich in der Streamingwelt einen Namen zu machen. Verstand nicht, dass ihre Twitch-Abonnements der erste Fuß in der Tür waren, dass Ada sich mühsam nach oben boxte, in dieser Welt, in der Männer immer ernster genommen wurden als Frauen. Das war da nicht anders als überall sonst, immer hatten die Typen es leichter. Immer mussten Leute wie Ada sich mehr anstrengen, mehr leisten, mehr investieren oder Benachteiligungen ausgleichen, und alles für dasselbe Ziel. Manchmal war das Patriarchat einfach so ermüdend.

Geh doch mal raus, hatte Jenny gesagt und dabei wie Adas Großmutter geklungen und nicht wie eine Neununddreißigjährige. *Immer hockst du in deinem Zimmer, da erstickst du irgendwann noch. Geh doch mal an die frische Luft. Komm mit mir laufen, da siehst du was von der echten Welt.*

Ada konnte ihrer Mutter nicht begreiflich machen, dass auch im Netz eine echte Welt mit echten Menschen war. Dass die Grenzen verschwammen, dass sich aus bloßen Nicknames irgendwann Gesichter und Stimmen formten oder sogar Freundschaften.

Immer noch wütend scrollte sie durch ihren Instagram-Feed. Sie hatte dort mittlerweile knapp 7500 Follower. Nicht viel, aber ein Anfang. Ein langsames Wachstum zwar, aber dafür kontinuierlich, das war gut. Ihre Benachrichtigungen ploppten auf: Likes für ihr neues Foto. Ein Shot ihrer Gamingarea, die sie mit Lichterketten und bunten Lampen dekoriert hatte, sie selbst mittendrin.

Ein Dude schrieb darunter:

> so lächerlich, als würde man dich mit diesem schnickschnack als streamerin ernst nehmen. never.

Ein paar andere schlossen sich seiner Meinung an, aber die meisten Kommentare waren aufmunternd. Aller Anfang ist schwer, dachte Ada schulterzuckend und war großzügig mit der Blockfunktion. Dann wechselte sie in ihren Nachrichtenordner. Klickte sich durch Emoji-Reactions und beantwortete ein paar kurze Nachrichten, ehe sie sah, dass im Anfragenordner ebenfalls zwei DMs warteten. Eine vorgefertigte Kooperationsanfrage für billige Sportwäsche. Haben die sich mein Profil und das, wofür ich stehe, überhaupt angesehen?, fragte sich Ada und löschte die Nachricht.

Dann öffnete sie die zweite. Die Anfrage war offenbar schon ein paar Tage alt, ohne ihr aufgefallen zu sein. In dem Chatfenster hatten sich schon ein paar Nachrichten angesammelt. Stolz präsentierte es den Zerfall seines Verfassers patrickb1807. Wie eine Art Tagebuch des Grauens, das aus Versehen heruntergefallen war und seinen Inhalt aufgeschlagen hatte. Einen Inhalt, der besser innerhalb der papiernen Grenzen gehalten worden wäre.

hey.

hey, alles klar?

bist du noch sauer?

eeeey, jetzt komm schon, ignorier mich nicht, ada.

hast du mich etwa schon vergessen? wir sind uns doch neulich im club begegnet.

sorry noch mal für neulich. wollte nicht creepy rüberkommen. eigentlich bin ich nicht so.

echt mann, gib mir eine chance.

ich kann dir beweisen, dass ich eigentlich
ganz nett bin.

wieso beachtest du mich nicht??? als wäre
ich ein fucking fremder.

Adas Herz raste, schnell und unruhig. Die letzten Nachrichten
waren vor zwei Stunden geschickt worden. Vielleicht war Patrick
aus dem Club sogar jetzt gerade online. Starrte auf das Chatfenster, wartete auf die winzige *Gesehen*-Anzeige, die sein Triumph
sein würde. Dann hatte er es geschafft. Dann war er zu ihr durch-
gedrungen.
 Sie las weiter.

das ist echt nicht lustig.

man ignoriert menschen nicht einfach so.
das ist hart unhöflich. hat dir das niemand
beigebracht?

außerdem hast du gelogen.

ich weiß, dass du gelogen hast. ihr beide. du
und dieser prolltyp.

er ist gar nicht dein freund.

er hat eine andere.

> Das war sehr uncool, ada.

> was hab ich dir getan, dass du mich anlügst?

Ein paar Sekunden atmete sie durch. Ihr lagen Beleidigungen auf der Zunge, die sie in das Smartphone ballern wollte. Scheißkerl, Arschloch, Wichser, all das war noch viel zu nett und barg trotzdem die Gefahr, dass sie gesperrt wurde. Sie entschied sich dagegen. *Don't feed the troll*, dachte sie. Das war die wichtigste Regel im Internet, wenn man sich nicht zur Zielscheibe machen wollte. Sie hatte keinen Bock darauf, niedergetrampelt zu werden. Nicht von Leuten, die nur grundlos haten wollten, nicht von Männern wie Patrick mit einer Obsession, nicht von Bots oder von sonstigen Trollen. Sie wollte einfach nur ihre verdammte Ruhe haben. Und ein Teil von ihr wollte ihrer Mutter zeigen, dass sie unrecht hatte. Dass das Internet kein dunkler Ort war, wenn man wusste, wie man mit ihm umzugehen hatte.

Und das wusste Ada. Darin war sie geübt.

Sie klickte auf Patricks Profil. Es war auf privat gestellt, sie konnte nur sein Profilbild erahnen. Mit selbstbewusster Miene grinste er direkt in die Kamera, im Hintergrund irgendeine Berglandschaft, in der er geklettert war. *Sieh nur, ich kann alles bezwingen*, schien sein Grinsen zu sagen. Sein Blick bohrte sich direkt in ihren, durch das Display, durch die Kamera, durch ihre Mauer aus Neins, die er einreißen wollte. *Ich kann alles bezwingen, jeden Berg. Und dich auch.*

Einen Scheiß wirst du, dachte Ada und blockierte das Profil.

In ihr kochte es. Sie war mit Wut auf ihr Zimmer gestapft, und wenn sie jetzt so drüber nachdachte, war ihre Mutter nur ein Ventil gewesen, war aus Versehen in die Schusslinie geraten. Ada hatte rauslassen können, was seit Tagen in ihr schwelte. Seit der Party war sie unruhig. Auf ihrer Haut wimmelte es von unsichtbaren

Ameisen und in ihrem Kopf auch. Vorfälle wie der im Club, dazu machten Männer immer eine wegwerfende Geste. So wie Benni und Ibrar es gemacht hatten, sogar Kim irgendwie. Stell dich nicht so an, ist doch gar nix passiert, würden die meisten sagen, ohne eine Ahnung zu haben, wie viel in der eigenen Seele passierte, wenn die eigenen Grenzen überschritten wurden. Dazu brauchte es keine blauen Flecke, keine physische Gewalt, das ging auch so. Dazu brauchte es keine Schläge, keine körperliche Gewalt, das ging auch subtil, durch Blicke, durch Worte, durch kaum spürbare Berührungen, durch Grenzübertretungen, durch die Missachtung des eigenen Willens. Gewalt konnte auch Spuren hinterlassen, die keiner sah. Um diese unsichtbaren Wunden, das Gefühl der Ohnmacht, des Ausgeliefertseins musste man sich dann selbst kümmern, die konnte man nicht fotografieren und zur Anzeige bringen.

Ada warf ihr Handy aufs Bett, nachdem sie Patrick mit etwas Recherchearbeit auch auf Facebook und Twitter gefunden und gesperrt hatte. Das Blockieren tat ihr gut. Es war ein Zeichen. Eine klare Kante. *Bis hierhin und nicht weiter*, sagte es. Es roch nach Ziegeln und frischem Zement. Eine neu aufgetürmte Mauer, stabiler als ihre alte.

Sie ließ das Rollo herunter und knipste alle Lichter an. Blauer und lilafarbener Schein tauchte ihr Zimmer ein. Sie überprüfte, ob alles saß: ihr Outfit, ihr dezentes Make-up. Ob da nichts verrutscht war. Nicht der schwarze Lidstrich und auch nicht das selbstbewusste Lächeln auf ihren Lippen. Selbst das Lächeln war eine Mauer. Aus ihrem Stream konnte sie Patrick nicht rausblocken, wenn er sich nicht zu erkennen gab, aber dieses Lächeln sollte er sehen. Diese Mauer, an der er abprallen würde, und zwar mit Karacho.

Sie öffnete Twitch und ließ den Countdown auf ihrem Kanal laufen. In fünf Minuten ging es los. Während sich ihre Community im Chat in Stellung brachte, lud sie erst Steam und startete dann

The Last of Us, das sie schon vor Ewigkeiten vorbestellt und gestern auf den PC gezogen hatte.

Sie stülpte sich die Kopfhörer über. Weich schmiegten sie sich an ihre Ohren. Sie dämpften alle anderen Geräusche ab, als wäre Ada in Watte gehüllt. Aus den Augenwinkeln beobachtete sie das Treiben im Chat. Die Aufregung war spürbar, schwappte fast durch den Monitor. Und sie übertrug sich auf Ada. Adrenalin kochte hoch – dieses gute Adrenalin, das einen kaum auf dem Stuhl halten konnte, weil man am liebsten mit dem Spiel verschmelzen wollte, in das man bald eintauchen würde. Sie wollte eins werden mit Ellie. Ihre eigene Persönlichkeit für eine Weile abgeben und die Wut, die Sorgen, die Wunden mit ihr.

Noch dreißig Sekunden.

Zwanzig.

Fünfzehn.

Ada bewegte den Cursor über den Startbutton des Streams.

Zehn.

Fünf.

Zwischen die vorfreudigen Kommentare und zahlreichen Herz-chen-Emojis im Chat mischte sich ein Einzelner, der ihre Aufmerk-samkeit einfing.

Vier.

> du bist tot, bevor es überhaupt losgeht.

Drei.

Zwei.

> i'll promise.

Eins.

Wenn Ada sich gefragt hatte, wer Patrick im neuen Gewand war, so wusste sie es jetzt. Sie würde sich nicht davon verunsichern lassen, auf keinen Fall.

Null.

Und als Ada lächelte und verbissen ihre Mauer präsentierte, als sie User pat016168826 gerade rauskicken wollte, damit er nur ihr einbetoniertes Lächeln im Gedächtnis behielt, da explodierte ihr Chat.

Scheiße, dachte Ada noch.

Dann versank alles im Chaos.

DIE ANONYMITÄT

Er ließ die Wohnungstür krachend hinter sich ins Schloss fallen. Die Wut, die in ihm loderte wie das olympische Feuer, folgte ihm über die Türschwelle. Ihm schien, der Boden würde beben unter der Wucht seines Stoßes, unter der Wucht seines Heimkommens, unter der Wucht seines Zorns. Diese Wut hatte er immer im Gepäck, ein unsichtbares Gewicht unter vielen. Ein Klotz unter vielen, die sich im Laufe seines Lebens angesammelt hatten. In Reih und Glied standen seine Probleme nebeneinander wie eine Kunstsammlung in einem Museum, wie *Der Schrei* neben *The Bachelor Party*.

Es war ja nicht so, dass er es nicht versucht hätte mit dem Kriegen der Kurve. Noch in der Nacht seiner Volljährigkeit war er von daheim abgehauen. Jetzt würde er sein Leben selbst in die Hand nehmen, hatte er sich geschworen, jetzt war er nicht mehr ausgeliefert, nicht mehr unterworfen, nicht mehr bis zum Anschlag gefüllt mit Ohnmacht, nicht mehr diesem Wichser von Stiefvater und dessen Gürtel ausgesetzt.

Wir sind ein Sozialstaat, hatte er sich da draußen auf der Straße gesagt, hier gibt es Hilfe. Und dann war er gegen Wände gelaufen. Gegen die von Ämtern, von Krankenkassen, von Hilfsstellen. Er war einmal quer durch das System gestürzt, durch jede Lücke, war zu jung gewesen für diese Maßnahme oder zu alt für jene. Hatte sich dabei aufgerissen, was noch unversehrt war, so steil war der Fall gewesen. Jedes Schlagloch hatte er mitgenommen, und jedes hatte ihn ausgebremst, bis jeder neue Anlauf schwerer geworden war. Bis jeder neue Anlauf mehr Kraft gekostet hatte. Bis es irgendwann nicht mehr gegangen und er einfach liegen geblieben war, mitten auf der Straße, ungesehen in der Masse aus Menschen und Gleichgültigkeit. Du kannst inmitten vom pulsierenden Leben stehen, hatte er damals erfahren, und trotzdem vollkommen unsichtbar sein.

Wir sind ein Sozialstaat, hatte er in einer Notunterkunft geflüstert, hier gibt es Hilfe, und dann war er von einem Therapeuten zum nächsten geschickt und nach jedem Erstgespräch abgewiesen worden, weil er kein Geld hatte, weil schnelle Hilfe unbezahlbar war. Keine Kassenzulassung, hatten sie entschuldigend gemurmelt, wollen Sie vielleicht selbst zahlen? Manche hatten das Bedauern ernst gemeint, andere waren schon so abgebrüht gewesen, dass sie ihn gleich mit ihrem Stundenlohn an der Tür empfangen hatten. Hilfe kriegst du nur, wenn du Geld auf den Tisch legst, das war eine Lektion gewesen, für die er bitter bezahlt hatte. Also hatte er Geld beschafft, nur legal war es nicht gewesen. Das Darknet bezahlte ihn gut für die IT-Fähigkeiten, die er sich angeeignet hatte.

Wir sind ein Sozialstaat, das wusste er nun, war eine fucking Lüge. Alles kaputt gespart, alles ökonomisiert, alles war nur auf dem Papier clean, hier gab es keine Hilfe, hier waren die Schreie nur lautlos und niemand wollte sie hören.

Er hatte keine Ahnung, wie es ihm trotzdem gelungen war, hier zu landen, in dieser kalten, zugigen Bude, in der es nach Schimmel stank. Vielleicht hatte er sich diese Abgebrühtheit, mit der man ihm begegnet war, übergezogen wie ein Cape. Vielleicht hatte sie seine Haut in Stahl verwandelt, durch das nichts mehr dringen konnte. Aber raus konnte eben auch nichts mehr, auch das Verwundete nicht. Das gärte jetzt in ihm vor sich hin, und er hockte hier, spielte ein Leben vor, das nicht existierte, spielte eine Vergangenheit vor, erfunden und reingewaschen.

Das Zimmer war spärlich eingerichtet. Weiße Wände, graues Parkett, wenige Möbel, wahllos zusammengewürfelt oder von Vorgängern übernommen. Alles praktikabel und nüchtern. Aber eine persönliche Note war da nicht. Das war eine Wohnung, die jedem und zugleich niemandem gehören konnte. Die Wohnung eines Rastlosen, der von einem Ort zum nächsten zog und nirgends etwas von sich zurückließ. Eine Studentenbude, ein Zuhause für den Übergang. Kaum genug Zeit, dem Ganzen einen eigenen Stempel aufzudrücken.

Licht fiel durch eine halb offene Tür in den schmalen Flur, in dem zwei Müllsäcke auf ihre Entsorgung warteten. In allen Räumen bis auf diesen einen war es dunkel. Seine Mitbewohner waren nicht da, sie würden über Nacht wegbleiben. Sie hatten schon längst aufgegeben, ihn zum Mitkommen zu bewegen. Er war ein Weirdo, und obwohl sie es nicht laut aussprachen, wusste er, dass sie es wussten, und sie wussten, dass er es wusste.

Ein aufgeklappter Pappkarton lag neben ihm auf der Tischplatte. Die übrig gebliebenen Pizzastücke waren bereits kalt. Gebannt starrte er auf die Monitore. Auf dem einen lief der Live-Stream einer jungen Gamerin mit langen braunen Haaren, auffällig gezogenem Lidstrich und einem schwarzen Hoodie. Ein Countdown zum nächsten Stream lief ab, und dabei redete sie irgendeinen Bullshit, während ihr etwa zweihundertvierzig Leute zusahen.

Er schnaubte und zog seine Kopfhörer zurecht. Dann griff er nach einem Stück Pizza. Fettflecken hatten sich auf dem Käse gebildet. *The Last of Us*, ein Zombiespiel mit einer rührigen Storyline. Diese Leute spielten alle dieselbe nichtssagende Scheiße.

Er bewegte den Cursor seiner Maus zum zweiten Bildschirm und klickte sich in den Voice-Chat-Room des Discord-Servers rein, den er dort geöffnet hatte. Vertraute Stimmen schlugen ihm entgegen. Stimmen, zu denen er keine Gesichter und keine realen Namen, sondern nur Nicknames kannte. Sie waren ihm näher als seine Mitbewohner, so oft, wie er mit ihnen online abhing. Lauter gelangweilte Wichser, geeint von derselben Sache: Sie alle suchten den Kick. Da schloss er sich selbst nicht aus.

»Wir hätten gleich mit dem nächsten Level starten sollen«, sagte Hunter88. Keine Ahnung, ob die 88 dabei für sein Geburtsjahr oder seine rechte politische Gesinnung stand. Es interessierte ihn auch nicht.

»Nee, step by step.« HandsomeJacks Stimme war unangenehm hoch. Er konnte kaum älter als vierzehn, fünfzehn Jahre sein.

Die Streamerin verwies auf den Countdown. Noch eine Minute, bis es losging. Er warf das angebissene Pizzastück in den Karton zurück und wischte sich das Fett an einem Taschentuch ab. Ein Kribbeln machte sich in ihm breit. Der Discord-Server verwandelte sich in einen Ameisenhaufen. Stimmen sprachen rasch durcheinander. Sie koordinierten den aufziehenden Sturm, gaben Anweisungen. Obwohl sie einander nicht wirklich kannten, waren sie ein eingespieltes Team. Sie hatten diese *Überfälle* schon öfter abgehalten. Sie bestanden aus seiner eigenen Bot-Armee, die er extra für diesen Spaß programmiert hatte, und eben aus ihnen, einer Horde Kerle, die einander nicht kannten oder nur die dunkelsten Seiten.

Fünfzehn.

Vierzehn.

Seine Armee aus programmierten Bots war bereit, mit ihnen gemeinsam Chaos zu stiften. Sie wartete nur noch auf seinen Auslöser, auf den einen Klick, den einen virtuellen Schuss. *Er* war bereit. Im Prinzip war das hier nichts anderes als Counter-Strike, nur besser, nur echter und zugleich doch nicht, weil die Wunden, die sie schlugen, nicht sichtbar und nicht zurückverfolgbar waren. Dafür würde er schon sorgen, auf dem Gebiet war er Profi. Das war das einzig Sinnvolle, das er in seinem Leben zustande gebracht hatte: eine sich durch das Internet windende Schlange zu werden, die Geld damit verdiente, zu hacken, zu manipulieren, auszuspähen.

Zehn.

Neun.

Das hier war eigentlich unter seinem Niveau. Das hier war mehr

Spaß. Ein Ventil. Dampf ablassen. Und vielleicht wollte er einfach auf dem Gesicht einer anderen Person gespiegelt sehen, was in ihm vorging. Wollte sie zur Zielscheibe machen, so wie er immer eine gewesen war. Wollte den Zorn auslagern, für Sekunden wenigstens. Wollte selbst einen Gürtel schwingen, einen digitalen, dessen Schläge millimetergenau trafen.

Fünf.

Vier.

Adrenalin raste durch seine Venen. Der Kick hier, der war ein anderer als die Drogenexzesse, die er auf der Straße durchlebt hatte. Der hier zerstörte nicht ihn, nicht seinen Körper, der zermatschte sein Gehirn nicht immer weiter zu Brei. Der hier gab Genugtuung, indem er jemand anderen zerstörte.

Eine Zerstörung, bei der man sich die Finger nicht schmutzig machen musste. Eine Zerstörung, die unerwartet kam, wie ein Schlag voll in die Fresse. Eine Zerstörung, die man langsam aufbaute und die sich in einem Höhepunkt entlud, der krachend gegen seine Haut aus Stahl prallte.

Eine Erschütterung, die ihn daran erinnerte, dass er noch am Leben war, auch wenn es sich eigentlich schon längst nicht mehr so anfühlte, wenn er sonst nur ein stumpfes, innerlich totes Stück Dreck war.

Drei.

Zwei.

Was bin ich doch für ein Arschloch, dachte er. Nur ganz kurz und flüchtig, der Gedanke war nicht mal richtig greifbar, nicht konkret, sondern bloß ein Gefühl.

Was bin ich doch für ein Arschloch, dachte er, aber aufhören konnte er nicht. Was scherte es ihn, wenn da eine Fremde zerbrach, wenn ihr Schmerz seinen eigenen für einen Atemzug lindern konnte?

»Ready?« Hunter88s Stimme zitterte vor Häme, während er

lachte, als säßen sie in der ersten Reihe eines Theaterstücks. Einer Komödie.

Komischerweise hatte er das Gefühl, dass Hunter88 dieses Mal anders drauf war als sonst. Nicht so gleichgültig, sondern irgendwie involviert. Als wäre das hier eine persönliche Sache. Als wäre diese Zerstörung kein Zeitvertreib, sondern ein Racheakt. Aber eigentlich konnte das nicht sein. Sie suchten sich ihre Opfer immer willkürlich aus. Meistens Frauen, die ließen sich leichter platt walzen. Und ein paar der Wichser in dieser Gruppe genossen das sichtlich. Sie machten gar keinen Hehl aus ihrem Frauenhass, aus dem Genuss ihrer Machtposition. Ihm selbst war das egal, er fand alle Menschen gleich scheiße. Kein Einziger hatte ihm geholfen, damals, als er auf der Straße in seiner Kotze gelegen hatte, umgeben von Spritzen und diesem zehrenden Drang nach mehrmehrmehr. Diese Frau hier auch nicht. Die wäre auch an ihm vorbeigelaufen und hätte ihn mit dem Arsch nicht angesehen, da war er sich sicher.

Eins.

Irgendwer stieg in Hunter88s Lachen ein. Eine kindliche Stimme, in der er trotzdem irgendwas Erwachsenes, irgendwas Wissendes vermutete, so wie er damals, mit fünf oder acht oder elf Jahren schon kein Kind mehr gewesen war. Das Babyface konnte nicht darüber hinwegtäuschen, dass er rasend schnell erwachsen geworden war.

Null.

»Showtime«, flüsterte er.

JENNY

ich bin viele, ich bin überall.

Hast du keine Angst um dich und deine Liebsten??

Jenny kann nicht vergessen. Ihr Kopf läuft auf Hochspannung, ihre Gedanken sind ein verwobenes Netz, in dem sie von einem Detail zum anderen rasen.

Sie sitzt mit Dominik beim Frühstück. Wie so oft spricht niemand, denn jedes Thema fühlt sich belanglos an. *Hast du schon nachgeguckt, wie das Wetter heute wird?*, fragt man nicht, wenn nur anderthalb Meter entfernt immer noch die Beerdigungsrechnungen liegen. *Hast du gut geschlafen?*, spart man sich auch. Sie kennen die Antwort beide. Die zerwühlten Decken am Morgen bezeugen den Horror, den man in der Nacht erlebt. Da kann man dem Schmerz nicht mit Arbeit und Verleumdung entfliehen. Da wartet er geduldig auf einen, rein und gnadenlos.

Jenny vermisst die Gespräche mit ihrem Mann. Und seine Stimme vermisst sie auch. Dominik trauert anders als sie. Stiller. In sich zurückgezogener.

»Du musst nicht allein trauern«, hat Jenny neulich zu ihm gesagt.

»Ich weiß«, hat er geantwortet und es trotzdem getan. Vielleicht hat er es so internalisiert, dieses männliche Starksein müssen, dass er gar nicht anders kann, obwohl er gern anders würde.

»Ich meine es ernst«, hat sie es noch mal versucht, und da hat Dominik nur geseufzt. In diesem Seufzen hat so viel auf einmal gelegen, so viel Resignation, so viel Schmerz, so viel Abwehr, so viel *Lass mich doch einfach*, dass sie es kein drittes Mal versucht hat. Mit jedem Tag bröckelt das gemeinsame Fundament ihrer Ehe ein bisschen mehr weg. Ein Kind zu haben, ist eine ziemlich breite Schicht dieses Fundaments, und Jenny hat keine Ahnung, ob ohne selbiges noch genug übrig ist, das diese Ehe tragen kann.

Aber heute Morgen hat Jenny ein Thema. Sie legt die Zettel, die sie in Adas Schulbuch gefunden hat, auf den Tisch. Zwischen Butter, Marmelade und Kaffee. *ich bin viele. ich bin überall* und *Hast du keine Angst* ... Jetzt ist diese Person auch hier bei ihnen, zwischen zwei Menschen, die sich in der Stille verloren haben.

»Was ist das?«, fragt Dominik zerstreut. Sie kann ihm ansehen, dass er gedanklich bereits im Büro ist. Er arbeitet so viel. Zu viel. Hat so viele Fälle angenommen wie nie. Als würde der Schmerz enden, wenn man ihn nur mit einem dicken Pflaster aus Arbeit luftdicht verschließt. Aber dann schwelt und gärt und fault die Wunde darunter, das weiß Jenny. Sie hat es immer noch nicht geschafft, wieder zur Arbeit zu gehen. Jede Woche schleppt sie sich zur Hausärztin und lässt sich krankschreiben.

»Das habe ich in Adas Schulsachen gefunden.«

»In ihren Schulsachen?« Nun sieht er sie an. »Wie kommst du an ihre Schulsachen?«

»Ich war doch im Sekretariat und habe alles abgeholt«, erinnert sie ihn. Etwas regt sich in ihr, ganz unten im Bauchraum, heiß und eklig. Wie ein Geschwür, das winzig wie ein Samenkorn begonnen hat und jetzt gewachsen ist und heiß in ihr wummert. Ein Geschwür, das von Wut genährt wird. Wieder mal hört Dominik ihr nur mit halbem Ohr zu oder gar nicht. Wieder mal lässt er sie mit allem allein.

»Ich habe dir das erzählt«, fügt sie hinzu. Das Geschwür pocht. Die Wut in ihr wird von seinem Desinteresse genährt.

»Ach ja«, murmelt er. Das Interesse in seinen Augen verblasst bereits. Jenny beugt sich vor und schiebt ihm die Zettel vor die Nase.

»Lies das.«

Dominik nimmt den ersten Zettel in die Hand und überfliegt kurz die wenigen Zeilen. »Klingt wie ein schlechtes Gedicht.« Unsicherheit schwingt in seiner Stimme mit, als wüsste er nicht, was er mit den Worten auf dem Papier anfangen soll.

»Ich glaube nicht, dass das ein Gedicht ist.«

»Wieso nicht? Ada hat sich doch für Literatur interessiert.«

Hat sich interessiert. Der Verlust ist schon in Dominiks Sprache angekommen. Jenny kann das nicht. Kann nicht die Vergangenheitsform benutzen. Nicht schon nach wenigen Wochen. Dann hätte sie endgültig akzeptiert, was sie irgendwann akzeptieren muss, aber noch nicht jetzt.

»Das ist doch nicht Adas Handschrift«, sagt sie. »Erkennst du etwa ihre Handschrift nicht?« Sie will nicht so schrecklich anklagend klingen und tut es doch.

Dominik sieht noch mal hin, diesmal genauer. »Ach stimmt«, sagt er dann leise. Zum ersten Mal tropft da etwas Trauer durch seine schalldichte Mauer. Zum ersten Mal ist da eine Emotion.

»Ich finde, das klingt wie eine Drohung. Lies auch den anderen. Das ist auf jeden Fall eine.«

Einen Augenblick starrt Dominik auf das Papier, erst das eine, dann das andere, als befände sich die Antwort irgendwo zwischen den Tintenbögen.

»Aber wer sollte Ada so was schicken?«, fragt er schließlich. »Das macht gar keinen Sinn. Sie hatte doch mit niemandem Stress.«

»Und wenn sie uns davon einfach nichts erzählt hat?«

Dominik schüttelt den Kopf. Innerlich ringt er um Fassung. Seine Finger trommeln unruhig auf der Tischplatte, sein Bein wippt. Vielleicht sehnt er sich nach Bewegung, nach dem Rauslassen der Emotionen. Der Körper will was tun, aber der Verstand lässt ihn nicht. Also muss der Körper Lasten tragen, für die er nicht geschaffen ist, die unsichtbar sind und doch tonnenschwer.

»Wieso sollte sie uns davon nichts erzählt haben? Das macht doch keinen Sinn.« *Das macht doch keinen Sinn.* Das sagt er immer wieder. Ein winziger Satz, Ausdruck seiner Ohnmacht.

»Sie hat sich von einer Brücke gestürzt«, hört Jenny sich sagen. Sie will nicht so sein, so erbarmungslos mit Dominik und sich selbst. Aber sie muss irgendwohin mit sich und diesem wühlenden Zorn, und vielleicht übernimmt das Geschwür aus Wut jetzt die Kontrolle über ihr Sprachzentrum. »Sie hat uns gar nichts erzählt. Was auch immer sie so sehr belastet hat, dass sie keinen anderen Ausweg gesehen hat, hat sie uns nicht erzählt.«

Da ist es. Keiner von ihnen beiden hat es bislang ausgesprochen, und nun hängt es ungeschönt zwischen ihnen. Untermauert, was die Blicke auf der Beisetzung schon angedeutet haben. Sie haben als Eltern versagt. Und nun versagen sie wieder: miteinander, in der Trauer, im Antworten-Finden, in ihrer Ehe.

»Du hast recht«, antwortet Dominik. Seine Stimme hat binnen Sekundenbruchteilen auf Anwaltsmodus umgestellt. Kühl und unnahbar wird sie. Berechenbar, bereit zum Sezieren. Gleich würde er jedes Wort auseinandernehmen, das Jenny noch von sich gibt. Als wäre sie die gegnerische Partei und als wäre dies eine Gerichtsverhandlung, in der es gar nicht um die Wahrheit geht, sondern nur ums Gewinnen und Verlieren.

»Und was heißt das jetzt?«

Dominik legt das Papier beiseite. »Dass wir Scheißeltern sind. Und dass es jetzt zu spät ist, was dran zu ändern.«

»Super Erkenntnis«, sagt sie trotzig.

»Was willst du von mir hören?«

Ich will, dass du diese kalte Hülle ablegst, schreit es in Jenny. Ich will, dass du weinst und mit mir zusammen mit der Welt haderst. Ich will, dass du aufhörst, Protagonist eines Schauspiels zu sein, und mir meinen Mann zurückgibst.

Aber das Geschwür hat mittlerweile ihr Herz erreicht, und es hindert sie daran, auszusprechen, was sie denkt. Sie zeigt nur auf den Zettel. »Keine Ahnung, ich dachte nur, das interessiert dich vielleicht. Ich dachte, das würde deine berufliche Neugier wecken.«

»Und was soll ich deiner Meinung nach damit tun?«

Sein Arbeitshandy vibriert lautlos auf dem Tisch. Die feine Erschütterung fühlt sich an wie ein Erdbeben, das dem wackeligen Fundament noch mehr Risse verpasst.

»Ich weiß es nicht«, wispert Jenny. »Irgendetwas halt.«

Dominiks Blick klebt schon am Display. Jenny kann förmlich spüren, dass sich die Arbeit wie ein dünner Schleier zwischen sie schiebt. Und seine Erleichterung darüber, die tut am meisten weh. Endlich kann er aus der Situation abhauen. Muss sich nicht mehr mit Jenny herumschlagen. Kann sich mit sich selbst beschäftigen. Kann noch ein Pflaster über die Wunde kleben, damit es auch wirklich hält.

Dominik trauert anders als sie. Er und sie, sie sind jetzt zwei gleichgepolte Magnete, die sich abstoßen. Jede Nähe zueinander lässt sie wieder voneinander abprallen. Nur die Distanz ist sicher. Da können sie sich umkreisen, da kribbelt es kühl, die Spannung auf Anschlag.

»Fang endlich an, zu akzeptieren«, sagt er. »Der Zug ist abgefahren. Wir müssen damit leben.«

Dann nimmt er das Gespräch an. Gibt ihr keine Möglichkeit, den emotionalen Graben aufzubrechen oder den Magneten umzupolen. Dabei will Jenny Dominik zurückhaben. Nicht nur als ihren Mann. Auch als Verbündeten. Noch während er gedämpft mit seinem Kollegen spricht, steht er auf und verschwindet im Flur. Nur eine Minute später hört Jenny die Haustür zuschlagen.

»Niemals«, flüstert Jenny in die Stille. Akzeptieren heißt irgendwie auch aufgeben. Und Jenny kann nicht aufgeben. Dafür ist es noch viel zu früh.

Sie nimmt den Zettel an sich, den Dominik achtlos hat fallen lassen. Ihr Brötchen liegt unangetastet vor ihr, während sie auf die fremde Schrift starrt.

»Wer bist du?«, fragt sie in die Küche, in den Raum, der voller Leben und Gemütlichkeit sein sollte, voller Zusammenkommen und Alltagsgeschichten, und der jetzt leer und kalt ist.

ich bin viele.

Die Antwort ist lachend da, wenn auch nur in ihrem Kopf, und sie klingt hässlich und schadenfroh.

Fast hätte Jenny das Papier in ihrer Faust zerknüllt. Das Geschwür ist auf Zerstörungskurs, will aufbrechen, der Zorn in ihr will etwas brennen, explodieren, zersplittern sehen. Und plötzlich wird alles glasklar. Jenny, die in den letzten Wochen gedacht hat, dass da nichts mehr von ihr und dem Muttersein übrig ist, versteht, dass sie noch eine Aufgabe hat, die sie bewältigen muss. Eine Aufgabe als Mutter. Eine Aufgabe *vor* der Akzeptanz. Eine Aufgabe, bevor sie sich erlauben kann, in denselben Abgrund zu fallen wie Dominik.

Sie muss die Ohnmacht abstreifen. Sie muss sie loswerden. Und dann wird sie nicht eher ruhen, bis sie herausgefunden hat, an welchem Punkt sich Adas Leben um einhundertachtzig Grad gedreht und sie nur noch die Dunkelheit als Lösung angesehen hat.

»Du magst überall sein«, sagt sie zu dem Papier in ihrer Hand. »Aber ich werde dich finden. Und wenn es das Letzte ist, was ich tue. Ich werde dich finden.«

Ada ist immer davon ausgegangen, dass Jenny, obwohl sie eine junge Mutter gewesen ist, ein unbewegliches Urgestein ist. Eine dieser Frauen, die sich der digitalen Welt verweigern. Und manchmal hat Jenny sogar vermutet, dass ihre Tochter insgeheim davon überzeugt sei, dass Jenny nicht wüsste, wie man sich im Internet fortbewegt.

Zumindest in einer Sache hat Ada falschgelegen. Jenny hat sich den sozialen Medien nie ganz verweigert. Genau genommen besitzt sie sogar einen Facebook-Account, allerdings im Geheimen. Ohne Profilbild und mit einem verkürzten Namen. Ein Profil, mit dem man nicht am digitalen Sozialleben teilnimmt, sondern das eher ein Werkzeug ist, mit dem man ausspähen und recherchieren kann. Ein Werkzeug, das Jenny vor Ewigkeiten mal angelegt und dann nicht mehr angefasst hat.

Jetzt kramt sie ein zerfleddertes Notizbuch aus ihrem Nachttischschränkchen. Passwörter hat sie in das unscheinbare Buch reingeschrieben, allesamt. Genau so, wie man es eigentlich nicht tun soll, aber wie kann man sich die alle sonst merken?

Da stehen die Passwörter für alle möglichen Onlineshops. Auch für die, in denen sie vor Jahren mal was bestellt hat. Spielzeug. Kinderklamotten.

Jenny blättert durch die Seiten. Nur Zahlen- und Buchstabenkombinationen füllen das Papier, und trotzdem tut es weh. Es sind die Eintrittskarten in eine Welt der Erinnerungen. Sie erinnert sich an die Bestellungen. An das Bienenkostüm, an die Bausteinsets, an die Gartenschaukel. Alles, was sie jemals nach Hause geordert hat, baut sich vor ihrem inneren Auge auf. Erinnerungen sind ein Geschenk, findet sie, aber auch eine verdammte Folter. Vielleicht wird sie irgendwann so weit sein, dass sie an all das mit einem Gefühl der Wärme und Dankbarkeit zurückdenken kann. Aber jetzt ist es nur so, dass das Geschwür in ihr wächst und wächst und wächst und aufplatzt und eine eitrige Masse aus Gift in ihr verteilt. Als wollte das Gift alle Erinnerungen wegätzen, damit sie nicht mehr so scheiße wehtun.

Facebook liest Jenny dann. Ehrlich gesagt hat sie keinen blassen Schimmer, warum sie glaubt, irgendetwas Hilfreiches zu finden, wenn sie ihren alten, unsichtbaren Account reaktiviert. Sie ist nicht einmal mit Ada vernetzt. Sie hat sich geziert, ihrer Tochter zu sagen, dass sie sich da angemeldet hat. Ein Netzwerk für Mam-

71

muts, das war Adas Meinung über Facebook. Ein Netzwerk für alte Leute halt. Dabei fühlt Jenny sich nicht alt, jedenfalls damals nicht. Heute fühlt sie sich hingegen steinalt, weil der Verlust ihr unzählige Lebensjahre geraubt hat. Verlust gräbt Falten in das Gesicht und zieht die Farbe aus den Haaren, so ist das nun mal. Verlust macht die Knochen schwer und den Geist noch viel mehr.

Jenny setzt sich an den winzigen Schreibtisch im Schlafzimmer und klappt den Laptop auf. Er gehört ihr, auch wenn sie ihn kaum benutzt. Nur manchmal verwendet sie ihn, um sich Inspiration zu suchen. Für neue Rezepte. Für kreative Denkanstöße. Die einzige Plattform, die sie wirklich regelmäßig verwendet, ist Pinterest.

Dominik hat ein eigenes Büro im Haus, denn er bringt manchmal Arbeit mit oder legt ganze Homeoffice-Tage ein. Seit Adas Tod ist das Büro der Raum geworden, in dem er sich am meisten aufhält. Da kann er sich vor Jenny verstecken.

Sie öffnet Facebook und loggt sich ein. Ihr Passwort ist unsicher, das weiß sie selbst. Es besteht aus den Zahlen von Adas Geburtstag. Zu berechenbar, zu leicht zu knacken, wenn man ihre Familie kennt. Aber wer interessiert sich schon für ihre Familie, hat Jenny sich damals gefragt.

Ein paar Benachrichtigungen schlagen ihr auf dem Monitor entgegen. Freundschaftsvorschläge tauchen in einer Leiste am unteren Bildschirmrand auf. Sie ist nur mit Dominik vernetzt, und daraus schließt der Algorithmus, dass sie sicher ein paar Leute aus seinem Bekanntenkreis kennen muss.

Aber Jenny ist auf der Suche nach jemand anderem. Oben in der Suchspalte gibt sie Adas Namen ein. Auch, wenn ihre Tochter Facebook nicht gemocht hatte, war sie trotzdem dort aktiv. Werbung muss man breit streuen, pflegte sie immer zu sagen. Jenny betätigt die Suchanfrage, und nur Sekundenbruchteile später baut sich die Ergebnisliste vor ihr auf.

Für einen Moment glaubt Jenny, dass da irgendwas schiefgelaufen ist. Eine Reihe von Ergebnissen baut sich vor ihr auf. Eine Reihe von Adas. Aber das kann nicht sein, es gab ja nur eine. Facebook muss sich aufgehängt haben. Oder ihr Laptop. Vielleicht ist er schon zu alt, zu wenig genutzt, außer Form. Sie wiederholt den Suchvorgang. Gibt den vertrauten Namen noch einmal an. Drückt Enter. Und wieder ist da dieselbe Ergebnisliste.

»Das kann nicht stimmen«, murmelt Jenny hilflos. Sie wünscht sich, Dominik wäre noch nicht weg und könnte ihr sagen, ob sie was falsch gemacht hat. Vielleicht hat Ada doch recht gehabt, und sie, Jenny, will nur nicht wahrhaben, dass sie schon längst ein Mammut ist. Vielleicht macht sie den Fehler, den alle Erwachsenen irgendwann machen: Sie glauben, sie wären unglaublich jung geblieben. Dass der Geist dem alternden Körper noch weit voraus ist, dass die Hülle irgendwann zum Verräter für den Jungbrunnen wird, der einem innewohnt. Vielleicht ist das nur ein Selbstbetrug. Ein Weg, sich mit dem neuen Spiegelbild anzufreunden.

Aber das ist Jenny jetzt egal. Jetzt starrt sie nur die Ergebnisliste an. Die Liste zeigt Adas Profil an. Adas Namen. Adas vertrautes Gesicht. Ihr Lächeln. Das Muttermal auf der linken Wange. So viele Details, festgehalten in einer zweidimensionalen Wand aus Pixeln.

Aber das Profil, der Name und das Gesicht … Sie tauchen nicht nur einmal auf. Dutzende Male reihen sie sich untereinander. Unterschiedliche Profilbilder, aber sie zeigen immer Ada. So viele virtuelle Adas sind da, dabei existiert nicht einmal mehr eine von ihnen in der Realität.

Das kann unmöglich Adas Werk sein, denkt sich Jenny. Wieso sollte sie all diese Profile auf einer Plattform haben, die sie nicht einmal ausstehen konnte?

Jenny hört den Puls ihres eigenen Herzens in ihren Ohren. Wie ein Donnerschlag dröhnt er da und übertönt alle anderen Geräusche. Der Cursor ihrer Maus bewegt sich hektisch. Er zittert im

Gleichtakt ihrer Hand, als sie wahllos auf eines der Profile klickt. Nicht auf das obere, das echte Profil, sondern auf eines der anderen.

Das Internet kann hässlich sein, hat sie oft zu Ada gesagt, ohne eigentlich zu wissen, *wie* hässlich. Ohne überhaupt zu wissen, *was* im Internet hässlich sein kann.

Das lernt Jenny erst in diesem Augenblick.

ADA

Kims Zimmer war riesig. Mehr schon eine kleine Wohnung, denn ihr Schlafzimmer besaß auch einen eigenen Wohnbereich. Durch die weiße Tür kam man direkt in das angrenzende Bad mit der frei stehenden Wanne und dem Waschbecken auf einer Marmorplatte. Ada war schon immer öfter bei Kim gewesen als andersrum, selbst in ihrer Kindheit. Hier hatte es stets nach Freiheit gerochen. Kims Eltern waren fast nie da, beide arbeiteten in einer Bank und waren da irgendwelche hohen Tiere.

Ihre beste Freundin hatte es all die Jahre nie zugegeben, weil sie Schwäche nie zugab, aber Ada wusste, dass der Preis für die Freiheit und den locker sitzenden Geldbeutel der Eltern ein kaum aushaltbares Maß an Einsamkeit war. Vielleicht war Kim deswegen so eine besitzergreifende Freundin. Und vielleicht war sie deswegen manchmal wie ein Blizzard in das Haus der Wagners geschneit und hatte dort Wärme inhaliert, so viel sie konnte. Der emotionale Akkubestand musste schließlich lange halten.

Jetzt saßen sie auf der riesigen weißen Polsterlandschaft, eingehüllt in Decken, und aßen Pizza. Im Fernseher an der Wand lief eine alte Folge *Friends*, über die Kim nonstop schimpfte, weil der Humor der letzten Jahrzehnte hier und da im Rückblick aus der Zeit gefallen war. Aber ausschalten wollte Kim auch nicht. Manchmal war der Spagat zwischen den eigenen moralischen Werten und der Sehnsucht nach Vergessen, nach einer Atmosphäre, in die man sich wohlbehütet und nostalgisch fallen lassen konnte, gar nicht so leicht. Egal, wie man es drehte und wendete, man fühlte sich mies dabei. Ohne ging nicht, aber mit auch nicht.

Sich-mies-Fühlen hatte Ada außerdem eh schon mitgebracht. »Was mache ich denn jetzt?«, murmelte sie vor sich hin und pulte einen Champignon von dem Stück Pizza in ihrer Hand. Sie hasste Pilze, vor allem die aus der Dose. Eklig und glitschig waren die. Wie perfide musste man sein, um so was zu essen?

Kim hörte ihr nur mit halbem Ohr zu. Ihr Blick war gebannt auf den Flachbildschirm gerichtet. »Hm«, machte sie mit vollem Mund.

Ada stieß ihrer besten Freundin in die Seite. »Ey. Du ignorierst mich.«

»Ja, stimmt, sorry. Was hast du gesagt?« Kim machte den Fernseher leiser.

»Ich habe keinen Schimmer, was ich jetzt anstellen soll. Nach der Botattacke. Ich meine, da haben einfach Dutzende oder Hunderte Accounts meinen laufenden Stream und meinen Chat geflutet mit Spam und Hassnachrichten. Accounts, von denen ich nicht mal weiß, ob sie echt sind oder programmiert. Ob da eine Person dahintersteckt oder sich Leute gegen mich zusammengetan haben …« Ada hält kurz inne. »Wenn das so weitergeht, können die meinen ganzen Kanal zerstören. Dann wäre die Arbeit der letzten Zeit total umsonst gewesen …« Ada verzog das Gesicht. Sie wollte sich das gar nicht vorstellen. Sie müsste noch mal von vorne anfangen. Einen neuen Kanal aufziehen. Den ganzen Shit im Reset.

»Scheiß doch auf die Bots.«

Das war Kims Antwort auf alles. Scheiß auf die Bots. Scheiß auf den Typen von der Party. Scheiß auf alles. *Scheiß auf …* war ihr Lebensmotto. Aber manchmal ging das nicht. Manchmal konnte man nicht alles an sich abprallen lassen.

»Aber die machen so viel kaputt«, versuchte Ada es noch mal. »Den Algorithmus zum Beispiel.«

Kim schluckte den Bissen herunter. »Ja, und? Das ist doch nur das Internet. Dann haben eben ein paar Bots mal deinen Kanal geflutet, und? Die gehen auch wieder und suchen sich ein neues Opfer.«

Ada blieb die Spucke weg. »Kann es sein, dass du das nicht so richtig ernst nimmst? Ich versuche, mir da was aufzubauen, das weißt du doch.«

Dass ihre Eltern kaum Interesse für ihre Streaming-Leidenschaft an den Tag legten, war Ada ja gewohnt, aber dass Kim nun in die gleiche Kerbe schlug, verletzte sie.

Und Kim war nicht auf den Kopf gefallen. Sie würde an Adas Miene sehen, wie sehr es in ihr rumorte.

»Sorry«, murmelte ihre beste Freundin zerknirscht. »Ich wusste nicht, dass das so ein großes Ding ist. Ich dachte, die nerven halt mal in einem Stream rum und verpissen sich dann.«

»Ja, kann sein, dass es so ist. Oder auch nicht, und die verbeißen sich. Bots kommen nicht von selbst. Die werden gesteuert.«

»Und von wem?«

Ja, von wem?

Ada zögerte kurz, dann erzählte sie Kim von Patricks aufdringlichen Kontaktversuchen und den seltsamen Nachrichten auf Instagram nach ihrer Begegnung im Club.

»Was für ein Widerling«, kommentierte diese angewidert. »Aber glaubst du, der ist zu so was fähig?«

Ada zuckte mit den Schultern. »Keine Ahnung. Es gibt auch Leute, die sich einen Spaß draus machen, einfach irgendwelche Kanäle zu stürmen. Da geht's gar nicht um was Persönliches.«

»Geht das anderen Streamern auch so?«

»Ja. Ich habe mich da mal bei einigen schlaugemacht. Ein paar haben das auch schon erlebt. Vor allem Streamerinnen haben damit zu kämpfen.«

»Ist nicht wahr.« Kim verzog das Gesicht, als hätte sie es schon geahnt. »Aber wundert es uns? Ist doch immer dasselbe. Wenn Frauen erfolgreich sind, müssen irgendwelche Dudes alles tun, um sie zu sabotieren, weil irgendwas mit fragilem Ego und so.« Kim schüttelte den Kopf. Sie legte den Pizzakarton zur Seite, als hätte diese Misogynie ihr den Appetit verdorben.

Vor ein paar Jahren, als sie noch jünger war, hätte Ada womöglich widersprochen. Da hätte sie ihrem grauhaarigen Politiklehrer nachgeplappert, hätte gesagt: Ach was, stimmt doch alles nicht. Es ist das einundzwanzigste Jahrhundert, Gleichberechtigung ist überall angekommen, und woher hast du überhaupt diesen Männerhass?

Aber jetzt war das anders. Jetzt konnte sie die Dinge sehen, wie sie tatsächlich waren. Konnte das diffuse Gefühl, das sie früher nur erahnt hatte, greifen und beschreiben. Konnte erkennen, dass Gleichberechtigung zwar auf dem Papier vorhanden und im Grundgesetz verankert war, es im Alltag aber noch ganz anders aussah. Im Alltag gab es eben doch noch Gaslighting und Belästigung, häusliche Gewalt und Femizide, die von den Medien verständnisvoll als Familientragödien beschrieben wurden. Da gab es den Gender Pay Gap und die erhöhte Altersarmut unter Frauen, weil sie die meiste Care-Arbeit leisteten und deshalb häufiger in Teilzeit arbeiteten, da gab es Pandemien, in denen Frauen die größte Last trugen, und da gab es eben Männer, die sich einen Spaß daraus machten, Streamerinnen unter dem Deckmantel der Anonymität ins Straucheln zu bringen.

Aber woher willst du wissen, ob das überhaupt Männer sind?, fragte die vorwurfsvolle Stimme ihres alten Politiklehrers in ihrem Kopf.

Ich weiß es einfach, antwortete Ada trotzig. Jede Frau weiß das.

»Kann man irgendwas tun, um dir zu helfen?«, fragte Kim. »Ich weiß ja nicht, vielleicht den Kanal moderieren, während du streamst? Ich kenne mich mit dem Kram gar nicht aus, aber ich könnte Benni fragen.«

Na endlich, dachte Ada. Endlich kam die Unterstützung, die sie sich erhofft hatte. Der Balsam für ihre aufgescheuchte Seele war.

Stündlich schwankte Ada zwischen dumpfer Panik und wütendem Aktionismus.

»Ich komme drauf zurück, wenn das beim nächsten Stream immer noch ein Problem ist«, erwiderte sie. Ein paar Leute aus ihrer Community hatten schon angefangen, die Chats zu moderieren, aber vielleicht war das noch nicht genug. Vielleicht würde sie das wirklich tun. Hilfe annehmen. Einfach so. Ja, genau, einfach so, ohne sich dabei schwach zu fühlen, weil die Gesellschaft einem einhämmerte, dass man immer alles aus eigenem Antrieb schaffen musste. Weil man sonst als Schwächling galt.

»Danke«, fügte sie leiser hinzu.

»Ach, das ist doch klar«, winkte Kim ab, aber Ada konnte sehen, dass ihre beste Freundin sich innerlich vor Unbehagen wand. Sie war gut darin, auszuteilen, zuzutreten, verbal natürlich. Gut darin, sich aufzuplustern und gewaltig zu wirken. *Mir kann niemand was*, war ihr Schutzwall. Mit Momenten der vermeintlichen Schwäche, mit aufgerissenen Gräben aus Emotionen konnte Kim immer noch nicht umgehen, egal, wie viel Wärme sie heimlich bei Adas Familie über all die Jahre getankt hatte.

Ada ließ den Blick durch den cleanen Raum wandern und dann zu Kim, die sich über die letzten Pizzastücke mit den Dosenpilzen hermachte. Und Ada dachte, dass der ganze teure Schnickschnack in dieser Villa den leeren Ausdruck auf Kims Gesicht doch irgendwie nicht wert war.

Die Stille in dem Labyrinth-ähnlichen Haus war ohrenbetäubend, das fiel Ada bei jedem Besuch auf. Kims Eltern waren nicht zu Hause, sondern auf Geschäftsreise oder im Urlaub oder sonst irgendwo, das wusste nicht mal Kim selbst genau. Und die Abwesenheit von Menschen, von Familie, machte so einen Lärm, dass es wehtat. Auch wenn der Lärm nur im Kopf stattfand. Auch wenn er sich als Schweigen tarnte.

Ada könnte hier nicht allein schlafen, trotz ihrer achtzehn Jahre. So viel *Mir kann keiner was* könnte sie gar nicht in sich tragen, um diese Stille auszuhalten. Jedes Knacksen, jedes Geräusch ließ sie nachts hochfahren. Es war ein Kontrastprogramm zu jener Stille. Das war wie der Nervenkitzel auf einer Achterbahn, nur bedrohlicher. Da gab es keinen Sicherheitsgurt.

Draußen dämmerte es bereits. Ada blinzelte und drehte sich zur Seite, wo sie Kim noch schlafend wähnte. Aber das zwei Meter breite Bett war neben ihr leer, die Decke zurückgeschlagen. Sie waren bis spät in die Nacht wach geblieben, wieso war Kim also so früh schon auf den Beinen?

Ada gähnte. Eine Weile nahm sie das Handy in die Hand und scrollte sich durch TikTok. Ihr halber Feed war voll mit einer Spendenaktion, die ein paar Influencerinnen, die vor allem aktuelle gesellschaftspolitische Themen besprachen und damit zu hoher Reichweite gelangt waren, für eine krebskranke junge Frau ins Leben gerufen hatten. 243.056 Euro waren schon zusammengekommen. Was für eine krasse Summe, dachte Ada. Manchmal fragte sie sich, was so eine virtuelle Welt wohl noch alles zustande bringen konnte, wenn sie ihre ganze Macht zusammenwarf und sie für etwas Gutes einsetzte. Was man gemeinsam alles erreichen konnte, wenn man nur wollte. Solche Aktionen jedenfalls waren ein kleiner Ausblick auf ungenutzte Möglichkeiten.

Irgendwann quälte sie sich aus dem Bett. Kälte umspielte ihren Körper, als sie aus dem Schlafshirt und in Hose und Pullover schlüpfte. Die Kälte des unbeheizten Zimmers, weil Kim keine Heizungsluft mochte, und die Kälte der Stille.

Sie ging erst für eine Katzenwäsche ins Bad und dann nach unten in die Küche, die ein Imperium aus weißen Einbauschränken und marmornen Arbeitsplatten war. Kim saß an der Kücheninsel auf einem Barhocker, vor sich einen Kaffee, dazu tippte sie auf ihrem Smartphone herum.

»Hey, schon wach?«

Kim sah hoch. Ihr türkisfarbenes Haar wirkte ausgeblichen, fiel es Ada im kühlen Licht der Küchenlampe auf. Als hätte sie es länger nicht mehr nachgefärbt, dabei färbte Kim eher zu viel als zu wenig nach. Ihre Haarfarbe war ein Statussymbol, eine unübersehbare Unterstreichung von *Mir kann keiner was.* Was geschah, wenn sich die Farbe herauswusch? Bröckelte dann auch der Wall aus Härte, der zwischen Kim und der Welt stand und manchmal auch zwischen Kim und Ada?

»Hey, ja. Ich konnte nicht pennen. Wollte dich aber nicht wecken.«

»Hast du nicht.«

Ada blieb vor der Kaffeemaschine stehen. Ein hochmoderner Vollautomat. Ein paar Sekunden lang musste sie sich konzentrieren. So viele Knöpfe, so viele Möglichkeiten. Kim hatte ihr das Ding schon tausendmal erklärt, trotzdem konnte Ada sich nicht merken, wie man einen simplen Kaffee da rausbekam.

»Der dritte von links. Einmal drücken. Hab schon auf die mittlere Stärke eingestellt.«

Ada sagte nicht, dass sie ihren Kaffee eigentlich ganz ohne Koffein trank. Kim klang schlecht gelaunt, und sie hatte so eine Art, ihre schlechte Laune immer unterschwellig zur Schau zu tragen. Mit rollenden Augen, genervtem Schulterzucken, ungeduldigen Seufzern. Dann fühlte man sich neben ihr immer unfähig, egal was man sagte. Wahrscheinlich hätte sogar eine so kluge Frau wie Marie Curie sich neben Kim unfähig gefühlt.

Also stellte Ada nur eine Tasse in die Maschine und drückte den Knopf, den dritten von links. »Warum hast du schlecht geschlafen?«

»Keine Ahnung. Ich glaube, die Pizza ist mir nicht bekommen. Mir war die ganze Nacht kotzübel. Am liebsten hätte ich gekotzt, aber ging nicht.«

Ada dachte an die Dosenpilze. Ihr Magen stülpte sich allein bei der Vorstellung um. Da wäre ihr auch kotzübel. Als der Kaffee durchgelaufen war, setzte sie sich auf den zweiten Barhocker neben Kim.

»Sag mal«, sagte ihre beste Freundin und schob Ada ihr Smartphone zu, »wieso hast du dir auf Insta ein neues Profil angelegt?«

»Hä? Hab ich doch gar nicht.«

»Na, schon. Das ist doch dein Profilbild. Guck, hier.« Kim tippte mit dem Zeigefinger auf dem Display herum. Eine dünne Schicht aus Schmier war drauf. Vielleicht konnte sie deswegen nicht richtig lesen und verwechselte Fotos, vermutete Ada kurz, bevor sie sich über das Smartphone beugte.

Aber die Schicht trog nicht. Das war wirklich ihr Profilbild.

»Das ist nicht mein Profil«, sagte sie und nahm Kims Smartphone in die Hand, um sich die Sache genauer anzusehen. Viel war nicht zu erkennen, nur Adas Foto und ihr Name, alles andere war hinter einer Sperre verborgen. *Privates Konto.*

»Ich hatte eine Freundschaftsanfrage von dem Profil«, erklärte Kim.

»Hast du sie angenommen?«

»Klar, ich dachte ja, das wärst du. Jedenfalls, bis ich gesehen habe, dass da *wannabe streamerin* in der Bio stand. Da wusste ich: Das ist bestimmt nur so ein Scam. Sicher will mir irgendein Ölprinz sein Milliardenvermögen vererben. Oder ich soll auf irgendeinen Link gehen und dann … Nee, danke, ich hab die Vernetzung wieder gelöst. Von diesen Scams gibt es so viele. Nachher fang ich mir noch einen Scheißvirus ein.«

»Du hast doch ein iPhone«, entgegnete Ada bissig. »Sagst du nicht immer, die wären ach so sicher? Schick selber mal eine Anfrage, ich will mir das Profil ansehen.«

Kim schien unschlüssig. Sie zwirbelte eine blasstürkise Haarsträhne um ihren Zeigefinger, als würde ihr das beim Nachdenken helfen. Aber dann tat Kim, worum Ada sie gebeten hatte. Schließlich hatte sie ihr Support versprochen, heute Nacht erst. Und an Versprechen hielt Kim sich eisern, das war so ein Ehrending für sie. Sie tranken beide Kaffee, während sie warteten. Keine Ahnung, worauf Ada eigentlich wartete. Irgendwie kam da so viel zusammen, die Party, der vermasselte Stream, jetzt ein Scamprofil. Ein Kackzufall konnte das sein, oder vielleicht hatte sich das Schicksal gedacht, jetzt alle Munition auf Ada zu verfeuern, denn manchmal war das so im Leben: Manchmal kam alles Schlechte einer Karmaperiode auf einen Schlag.

»Angenommen!« Kim stellte ihre Tasse ein bisschen zu fest auf die Arbeitsplatte.

»Deine Anfrage?«

»Jap.«

Ada beugte sich zu ihr. »Lass mal sehen.«

»Da gibt's nichts zu sehen. Leeres Profil und halt nur die kurze Bio.« Kim kippte das Smartphone in Adas Richtung. »Scam. Wie ich's prophezeit habe.«

Erleichterung. Plötzlich war der Druck in ihr weg. Nur eine dunkle Vorahnung blieb zurück, die Ada einfach nicht mehr loswurde. Wie eine zweite Schicht klebte dieses Gefühl seit Tagen an ihr. Sie hatte mal gelesen, dass es vor einem Sturm diese gespenstische Ruhe geben sollte, bevor dann pure Naturgewalten über einen hineinbrachen. Genauso fühlte sich Ada.

Als wäre da irgendwas im Gange, als gäbe es da ein vorgefertigtes Drehbuch, und nur sie selbst war nicht eingeweiht in das Kammerspiel ihres Lebens.

»Kann ich den jetzt blockieren?«, fragte Kim.

Ja, hätte Ada fast gesagt, aber dann hielt sie inne. Die Gummireste waren noch da, und vielleicht waren sie ein Warnzeichen.

»Kannst du noch warten?«

»Warten? Worauf denn? Glaubst du, da kommt noch was außer

irgendwelchen abstrusen Produktangeboten? Oder Werbung für Kryptowährung?« Kim lachte, dabei war hier nichts witzig.

»Ich weiß nicht. Kannst du es einfach tun?«

Da war das Augenrollen, aber zumindest nickte Kim.

»Danke.« Ada leerte ihren Kaffee. »Ich hole jetzt meinen Kram.«

»Willst du etwa schon los? Benni muss am Wochenende arbeiten, du kannst doch bleiben.«

»Ich kann nicht. Muss noch so viel erledigen heute, sorry.«

Kim schmollte. Sie schaffte es immer, dass man sofort ein schlechtes Gewissen bekam. Auf diese leise, aber aufdringliche Weise, mit verzogenen Mundwinkeln und schimmernden Augen, kurz vor einem Tränenausbruch. Das war der einzige Weg, auf dem sie noch zu ihren emotional abgeschotteten Eltern durchdringen konnte, wusste Ada, und diese Taktik wandte Kim schamlos bei allen anderen Menschen an. Auch bei ihr, bei Ada. Da ganz besonders, denn Ada war emotional nicht abgeschottet, sondern ein Gebäude ohne Fenster und Türen, offen und zugig. Binnen Sekunden konnte man durch sie hindurchrasen und jeden Winkel erkunden.

Und das wusste Kim. Das nutzte sie aus, selbst heute noch, wo Ada sie durchschaute.

»Ich ruf dich nachher noch mal an, ja?«, lenkte Ada ein. Ein Lächeln huschte über Kims Miene, gnädig, versöhnlich. Sie hatte nicht alles gekriegt, aber ein bisschen von dem, was sie wollte.

»Alles klar. Und ey«, hielt sie Ada, die sich schon zum Gehen gewandt hatte, noch mal zurück. »Scheiß auf dieses Fakeprofil, ja?«

»Ja, scheiß auf alles«, gab Ada zurück und lächelte, und irgendwie fühlte sich dieses Lächeln verrutscht an.

Sie hatte nicht den blassesten Schimmer, wie Kim das nicht sehen konnte. Es war ja nicht so, dass Adas innerstes Haus nicht so offen war, dass Kim sehen musste, was in Ada vorging.

Am Abend war alles normal. Der Stream lief ruhig, wie geschmiert. Ihre Community war so liebenswert, der Chat voller aufmunternder Worte. *war doch gar nicht so schlimm*, schrieben sie, *sollen die Bots sich doch woandershin verpissen, hier ist unser safespace, und hey, du hast das echt souverän gemeistert.*

Ada konnte sich fallen lassen. In das Game, das sie endlich ohne Zwischenfälle zusammen zocken konnten, in die kokonhafte, virtuelle Umarmung der Community, die sie anfeuerte, die Abos abschloss und ihren psychisch instabilen Boden festigte. Die Welt auf den Monitoren ersetzte ihre eigene, die echte. Sie war schön, weil sie künstlich erschaffen war, weil man sie nur anträumen, aber nie wirklich würde betreten können. Zocken war für Ada, was für andere Filme oder Bücher waren: Sie konnte die Wirklichkeit für eine Weile gegen eine bessere Welt eintauschen.

Die Stunden flogen nur so dahin, als Ada und die Spielfigur Ellie kaum noch zu unterscheiden waren, als die zarte, traurige Zombiestory ihre Herzen brach. Das der Community und auch Adas, aber auf diese gute, zerbrechliche Art, und die Kanten waren so rund, dass man das Herz danach wieder zusammensetzen konnte. Ohne bröselige Rückstände, ohne abgebrochene Stellen, die nicht mehr ineinanderpassten.

Nie hatte es eine vollkommenere Ruhe vor dem Sturm gegeben.

JENNY

Manches ändert sich nicht, auch wenn die Welt auf den Kopf gestellt wurde. Jenny hat erwartet, dass, wenn man einmal so etwas wie den Verlust einer derart nahestehenden Person erlebt, sich alles andere im Vergleich dazu harmlos anfühlen würde. Als hätte man mit diesem einen gewaltigen Schmerz ein für alle Mal jeden anderen für immer abgedeckt. Schlimmer kann es dann eigentlich nicht mehr werden. Man hat die Grenzen des Ertragbaren weit ausgereizt, ein Joker fürs Karma sozusagen. Ein Joker, den man nie haben wollte, aber trotzdem ausspielt. Dann würde man Dinge, die man früher verabscheut hat, einfach stoisch ertragen. Weil man abgehärtet ist. Weil man den *richtigen* Schmerz kennt.

Aber so ist es nicht.

Jenny steht zwischen den Supermarktregalen und ist sauer. Sie fühlt sich vom Schicksal, von der ganzen Welt betrogen, denn das, was sie noch eben auf dem Parkplatz gedacht hat, ist eine Lüge. Sie steht zwischen den Supermarktregalen, und es ist noch immer dasselbe: Sie hasst Einkaufen. Sie hasst die quietschenden Wagen, die klemmenden Rollen, sie hasst die Menschen, jetzt sogar noch viel mehr als zuvor. Sie rücken an sie heran, erkennen Jennys unsichtbare Grenzen nicht, wie auch?

Dominik hat vor einer Stunde angerufen. Es wird spät heute, hat er gesagt, wir haben einen schwierigen Fall und nur noch wenige Tage Zeit bis zur Verhandlung, kannst du vielleicht einkaufen, ich weiß nicht, wie ich das schaffen soll.

Ich auch nicht, hat Jenny gedacht, und jetzt steht sie hier, paralysiert zwischen Butter und Käse.

»Darf ich da mal ran?«, fragt eine ältere Dame neben ihr forsch und greift an ihr vorbei ins Kühlregal. Es kostet Jenny unendlich viel Kraft, einen Schritt beiseitezutreten, einen Schritt nur, und die Frau an die Margarine zu lassen.

Jetzt konzentrier dich, meine Güte, so schwer kann das doch nicht sein. Gnädig mit sich selbst soll man in der Trauer sein, und genau das kann Jenny nicht. Das mit der Trauer fühlt sich wie ein Wettkampf an, und sie muss als Siegerin daraus hervorgehen. Sie ist streng mit sich selbst, verlangt sich alles ab, obwohl sie niemandem Rechenschaft schuldig ist. Nur sich selbst, und das reicht schon. Warum man an sich ganz andere Maßstäbe ansetzt als an andere, das ist auch so ein ungelüftetes Geheimnis der Menschheit. Darüber grübelt Jenny nach, während die Wörter auf der Einkaufsliste vor ihr zu einem Einheitsbrei verschwimmen.

Sie umklammert den Zettel, auf dem sie wahllos Nahrungsmittel notiert hat, wie einen Rettungsring. Einen Rettungsring hätte auch Ada gebrauchen können, der hätte sie gerettet. Oder doch nicht? Sie ist ja nicht ertrunken, hat der Bericht der Rechtsmedizin gesagt, sondern zerschellt. Wie ein Glas, das man auf den Küchenboden fallen lässt. Das zwar nicht in Tausende Teile zerspringt, aber ganz viele Risse bekommt und seine Funktion verliert.

Dominik hätte seinen Einkaufszettel pragmatisch gestaltet. Hätte die Lebensmittel so untereinander gereiht, dass man sie der Reihenfolge der Regale entsprechend in den Wagen legen könnte. Jenny hingegen irrt umher, kreuz und quer durch den Laden. Sie muss noch mal an den Anfang zurück, als sie beinahe alles beisammenhat. Aber das Obst ist nun mal vorne, in jedem Supermarkt, das müsste sie doch eigentlich wissen. Jeder weiß das, nur sie nicht. Sie ist nicht nur im Muttersein eine Niete, sondern sogar beim Einkaufen. Bei den simplen Sachen. Immer wieder muss sie auf Anfang. So fühlt sich alles an, die Trauer und das Leben, nie geht es voran.

Als Jenny auch das Obst zusammengeklaubt hat, kann sie sich endlich an der Kasse anstellen. Eine Feierabendschlange hat sich da versammelt, und sie verflucht Dominik dafür, dass er ihr so spät Bescheid gesagt hat. Sie ist unruhig und dazu verdammt, auf der Stelle zu treten, es geht immer nur zentimeterweise vorwärts. Die anderen Einkaufenden ringsherum schauen angepisst und glotzen geschlossene Kassenbänder an, als reiche das Glotzen allein aus, dass sie magischerweise geöffnet werden und den Startschuss für ein Wettrennen aus Drücken und Schieben eröffnen. Weil die Leute mal eben jegliche Menschlichkeit vergessen, wenn sie nur zwei Minuten schneller als andere sind und dafür jedem in die Hacken fahren.

Dominik hat ihr das Einkaufen lange nicht mehr überlassen. Seit Jahren schon nicht mehr. Aber ausgerechnet jetzt, soll das eine Botschaft sein? Eine Bestrafung für irgendwas, für ein Versäumen, dafür, dass sie, als Mutter, ihre Tochter hat hängen lassen?

Wir hängen da zusammen drin, denkt Jenny wütend, während eine zweite Kasse öffnet. Sie bleibt stocksteif stehen, bewegt sich nicht aus der Schlange. Sie macht da nicht mit bei dem Drücken und Schieben, obwohl sie eigentlich nichts lieber als das machen würde. Vielleicht könnte sie so das Geschwür in ihrem Bauch punktieren, mit einer Nadel aus Rücksichtslosigkeit. Dann quillt vielleicht endlich alles raus. Und dann würden sich ihre Eingeweide wieder aufgeräumt anfühlen.

Es dauert ewig, bis Jenny dran und raus aus dem Supermarkt ist. Als sie die Einkäufe in ihrem kleinen Corsa verstaut, bemerkt sie, dass sie ein paar Sachen auf der Liste vergessen hat. Ich kann das nicht noch mal, denkt sie und knallt den Kofferraumdeckel so fest zu, als trüge er die Schuld an allem. Natürlich weiß ihr Verstand, dass dem nicht so ist, doch es ist leichter, wenn man irgendwelchen Gegenständen, die sich nicht wehren können, die Schuld in die Schuhe schieben kann: dem Kofferraum. Der Kaffeemaschine. Der Brücke. Dem Fluss. Die scheren sich nicht um die Schuld, die auf ihnen lastet. Nicht einmal bei Dominik scheint sie ein Gewicht zu haben. Nur bei Jenny wiegt sie. Da wiegt sie unerträglich schwer. Nur manchmal, da ploppt die Frage auf, ob sie wirklich etwas hätte sehen können. Ob sie ihrer Tochter nicht auch einfach vertraut hat, dass sie sich Jenny öffnen würde, wenn sie etwas belastete. Ob sie nicht … Aber jedes Mal, wenn diese Fragen ihr etwas Linderung verschaffen wollen, ruft Jenny sich selbst zur Ordnung. Sie ist Mutter. Sie hätte es besser wissen müssen, sie darf da kein Pardon mit sich selbst kennen, sich nicht selbst Absolution erteilen.

Sie bringt den Einkaufswagen weg und wirft den Zettel in den Mülleimer neben der Wagenstation.

Jenny öffnet die Autotür und rutscht auf den Fahrersitz. Das Einkaufen hat sie ausgelaugt. Als hätten all die anderen Menschen im Vorbeigehen ein bisschen von ihr mitgenommen. Als wäre Jennys Innenleben ein Teil der Supermarktauslage, aus der man sich bedienen kann.

Unterwegs muss sie sich auf den Verkehr konzentrieren. Seit Adas Tod ist sie nicht mehr Auto gefahren, weil sie ihren eigenen Gedanken nicht über den Weg traut. Und auch jetzt ist es eine Gratwanderung. Sie fragt sich, wie Dominik das schafft, wie er seinen Audi jeden Tag zwanzig Minuten durch die Straßen manövriert. Sie fragt sich, wie er die Trauer einfach zurücktritt, während Jenny von ihr weggeschwemmt wird.

Jeder Mensch trauert anders, sagt sie sich wieder und wieder und wieder und blickt in den Rückspiegel. Helle Lichter leuchten hinter ihr auf. Macht sie etwas falsch? Ihre Fingerknöchel treten weiß hervor, so fest umklammert sie das Lenkrad. Die Scheinwerfer verfolgen sie bis zur nächsten Kreuzung, dann biegt ihr Hintermann ab.

Jeder Mensch trauert anders, und trotzdem will sie Dominik für seine Weise schütteln und anschreien und etwas an ihm zerspringen lassen.

Jenny biegt in ihre Straße ein, unendlich erleichtert. Tränen brennen in ihren Augenwinkeln. Ihr ganzer Körper ist vor Anspannung verkrampft. Ihr Puls hämmert. Dann denkt sie an Daheim und den anderen Zettel. Den Zettel, der in ihrer Schreibtischschublade liegt. Den Zettel mit den Passwörtern für all die Konten, die sie sich in den letzten zwei Tagen angelegt hat. Stück für Stück, Plattform für Plattform. Am Anfang hat sie sich noch die AGBs durchgelesen. Sie ist sich unsicher gewesen, wozu sie da ihre Zustimmung gibt, welche Daten sie diesen Konzernen in den Rachen wirft. Aber irgendwann hat sie nur noch bestätigt. *Ich habe die AGBs gelesen und akzeptiert.* Beides war eine Lüge.

Denn Jenny will rein. Mit vollem Tempo rein an Orte, an denen sich Ada aufgehalten hat, wenn auch nicht jene Variante ihrer Tochter, die man anfassen kann. Nun hat Jenny diese Konten. Und egal, wo sie den Namen ihrer Tochter eingibt, tauchen verschiedene Varianten von Ada auf. Ada, die Streamerin, Ada, die Gymnasiastin, Ada, die Freundin, Ada, die Private, die sich hinter einem virtuellen Schloss verbirgt.

Und dann gibt es da noch die anderen Adas. Die, die Jenny nicht einordnen kann. Die auf den ersten Blick wie Zweit- oder Drittaccounts aussehen, doch bei denen selbst Jenny ein mulmiges Gefühl hat. Woher kommen diese Accounts?, fragt sie sich. Deswegen hat sie sich diese eigenen Konten angelegt, überall. Sie will den Spuren folgen.

Zu Hause warten Adas Spuren, und Jenny muss ihnen folgen.

Die Einkäufe vergisst sie einfach im Kofferraum.

ADA

Die Luft im Klassenzimmer stand. Stickig und faul fühlte sie sich an, viel zu oft durch zahllose Körper und Lungen gesogen. Wie zäher Brei kursierte sie einmal durch die Blutbahn, ohne genug Sauerstoff zu hinterlassen. Und wenn das mit dem Sauerstoff schon nicht klappte, wenn der sich schon nicht festsaugen konnte, dann war das mit dem Wissen umso schwieriger.

Ada fragte sich, wie Kinder und Jugendliche hier irgendwas Gutes für ihre Zukunft mitnehmen sollten. Sie hatte während der Corona-Pandemie, während Homeschooling und der zunehmenden Verzweiflung von Familien mitbekommen, wie sich Leute aus der Politik nach der ersten oder zweiten Welle in den Vordergrund gedrängt und die Maßnahmen an Schulen kritisiert hatten. Die Schließungen schaden den Kindern, hatten sie getwittert und Zuspruch aus der Querdenkerszene erhalten, die Schließungen zerstören die Psyche.

Sie hatten sie alle benutzt, ihre abstrusen Freiheitsbegriffe gegen Gewalt in Familien und der leidenden Psyche von Kindern ausgespielt. Ada hätte kotzen können. Keiner von denen hatte in den letzten Jahrzehnten mal einen Fuß in eine Schule gesetzt. Wenn ihnen allen wirklich das Wohl von Kindern am Herzen gelegen hätte, dann hätten sie Luftfilter eingebaut und Seife geordert und die kaputten Toiletten und Waschbecken repariert. Dann hätten sie nicht zugesehen, wie das Lehrpersonal in den Burn-out verschwand und Digitalisierung zu einem Kunstbegriff verkommen war. Dann würden sie nicht das Klima für Profit zerstören. Da endete offenbar die neu entdeckte Liebe für die junge

Generation. Das hielt immer nur so lange, wie es der eigenen Agenda passte.

Aber so war das eben. Adas Generation hatte schon viel früher als alle Generationen vor ihr das Vertrauen in die Politik verloren. Stattdessen musste sie – trotz massivem Protest, trotz Fridays for future, trotz Streiks, trotz zivilem Ungehorsam – zusehen, wie eine ganze Riege an Verantwortungstragenden Entscheidungen traf, die Adas Zukunftsvisionen auflöste.

Und jetzt saß sie auf dem wackeligen Stuhl, dessen Holzlehne sich unangenehm in ihren Rücken bohrte, während der alternde Lehrer an der Tafel die Stringtheorie erklärte. Die Schulleitung hatte ihn aus der Pension zurückgeholt, weil es nicht genügend Personal gab, und nun war da dieser alte Mann, der keinen Bock auf junge Leute mehr hatte und das auch deutlich zum Ausdruck brachte. Das war nicht weiter schlimm, denn die jungen Leute hatten auch keinen Bock auf ihn. Doch trotz seiner leiernden Stimme fand Ada die Theorie interessant. Sie bot ein Schlupfloch zu den großen Fragen: Gab es andere Dimensionen? Andere Universen? War es möglich, dass da draußen unzählige Versionen ihrer selbst ein ähnliches oder total anderes Leben lebten?

Sie fragte sich, ob die Menschheit in diesen Paralleluniversen wohl schlauer war. Ob sie da nicht wie eine zerstörerische Walze über den Planeten fegte und alles zerstörte. Wenn man sich durch die Geschichtsbücher wühlt, hätten wir doch etwas lernen müssen, dachte Ada. Sklaverei, Kolonialismus, Ausbeutung, der Holocaust. Am Anfang standen immer der Machthunger, oft gehüllt in patriarchale Strukturen, und seine Gier, einhergehend mit dem Hass auf alles, was sich nicht in Normen stecken ließ. Und der Lerneffekt schien immer wieder zu verpuffen. Das Kleid der Zivilisiertheit war so dünn, und all die Verbrechen, all die Jahrhunderte hatten keine stärkeren Maschen in den Stoff hineingewebt.

Der Stoß eines Ellenbogens riss Ada aus den Gedanken.

»Aua«, zischte sie Kim an und rieb sich die schmerzende Stelle.

»Sorry«, nuschelte ihre beste Freundin und schob Ada unter dem Tisch ihr Handy zu. »Aber guck mal.«

»Was ist das?«

»Mach deine hübschen Äuglein auf und lies selbst.«

Ein Chatverlauf offenbarte sich Ada da. Zwischen Kim und …

»Ist das dieses Fakeprofil vom Wochenende?«

»Jap.«

> **Adas Alter Ego: hi**

> **Kim: hi**

»Wieso hast du geantwortet?«, fragte Ada flüsternd.

»Weil mich interessiert, was diese Person will. Oder interessiert dich das nicht?«

»Schon«, gab Ada zu. »Aber es ist auch etwas creepy.«

»Es ist *super* creepy.«

»Gib mal her.«

Während Ada den Verlauf las, breitete sich eine Gänsehaut auf ihren Armen aus.

> **Adas Alter Ego: alles klar?**

> **Kim: jo. aber wieso schreibst du mir hier? hast du ein neues profil?**

> **Adas Alter Ego: nein, nur ein zweitprofil.**

> **Kim: wofür?**

Adas Alter Ego: für mehr privatsphäre. dachte, es wäre cool, nicht nur ein öffentliches profil zu haben. ich will mich hier nur mit meinen freunden und so vernetzen.

Kim: davon hast du am wochenende gar nichts gesagt.

Adas Alter Ego: vergessen. so wichtig ist das ja jetzt auch nicht. aber du, ich hab da eine blöde frage.

Kim: was denn?

Adas Alter Ego: hast du zufällig ein backup mit meinen zugängen und passwörtern und so? ich hab mich bei twitch falsch angemeldet und brauche den sicherheitscode. Ich find den daheim nicht.

Ada lief es eiskalt den Rücken runter. »Scheiße«, entfuhr es ihr ein Ticken zu laut. Vielleicht war dieses Handy ja schon der Beweis, dass Paralleluniversen existierten. Vielleicht war ein Molekül oder ganz viele in Form eines Handys durch irgendwelche gekrümmten Dimensionen zu ihnen gerast, und Kim und sie schrieben jetzt mit einer anderen Ada aus einem anderen Universum.

Das wäre weniger creepy als andere Erklärungsversuche, fand Ada.

Der Lehrer hielt bei ihrem Ausruf inmitten der quietschenden Kreidestriche inne.

»Sorry, hab mich verschrieben«, murmelte sie halblaut, während Kim das Handy blitzschnell zurückzog, damit es unter dem Tisch nicht zu sehen war.

Einen Moment lang ruhte der Blick des Lehrers auf ihnen. So durchdringend, als könnte er direkt durch den Tisch schauen, als wäre der Tisch nur eine Dimension für sich, die er mit seiner Physik-Kenntnis, mit seinem Verstand, durchdringen könnte. Aber dann zuckte er bloß mit den Schultern und wandte sich wieder ab.

Die Formeln an der Tafel verschwommen vor Ada.

»Da will jemand meine Zugangsdaten, ich fasse es nicht«, wisperte sie wütend.

»Krass, oder? Meinst du, das ist ein Zufall oder …« Kim ließ die Frage unausgesprochen, trotzdem wusste Ada, was sie meinte.

»Ich weiß nicht, kann beides sein. Zufall oder Patrick. Oder irgendein anderer Spinner.«

Kim tippte auf ihrem Handy herum. Ada musste die Augen zusammenkneifen, um lesen zu können, was ihre Freundin da schrieb.

Kim: patrick, wenn du es bist, verpiss dich endlich.

Es dauerte nur Sekunden. Ganz so, als lauerte die Person auf der anderen Seite auf eingehende Nachrichten. Das Chatfenster verschwand. Und mit ihm das gesamte Profil.

»Ich glaub, ich wurde geblockt«, flüsterte Kim.

»Bestimmt, weil du recht hattest. Er hat sich ertappt gefühlt.«

Kim runzelte die Stirn. Sie öffnete WhatsApp und verschickte ein paar Nachrichten. Nur Minuten später zeigte sie Ada einige Screenshots. Von Benni, von Ibrar, von Angelique und noch einigen anderen. Sie alle waren von dem Fakeprofil angeschrieben worden.

»Mir fehlen die Worte«, brach es aus Kim heraus, und dass das mal passierte, dass es ihr die Sprache verschlug, kam selten vor. Dann musste wirklich etwas passiert sein, bei dem *Scheiß drauf* nicht mehr half. »Am besten änderst du deine Passwörter, sicher ist sicher.«

Ada rutschte unbehaglich auf dem Stuhl herum. Dass Bots oder irgendwelche streitlustigen Störenfriede ihren Twitch-Kanal stürmten, war eine Sache. Dass sich da draußen aber jemand als sie selbst ausgab und gezielt ihren Freundeskreis anschrieb, um etwas über sie herauszufinden, war eine andere. Das erschütterte sie, da steckte eine Übergriffigkeit drin, die viel subtiler, viel gruseliger war als bloßes Betatschen auf einer Party. Da konnte man nicht so leicht seine Schutzschilde aktivieren, weil man die Angreifer nicht kommen sah.

Vorne neben dem Lehrerpult zückte der Lehrer gerade ein paar Folien mit weiterem Unterrichtsmaterial. Sie waren so alt, dass die meisten schon gelblich verfärbt waren. Vermutlich hatten sie nicht nur seine berufliche Laufbahn, sondern auch neue wissenschaftliche Erkenntnisse überdauert. Dann rollte er den Overheadprojektor vor die heruntergezogene Tafel und schaltete ihn an.

»Schlagen Sie bitte Seite 157 in Ihren Büchern auf«, sagte er in einem Tonfall, der klarmachte, wie scheißegal ihm war, ob sie seiner Aufforderung Folge leisteten.

Wie in Trance blätterte Ada durch das Schulbuch bis zur richtigen Seite, während sie mit der anderen Hand über ihr Smartphone wischte. Kim hatte ihr die Screenshots der anderen weitergeleitet, und überall erwartete sie derselbe stumpfe Versuch, an ihre Daten zu gelangen, an Infos, an private Details.

Dunkelheit legte sich über das Klassenzimmer, als der Lehrer die Rollos runterließ und nur das Licht des Overheadprojekts den Raum erhellte. Die fast schon antike Technik stand in so hartem Kontrast zu den Smartphones, zu Adas Tätigkeit als Streamerin, zu den Tablets auf den Tischen der anderen Kursteilnehmenden, dass sie in sich reinlachen musste, auf eine harte, bittere Weise.

Aber unter dem Lachen lag etwas anderes. Etwas, das funktionierte wie das alte Gerät. Das ihre Gefühlswelt einmal auf den Kopf stellte und sie dann für alle sichtbar an die Wände projizierte, einmal von rechts auf links gedreht.

Ada hatte zum ersten Mal in ihrem Leben so richtig Schiss.

JENNY

Ihre Laufklamotten fühlen sich an wie ein Kostüm. Das Überstreifen der engen Trainingshose und des Kapuzenpullis hat eines dieser *Beim letzten Mal* in Jenny wachgerufen. Beim letzten Mal, als sie diese Sportsachen getragen hat, hat Ada noch gelebt – zumindest in Jennys Kopf. Da hat sie noch nicht um das Schlimmste gewusst, das sie jemals in ihrem Leben hat erfahren müssen. Beim letzten Mal, als Dominik Heidelbeermarmelade zum Frühstück aufgetischt hat, haben sie beide sich noch in dieser tröstlichen Unwissenheit befunden.

Alles ist eingeteilt in *vor Adas Tod* und *nach Adas Tod*. Diese Art der Zeiteinstellung ist besonders heimtückisch, denn man weiß vorher nie, in welche Erinnerung, in welchen Abschnitt seines Lebens sie einen hineinkatapultiert. Und ob man dem gewachsen ist, steht sowieso auf einem ganz anderen Blatt.

Aber heute hat Jenny vor, wieder zu laufen. Sie braucht das. Ihr Körper ist ganz ausgehungert, er lechzt nach Adrenalin, nach Auspowern, nach dem eigenen Herzschlag in den Ohren. Und möglicherweise, überlegt Jenny, kommt auch ihr Geist zur Ruhe, wenn der Körper sich verausgabt. Möglicherweise halten die Quälgeister in ihrem Kopf dann für eine Weile den Mund.

Sie zieht die Haustür hinter sich ins Schloss. Draußen scheint die Sonne, als Jenny sich auf dem schmalen Pfad zwischen Eingang und Straße kurz aufwärmt. Sie streckt und dehnt ihre Gliedmaßen. Aus den Augenwinkeln nimmt sie eine Bewegung wahr. Hinter dem Vorhang des Küchenfensters in der anderen Haushälfte lugt ein Gesicht hervor. Als Jenny die Hand hebt, um Anna

98

zuzuwinken, schiebt sich der Vorhang hastig wieder zu. Sicher ist das Kind an der Corona-Impfung gestorben, hat Holger auf der Beerdigung geflüstert, als er in der Warteschlange für die Beileidsbekundung gestanden hat, und Jenny hat es gehört. Sie hat gehört, wie er weiter darüber schwadroniert hat, dass das genmanipulierte Zeug die Leute ja ganz kirre im Kopf macht und dann, dann springen sie eben von Brücken, so was macht die Coronaspritze mit einem.

Jenny hat all das gehört und wieder vergessen, weil sie an den Tagen nach Adas Tod in einem fast schon komatösen Zustand gewesen ist. Die Erinnerung nur ein wankelmütiges Gerüst, dem sie im Nachhinein misstraut. Aber jetzt fällt es ihr wieder ein, und sie spürt all die vulkanartige Wut, die sie damals hätte spüren müssen, weil er es gewagt hat, ihr Kind für seine Verschwörungstheorien zu benutzen.

Am liebsten wäre sie jetzt auf der Stelle zu den Hauptmanns hinübergelaufen, mit den Turnschuhen demonstrativ über sein Rosenbeet, und hätte ihm ihren Unmut ins Gesicht gebrüllt. Aber weil sein Auto nicht in der Einfahrt steht, ändert sie ihre Taktik. Wie kannst du es wagen, schreit sie deshalb in ihren Gedanken, als könne sie damit ihr Nichtreagieren auf der Beerdigung aufheben, als könne sie das Wortgefecht wenigstens noch aus der Rückschau heraus gewinnen. Und trotzdem weiß Jenny, dass das selbst bei einem imaginären Streit nicht funktionieren wird, denn Menschen, die sogar beim Tod höchstpersönlich nicht davor zurückschrecken, selbigen für die eigenen Zwecke zu instrumentalisieren, die kann man eh nicht mehr erreichen. Die schweben in ihren eigenen düsteren Lügensphären.

Jenny ballt die Hände. Sie muss loslaufen, sonst knickt sie ein, sonst lässt sie es einfach sein und schleicht ins Haus zurück, das ihr mehr und mehr wie ein Gefängnis vorkommt. Die Gitterstäbe sind unsichtbar, Eisen aus Trauer, Schlösser aus Schweigen. Ob Ada sich in diesem Haus auch so gefühlt hat? Ist sie sich eingesperrt vorgekommen? War das der Grund? Immer wieder sticht die Frage nach dem Warum tief in Jennys Fleisch, sie kann nicht anders. Es ist wie ein Reflex. Wie Atmen, wie Blinzeln, wie albtraumhaftes Schlafen. In regelmäßigen Abständen kehrt dieser Reflex zurück. Wie Schluckauf wird er Teil von Jennys neuem Alltag. Vielleicht muss sie es wie Dominik machen und wieder zur Arbeit gehen. Doch Jenny fühlt sich noch nicht bereit dafür. Beim letzten Mal, als sie die Bäckerei betreten hat, war Ada noch nicht tot. Sie hat keine Ahnung, wie Dominik das schafft. Ob er diese Art Gedanken nicht hat. Er spricht ja immer noch nicht drüber. Die Gespräche beim Abendessen drehen sich um irgendwelche Fälle aus der Kanzlei, und Jenny hört nur mit halbem Ohr zu. Als ob es nichts Wichtigeres gäbe, über das wir reden sollten, denkt sie dann die ganze Zeit und umklammert das Besteck, weil sie es Dominik sonst an den Kopf knallen würde. Und das hätte er nicht verdient. Obwohl er auf eine Weise trauert, die Jenny nicht versteht, die sie scheiße findet, so hat er trotzdem ein Kind verloren. Und sie hat nicht das Recht, ihn dafür anzuschreien.

Aber sie würde es gern. In voller Lautstärke.

Als Jenny sich genug gestreckt und gedehnt hat, ist sie bereit. Gefühlt haben jeder Wirbel und jedes Gelenk in ihrem Körper einmal geknackst. Wie ein auf dem Boden aufschlagender Teller haben sie Klirrgeräusche von sich gegeben, nur ist nach außen hin nichts zerbrochen. Die Bruchstücke in Jenny werden von glatter Haut überzogen, sodass man den Schaden darunter nicht sehen kann.

Sie joggt los. Langsam erst, um ihren aus der Form geratenen Körper nicht zu überfordern. Dabei übt es einen faszinierenden Reiz auf Jenny aus, einfach loszusprinten, direkt volle Power, direkt alles geben, was geht, bis ihr Herz nicht mehr kann. Doch Jenny hat sich unter Kontrolle. Sie lauscht in ihren Körper hinein, hört ihn tief in sich schreien, aber das ist normal geworden, dem schenkt sie keine weitere Beachtung. Sie lauscht nur auf den Puls, die Atmung, das Rauschen des Bluts in ihren Ohren. Heute wählt sie eine andere Strecke.

Es wird nicht der Park, weil sie sich nicht mit einem *Beim letzten Mal* konfrontiert sehen will, also läuft sie durch die Siedlung, über Bürgersteige, durch Einbahnstraßen, vorbei an Reihenhäusern, die sie irgendwann nicht mehr voneinander unterscheiden kann. Sie kennt sie alle, aber sie hat ihnen nie einen zweiten Blick geschenkt. Dass jedes Heim sich ein bisschen von dem anderen unterscheidet, dass jedes einen eigenen Anstrich hat, auch metaphorisch, bemerkt sie erst jetzt.

Noch während sie läuft und nun knappe fünfzehn Minuten von zu Hause entfernt ist, merkt Jenny, was für eine Scheißidee das war. Nicht nur ihr Geist ist erschöpft, ihr Körper ist es auch. Trauern ist ebenso eine Sportart, schlimmer als Barrenturnen und zehrender als ein Marathon. Es verlangt viel Energie und verbrennt Kalorien, obwohl man einfach nur still dasitzt. Sie hat gehofft, dass ihr das Joggen hilft, dass es den Kopf klärt, dass es ihre Gedanken sortiert, aber jetzt bleibt sie mitten auf der Straße stehen und stützt sich mit den Händen auf den Knien ab, tief nach vorne gebeugt, weil der Klotz in ihrer Brust sie runterzieht.

»Alles in Ordnung, junge Frau?«, fragt eine ältere Dame, die einen Trolley über den unebenen Gehsteig zieht.

Jenny kann nicht sprechen, nur keuchen. Stoßweise entweicht ihr die Luft aus der Lunge, und nie, nie hat sie das Gefühl, dass genug wieder reinströmt. Seit drei Wochen existiert sie in einem Zustand, als sei sie kurz vor dem Ersticken.

Und weil sie nicht sprechen kann, nickt sie. Nickt sie so wild, um die alte Dame und sich selbst davon zu überzeugen, dass alles okay ist, dass sie das hinkriegt, dass sie nur eine Pause braucht, dann wird das schon wieder.

Die dünnen Reifen des Trolleys quietschen, als die alte Frau ihren Weg fortsetzt, und seltsamerweise ist es dieses Quietschen, dieses banale Geräusch, das Jenny vor einer Panikattacke bewahrt. Seit Adas Tod stehen die vor ihrer Tür, treten gegen das harte Material, hämmern mit den Fäusten dagegen. Bislang hat Jenny die Tür wie einen Damm kurz vor dem Einbruch, wie einen Wall vor dem Einmarsch einer Armee halten können, aber sie weiß, das wird nicht immer so bleiben. Irgendwann wird die erste Attacke sie übermannen, aber hoffentlich steht sie dann nicht auf offener Straße.

Jenny setzt sich wieder in Bewegung, und dieses Mal übernimmt ihr Körper das Aussuchen eines Ziels. Sie quält sich nicht mehr durch die immer gleich aussehenden Straßen, sondern lässt sich treiben. Gibt einem inneren Zug nach. Er lässt sie zu einem Viertel joggen, das nobler ist als ihr eigenes. Schicke Villen bezeugen den Wohlstand der Menschen, die sie bewohnen.

Und dann erkennt Jenny, wo sie ist. Wohin es sie getrieben hat. Kim wohnt in einer dieser Villen. Dominik und sie haben Ada unzählige Mal als Kind mit dem Auto zu Kim gebracht, aber hinter einer Frontscheibe sieht alles anders aus als jetzt, wo Jenny zu Fuß unterwegs ist und ihre Sicht durch einen Schleier aus Trauer getrübt ist.

Noch eine Kreuzung und zwei Straßen weiter, dann hat sie Kims Zuhause erreicht. Sie hat die beste Freundin ihrer Tochter auf der Beerdigung gesehen, aber danach nicht mehr. Und irgendwie hat sie Kim nie gefragt, ob Ada überhaupt noch bei ihr aufgekreuzt ist oder ob sie von zu Hause aus schnurstracks zu der Brücke gelaufen ist. Sie ist immer davon ausgegangen, dass Kim nur als Ausrede herhalten musste. Aber war das wirklich so? Oder gab es da noch einen Zwischenstopp?

Und wie es Kim geht, wie sie mit Adas Tod klarkommt, hat Jenny sie auch nie gefragt.

Sie tritt unruhig von einem Bein aufs andere. In ihr wütet wieder die Ungewissheit. Das große Loch aus unbeantworteten Fragen. Am liebsten würde sie zu Kims Eingangstür eilen und so gegen die

Tür hämmern, wie die unterschwellige Panik es bei ihr tut. Aber natürlich kann sie das nicht machen. Also steht sie nur unschlüssig vor dem geschwungenen Tor, von dem sie sowieso nicht weiß, ob sie so einfach hindurchkommt oder ob es verschlossen ist.

»Hey.«

Eine vertraute, zaghafte Stimme hinter ihr. Jenny fährt herum. Da steht Kim vor ihr und befindet sich gar nicht im Haus. Und sie sieht aus, wie Jenny sich fühlt. Wie ausgekotzt.

»Hey«, sagt Jenny auch. In ihrem Hals sitzt ein Kloß. In ihrem Kopf hat sie das Gespräch mit Kim gerade durchgespielt, aber jetzt, in echt, weiß sie nicht, was sie sagen soll. Ihr Kopf ist wie leer gefegt.

»Was machen Sie denn hier?«, fragt Kim verwundert, und Jenny muss insgeheim zustimmen, dass es seltsam erscheinen mag, wie sie hier so vor dem Tor ausharrt, verschwitzt und durcheinander.

»Ich war joggen«, sagt Jenny, und weil das nur die halbe Wahrheit ist, fügt sie hinzu: »Und irgendwie habe ich mich plötzlich hier wiedergefunden.«

Sie starren sich an, unbehaglich. Sie beide hat es in eine Situation verschlagen, mit der sie nicht gerechnet haben. Und Jenny ist es überhaupt nicht mehr gewohnt, zu sprechen, vor allem über Ada nicht, denn Dominik hat ja damit aufgehört. Und sonst hat sie niemanden. Sonst will sie mit niemandem über sie sprechen, nicht mit ihrer Schwester, nicht mit ihrer besten Freundin.

»Wollen Sie reinkommen?«, fragt Kim.

Ja, brüllt es in Jenny, auf jeden Fall. Ich will alles wissen.

Aber sie sieht sich auch aus Kims Augen, die Mutter mit den verschwitzten Laufklamotten, den klebrigen Haaren und der demontierten Fassade.

»Ich will nicht stören«, erwidert sie deswegen. Die Unruhe hat mittlerweile ihren ganzen Körper erfasst. Wie ein Erdbeben, das unter ihr den Boden zerrüttet und das sonst niemand wahrnehmen kann.

»Ach was, tun Sie nicht.«

Kim schließt das Tor mit einem Code auf und bedeutet Jenny, ihr zu folgen.

Seltsamerweise wird ihr erst jetzt bewusst, dass sie noch nie im Innern von Kims Zuhause gewesen ist. Sie hat immer nur wie eine Zirkusbesucherin davorgestanden und Ada reingeschickt. Ein Teil von ihr hat den Wohlstand nie sehen wollen. Nicht, dass sie selbst arm gewesen wären, das sind sie heute nicht, und das waren sie auch vor zehn oder fünf Jahren nicht, aber Dominik hat noch studiert, als Ada auf die Welt gekommen ist, und sie haben in den ersten Jahren jeden Cent umdrehen müssen. Erst als er in der Kanzlei angenommen worden ist und sich dort hochgearbeitet hat, haben sie aufatmen und den Geldbeutel etwas lockern können. Aber der Drang, ihr Erspartes zusammenzuhalten und es nicht für irgendwas Unnötiges rauszuwerfen, ist auch heute noch da, den hat Jenny nie ablegen können.

Und nun liegt das alles auf einem Sparkonto, gedacht für ein Studium und eine Zukunft, die niemals eintreten wird. Alles umsonst erarbeitet, alles umsonst erspart.

Sie betreten die Villa, und Jenny stellt wieder fest, wie surreal das ist, dass sie das Zuhause der besten Freundin ihrer Tochter erst jetzt betritt, erst nach ihrem Tod. Wieso braucht man für so viele simple Dinge einen schrecklichen Auslöser, damit man sie angeht?

Kim deutet auf das Sofa. Es ist strahlendweiß, und Jenny fühlt sich unwohl dabei, in ihrer schmutzigen Sportkleidung darauf Platz zu nehmen, aber sie tut es trotzdem.

»Was kann ich Ihnen anbieten? Kaffee? Tee? Wasser? Was ganz anderes?«

Doch Jenny schüttelt nur den Kopf. Ihre Kehle ist staubtrocken, und sie würde dennoch nichts runterkriegen, keinen Tropfen. Dafür ist sie auch nicht hier.

Kim holt sich selbst eine kleine Flasche Cola aus dem Kühlschrank und bringt sie mit. Vielleicht braucht sie die; nicht, weil sie Durst hat, sondern um etwas in den Händen zu haben, an dem sie sich festhalten kann. Jenny beneidet sie darum. Kim hat ihr damit etwas voraus.

Dann setzt Kim sich gegenüber von Jenny auf einen Sessel, der perfekt zum Rest der Wohnlandschaft passt. Überhaupt ist alles sehr schick eingerichtet, aber auch so kalt, dass es Jenny fröstelt. Ihr fällt ein, wie oft Kim früher bei ihnen gewesen ist und manchmal gar nicht mehr zurück nach Hause wollte, bevor sich das im Teenageralter umgedreht hat. Sie erinnert sich an ein blasses Gesicht mit spitzer Nase, damals noch mittelblonden Haaren, die jetzt nur am Ansatz durchschimmern, aber dunkler als früher. Kann ich nicht noch bleiben?, hat sie oft gefragt, jedes Mal, wenn Dominik sie am Sonntag zurückbringen sollte. Jenny fragt sich, was vorgefallen ist, dass die Besuche sich irgendwann umgekehrt haben. Dass Ada nur noch bei Kim abgehangen hat und nicht umgekehrt.

Hat sich nun Ada in ihrem Zuhause nicht mehr wohlgefühlt? Diese Frage arbeitet sich wie ein Splitter durch ihre Eingeweide.

Kim öffnet die Flasche. Es zischt leise. Jenny denkt, wie viel Ähnlichkeit die schwarze Flüssigkeit und sie selbst miteinander haben. Sie sind beide auf Hochdruck getrimmt. Sie sind beide gefüllt mit der Spannung, die den Körper bis zum Bersten füllt.

»Sie sind hier, weil Sie irgendwas wissen wollen, oder?«

Plötzlich fühlt Jenny sich unsäglich verwundbar. Wie sie hier sitzt, auf diesen teuren Möbeln, in ihrem eigenen Schweiß, der überklebt, was sonst noch an ihr lastet.

»Wir haben nie geredet, seit ... Ada tot ist«, erwidert Jenny. Der Satz kostet sie übermenschliche Anstrengung. Als würde das Verlautbarmachen dieser Tatsache sie manifestieren. Sie noch wahrer machen. Adas Überreste liegen längst unter einer Eiche, nur mit einer winzigen Messingplatte überzogen, aber das heißt noch lange nicht, dass Jenny das als Wahrheit akzeptiert hat. Da ist sie rebellisch.

»Ich hätte nicht gewusst, was ich zu Ihnen sagen sollte.« Kim dreht den Deckel zwischen Daumen und Zeigefinger. »Also, auf der Beerdigung. Und danach gab es keine Gelegenheit mehr.«

»Du kannst mich Jenny nennen. Ich glaube ... wenn so eine Sache einen nicht zusammenschweißt, dann nichts anderes mehr.« Jenny will lächeln, aber ihre Miene ist wie festgefroren. Dabei ist sie hier die Erwachsene, die Ältere, die, die ihre Emotionen im Griff haben müsste. Die trösten und Halt geben sollte.

Kim nickt nur. Sie ist immer die Lebhaftere der beiden Mädchen gewesen, und manchmal hat Jenny das Gefühl gehabt, dass Ada neben ihr unsichtbarer, kleiner gewirkt habe. Aber davon ist jetzt nichts mehr übrig. Oder vielleicht kann Jenny das nur nicht mehr vergleichen, weil das Gegenstück fehlt. Da kann kein Kontrast sein, wo nur noch eine Hälfte der Freundschaft übrig ist. Da kann keine Dunkelheit sein, wo das Licht fehlt.

Nun zieh das hier nicht unnötig in die Länge, ermahnt sich Jenny in Gedanken, aber das ist leichter gesagt als getan.

Sie atmet durch. »Ich habe mich gefragt ...« Ein Stocken versiegelt ihre Lippen. Es ist so schwer, weiterzureden, so schwer, Unaussprechliches sprechbar zu machen. Ist es das, was Dominik jeden Tag durchmacht? Nimmt er Anlauf? Versucht er, beim Abendessen die Worte, die in ihm gären, auf den Tisch zu hauen? Oder ist da auch diese Versiegelung, die das alles unmöglich macht, undenkbar, unbrechbar?

»Raus damit«, sagt Kim. Auch sie versucht sich an einem Lächeln. Ihr gelingt es sogar, die rebellische Miene wird plötzlich weich.

»Ich habe mich gefragt, was in dieser einen Nacht vor sich gegangen ist. Ada hat gesagt, dass sie bei dir übernachten wollte. Und ich ...« Jenny muss schlucken, denn jetzt wird es kritisch. Sie muss

Dinge aussprechen, die nur in Polizeiakten stehen. Die nicht einmal Dominik und sie thematisieren. Sie muss ran an den Kern des Übels.

»Im Bericht des Rechtsmediziners stand, dass Adas Todeszeitpunkt etwa kurz vor Mitternacht gewesen sein muss. Als sie gegangen ist, war es schon länger dunkel, daran erinnere ich mich noch. Aber die genaue Uhrzeit weiß ich nicht mehr ...«

Ihre Fantasie blüht sofort auf. Sie ist immer gleich zur Stelle, wenn Jenny sich an etwas nicht richtig erinnern kann, wenn Details nicht gestochen scharf sind. Dann füllt sie die Lücken mit den Worst-Case-Szenarien. Mit Bildern, die jeder Produzent von Horrorfilmen mit Kusshand nähme.

Kim hat sich die kleine Flasche zwischen die Knie geklemmt. Die Haut, die sich über ihre Fingerknöchel, aber auch über ihr Gesicht, ihre kantigen Wangenknochen spannt, sieht papierweiß aus. Wächsern, als hätte der Hauch des Todes, der über sie alle gezogen ist, Spuren hinterlassen. Ich war da, glaubt Jenny ihn zu hören, ich war da, und ich habe etwas mitgenommen.

»Sie war nie hier.« Der klägliche Rest Farbe weicht aus Kims Wangen.

»Das dachte ich mir fast schon.«

»Aber sie wollte. Sie hat es angekündigt. Sie meinte ...« Kim muss sich räuspern. Stimmen können instabil werden, wenn sie Wahrheiten von diesem Kaliber transportieren müssen. Das halten die Bänder im Hals kaum aus, wenn man Aussagen dieser Tragweite von tief unten nach draußen pressen muss. »Sie meinte, dass sie noch eine Übersetzung fertig machen müsste und dann rüberkommen würde. Aber sie kam nie an.«

Wenn man in so einer tiefen Scheiße steckt, wie Jenny es tut, dann lauern die hässlichen Seiten der Menschlichkeit dichter an der Oberfläche, als einem recht ist. So ist es auch jetzt. Jenny muss an sich halten. Das Biest in sich zur Ordnung rufen. Sie ist die

Ältere, die Erwachsene, sie darf keine Salven an Vorwürfen verfeuern, weil es leichter ist, andere zur Verantwortung zu ziehen als sich selbst. Oder sich eingestehen zu müssen, dass die Verantwortung sich gar nicht richtig verteilen lässt. Dass viele schuld sein könnten an einer einzigen Sekunde, in der eine schreckliche Entscheidung getroffen wird.

Trotzdem muss sie es wissen. »Hast du gefragt, wo sie bleibt? Hast du nicht versucht, sie irgendwie zu erreichen?«

Kim versinkt fast in dem weißen Sofa. Sie hat diese Frage erwartet, da ist Jenny sich sicher. Vielleicht stellt sie sich die Frage selbst jeden Abend beim Einschlafen. Und beim Aufwachen sowieso. Bei jedem Blick in den Spiegel, bei jedem Griff zum Smartphone, bei jedem Atemzug, der die Rippen rings um das malträtierte Herz ächzen lässt.

»Wenn ich Nein sage, wirst du mich hassen«, platzt es dann aus Kim heraus. Sie klingt schnell und abgehackt, ihr Atem wie ein Maschinengewehr, mit dem alles rausfeuert. »So, wie ich mich eh schon hasse, nur dass dann noch mehr Hass da ist. Mein eigener und deiner. Du wirst fragen: Warum hast du nicht nachgebohrt, warum hast du nichts getan? Und wenn ich Ja sage, wirst du mich auch hassen. Dann wirst du fragen: Wieso hast du nicht durchschaut, dass Ada was im Schilde führt, du bist doch ihre beste Freundin. Was für eine beste Freundin bist du denn, so oder so, dass du entweder nicht fragst oder der Sache nicht auf den Grund gehst.«

Sie starren einander an. Zwei Zurückgelassene, zwei Erstarrte. Zwei, denen ein Teil der Seele rausgebrochen wurde, und da, wo vorher Ada gewesen ist und alles, was sie ausgemacht hat, ist nun diese Schuld. Was für ein beschissener Tausch, sie wurden beide reingelegt.

»Macht es also einen Unterschied, was ich sage?«

Jenny spürt das Geschwür in sich rumoren, es ist gierig und

wittert Nahrhaftes. Das hier ist eine Einladung, die so simpel ist, so verlockend. Sie muss sie nur annehmen. Da ist eine, die trägt Schuld. Da ist eine, auf die kann Jenny alles projizieren. Da ist eine, die ihren Platz einnehmen kann auf der Bühne des Selbsthasses und der Verantwortung.

Aber so leicht ist das nicht. Das hier wäre nur ein schneller Weg, eine Abkürzung durch die Trauer, eine Abfahrt zum falschen Ziel. Es wäre wie eine Droge, eine kurzfristige Linderung. Irgendwann kämen der Schmerz und die Schuld zurück, das weiß sie.

»Ich will nicht urteilen«, sagt sie, und es kostet sie so viel Überwindung. »Ich will nur Bescheid wissen. Ich will Klarheit.« Sie atmet durch. Sie hat keine Ahnung, woher sie die Kraft nimmt. Irgendwo in ihr muss ein umgekehrtes schwarzes Loch sein, aus dem sie schöpfen kann, wenn sie glaubt, es geht nicht mehr. »Ich werde dich nicht hassen, Kim. Du kannst nichts dafür.«

Die junge Frau sieht sie an. Ein Grinsen zupft an ihren Mundwinkeln. Spott liegt darin. »Vermutlich könnten mir das tausend Menschen sagen, und ich würde es trotzdem nicht glauben.«

Das versteht Jenny. Ihr geht es nicht anders. Manchmal ist die eigene Wahrheit die einzige, egal, wie sehr sie von Fakten abweicht. Man kann dann einfach nicht aus seiner Haut. Möglicherweise ist das etwas, das sie mit Holger teilt. Nur, dass sie sich darüber im Klaren ist.

»Als Ada nach einer Stunde immer noch nicht da war, habe ich ihr eine WhatsApp geschickt«, sagt Kim dann. »Und sie hat sie gelesen, das weiß ich. Da waren zwei blaue Haken. Sie hat nicht geantwortet, aber ich habe mir keinen Kopf drum gemacht. Sie hat sie gelesen, dachte ich, also ist sie sicher auf dem Weg. Es lohnt sich vermutlich einfach nicht mehr, dass sie mir zurückschreibt, sie wird gleich da sein. Gleich, in fünf Minuten, in zehn, in zwanzig, in einer halben Stunde. Immer wieder habe ich gedacht, gleich ist sie da, und dabei die Zeit vergessen.«

Kim verzieht das Gesicht, und Jenny fällt zum ersten Mal in all den Jahren auf, dass sie helle, fast goldfarbene Sprenkel in den braunen Augen hat.

»Nach einer Stunde habe ich dann noch mal geschrieben. Die Nachricht ging durch, das weiß ich noch. Aber sie hat sie nicht mehr gelesen. Die Haken sind grau geblieben.«

Und dann?, hätte Jenny fast gefragt. Dabei kann sie sich schon denken, was dann gewesen ist. Nichts. Kim hat es auf sich beruhen lassen, hat gedacht, dass Ada wohl was dazwischengekommen ist. Dass sie sich melden wird. Dass sie sich verspätet. Irgendeine dieser harmlosen Optionen eben. Mit dem Schlimmsten rechnet man ja nicht. Auch wenn man sich das hinterher vorwirft. Auch wenn man immer glaubt, man hätte um die verschiedenen Optionen wissen müssen. Auch um die unwahrscheinlichen. Auch um die schrecklichen.

Aber so sind Menschen nicht gestrickt. Die krassen Dinge passieren nur den anderen. Man denkt nicht daran, dass unter den etwas mehr als neuntausend Menschen in Deutschland, die jährlich Suizid begehen, jemand sein könnte, den man kennt, den man liebt, den man nicht verlieren will.

Bis zu Adas Tod hat Jenny nicht gewusst, wie hoch die Suizid-Rate tatsächlich ist, und sie hat sich dafür geschämt. Als läge ein Mantel des Schweigens über dem Thema, eng gestrickt aus Scham und Tabu. Das darf nicht so sein, hat sie seitdem oft gedacht, das ist einfach so falsch.

Kim weiß anscheinend, dass Jenny schon ahnen kann, wie ihre Erzählung weitergeht, aber sie tut ihr den Gefallen, es einmal auszusprechen.

»Ich hätte es noch mal versuchen müssen«, sagt sie fast trotzig, aber Jenny kann nicht erkennen, wem der Trotz gilt. Ada? Ihr? Ihnen allen? »Ich hätte anrufen sollen. Oder den Weg ablaufen müssen. Irgendwas halt. Aber ich war so müde und bin eingeschlafen. Und das war's. Meine beste Freundin bringt sich um, und ich penne einfach. Das kann man auch keinem erklären, oder?«

Kim lacht. Ein bitteres Lachen ist das. Ein Lachen, in dem eine bestimmte Sehnsucht mitschwingt: einmal noch die Zeit umkehren, es einmal noch richtig machen können.

»Ich kann mich nur wiederholen«, sagt Jenny.

»Was wiederholen?«

»Was ich eben gesagt habe. Es ist nicht deine Schuld.«

Aber Kim glaubt ihr das nicht. Wie könnte sie auch? Jenny kennt es ja von sich selbst: Sie glaubt es nicht, wenn Leute dasselbe zu ihr sagen. Die haben eben alle keine Ahnung. Die können es nicht besser wissen. Wenn man sich schuldig fühlt, gibt es keine Absolution von außen.

»Irgendwie schon. Hätte ich irgendwas anders gemacht, hätte es nicht so weit kommen müssen. Vielleicht hätte ja schon ein Anruf gereicht.« Ihre Stimme bricht kurz weg. »Vielleicht wäre das schon genug Licht im Dunkeln gewesen.«

Wie soll man eine andere Person davon überzeugen, dass sie nichts hätte ändern können, wenn man das für sich selbst nicht annehmen kann?

»Ja, vielleicht wäre es so gewesen«, sagt Jenny also stattdessen. »Vielleicht hätte es etwas geändert. Aber sehr wahrscheinlich nicht. Ich glaube, das ist das Fiese daran, wenn man sich schuldig fühlt. Ich kenne das, weißt du? Ich kenne das so gut. Aber es ist ein heimtückisches Gefühl, weil im Nachgang immer alles aus einem anderen Licht erscheint. Hast du schon mal von dem Begriff Rückschaufehler gehört? Im Prinzip besagt der: Hinterher ist man immer schlauer. Hinterher interpretiert man Situationen ganz anders. Aber so funktioniert das Leben eben nicht. Wir leben im Moment, und den kann man hinterher nicht noch mal neu kalibrieren.«

Kim schweigt. In ihren Augen schimmert es verräterisch, aber da ist noch genug Trotz in der jungen Frau übrig.

Schließlich zuckt sie mit den Schultern. »Wird wohl noch hundert Jahre dauern, bis ich das kapiere.«

»Vielleicht kapiert man das auch nie.«

»Ja, oder auch nie.«

Die beiden Frauen sehen einander an, und diese Erkenntnis lässt ein Band zwischen ihnen wachsen. Es lässt sie sich aufeinander einschwören, als hätten sie das Leben mit all seinen Lektionen durchschaut. Aber der Schimmer in Kims Augen, der ist noch da, der geht nicht weg, aller Rebellion und allem Blinzeln zum Trotz.

Deshalb tut Jenny etwas Kurzentschlossenes. Sie erhebt sich von der Couch und geht zu Kim rüber. Kurz taxieren sie sich, und da ist so viel Unsicherheit auf beiden Seiten, weil die Grenze zwischen Sich-Halt-geben-Können und Jede-Berührung-kann-einen-zum-Zerspringen-Bringen so schmal ist.

Aber dann umarmen sie sich. Eine Berührung, die so nötig ist für sie beide, das kann Jenny spüren. Und die Berührung ist zugleich warm und beschützend, aber auch falsch und fremd, denn Kim ist nicht Ada, und Jenny ist auch nicht Ada, und sie sind füreinander nicht der Mensch, den sie jetzt, in diesem Augenblick, eigentlich in den Armen halten wollen. Sie haben nur niemanden sonst, also sind sie einander Ersatz. Jenny – und Kim auch, da ist sie sich sicher – holt sich, was sie woanders nicht kriegt. Kim ist wie eine Verbindung zum Erdboden, über den Jenny seit Wochen schon nur noch zu schweben glaubt.

Kim ist stark, das weiß Jenny. Das war sie schon immer, davon hat Ada oft erzählt. Sie ist wie ein Baumstamm eben, unverrückbar und eigensinnig. Nur die Wurzeln sind beschädigt, hat Ada mal gesagt, die Wurzeln haften nicht richtig. Aber wie auch in diesem Haus, so weiß und kalt wie Schnee.

Als sie sich voneinander lösen, zittert Kim, als wäre ein Damm in ihr gebrochen.

»Ist alles okay?«, fragt Jenny. Was für eine sinnlose Frage, natürlich ist nichts okay, doch sie wissen beide, wie es gemeint ist.

Kim nickt zaudernd, trotzdem endet das Zittern nicht.

Ein wurzelloser Baum kann viel aushalten, aber keinen Orkan.

Also ist Jenny da und leiht ihr für einen Moment ihre eigenen Wurzeln.

ADA

Zu fünft saßen Ada und ihre Clique im Park. Entspannt hockten sie da. Die Sonne war rausgekommen und wärmte sie. Sie hatten einen Kreis geschlossen. Einen Kreis aus Leibern, ein Kreis wie eine Brandmauer. Hier fühlte sich Ada sicher, und das, obwohl über ihnen der weite Himmel lag und rings um sie herum zu viele Menschen waren. Sie war noch nie gern unter so vielen Menschen gewesen, selbst im Freien nicht, aber neuerdings war ihr das noch unliebsamer geworden. Sie hatte begonnen, Fremden zu misstrauen und jedes Gesicht sofort mit Nicknames zu verknüpfen, um nach Übereinstimmungen zu suchen. *Bist du ein Troll?*, hätte sie gern den Typen mit der grünen Daunenjacke und dem Dreitagebart schräg gegenüber auf der Bank gefragt. Oder: *Bist du ein Hater?* seinen halbstarken Kumpel mit der wummernden Bluetooth-Box neben ihm.

Aber heute wollte Ada das nicht zulassen. Heute wollte sie ihre Grenzen neu stecken, ein bisschen großzügiger als sonst. Sie wollte inhalieren, dass sie hier war, mit ihrem engsten Kreis, mit dieser Leichtigkeit, mit einem albernen Grinsen auf dem Gesicht. Sie wollte ausgelassen sein, einen Moment abschalten, sie wollte mit ihren Leuten abhängen und lachen und einfach sein. Es waren nicht alle Menschen schlecht, weder online noch offline. Auch wenn es sich vielleicht manchmal so anfühlte, musste man da differenzieren.

Ein Ellenbogen traf sie in der Seite. Ada wandte den Blick von den beiden Typen auf der Bank ab. Vor ihrer Nase schwebte eine halbe Banane.

Sie verzog das Gesicht. »Bah, die ist ja schon braun.«

Kim kicherte neben ihr. »Die ist gar nicht braun. Okay, aber nur an ein paar Stellen. Dafür ist die richtig süß. Probier doch mal.«

»Nee, danke, das ist so widerwärtig, den Scheiß kannst du allein essen.« Ada imitierte Würgegeräusche. Reife Bananen gehörten allein und ausschließlich in Shakes rein. Alles andere war ein kultureller Fauxpas. Aber bei Kim war alles immer ein bisschen vergammelt. Zwar beschäftigten ihre Eltern eine Haushaltskraft, aber die hielt eben nur das Haus in Ordnung, nicht den Inhalt des Kühlschranks. Und bei Kim war es so, dass sie schnell mit allem überfordert war, und statt wenigstens ein bisschen zu machen, um dem Chaos im Kühlschrank auf die Spur zu kommen, tat sie dann lieber gar nichts.

Benni rutschte neben Kim und schnappte sich die halbe Banane. Ihn schienen die dunklen Stellen nicht zu stören. Bananen, überlegte Ada, waren vermutlich gut für seinen Ernährungsplan. Da war jede Menge Kalzium und Magnesium und anderes Zeug drin.

Angelique war auch gekommen und hatte sich auf Adas andere Seite gesetzt. Sie beteiligte sich nicht an der Unterhaltung, sondern hatte sich ein Buch aus dem Deutschkurs mitgebracht, in dem sie nun las. *Sommerhaus, später* von Judith Hermann. Dunkel erinnerte Ada sich an die Kurzgeschichten, die sie auch mal im Unterricht durchgenommen hatten. Es war eines dieser Bücher gewesen, das auf seine Weise klug war, Ada aber immer irgendwie traurig zurückgelassen hatte.

Und jetzt fragte Ada sich, ob Angelique das auch spürte; diese Traurigkeit, diese Melancholie, dieses Sich-alt-Fühlen, obwohl man noch so jung war und wenig mit der Lebensrealität der Figuren aus den Büchern gemeinsam hatte. Ada hatte es immer schon so paradox gefunden, dass sie Bücher über Charaktere lesen mussten, die irgendwann, in irgendeiner Station ihres Lebens, zurückblickten und sich wünschten, andere Pfade ausprobiert zu haben. Diese Bücher waren wie eine wortlose Mahnung: Sei wachsam, sagten sie, du bist noch so jung, und was du jetzt tust, wirst du später vielleicht bereuen, und das ließ Ada sich schlecht fühlen und alles anzweifeln. Was für eine Scheißidee, fand Ada, sie in der Schule immer Lektüre lesen zu lassen, die dieses schlechte Gefühl triggerte. Wieso nicht das Gegenteil, wieso nichts Bereicherndes, wieso nicht das, was in die Leben der Leute passte, die man da zum Lesen zwang? Wieso nicht Bücher, die irgendetwas Gutes, Hoffnungsvolles lehrten statt *Faust* und *Werther*?

Neben ihr das Geräusch von raschelndem Papier. Das Gespräch zwischen Kim, Benni und Ibrar blendete Ada aus, sie lauschte nur, wie Seiten umgeschlagen wurden. Beobachtete den Lesefortschritt auf Angeliques Miene. Wo sie wohl gerade war? Bei *Rote Korallen*?

Wieder stieg ihr der Geruch der überreifen Banane in die Nase, was sie vom Nachdenken über *Sommerhaus, später* ablenkte. Benni hatte sich ein riesiges Stück Frucht in den Mund geschoben und kaute mit halb offenem Mund.

»Willst du mitlesen?«, fragte Angelique plötzlich und riss Ada damit aus ihren Grübeleien.

»Was? Nein.«

»Du starrst die ganze Zeit so.«

»Ach was.«

»Na, doch.«

Ada strich sich eine Haarsträhne aus dem Gesicht, während sie versuchte, Angeliques Miene zu entschlüsseln. War sie genervt?

»Ich kenn das schon. Haben wir letztes Jahr gelesen.«

»Und wie hat's dir gefallen?«

Ada zuckte mit den Schultern. »War okay. Und immerhin überhaupt mal eine weibliche Lektüre. Hat man ja sonst eher selten im Unterricht.«

Angelique runzelte die Stirn. Sie musste erst über das Offen-

sichtliche nachdenken. »Das kann ich mir gar nicht vorstellen ...«
Mitten im Satz brach sie ab. Ada konnte ihren Gedanken förmlich
beim Erinnern und Rechnen zusehen. Beim Auseinanderdividie-
ren von männlichen Autoren und weiblichen Autorinnen. Konnte
die imaginären Striche auf der Liste in Angeliques Kopf erkennen,
die sie für jeden Namen setzte. Auf der einen Seite viele, auf der
anderen wurde es schwierig.

»Krass«, sagte sie dann. Die Erkenntnis stand in ihrem Gesicht
geschrieben, so gewaltig, als wäre sie von der unsichtbaren Hand
des Patriarchats hineingeprügelt worden. »Mir fällt neben Judith
Hermann nur noch Annette von Droste-Hülshoff ein. Und Christa
Wolff. Das war's dann in all den Jahren.«

Ada öffnete den Mund, um ihr zu erklären, dass das kein Wunder war. Selbst sie, die Frauen, waren so in dem patriarchalen System drin, dass sie gar nicht mitbekamen, wie wenig weibliche
Kultur die Vergangenheit überdauert hatte. Wie alles ausradiert
worden war, übermalt und überschrieben, herabgesetzt und ent-
würdigt. Und auf eine gewisse Weise war das noch heute so: pastell-
farbene Liebesromane in dem einen Regal, Frauen only, während
die vorwiegend hohe männliche Literatur in dem anderen stand,
ganz vorne am besten, auf den schönsten Tischen, da wo die Welt-
literatur war.

Ada wollte Angelique all das erzählen, wollte die Augenöffne-
rin sein, so wie sie auch gern schon zu einem früheren Zeitpunkt
selbst eine gehabt hätte. Aber sie kam nicht dazu. In diesem Moment schob Benni sich zwischen sie beide. Die Banane war nun
endlich unten, aber es roch immer noch süß und eklig, als hafte sie
an seinen Lippen.

»Fuck«, sagte er, und seine Stimme klang dabei gar nicht so, wie
man sie erwarten würde, wenn jemand *Fuck* sagte. Dann erwartete
man eine verärgerte Note darin, Wut eben oder Überraschung oder
sogar Entsetzen. Irgendwie so was eben. Aber bei ihm klang dieses

Fuck eher nach etwas Angenehmen. Nach einer Überraschung der guten Sorte. Und Anerkennung schwang da auch mit, zwischen dem kurzen Wort und dem Atemzug, den er danach fast pfeifend ausstieß.

»Wie, Fuck?«, fragte Ada verwirrt.

Er hielt ihr sein Handy vor die Nase, aber die Sonne schien so ungünstig auf das Display, dass sie außer der Spiegelung der Baumkronen über ihnen nichts erkennen konnte. Sie musste ihren Oberkörper leicht nach vorne kippen, sodass ihr Schatten die Sonne abhielt.

»Fuck!« Nun war sie es, welcher der Fluch entwischte. Mit weit aufgerissenen Augen starrte Ada auf das Display.

Kim quetschte sich zwischen sie beide, um auch einen Blick auf das Display zu werfen.

»Holy shit«, rief sie aus und riss Benni das Handy aus der Hand, damit er nicht weiter darauf starren konnte. Für einen Moment fragte Ada sich, ob sie das für sie tat oder für sich selbst.

Neben Ada flog *Sommerhaus, später* ins Gras. Auch Angelique wollte schauen, was Sache war, dabei hätte Ada sie am liebsten gebeten, nicht auch noch näher zu rücken, nicht auch noch zu schauen. Noch ein Fuck würde das Fass zum Überlaufen bringen, denn sie wusste jetzt schon nicht, was sie sonst sagen oder tun konnte, um das, was sie da auf dem Display sah, ungeschehen zu machen. Unbewusst war ihre Hand zum Mund gefahren und hielt ihn zu, damit nicht noch mehr Laute der Ohnmacht oder des Entsetzens entweichen konnten. Dabei hätte sie beides am liebsten in die Welt hinausgebrüllt. Und die aufkeimende Wut gleich mit, raus mit alldem.

Wenn einmal was im Internet ist, verschwindet es nicht mehr, hatte ihre Mutter vor Monaten mal gesagt, weil sie irgendeinen Artikel über Cyberbullying gelesen hatte. Und Ada hatte mit den Augen gerollt. Als ob sie das nicht alles wüsste, als ob sie so blöd wäre, irgendwas ins Internet zu ballern, was verfänglich war.

Aber vielleicht hatte Ada doch unterschätzt, was ihre Mutter immer wieder und wieder predigte, mit diesem Kassandra-Touch, hatte es nie ernst genug genommen, nie richtig gehört. Denn eine Sache hatte Ada tatsächlich nicht bedacht: Das Internet konnte nicht nur hässlich sein, sondern auch spitzfindig.

Und die Kombination dessen war das Ergebnis des Fotos, das ihr entgegenlächelte.

DIE ANONYMITÄT

Dreizehn Gruppen, alle gemutet, weil sonst ihr Smartphone implodieren würde. In dreizehn Gruppen war sie mittlerweile, in den meisten dieselben Leute, nur in anderen Kombinationen. In jeder war irgendjemand anderes außen vor, eine Spielwiese zum Lästern, eine Tanzfläche für Gerüchte. Dreizehn Gruppen, und in vier davon war die Hölle los.

> habt ihr schon gesehen ...

> kennt ihr schon ...

> guckt mal hier ...

> wer hätte gedacht, dass ...

Überall dieselben Nachrichten, überall derselbe Flow, derselbe Geifer. Während sie auf der Couch lag und das Handy in ihrer Hand anstarrte, wusste sie nicht, wie sie sich verhalten sollte. Alles, was sie tat, war ein Balanceakt. Das Drahtseil, auf dem sie tanzen musste, so dünn, dass es keinen Schlenker zuließ. Nur ein falscher Schritt, und sie könnte auch als Schlagzeile in so einer Gruppe enden. Könnte dort *wieder* enden, als das Gesprächsthema Nummer eins. Könnte selbst die Spottnummer sein. Das Opfer. Die Zielscheibe für die Stiche der anderen. Sie kannte das alles schon. Hatte Narben davon zurückgetragen. Manche konnte man sehen, andere waren unter der Haut verborgen. Und wieder andere konnte nicht mal sie selbst mehr sehen, so tief verbuddelt hatte sie sie.

Eine Weile hatte die Taktik, sich einfach ganz rauszuhalten, funktioniert. Einen Mantel der Unsichtbarkeit hatte sie sich übergezogen. Nur nicht auffallen, nur niemandem einen Grund geben, auf sie aufmerksam zu werden. Aber manchmal war auch Schweigen für die anderen ein Anlass. Wenn sie auf einem herumhacken wollten, dann fanden sie schon einen Grund. Dann war es, wie sie aussah, wie sie sprach, wie sie sich kleidete, welche Unzulänglichkeiten ihr Körper aufwies. Irgendwas Abstoßendes ließ sich in den Augen der anderen immer finden.

Ja, das Drahtseil war eben so dünn, und sie hatte Angst zu fallen, ganz nach unten wieder. Da wollte sie nie mehr hin. Da hatte sie Furcht, nicht noch einmal aufstehen zu können. Aufstehen wurde nach jedem Fall schwerer, das war kein Geheimnis.

Das alte Smartphone kam nicht klar mit den vielen Nachrichten. Sie zehrten am Akku, an der Laufleistung. Alles lud langsam und ruckelnd. Das hatten sie gemeinsam, das Smartphone und sie.

Jetzt lag es bleischwer in ihrer Hand. Nicht nur, weil es so viel wog, es war ja alt und klobig. Es war auch die Verantwortung, die das Handy und sie nun beide trugen.

Dreizehn Gruppen. Drei davon waren Familiengruppen, und eine war eine Abnehmgruppe, von der wusste niemand. Dann gab es noch eine Büchergruppe, eine Nachbarschaftsgruppe und eine mit alten Bekanntschaften, die eh tot waren. Aber diese sieben würden sich nicht für das interessieren, was in den anderen sechs rumorte.

In sechs Gruppen war sie, die eine Verbindung zum Gymnasium hatten. In vier davon tobte es bereits, und zwei waren noch übrig. Zwei Gruppen, in denen der Tumult noch nicht ausgebrochen war. Zwei Gruppen, in denen sie sich jetzt hervortun konnte. Ich bin die Erste, schaut her, ich bin die, die Informationen aus erster Hand hat, damit könnte sie sich ins Rampenlicht stellen. Sie könnte den Spieß umdrehen. Nicht die sein, auf der herumgetrampelt wurde, sondern die, die die Macht in die Hände bekam. Selbst die sein, die trampelt, die trat, die oben war.

Aber sie wollte doch nicht so sein, das hatte sie sich schon vor langer Zeit geschworen. Niemals wollte sie so eine sein, die mitlief. Die die erstbeste Gelegenheit beim Schopf griff, um mit jenen ein Bündnis einzugehen, die ihr die letzten Jahre zur Hölle gemacht hatten. Zugleich war es so leicht. So verlockend. Jetzt war mal jemand anderes dran. Vielleicht war das einfach so, ein Karussell aus Mobbing, irgendwann war eben jeder mal an der Reihe. Vielleicht konnte sie nun den Staffelstab weitergeben. Sie war ihren Marathonabschnitt bis zur Erschöpfung abgelaufen und mit vielen Wunden am Checkpoint angekommen.

Ja, vielleicht war das einfach so, und sie machte sich nur zu viele Gedanken.

Du bist ja nicht schuld, sagte eine sanfte Stimme in ihrem Kopf, du bist ja nicht schuld, du hast das Foto nicht gemacht, und es kursiert eh schon überall, dafür kannst du nichts. Die Leute, denen du das jetzt schickst, die werden es sowieso irgendwann zu sehen kriegen, und dann bist wenigstens du diejenige, die die Anerkennung bekommt.

Ja, dachte sie, genauso war es doch. Das Kind war eh schon in den Brunnen gefallen, was sie jetzt tat oder auch nicht, machte da keinen Unterschied mehr.

Doch da war dieses nagende Stechen in ihr, das sich nicht besänftigen ließ. Diese Unwissenheit, ob das Nacktfoto auf ihrem Display überhaupt echt war. Irgendwie wirkte es seltsam, aber sie konnte nicht genau festmachen, woran das lag. An den Proportionen vielleicht, an der Stelle, an welcher der Hals ins Schlüsselbein überging, an den Hauttönen, die irgendwie nicht übereinstimmten, aber vielleicht lag das auch nur an der Belichtung. Sie war ja keine Expertin für Fotografie, woher sollte sie also die Arroganz nehmen, das beurteilen zu können? So was würde sich schon niemand zusammenbasteln, so schäbig konnte doch niemand sein.

Sie dachte an diesen einen Tag vor zwei Jahren zurück. Erinnerte sich daran, wie der Sportunterricht nach der achten Stunde geendet hatte. Eine Sportstunde wie jede andere auch, eine einzige Demütigung. Erinnerte sich an den strömenden Regen und die Pfütze aus Schlamm und dreckiger Brühe hinten auf dem Schulhof. Irgendeiner der Typen aus einer Gruppe von vieren, allesamt zwei Jahrgänge über ihr, hatte seinen Hosenstall aufgemacht und in das Wasser gepinkelt. Für die besondere Note, hatte er gegrölt, und die anderen hatte gelacht und sich die trainierten Bäuche gehalten. Mit dem Kopf hatten sie sie dann da reingetunkt, hatten sie festgehalten, ihre Arme, ihre Beine, sogar ihr Kinn, bis sie sich ergeben, bis sie nicht mal mehr gefleht hatte.

Trink, hatten sie befohlen. Ein Schwein trinkt doch gern aus Pisspfützen, hatten sie gesagt. Und die wälzen sich drin, wäre das nicht was für dich? Mit einem Tritt in den Rücken, der ihr einen Bluterguss beschert hatte, hatten sie sie in die Brühe gestoßen. Niemand hatte ihre Tränen von dem Schmutzwasser unterscheiden können, als das Video, das sie gemacht hatten, einmal durch alle WhatsApp-Gruppen gewandert war.

So schlimm wird das schon nicht werden, sagte sie zu ihrem Gewissen und leitete das Foto in drei Gruppen weiter.

> omg, ist das abgefahren, woher hast du das?
> ist das echt?

Während sie eine Antwort tippte, wartete sie. Auf den Rausch, den sie immer in den Gesichtern ihrer Peiniger gesehen hatte. Auf das Hochgefühl. Auf den Kick. Für irgendwas musste all der Scheiß doch gut sein, für irgendwas tat man so was Widerliches doch.

Und noch während sie wartete, kam ihr die Galle hoch.

JENNY

Die Dunkelheit draußen ist eine andere als die, die Jenny mit sich herumschleppt. Ihre eigene ist absolut, in sich schlüssig. Sie ist schall- und blickdicht, nichts kommt durch. Kein Ton und erst recht kein Lichtstrahl. Kein Sternenfunkeln am Firmament bricht durch das Schwarz. Da macht die Dunkelheit keine Ausnahmen, da bleibt sie konsequent.

Die Dunkelheit draußen ist eine andere. Früher hat Jenny Respekt vor ihr gehabt. Beim Laufen, beim Joggen, beim Spazieren, selbst beim Autofahren manchmal. Jetzt kommt sie ihr sanftmütig vor. Überall ist Licht, das durch die Finsternis sticht und sie aufreißt.

Auch jetzt wartet Jenny darauf. Dass da jemand kommt und diese Dunkelheit aufreißt. Wartet auf Dominik. Wartet, während das Abendessen auf dem Herd langsam zerkocht, weich wird, den Geschmack verliert. Die Nudeln zersetzen sich, lösen sich auf, wie gestorbene Körper das tun, wenn das Leben die Moleküle nicht mehr zusammenhält. Die lieblos zusammengepanschte Tomatensoße köchelt. Früher war Dominik immer zuverlässig. Aber seit Adas Tod gelten Vereinbarungen und Rituale nicht mehr. Seit Adas Tod verläuft sein Zeitgefüge anders als Jennys.

Jennys Hände zittern, während sie aus dem Küchenfenster starrt, denn von hier aus hat sie die Einfahrt im Blick, hier kann sie sofort sehen, wenn Dominik von der Arbeit kommt. Ihre Hände zittern und ihre Knie auch. Alles an ihr zittert. Sogar ihre Zähne schlagen aufeinander, mit der Wucht von zwei kollidierenden Wetzsteinen.

Ich bin selbst schuld, denkt sie, ich wollte ja in den Abgrund hinabsteigen, und jetzt stehe ich da und wundere mich, dass es steil bergab geht ...

Zwei Scheinwerfer vertreiben die Dunkelheit vor dem Haus, als Dominiks Auto in die Einfahrt einbiegt. Automatisch wandert Jennys Blick zur Uhr. Dominiks Zeitrechnung hinkt ihrer eigenen fünfzehn Minuten hinterher.

Trotz der nahenden Anwesenheit ihres Mannes hört das Zittern nicht auf. Jenny schlottert und bebt wie ein schläfriger Vulkan, in dem es rumort und kokelt und der nicht weiß, ob er nun ausbrechen oder noch mal hundert Jahre warten und dann ganze Städte unter seiner Lava ersticken soll. Es kostet sie all ihre Kraft, die Nudeln in das Sieb zu schütten und die weiche Masse zurück in den Topf zu geben. Sie kleben aneinander wie Gummi, als sie sie auf den Tisch stellt, die Soße Sekunden später gleich daneben. In dem Moment hört sie Dominik im Flur. Hört, wie die schicken Schuhe irgendwo im Flur landen, nicht in dem dafür vorgesehenen Schränkchen.

»Hey, ich bin daheim«, ruft er. Das ist ein neues Ritual: eine Begrüßung durch bloßes Zurufen, durch den Türrahmen voneinander entfernt. Eine Begrüßung aus der Distanz, bei der man sich noch nicht in die Augen sehen und das Lächeln nicht intakt sein muss. Ohne Blickkontakt kann man noch lügen. Kann man noch so tun, als wäre alles okay.

Jenny kann nicht antworten. Sie sitzt nun auf ihrem Platz und will sich verklumpte Spaghetti auf den Teller häufen, während sie sich fragt, für wen sie diese Scharade eigentlich abhält. Es gibt Wichtigeres als Nudeln. Wichtigeres als Essen. Wichtigeres als Rituale, egal ob neue oder alte.

Diese Bilder zum Beispiel.

Sie liegen da. Umrahmen Dominiks Teller wie Messer und Gabel, wie Servietten, wie Weingläser. Eine feine Besteckeinrichtung, nur dass sie aus Fotos besteht.

Als Dominik die Küche betritt, sieht er sie sofort. Und da zuckt etwas über seine Miene, zupft an seinen Mundwinkeln. Jenny kennt Dominik, sie kann ihm von der Falte zwischen den Augenbrauen ablesen, wie abwehrend er ist. Was ist denn jetzt schon wieder, will er fragen, kannst du mich nach einem stressigen Tag nicht einfach in Ruhe lassen, steht ihm auf der Stirn geschrieben.

Aber zwischen den Gedanken und dem Aussprechen ist noch eine Sperre. Vielleicht besteht sie aus den Resten ihrer Ehe oder aus dem Wissen um ihren Schmerz. Statt ihr etwas Abschätziges entgegenzuschleudern, starrt er nun aus der Nähe auf die Fotos. Kann erkennen, was auf die Oberfläche gepresst ist. Es sind keine *richtigen* Fotos, kein Hochglanz, keine Polaroids. Jenny hat einfach ausgedruckt, was sie gefunden hat.

Auf Social Media. Auf den Profilen, den anderen Versionen von Ada. Sie hat sie angeklickt, allesamt. Nacheinander hat sie Pinnwände und Feeds durchforstet, einmal rückwärts durch die Historie.

Und auf was sie gestoßen ist, hat sie erschüttert. Längst ist sie sich sicher, dass Ada Probleme gehabt hat. Irgendwas muss sie ja auf diese Brücke getrieben haben. Doch die Ausmaße, die beginnt sie erst jetzt zu erahnen.

»Woher hast du das?«, fragt Dominik. Seine Stimme ist jetzt nicht mehr so aalglatt. Nicht mehr so aufgesetzt, nicht mehr so geschäftig wie in der Kanzlei. Er verbirgt die Müdigkeit nicht mehr dahinter. Er blickt die Bilder an, dann wieder weg. Und wieder zurück. Weiß nicht, was er tun soll, schwankt zwischen Wut und dem ersichtlichen Wunsch, nicht in die Privatsphäre seiner Tochter vordringen zu wollen.

»Von Instagram«, sagt Jenny. »Und X. Und Telegram … eigentlich sind sie überall.«

Ja, sogar bis zu Telegram hat sie sich vorgearbeitet. Und seit sie weiß, was sich dort tummelt, wundert sie sich nicht mehr, dass Holger so abdriften konnte.

Dominik zieht seinen Stuhl zurück und sinkt darauf, als könnten ihn seine Beine keine Sekunde länger mehr tragen. Er öffnet den obersten Knopf des grauen Hemds, als könnte er auch keine Sekunde länger mehr atmen. Jennys Mundhöhle fühlt sich staubtrocken an. »Ich glaube, die sind nicht echt. Zumindest ... *diese* Fotos da nicht.«

Ein kurzer Hoffnungsschimmer huscht da über Dominiks Gesicht. Eine Lawine aus Emotionen, die sich gegenseitig in die Quere kommen, und nicht alle will er preisgeben. Nicht alle Emotionen sollte man als Elternteil haben. Jenny hat ihm ein paar Stunden voraus, und sie ist durch all diese Emotionen bereits gegangen. Hat sie analysiert. Hat sie im Spiegel betrachtet und sie ausgewertet.

Wenn Nacktfotos der eigenen Tochter auf dem Esstisch liegen, da, wo bis vor wenigen Tagen noch Beerdigungsrechnungen gelegen haben, dann ist das so, dann macht das so viel mit einem, dass einem davon schwindelig wird.

Dann sind da Fassungslosigkeit und Ohnmacht und Zorn und auch dieser Stich, der bitter nach Scham schmeckt, und genau dafür schämt man sich dann noch mehr. Man muss erst mal damit klarkommen, dass man zu solchen Gefühlen fähig ist.

»Ich glaube, die sind nicht echt«, sagt Jenny deshalb noch mal, um den Prozess zu beschleunigen. Und selbst wenn sie echt wären, fügt sie in Gedanken hinzu, hätte niemand das Recht gehabt, Ada ihre Selbstbestimmung zu nehmen und diese Fotos zu verstreuen.

Dominik scheint sich zu fangen. Der Schock weicht aus seinem Gesicht, nun gewinnt die Wut Überhand. Seine Kiefer malmen, als könnten sie die Wut zu Staub werden lassen. Stattdessen nimmt er eines der Fotos in die Hand. Seine Miene ist nun ausdruckslos, kontrolliert. Vielleicht hilft es ihm zu wissen, dass dieses Foto und all die anderen ein Fake sind, zusammengebaut aus anderen Menschen, und nur der Kopf gehört wirklich zu Ada. Wenn man genauer hinsieht, erkennt man die Stellen, an denen die unterschiedlichen Körper aufeinandergelegt wurden, die Farben und Proportionen passen nicht zueinander.

»Woher hast du das? Wer hat das in die Welt gesetzt?«, fragt er.

Wortlos holt Jenny ihren Laptop hervor. Zuvor hat er auf dem Stuhl gelegen, den Ada immer besetzt hat und der nun wie unsichtbare Lava ist. Niemand wird ihn so schnell mehr benutzen. Er ist reserviert für eine Tote.

Sie klappt den Laptop auf und zeigt Dominik, was sie in den letzten Tagen gefunden hat. Die Profile. Die Fotos. Die Kommentare unter den Fotos. Die Häme, die Lachemojis, der Spott. Nicht zu allem hatte sie von Anfang an Zugriff. Es hat eine Weile gedauert, bis sie begriffen hat, dass sie spielen muss wie die anderen. Dass sie einen anonymen Account braucht, der sie nicht als Jennifer Wagner und Adas Mutter outet. Tage hat sie dafür gebraucht, sich eine Fake-Identität aufzubauen. Sie hat keine Übung darin, sich eine Person auszudenken, die sie nicht ist und nie sein will. Und sie hat Grenzen. Sie nutzt keine fremden Bilder. Sie kann nicht selbst das tun, was man Ada angetan hat. Catfishing nennt man das, das hat sie mittlerweile herausgefunden: Wenn Leute sich an der Identität anderer bedienen, ihre Fotos klauen oder ihren Namen. Und manche machen das so raffiniert, dass selbst das Umfeld der betroffenen Person darauf reinfällt. Und bei manchen der Fakeprofile ist genau das passiert. Manche haben Adas Freundeskreis hervorgelockt. Und andere wiederum haben nur für den Zweck existiert, Ada fertigzumachen. Lügen über sie zu streuen. Oder eben intime Fakefotos in den Feed zu spammen.

Dominik braucht eine Weile, sich durch alle offenen Tabs zu klicken. Seine Mimik ist ein Spiegel ihrer eigenen Emotionen, sie rasen in Schnelldurchlauf über sein Gesicht.

»Ich hatte keine Ahnung«, flüstert er zwischendurch so leise, dass sie sich nicht sicher ist, ob er das wirklich sagt oder sie sich das nur vorstellt, weil sie sich so sehr wünscht, dass er wieder mit ihr spricht.

»Wie hätten wir davon eine Ahnung haben können?«, fragt sie in den Raum. Aber noch während sie die Frage stellt, kennt sie die Antwort: Sie sind Adas Eltern. Sie hätten eine Ahnung haben *müssen*. Sie hat all die Reportagen gesehen, sie hätte sich mehr damit befassen müssen, wo sich junge Menschen aufhalten. Sie hätte ... Sie hätte ...

Die Schuld ist sofort zur Stelle. Sie kriecht aus dem Boden und umklammert ihre Knöchel. Ist ein untragbares Gewicht, ist wie die Schwerkraft, nur potenziert. Physikalische Gesetze gelten hier nicht.

Dominiks Fingerknöchel sind weiß. Er krampft seine Hand zur Faust, seine Mundwinkel sind seltsam verzogen, als würde er sich von innen beißen. Auf die Zunge. In die Wangeninnenseiten. Irgendwo rein, wo es wehtut, den Schmerz bloß nicht nach außen zeigen, sondern in sich selbst manifestieren, wie er es schon die ganze Zeit tut.

»Ich habe dir nicht geglaubt«, sagt er dann plötzlich. Er sagt es ganz nüchtern und ruhig, aber Jenny kennt ihn. Das machen zwanzig Jahre Ehe aus. Man weiß, wann der andere pokert, wann er blufft. Da ist diese eine Silbe, in der sein Tonfall nach oben schießt. Eine Silbe, gut verborgen zwischen den anderen, zwischen den souveränen.

»Ich habe dir echt nicht geglaubt. Ich dachte, du siehst Geister und dass das in so einer Situation normal ist. Dass man jedes Detail irgendwie interpretiert und sich zurechtschiebt, damit man einen Sinn in diesem ganzen Mist findet. Ich dachte ...«

»Du dachtest, ich drehe langsam durch?«

Dominik löst den Blick vom Monitor und lenkt ihn in ihre Richtung. Zum ersten Mal seit Adas Tod hat Jenny wirklich das Gefühl, dass er sie *sieht*. Dass sein Blick nicht an ihrer Hülle abprallt oder er einfach durch sie hindurchschaut.

Jenny spürt, wie bedeutend dieser Augenblick ist. Spürt, wie er der Wendepunkt sein könnte, an dem sie vom Gaspedal gehen und sich neu ausrichten könnten. Sie beide, zusammen wieder eine Richtung anvisieren. Dieselbe Richtung.

Und zum ersten Mal in zwanzig Jahren Ehe weiß sie nicht, was sie tun soll. Ob Nähe die Lösung ist und Berührungen oder ob Dominik Distanz braucht. Ob er einen Kanal für den Schmerz haben will oder eher eine weitere frisch angerührte Zementschicht, mit welcher er ihn umschließen und ihn aushärten lassen kann.

»Ja, schon.« Er fährt sich mit der Hand durch das Haar. Eine Geste der Unsicherheit. »Ich meine, in der Situation, in der wir stecken ... Wer könnte einem das verübeln?«

»Wenn man durchdreht, meinst du?«

Er nickt.

»So ziemlich jeder.« Jenny lächelt kurz. »Mein Chef hat schon zweimal gefragt, wann ich wieder zur Arbeit komme. Und meine Schwester hat vorgestern gefragt, ob ich nicht mal mit ihr in die Stadt fahren will. Shoppen und so. Damit du mal rauskommst, hat sie gesagt.«

Streng genommen hat ihre Schwester sogar noch mehr gesagt. Das kann doch nicht ewig so weitergehen, hat sie gesagt. Du steigerst dich noch mehr als ohnehin schon in die Trauer rein, wenn du immer allein zu Hause hockst. Das hätte Ada nicht gewollt. Sogar ihre Schwester instrumentalisiert ihre tote Tochter, wenn auch sicher mit guter Absicht und ungewollt. Aber all die Menschen, die glauben, zu wissen, was Ada gewollt hätte, machen Jenny fertig. Es ist leicht, einer Toten etwas zu unterstellen, schließlich kann die sich nicht mehr wehren.

Aber nichts davon erzählt sie Dominik. Nicht jetzt, nicht heute, vielleicht irgendwann, wenn sich ihre gemeinsame Spur wieder eingependelt hat.

»Ich glaube, Trauer hat eben ein Mindesthaltbarkeitsdatum«,

sagt sie stattdessen. »Für eine gewisse Zeit wird sie einem zugestanden, aber mit jedem Tag, den man drüber ist, wird man schräger angeschaut. Die Trauer ist schlecht geworden, denken sie, die kann man doch jetzt nicht mehr konsumieren.« Sie stockt kurz. Für einen Atemzug bleibt ihr Blick am Laptop haften. »Und dass man nicht einfach abschließen kann, wenn das so unerwartet passiert, dass man sucht und sucht und sucht und recherchiert und weitersucht ... Das versteht erst recht keiner.«

Jenny schluckt. Nicht mal ihr Mann. Nicht mal ihr Mann hat das verstanden.

Dominik verzieht das Gesicht. Er hat kapiert, was sie nur gedacht hat. Kennt sie gut genug, um Wahrheiten zwischen den Zeilen ausgraben zu können.

Er atmet ein. Seine Miene ist dabei gequält, als wäre alles Schwerstarbeit. Selbst atmen. Selbst existieren. Mit dem Ausatmen ist es nicht besser. Möglicherweise sogar noch schwerer, denn die Stimmbänder müssen Worte mit der Luft rauspressen. Worte, die ihm sichtlich schwerfallen. Worte, die über die anerzogene Grenze aus anerzogener Stärke und einem seltsamen Verständnis von Männlichkeit gewuchtet werden müssen.

»Irgendjemand muss es auf Ada abgesehen haben, dass es so viele Fakeprofile gibt«, murmelt er, während sein Gesichtsausdruck eine ganz andere Sprache spricht: Ich halte das nicht aus, sagt es. »Wir müssen etwas dagegen unternehmen«, fügt er hinzu. Wie soll ich den Schmerz aushalten?, fragt die zuckende Wangenmuskulatur.

Also beschließt Jenny, dass sie sich für eine Seite entscheiden muss: für Nähe oder Distanz. Sie steht auf und geht um den Tisch. Der Esstisch, den sie besitzen, hat eine runde Form. Das war ihr wichtig. So sitzt die ganze Familie irgendwie näher zusammen, fand sie immer, nicht getrennt durch Ecken und Kanten.

Deswegen ist sie jetzt auch schnell bei Dominik. Aus der kurzen Entfernung kann sie noch viel besser sehen, wie viel Kraft es ihn kostet, seinen Körper unter Spannung zu halten. Wenn man einmal loslässt, das weiß Jenny, wenn man seinem Körper einmal erlaubt, zu tun und zu lassen, was er will, wenn man ihm die Kontrolle überlässt, dann ist es vorbei.

Und als sie ihm jetzt die Hand auf die Schulter legt, vorsichtig, tastend, unsicher und zugleich Trost anbietend, ist das zu viel für seine Spannung. Sie bricht unter ihren Fingern zusammen. Zerspringt wie eine Glasscheibe unter zu hohem Druck. Dominik kann nicht Trauer und Wut gleichzeitig händeln, sie sind wie eine giftige Symbiose, die er nicht mehr aushalten kann. Sein Körper gibt einfach nach. Die Schultern fallen herab, der Oberkörper sackt leicht nach vorne, und ein Laut entrinnt seiner Kehle, den Jenny noch nie zuvor gehört hat. Sie haben den Großteil ihres Lebens miteinander verbracht, sie kennen sich in- und auswendig, aber dieser Ton, dieser Laut, der ist neu für sie. Der zerreißt ihr das Herz.

Sie geht vor ihm in die Knie. Schlingt die Arme um ihn. Bietet ihm den Kokon an, der ihr in den letzten Wochen verwehrt geblieben ist. Aber sie will hier nicht offene Rechnungen eintreiben, will nicht gegeneinander aufaddieren, will nicht nachtragend sein.

»Wir müssen etwas dagegen unternehmen«, flüstert er an ihrer Schulter, sein Körper schaukelt wie ein Schiff ohne Segel auf offener See. Und trotzdem versucht er noch, Sätze zu formen. Als wäre sein Kopf noch nicht so weit wie sein Körper, als liefe sein Intellekt wie eine hängende Schallplatte, der Verstand die zitternde Nadel, die messerscharf über das Vinyl kratzt und alles zerstört. Am liebsten würde Jenny den Zerstörungsmodus abfedern. Ihn gar ganz verhindern. Aber so funktioniert Trauer eben nicht, das hat sie selbst schmerzlich lernen müssen. Dominik muss da durch, einmal mitten durch den Sturm, auch ohne Segel. Und dann gleich noch mal. Wieder und wieder, unzählige Male.

Jeder Mensch trauert anders, sagt man.

Aber jetzt endlich trauern sie gemeinsam.

Jetzt endlich betrachten sie den Krater und den Schaden, den der Asteroid auf ihrem kleinen Planeten angerichtet hat, als er eingeschlagen ist.

ADA

Ada war immer eine von denen gewesen, die niemand gesehen hatte. Sie war nie unbeliebt gewesen, aber eben auch nie beliebt. Sie war nie die Letzte bei der Gruppenwahl im Sportunterricht, aber auch nie die Erste. Sie war einfach da, meistens unbeachtet. Unsichtbar auf eine Weise, mit der man sich wohlfühlte.

Aber heute sahen die Leute sie. Und wie sie Ada ansahen, gefiel ihr nicht. Sie spürte jetzt Vorurteile in den Blicken der Leute, von denen Ada wusste, dass sie sie so schnell nicht – oder möglicherweise auch nie mehr – ausradieren konnte.

Und Ada lernte noch etwas: Diese Leute kannten sie nicht. Nur eine Handvoll vielleicht. Ja, eine Handvoll von ihnen konnte von sich behaupten, sie wirklich zu kennen. All die anderen füllten die wenigen Details, die sie über Ada wussten, nun mit der eigenen Fantasie. Schmückten die Lücken aus. Formten daraus eine neue Ada: Ada, die Streamerin, die für Aufmerksamkeit alles tat. Ada mit der bloßen Haut, mit Makeln, die nicht mal ihre eigenen waren. Ada mit den Nacktfotos, die je nach Plattform unzureichend zensiert waren. Ada, die Bitch.

Eine Ada, die mit ihr als Person nichts zu tun hatte und der sie nur mit Hilflosigkeit und Schweigen begegnen konnte, dabei wollte sie nichts lieber, als jeder einzelnen Person ins Gesicht zu brüllen, dass sie falschlagen und sie kein bisschen kannten.

Die Leute trafen Vorurteile über sie. Fest in Stein gemeißelt oder mit der Tinte der Gehässigkeit niedergeschrieben. Sie wieder abzustreifen würde ihr bis zum Abitur nicht mehr gelingen, das begriff Ada schon in den wenigen Minuten, in denen sie den Schulhof überquerte. Ihr Vermächtnis würde also nicht nur ihr Zeugnis sein, ihre Teilnahmeurkunde an den Bundesjugendspielen oder die Werke aus dem Kunstunterricht, die in der Aula hingen. Ihr Vermächtnis war nun mit etwas Hässlichem übermalt.

So viele Jahre an dieser Schule, und das blieb von ihr übrig. Obwohl Ada versuchte, sich zusammenzureißen, denn sie wollte keine Schwäche zeigen, brach ihr allein diese Vorstellung das Herz.

Im Klassenraum stand die Luft noch viel mehr als sonst. Die Fenster waren kaputt und ließen sich nur mit viel Mühe auf Kipp stellen. Dem städtischen Schulträger fehlte das Geld, sie zu reparieren. So viele Fenster in dem langen Gebäude, so wenig Budget. Andere Sachen sind wichtiger, pflegten sie zu sagen, aber was diese anderen Sachen waren, dem kamen sie nie auf die Spur.

Ada nahm auf ihrem Stuhl Platz. Noch nie war sie so froh darüber gewesen, in der letzten Reihe zu sitzen. So war ihr Rückgrat nicht ungeschützt. Bot keine Projektionsfläche für all die Blicke. Vorne konnte sie sich wehren. Da konnte sie zurückstarren, da konnte sie ein Lächeln auftischen, da konnte sie den Mittelfinger zeigen.

Der Stuhl neben ihr war leer. Eine Flanke ebenfalls ungeschützt. Kim und sie hatten unterschiedliche Fremdsprachen gewählt, weshalb sie gerade in einem anderen Kurs saß. Angelique, die eigentlich neben ihr gesessen hätte, war ausgerechnet heute krank. Und obwohl die Sitzordnung sonst eher locker gehandhabt wurde, wählte heute niemand den Platz neben Ada.

Mein linker, linker Platz ist frei, dachte sie und wünschte sich jemanden herbei, irgendjemanden nur. Das Wispern um sie herum kroch an sie heran. Wurde ihr zu viel. Zu viele Stimmen, zu leise, um sie zu verstehen, aber Ada war nicht auf den Kopf gefallen. Sie wusste genau, worüber die Leute aus ihrem Kurs sprachen. Und die Luft, die war kaum zum Aushalten. Die war viel zu schwer, als dass man sie in die Lunge pressen konnte. Sie versuchte, durch die Nase zu atmen, sich auf den Sauerstoff statt auf das Gemurmel zu konzentrieren. Aber mit jedem Versuch schlug ihr Herz einen Takt schneller. Sie starrte zu den Fenstern, die fest verschlossen waren und das Gefühl nur verstärkten, dass ihre Atemwege blockiert wurden.

Raus, dachte Ada, ich muss hier raus.

Sie packte eilig ihre Tasche, die sie noch nicht einmal ausgepackt hatte, und sprang auf. Raus aus dem Stimmengewirr. Raus aus der Vorstellungskraft der anderen. Natürlich wusste Ada, wie ihre Flucht auf die anderen wirken musste. Ein Schuldeingeständnis war das, ihr Schweigen eine Bekräftigung, auf dem Silbertablett serviert. *Seht her, ihr habt ja recht, ich knicke ja schon ein*, das war das Signal, das sie nach außen sendete.

Im Türrahmen wäre sie fast mit ihrer Englischlehrerin zusammengestoßen. Hat sie die Fotos auch schon gesehen?, schoss es Ada durch den Kopf, während sie eine Entschuldigung murmelte und dann hastig durch den Gang sprintete. Ihr Herz donnerte wie ein Presslufthammer in ihrer Brust, als wolle es im nächsten Augenblick einfach aufhören zu schlagen. So fühlt sich also eine Panikattacke an, dachte sie, als wäre ihr Körper etwas, das man wie ein wissenschaftliches Objekt beim Zerfallen betrachten konnte, während ihr zugleich Tränen über die Wangen liefen. Schweißausbruch, Herzrasen, ein Engegefühl in der Brust, Ada konnte alle Symptome der Reihe nach abhaken, die sie in der Theorie kannte, weil Kim auch manchmal an Panikattacken litt. Und überhaupt schien das bei so jungen Menschen schon weiterverbreitet, als das ältere Generationen glauben mochten. Druck im Bildungswesen, Angst vor der Zukunft, Ohnmacht in der Klimakrise, da kam so einiges zusammen, was die Mehrheit der Gesellschaft nicht auf dem Radar hatte.

Und da konnte etwas wie das, was Ada gerade durchmachte, das letzte bisschen Stabilität, das letzte bisschen mentale Gesundheit mit einem gezielten Tritt zerstören.

Weil die Schulstunde bereits begonnen hatte, waren die Gänge leer. Niemand bekam mit, wie die Angst in Ada wühlte. Aber vielleicht hätte ihr die sogar niemand angesehen. Vielleicht drückte ihr Gesicht gar nicht aus, was in ihr vorging. Vielleicht konnte es die emotionale Gewalt in ihr nicht im Ansatz widerspiegeln.

Gerade als Ada zu glauben begann, dass das Labyrinth aus Fluren nicht mehr enden wollte, erreichte sie das rettende Ziel. Sie stieß die Tür zur Mädchentoilette auf und steuerte die erstbeste Kabine an. Sich verbarrikadieren, sich einschließen, sich verstecken, sie wollte nichts mehr als das. Irgendwo verharren, bis die Panikattacke vorüber war. Irgendwo verborgen sein, während sie ihr Herz in den Händen halten und es beruhigen konnte.

Psst, flüsterte sie. Das wird schon wieder, alles wird gut, es ist doch gar nichts passiert, so schlecht ist dein Leben echt nicht, anderen geht es viel beschissener, flüsterte sie all die bekannten Floskeln gegen die mit Edding beschmierten Wände. Und sie verabscheute sich selbst dafür, dass sie sich nicht anders zu helfen wusste, als diese sinnlosen Floskeln selbst zu wiederholen.

Obwohl der Fliesenboden mit abgerissenem Klopapier übersät war, ließ sie sich an der Wand zu Boden gleiten. Zog die Knie an. Schlang die Arme darum. Ließ die Tränen rinnen, die sie viel zu lange zurückgehalten hatte, sogar zu Hause. Hielt ihren Körper zusammen, drückte die Lunge an ihren Platz zurück, zimmerte einen Raum aus Rippen um ihr Herz, damit es nicht einfach heraussprang. Damit es sich nicht auf und davon machte. Selbst ihr Herz hatte keinen Bock mehr auf den ganzen Scheiß, auf Ada, auf die Schule, auf die Menschen hier. Und sie konnte das verstehen, sie hatte ja selbst keinen Bock mehr.

Ada musste überlegen, wie sie weitermachte. Wenn ihr Herz sich wieder vertrauter mit ihrem Brustkorb und mit ihrem Verstand gemacht hatte, musste sie wirklich überlegen. Abwägen. Gegeneinander aufrechnen, was noch ging. Ob sie aufgab. Es einfach sein ließ. Alles. Die Schule. Das Streamen. A l l e s. Oder ob sie sich noch mal aufbäumte. Sich nicht alles wegnehmen ließ. Die Hoheitsgewalt einforderte über ihr eigenes Leben. Da war eine Community, die hinter ihr stand. Das wusste sie, da war sie sich sicher. Die ließ sich nicht so leicht täuschen. Da konnte Ada Vertrauen haben, sich immer noch fallen lassen, nur ein Stück weit vorsichtiger, achtsamer, misstrauischer, denn sie hatte ja aus den letzten Wochen gelernt. Aber sie musste daran glauben. Sie *musste* daran glauben, um wieder aufzustehen, ein Ende des Seils zu packen und sich dem Tauziehen, um ihr Bildnis in der Öffentlichkeit anzuschließen.

Plötzlich ertönte ein Geräusch. Es kam aus der Kabine neben der, in welcher sie sich zu einem Ball geformt hatte. Ada hielt den Atem an. Shit, dachte sie, shit shit shit. Niemand durfte ihre Schwäche bezeugen, damit wurde sie nur noch angreifbarer. Hatte sie laut geweint? Hatte sie geschluchzt? Oder war ihr Schmerz lautlos gewesen? Sie hatte keine Ahnung.

Dann klopfte es an ihrer Tür. Ada zuckte zusammen. Wie war die Person so schnell von der einen Kabine zur anderen gekommen?

»Ist alles okay bei dir?« Die Stimme des Mädchens war dünn, als wäre sie sich nicht sicher, ob es wirklich so eine gute Idee war, zu fragen, oder ob es nicht besser gewesen wäre, lieber abzuhauen. So zu tun, als hätte man nichts gehört, nichts gesehen, nichts mitbekommen.

»Ja«, antwortete Ada. Mehr als eine Silbe hielt ihre Stimme nicht durch, ohne sich als Verräterin zu entpuppen.

»Bist du sicher?« Es raschelte vor der Tür, dann fiel mit einem lauten Knall eine Schultasche mit dem Gewicht vieler Bücher auf den Boden.

»Ja.« Ada schloss die Augen. Bitte geh, flehte sie in Gedanken, bitte hau ab und lass mich in Ruhe.

»Der Boden hier ist wirklich widerlich«, sagte das fremde Mädchen. »Macht den eigentlich jemals irgendjemand sauber? Sieht echt nicht so aus.« Dann ließ sie sich neben ihrer Tasche, die Ada unter dem Türschlitz erkennen konnte, ebenfalls auf den Boden sinken.

Okay. Offenbar hatte Ada doch zu laut geheult.

Sie räusperte sich. »Hör mal, es ist wirklich alles gut. Du musst nicht hierbleiben.«

»Ich weiß, dass ich das nicht muss.«

Ja, dann geh doch, dachte Ada, aber sie bremste sich im letzten Moment. Das hier war vielleicht der erste Mensch heute, der nett zu ihr war.

Sie kann dich ja auch nicht sehen. Sie weiß nicht, wer du bist.

»Wirklich«, murmelte Ada eindringlicher. »Ich komme klar, mir ist nur … mir ist nur …« Es gab so viele Adjektive, die an dieser Stelle passen würden. Aber keines davon konnte sie hier aussprechen. Keines davon wollte sie überhaupt denken. »Mir ist nur übel.«

Das Mädchen, das dem Klang der Stimme nach gar kein Mädchen mehr war, sondern eher in Adas Alter, gab ein brüskes Lachen von sich. Sie glaubte Ada kein Wort. Daraus machte sie keinen Hehl. »Ach du, mach dir keinen Kopf. Ich mach das auch gar nicht für dich, weißt du?«

»Ach, nicht?« Ada gab sich Mühe, aber auf Anhieb fiel ihr kein gescheiter Grund ein, aus dem man sonst vor einer Klotür Wache halten sollte.

»Nein.«

»Sondern? Karmapunkte oder so?«

»Nein«, sagte die Mitschülerin wieder.

»Sondern?«, hakte Ada noch mal nach. Sie wischte sich mit dem Handrücken über das Gesicht. Ihr Herz schien die kurze Ablenkung dazu genutzt zu haben, sich wieder zusammenzuziehen und sich an seinen angestammten Platz auf der linken Seite ihres Brustkorbs geschmiegt zu haben.

Gut so, dachte sie. Braves, tapferes Herz. Diesen winzigen Herzen zollte man mitunter einfach zu wenig Aufmerksamkeit, zu wenig Anerkennung, zu wenig Respekt dafür, dass sie all die unsichtbaren Lasten trugen. Die hatten keine Wahl, die mussten funktionieren, manchmal weit über Schmerzgrenzen hinaus. Die drangen in Gebiete vor, die man nie zu erkunden gedacht hatte.

»Na ja«, sagte die andere. »Du hast so geheult, dass du nicht mitgekriegt hast, dass ich geheult habe. Das war gut für meinen Stolz. Und dafür kann ich ja was zurückgeben. Dann sind wir quitt sozusagen.«

Ada zog die Nase hoch und richtete sich auf. Sie wusste nicht, ob sie aufstehen und zur Tür hinaustreten sollte. Der anderen begegnen, war das gut oder eher nicht?

»Aber jetzt weiß ich es ja«, sagte sie schließlich. »Jetzt hast du es mir gesagt. Also war's das doch mit dem Stolz.«

»Nicht wirklich«, widersprach die andere. »Jetzt habe ich mich dazu entschieden. Ich habe entschieden, dich einzuweihen. So bewahre ich mir den Stolz. Es war meine freie Entscheidung. So warst du keine Zeugin eines schwachen Moments, eher im Gegenteil. Du warst Zeugin eines starken Moments. Eines Moments, in dem ich die Zügel in der Hand halte. In dem ich aus der Schwäche eine Stärke mache, weil ich sie verbalisiere. In dem sie mir nicht peinlich ist.«

Ada beschloss, nicht zur Tür zu gehen. Nicht die Klinke herunterzudrücken und den Sichtschutz und die damit einhergehende Anonymität zwischen ihnen auszuhebeln. Alles war gut so, wie es war. Sie beide, getrennt durch eine muffige Klotür, aber trotzdem nur einen halben Meter voneinander entfernt. Einander namenlos, das ließ Geheimnisse irgendwie gewichtiger werden.

»Das ist mutig«, sagte Ada. Sie dachte, dass sie sich vielleicht ein Beispiel an dem Mädchen nehmen könnte. Dass sie nicht länger zwischen den beiden Optionen, aufgeben oder weitermachen, schwanken müsste, sondern es auch so halten könnte: aus der Schwäche eine Stärke machen. Das, was einem zugestoßen war, nehmen und es unter die eigene Kontrolle bringen.

»Warum hast du geheult?«, wollte sie wissen. »Willst du mir das sagen?«

»Nein«, sagte die andere und lachte. Ihre Tasche wurde ein paar Zentimeter über den versifften Boden gezogen, dann war das Ziepen eines Reißverschlusses zu vernehmen. Die Blätter eines Blockes raschelten, als die andere in der Tasche herumwühlte.

»Okay«, sagte Ada. »Sorry, dass ich gefragt habe.«

»Nein, alles gut. Irgendwie ist es logisch. Ich war ja auch so übergriffig, mich so ungefragt vor deine Klotür zu setzen, obwohl du keinen Bock auf mich hattest.«

Die andere hielt einen kurzen Moment inne, als wüsste sie nicht, wie sie weiterreden sollte. Als kosteten sie die nächsten Worte immense Überwindung. »Ich habe einfach Scheiße gebaut, weißt du? So richtige Scheiße.«

»Oh«, sagte Ada.

»Ja. Und jetzt stecke ich in dieser Scheiße drin. So richtig tief, bis zum Hals quasi.«

»Und jetzt kommst du da nicht mehr raus«, mutmaßte Ada. Das Gefühl war ihr vertraut. Knietief in der Scheiße zu stecken, ohne, dass einem jemand ein Seil zuwarf, war wortwörtlich beschissen.

»Ja, genau. Jetzt komme ich da nicht mehr raus. Dabei würde ich gern. Ich würde so gern die Zeit zurückdrehen und … manches anders machen.« Ein Lachen ertönte, aber es war dumpf. Es blieb irgendwo in der Kehle der anderen stecken. In so einer Kehle kann sich eine Menge sammeln, dachte Ada, und irgendwann erstickt einen dieses Knäuel aus Gefühlen dann.

»Was würdest du anders machen?«, wollte sie wissen. Wenn sie das Gespräch am Laufen hielt, ließ sich die Panik in ihr hinter einen Zaun aus Ablenkung zurückdrängen. Dann konnte sie sie in Schach halten.

»Oha, jetzt kommen die ganz großen Fragen.« Ein Spritzer Spott schwang in der Stimme der anderen mit. Ada konnte ihr Schulterzucken fast erahnen. »Ich könnte mir schönere Orte für solche Gespräche vorstellen.«

»Ach ja?«, gab Ada zurück. »Also, ich find's passend. Wo, wenn nicht auf einer verranzten Schultoilette?«

Das Lachen der anderen war ein seltsamer Laut. Eine Mischung aus Zynismus und Verzweiflung. Eingefangen die Sekunde, in der man noch nicht wusste, ob man in Lachen oder Weinen ausbrechen sollte. Die Waage tief in einem drin schlug heftig von einer Seite zur anderen, und das Gewicht der Päckchen, die man trug, schlitterte unbeholfen von links nach rechts.

»Was soll's«, sagte die andere. »Ich müsste mich bei jemandem entschuldigen, zu dem ich scheiße war. Ich hab was gemacht, was diese andere Person echt nicht verdient hat. Niemand hat die ganze Scheiße verdient, die gerade abgeht.«

Vage Worte, viel Raum für Interpretation. Ada spürte die Vorsicht ihres Gegenübers, das Vorantasten, das Misstrauen. All das rumorte auch in ihr. Heute überlegte man sich sehr genau, was man anderen anvertraute. Es konnte schließlich wie ein Boomerang mit Klauen und Messerspitzen zu einem zurückkehren.

»Dann sag ihr das doch«, schlug Ada vor. »Entschuldige dich.«

»Das ist nicht so leicht. Eigentlich kenne ich die Person nicht mal. Ich glaube, wir haben noch nie ein Wort miteinander gewechselt.«

»Wie kannst du dann scheiße zu der Person gewesen sein?«

Wieder dieses wackelige Lachen. »Das geht, glaub mir.«

»Okay, aber mich interessiert es trotzdem. Und vielleicht kann ich dir ja irgendeinen superklugen Ratschlag geben.« Ada hielt kurz inne, ehe sie halb ironisch hinzufügte: »Das ist sozusagen meine Stärke – anderen Leuten ungefragte Tipps zu ihrem Leben geben. Hab ich mir von so manchen Männern abgeguckt, weißt du?«

Sie lachten. Diesmal zusammen, wie zwei Geheimagentinnen, die einander nicht kannten, aber in dieser einen Sache, für diesen einen Auftrag, vereint waren. Das hier war einer dieser Punkte, eine Art Universalwissen, eine Universalerfahrung, die sie Frauen gemein hatten: dass Männer ihnen die Welt erklären wollten und niemand das merkte, oft nicht einmal die Frauen selbst.

»Ich kann mir vorstellen, dass du im Gegensatz zu den meisten Leuten wirklich was Kluges zu sagen hättest«, meinte die andere. Die Worte verursachten einen Kloß in Adas Hals. Das war das Netteste, das heute jemand zu ihr gesagt hatte. Aber die andere wusste auch nicht, wer sich hinter der Klotür verbarg, richtig? Sie wusste nicht, dass da Ada war, Ada, die Streamerin, Ada, die nackt Gephotoshopte, Ada, die Bitch. Wenn sie das wüsste, würde sie so was vielleicht nicht sagen.

Aber vielleicht auch doch.

Ada überlegte, ob sie sich gut genug fühlte, endlich aufzustehen, ihre Klamotten und ihre Gedanken gleichermaßen zu ordnen. Und dann die Kabine zu verlassen. Der anderen unter die Augen zu treten, als Ada, die echte Ada. Sie konnte ja nicht ewig hierbleiben. Bald würde die Schulglocke klingeln, und dann würde dieser Raum von all den Leuten geflutet werden, vor denen sie eigentlich fliehen wollte.

»Hör mal, ich komm jetzt raus, ja?«, sagte sie, bevor sie der Mut verlassen konnte.

»Nein, warte!« Wieder raschelte die Kleidung der jungen Frau auf der anderen Seite der Toilettentür, als diese ihren Rucksack packte und auf die Beine kam.

»Ich muss eh los«, ergänzte sie eilig, das Lachen war aus ihrer Stimme verschwunden. Sie beide gingen als Geheimagentinnen nun wieder ihrer eigenen Quest nach.

»Bleib doch noch kurz, ich hab dir ja gar keinen advice for free gegeben«, bat Ada, während sie sich die Schultasche über die Schulter warf. »Vielleicht könnten wir ...« Sie brach ab. Sie hatte keine Ahnung, was sie konnten. Zusammen eine rauchen? Einen Kaffee trinken gehen? Sich gegenseitig ihr Herz ausschütten? Als Ada das Schloss umdrehte, schwang die Tür bereits auf. Die Klinke war kaputt, genauso wie der Seifenspender und der Heißwasserregler. Aber trotz ihrer Bitte war da nichts zu machen, die andere war schon auf dem Sprung, bereit zur Flucht. Als wolle sie Ada, der echten Ada, gar nicht begegnen.

Ada sah die Mitschülerin nur noch von hinten, ehe die schwere Eingangstür neben dem Waschbecken wie ein Gefängnisgitter zuklappte. Sah nur noch den Rücken der anderen, die offensichtlich in Secondhandklamotten gekleidet war. Die Haare fielen in einem aschgrauen Zopf über ihren Rücken und kamen Ada bekannt vor, als hätte sie die andere schon öfter gesehen, aber eben nur von hinten, weil sie immer vor anderen weglief, nie auf sie zu.

Nun, da Ada selbst eine Zielscheibe war, ein Objekt, an dem andere ihre Messer wetzten, erkannte sie die Zeichen auch an anderen, auch an *dieser* anderen. Erkannte den unsicheren Gang, die Hinwendung zu Türen, zu Fluchtmöglichkeiten, die plötzlich aufgenommene Geschwindigkeit, den Drang, abzuhauen.

Nun, da Ada selbst eine Zielscheibe war, ein Objekt, an dem andere ihre Waffen schärften, erkannte sie die Sprache der Überlebenden.

JENNY

Jenny hat bis heute noch nie eine Polizeistation von innen gesehen. Ihr Leben ist immer in so geordneten Bahnen verlaufen, dass es keine Notwendigkeit dafür gegeben hat. Und jetzt sitzen sie hier, auf zwei unbequemen Stühlen, und sie drückt ihre Handtasche fester an sich.

Neben ihr blättert Dominik in der Mappe, die er mitgebracht hat. Die ganze Nacht hat er sich in seinem Büro verschanzt und alles durch den Drucker gejagt, was er im Netz gefunden hat. Auf der Fahrt zur Polizeistation hat er sich den Anwalt übergestülpt, auch ohne den üblichen Anzug. Sie haben geschwiegen, trotzdem hat Jenny seine Gedanken hören können. Wie er sich Argumente zurechtgelegt hat, seine Rede einstudiert, die Indizien zu einer Theorie zusammengefügt.

Identitätsdiebstahl. Jemand hat sich im Internet als Ada ausgegeben. Vielfach. Hat sich ihre persönlichen Daten zu eigen gemacht und falsche hinzugefügt. Hat daraus falsche Adas geformt, um ihren Ruf zu schädigen.

Aber wer, geistert es die ganze Zeit durch Jennys Kopf. Wer macht so was? Da muss so viel Aufwand dahinterstecken. So viel Zeit. So viel Energie einer Art, die Jenny Angst bereitet.

Wer macht so was?

Wer macht so was?

Wer macht so was?

Und warum?

Ja, warum?

Jenny braucht all diese Fragen. Sie müssen wie ein Schwarm in ihrem Kopf herumschwirren, um diese eine andere zu überdecken. Die, die wirklich wichtig ist.

Hat Ada sich deswegen suizidiert? Wegen dieser Fakeprofile? Und warum hat sie sich ihnen nicht anvertraut? Sie hätten zur Polizei gehen können, mit Ada zusammen. Sie hätten sie unterstützt. Sie hätten, sie wären, sie hätten gekonnt, sie ... Sie *hätten* doch.

Und jetzt sitzen sie hier, auf diesen kantigen Stühlen aus Hartplastik, und sie machen, sie wollen, sie tun, was sie können, nur ist alles zu spät, viel zu spät.

»Also Herr Wagner«, sagt der Beamte, der sich nun endlich hinter dem gewaltigen Monitor blicken lässt. »Und Frau Wagner«, fügt er hinzu, als hätte er Jenny erst jetzt gesehen. Dabei kann man sie doch gar nicht übersehen, sie ist ein Koloss aus weißem Zorn.

»Meine Kollegin vom Empfang hat mir bereits mitgeteilt, worum es geht. Sie wollen eine Anzeige gegen Unbekannt erstatten, richtig?«

»Richtig«, sagt Jenny an Dominiks statt. Sie ist diejenige, die das alles herausgefunden hat. Die drangeblieben ist. Sie will diejenige sein, die das hier ins Rollen bringt. Zumindest diese Rechnung muss Dominik bezahlen, der sie nicht ernst genommen hat.

»Wir haben alles mitgebracht«, fügt sie hinzu. »Alle Beweise. Alles ausgedruckt.«

Sie nimmt Dominik die Mappe aus der Hand und legt sie auf den Schreibtisch. Der Polizist schlägt die Mappe auf. Blättert durch die Seiten, die sie chronologisch sortiert hat. Für jedes Profil ist da ein einzelner Reiter. Sie hat alles in eine Ordnung gebracht. Doch der Polizist scheint diese Ordnung, ihre Vorarbeit, gar nicht zu schätzen zu wissen. Er schlägt Seite um Seite um, nickt hier und da, sein Blick fliegt so schnell über Zeilen, erst harmlose, dann bösartige, und Fotos, erst harmlose, dann anrüchige, dass Jenny sich fragt, wie er all das so rasch aufnehmen kann. Kein Mensch ist in der Lage, in diesem Tempo so viele Informationen zu verarbeiten, das kann Jenny niemand erzählen.

Dann lässt der Polizist die Mappe auf den Tisch fallen. Jenny unterdrückt den Impuls, sie wieder aufzuschlagen und dem Mann unter die Nase zu halten. Sieh doch hin, will sie sagen, lies doch mal richtig.

»Sie wissen, dass Cybermobbing per se keinen Straftatbestand erfüllt, oder? Sie können das gar nicht anzeigen«, sagt der Beamte. Er ist älter als Dominik, sicher zehn Jahre, eher noch mehr. Er schreibt irgendwas in seinem Computer mit, keine Ahnung was, denn Jenny hat noch gar nicht angefangen. Sie hat nicht mal Luft geholt.

Nein, das hat sie nicht gewusst, liegt ihr auf der Zunge, aber Dominik ist schneller.

»Natürlich«, sagt er schneidend, als wäre das hier ein Gerichtssaal und der Polizist kein Verbündeter, sondern sein Gegner. Übelkeit steigt in ihr auf. Sie wünscht sich woandershin.

»Aber Beleidigung und üble Nachrede sind es. Außerdem ...« Dominik tippt mit dem Zeigefinger demonstrativ auf die Mappe, dazu einen USB-Stick. Jenny hat keine Ahnung, was da alles drauf ist. Hat er noch mehr gefunden als sie? Und überhaupt: Was soll da sein an *noch mehr*? Jenny fröstelt bei dem Gedanken.

»Unbefugtes Verbreiten von Bildmaterial hätten wir auch noch. Mal ganz abgesehen davon, dass dieses Material eine manipulierte Täuschung ist.«

Der Beamte tippt immer noch. »Das sind viele Straftatbestände«, sagt er. »Wollen Sie die alle anzeigen?«

»Natürlich«, sagt Dominik wieder. »Sie müssten doch besser wissen als ich, was hier strafrelevant ist.« Jenny kann den düsteren Spott in Dominiks Worten fast triefen hören, aber der Beamte tut das nicht. Er kennt ihren Mann nicht. Weiß nicht, dass er niemals unvorbereitet zu diesem Termin gefahren wäre.

Der Beamte hört auf, seine Tastatur zu bearbeiten. Er rollt auf seinem Schreibtischstuhl ein paar Zentimeter in ihre Richtung und stützt sich mit den Armen auf der Tischplatte ab.

»Hören Sie, Herr Wagner«, sagt er. Er muss gar nicht auf seine Notizen schauen. Vielleicht kennt er Dominik. Immerhin ist der in der Stadt nicht unbekannt. Jenny hingegen sieht der Polizist gar nicht erst an.

»Hören Sie«, setzt er wieder an und rutscht unbehaglich auf der schmalen Sitzfläche hin und her. »Das hier ist alles ziemlich übel. Catfishing ist wirklich eine schlimme Sache, das haben wir öfter auf dem Tisch, als Sie glauben. Aber das Ding ist: Uns sind die Hände gebunden.«

Jetzt hat Jenny genug. »Wieso sind Ihnen bitte schön die Hände gebunden?«, fragt sie wütend. »Sie sind eine Polizeibehörde. Ist es nicht Ihre Aufgabe, so was …« Sie zeigt auf die Mappe, auf die Sammlung an Grauenhaftem, das man ihrer Tochter angetan hat. »… zu verfolgen?«

Der Polizist sieht plötzlich müde aus.

»Es gibt keine gesetzliche Grundlage, die Catfishing unter Strafe stellt. Dafür sind die Plattformen zuständig, wissen Sie? Mitunter verstößt das gegen die Nutzungsbedingungen. Facebook, Instagram, X … So was können Sie dort melden. Sie können verlangen, dass die falschen Profile gelöscht werden.«

»Aber diese Plattformen tun nichts gegen Datenmissbrauch«, widerspricht Jenny. »Das ist doch bekannt.«

Ein Kreislauf aus der Hölle, denkt sie verzweifelt. Alle schieben sich gegenseitig die Verantwortung zu: Behörden den Plattformen und andersrum. Und am Ende tut niemand was.

Der Polizist stößt einen Seufzer aus, dann verschwindet er wieder hinter dem Monitor. Er tippt, klickt, tut irgendwas, wovon Jenny sich fragt, was das sein soll, denn helfen will er offensichtlich nicht.

»Ihre Tochter …«, beginnt er, hält dann aber inne. Ein kurzes Zucken huscht über sein Gesicht. Vielleicht sieht er Adas Daten gerade ein. Sieht ihr Geburtsdatum. Ihre Meldeanschrift. Und ihren Todestag. Vielleicht versteht er jetzt endlich.

Er räuspert sich. »Ihre Tochter hat bereits eine Anzeige erstattet«, sagt er dann. »Vor einigen Monaten schon.«

Jenny fällt alles aus dem Gesicht. »Was?«

»Ja, doch. Wegen Stalking.« Der Polizist nickt bekräftigend. Er lehnt sich nach vorne und senkt die Stimme. »Streng genommen darf ich Ihnen das gar nicht sagen, aber da …« Er bricht ab, sucht nach Worten, die keine Wunden aufreißen. Er kann ja nicht wissen, dass das Unterfangen zwecklos ist. Die Wunden werden immer aufgerissen. Allein der harte Stuhl ist so kantig, dass Jennys ganzer Körper sich wie eine aufgerissene Wunde anfühlt, und ihre Psyche sowieso.

»… aber da die Anzeigenerstellerin verstorben ist, drücke ich da mal ein Auge zu. Im System ist eine Anzeige wegen Stalking hinterlegt. Allerdings wurde das Verfahren eingestellt, da die Ermittlungen ins Leere gelaufen sind.«

»Gegen wen?«, will Dominik wissen.

Der Beamte schüttelt entschuldigend den Kopf. »Das darf ich Ihnen nun wirklich nicht sagen.«

Wegen Stalking? Das muss Jenny erst mal sacken lassen. Aber es macht Sinn. Sie muss wieder an den Zettel denken, den sie in Adas Schulsachen gefunden hat. Und all diese Profile … Die erwecken einen persönlichen Eindruck. Da war jemand sauer, da wollte jemand Rache für irgendwas, so fühlt es sich für Jenny an.

»Wurden denn überhaupt Ermittlungen angestrebt?«, fragt Dominik neben ihr. Ihr Mann wirkt gefasst, und Jenny fragt sich, wie er diese Ohnmacht händeln kann, die sich in ihr ausbreitet.

Der Polizist hebt kurz die Hand. Die Maus klickt wieder, seine Miene ist fokussiert. Vermutlich arbeitet er sich durch eine digitale Akte.

Nach nicht einmal einer Minute sieht er sie beide an. In seinen Augen spiegelt sich Bedauern. Möglicherweise ist er selbst Vater, denkt Jenny, denn seit er Adas Sterbedatum gesehen hat, hat sich etwas in seiner Miene verändert. Sie ist weicher geworden. Diese armen Leute, geht es sicher in seinem Kopf vor, was müssen die wohl durchmachen? Als hätte das alles nichts mit ihm zu tun. Und nichts mit seiner Arbeit und der dieser Behörde. Als hätten die an alldem gar keinen Anteil.

»Das Internet ist eine Wiese, auf der Kriminelle weitgehend ungehindert spielen können«, sagt er dann und bestätigt damit Jennys Vermutung. Macht die Wut in ihr noch größer, nährt das Geschwür, das seine Untätigkeit, seine Floskeln annimmt wie Zucker, mit dem es wachsen und gedeihen kann.

»Das hier ist eine Polizeistation, keine Unterrichtsstunde für Philosophie-Studierende«, merkt Dominik scharf an. In seine Stimme hat sich ein leichtes Zittern eingeschlichen. Es fehlt nicht mehr viel, dann würde er mit der Faust auf den Tisch hauen. Eine aggressive Geste hat Jenny erst einmal in ihrem Leben an Dominik gesehen. Das war, als die Polizistin vor einigen Wochen vor ihrer Haustür stand und den Asteroiden einschlagen ließ. Danach ist Dominik wortlos ins Büro gelaufen, hat die Tür hinter sich offen stehen lassen und auf seinen Schreibtisch geschlagen.

»Es tut mir leid, Herr und Frau Wagner«, sagt der Polizist, der spürt, dass ein Stimmungswechsel in der Luft liegt. Er wendet sich nun direkt an ihren Mann. »Sie sind Anwalt, richtig? Ich kann Ihnen hier und jetzt keinen Einblick verschaffen, Sie kennen das Prozedere. Aber wenn Sie wollen, können Sie Akteneinsicht anfordern. Und wenn Sie darauf beharren, nehme ich selbstverständlich auch die Anzeigen auf, für die Sie hier sind.«

Wenn Sie darauf beharren.

Jenny ist nicht doof, sie erkennt den Code, der verschleiern soll, was der bebrillte, resignierte Mann vor ihr eigentlich sagen will:

Aber es wird eh nichts dabei herauskommen, Sie verschwenden nur Ressourcen, lassen Sie es doch einfach gut sein. Am liebsten würde sie aufspringen und den Mann am Kragen packen. Ihn schütteln. Ihn anschreien. Aber sie kann nicht. Ihr Körper tut nicht, was ihm der Kopf befiehlt. Sie hat keine Ahnung, warum, aber sie hat schon immer Respekt vor der Polizei gehabt, ein bisschen Furcht sogar. Dabei hat ihr nie ein Beamter je was getan. Nein, natürlich nicht, schließlich ist sie eine weiße junge Frau. Aber sie hat nie vergessen, wie sie in ihrer Jugend mal mit einem Klassenkameraden aus der Berufsschule unterwegs war und sie auf dem Heimweg in eine Verkehrskontrolle gerieten. Hat nie den abschätzigen Blick des Beamten vergessen, der Saidu, der mit seiner Familie aus Somalia gekommen war, aussteigen und den halben Wagen ausräumen ließ. Erst Jahre später, als sie mit Ada eine Reportage über Polizeigewalt in den USA schaute, verstand sie Saidus Anspannung wirklich. Zum Glück herrschen in Deutschland solche Zustände nicht, sagte Dominik damals schnaubend und löste damit bei Ada eine heftige Gegenreaktion aus.

Eine halbe Stunde später wussten Jenny und Dominik, wer Oury Jalloh war, und schämten sich. Jede Person sollte wissen, wer Oury Jalloh war und wofür er steht.

Jetzt sitzt Jenny hier und kann Oury Jalloh nicht vergessen. Für ihn kämpfen da draußen noch immer Leute, Familie, ein Freundeskreis, eine Organisation und das Internet. Jenny und das Internet stehen im Moment auf Kriegsfuß, aber manchmal sieht sie trotzdem noch dessen Lichtblicke. Unrecht bleibt im Netz unvergessen. Unrecht wird da Jahre und Jahrzehnte bekämpft.

Jetzt sitzt sie hier, mit dem Wissen, dass vorher ihre Tochter auch hier gesessen hat, und irgendwie schließt sich ein furchtbarer Kreis für Jenny. Wenn es drauf ankommt, hilft dir die Behörde nicht, das ist die Lektion, mit der sie die Station verlassen wird.

»Und ob wir darauf beharren«, hört sie sich wie aus weiter Ferne antworten, während ihre Gedanken weiterhin darum kreisen, wie Ada vor Monaten selbst hier gesessen hat. Allein, ohne sie, ohne Dominik und seinen Durchblick. *Sie hätten, sie wären, sie hätten gekonnt,* geht es wieder los.

Es ist eine Achterbahn ohne die Option, jemals aussteigen zu können.

Unangeschnallt rast Jenny auf den Fall zu.

DIE ANONYMITÄT

Er war mies drauf.

So richtig mies. Die Wichser in der Firma waren ihm unglaublich auf die Eier gegangen, und dann hatte die Kantinenmitarbeiterin – die Blonde mit den langen Beinen, auf die er es schon länger abgesehen hatte – ihm auch noch dieses mitleidige Lächeln geschenkt, das seinen Puls sofort auf hundertachtzig gebracht hatte. Dabei hatte er sie nur nach ihrer Nummer gefragt, endlich, nach all den Monaten, in denen er sich das schon vorgenommen hatte. Du armer Junge, hatte dieses Lächeln vermittelt, du spielst nicht in meiner Liga, versuch es erst gar nicht.

Dieses Lächeln hatte ihn so hart getriggert, dass er es ihr am liebsten aus dem hübschen Gesicht geschlagen hätte. Nicht, dass er gewalttätig wäre, das konnte er sich nicht erlauben, aber was in seiner Fantasie abging, war nun mal seine Sache.

Dieses Lächeln hatte ihn so hart getriggert, dass es ihn den ganzen Tag begleitet hatte: durch die Spätschicht, in den Bus nach Hause, durch die zwei Blocks, die er noch zu Fuß zurücklegen musste. Und er konnte es auch daheim nicht abschütteln. Stattdessen verwandelte sich das Lächeln in Spott. Es wollte ihn verächtlich machen. Du kriegst eh keine ab, sagte es, da kannst du es noch so sehr versuchen.

Am liebsten wäre er den ganzen Weg zurück in die Kantine gelaufen, um ihr das Lächeln schon noch auszutreiben, und dabei hätte sie stellvertretend für all die Frauen gestanden, die der *Feminismus* ihren eigentlichen Platz in der Gesellschaft hatte vergessen lassen.

Innerlich kochend fuhr er seinen Laptop hoch. Mit dem Start öffnete sich automatisch seine Discord-App. Der Messenger war seine Rettung, da gab es andere wie ihn. *ATFC* – das *Anti-toxic femininity College* – war sein liebster Server. Er war ein nettes Add-On zu dem Kurs, den er seit einigen Wochen belegt hatte. *Wie man sich als Mann gegen weibliche Toxizität behauptet* hatte ihm binnen kurzer Zeit gezeigt, dass er all die Jahre falschgelegen hatte. Wie ein Versager war er sich vorgekommen, der nichts auf die Reihe bekam. Sein Leben nicht, seinen Job nicht und das mit den Frauen erst recht nicht.

Heute wusste er es besser. Nicht er war schuld, sondern die Frauen. Frauen, die ihn um sein Recht eines erfüllten Liebeslebens brachten, indem sie sich ihm verweigerten und das soziale Gefüge, das die Menschheit überhaupt erst so weit gebracht hatte, mit ihrer falschen Selbstbestimmung ins Wanken brachten.

Ja, die Frauen waren schuld. So einfach war das. Und diese Erkenntnis waren die vielen Hunderte Euros wert gewesen, die ihn der Kurs gekostet hatte. Ihm waren die Augen geöffnet worden. Er war aufgewacht. Hatte die Mittel an die Hand bekommen, sich sein Recht herauszunehmen. Nicht mehr fragen, war jetzt sein Leitmotiv. Nicht mehr fragen, sondern einfordern. Nicht mehr zuhören, sondern den Ton angeben. *Sondern* war jetzt die Motivation, die ihn durch den Alltag trug.

Und dass der Alltag noch seine Schwierigkeiten mit sich brachte, dass das Leitmotiv in der Realität ruckelte und spuckte, dass *Sondern* nicht recht funktionieren wollte, wenn die Kantinenmitarbeiterin bei der Ausgabe nur lächelte, statt die Telefonnummer rauszurücken, ließ sich hier, auf dem ATFC-Server, leichter vergessen. Da waren sie, wenn auch nur digital, zusammen. Da waren sie, die Männer des Kurses, gemeinsam in einer Gruppe. Da waren sie zusammen groß und stark. Da konnten sie *Sondern* tragen wie ein blank poliertes Schwert. In der Gruppe fühlte sich das, was der

Coach des Kurses ihnen mit auf den Weg gab, viel leichter zu bewältigen an.

Aus dem Kühlschrank holte er sich ein verpacktes Sandwich und eine Dose Bier. Damit ließ er sich auf die Couch fallen, dann zog er den Laptop auf seinen Schoß. Im Chatkanal war schon einiges los.

> ich kann einen erfolg vermelden

> achja? hau raus

> ich bin standhaft geblieben und hab die alte nach dem sex rausgeworfen. Ihr hättet ihr gesicht sehen sollen. noch dümmlicher als beim akt haha.

Eine Menge Nachrichten schossen maschinengewehrartig in den Chat. Eine wilde Mischung aus Daumenhochs, Party-Emojis und anzüglichen GIFs füllte den Channel.

> well done, bro

> gut gemacht, gut gemacht. du kannst stolz auf dich sein. du hast dir nicht wieder auf der nase rumtanzen lassen.

> du bist einfach mein vorbild. ich muss lernen, krasser durchzugreifen.

Der Deckel der Bierdose knackte, als er ihn umklappte. Dabei nickte er. Ja, ein Vorbild war VikingBoi79 irgendwie auch für ihn. Der hatte die Lektionen schon richtig gut drauf, während er selbst sich zunehmend wie ein Weichei fühlte, das sich wieder hatte übertölpeln lassen.

»Wenn sie euch ihre Nummer nicht geben wollen, bleibt dran«, hatte der Coach mit seinem Zahnpastalächeln gemeint. Alles, was er sagte, ergab so viel Sinn. Klang so einleuchtend. Erst draußen merkte man, dass der Onlinekurs wie der theoretische Teil der Führerscheinprüfung war. Draußen hingegen musste man fahren. Musste man jagen. Musste man nehmen.

»Fragt noch mal. Seid bestimmt. Haltet direkten Augenkontakt. Euer ganzer Körper muss eine eindeutige Sprache sprechen, er muss sagen: Ich will deine Nummer, und du wirst sie mir geben. Lasst euch nicht abwiegeln. Das ist nur eine Hinhaltetaktik der Frauen. Ihr seid clever, ihr durchschaut das. Ihr seid keine Loser, die dann einknicken, oder? Oder seid ihr Loser?«

Bei dem Zahnpastalächeln auf dem gebräunten Gesicht konnte man gar nicht anders, als den Kopf zu schütteln. Wer würde sich vor so einem erfolgreichen Coach schon freiwillig als Loser outen, da hatte man selbst vor dem Laptop seine Skrupel.

»Nur, wenn sie einen Freund haben, könnt ihr sie in Ruhe lassen«, hatte der Coach zum Abschluss gesagt. »Das gebührt der Respekt vor dem anderen Mann. Wir wollen ja auch nicht, dass sich jemand an unseren Besitz ranmacht.«

Überhaupt ging es in dem Kurs viel um Respekt. Respekt vor anderen Männern, Respekt vor der natürlichen Hierarchie, Respekt, den man vom anderen Geschlecht erwarten konnte. Und vor allem Respekt vor sich selbst, das war das Wichtigste. Den Respekt hatten sie alle verlernt, den hatten die Frauen zertrampelt und kleingemacht. Allein bei dem Gedanken daran kochte die Wut wieder in ihm hoch.

Während die anderen sich im Chat noch über die Erfolge und Misserfolge des Tages unterhielten, gönnte er sich ein paar Minuten TikTok, bevor ihr eigentliches Unterfangen begann, für das er sich überhaupt von der Arbeit abgehetzt hatte. Seine Foryoupage war voll von Männern, die gute Tipps für ihn auf Lager hatten. Sie alle waren schön und erfolgreich. Sie gaben ihm tausend Gründe, ihnen nachzueifern. Da wollte er auch hin, da wollte er eines Tages sein, auf der anderen Seite des Displays. Sein Algorithmus war perfekt auf ihn eingestimmt, ein Spiegelbild seiner Wünsche und Sehnsüchte. Er kannte ihn besser als er sich selbst, und niemals wäre ihm der Gedanke gekommen, dass er ihn in all den Monaten sogar in eine Richtung gesteuert haben könnte. Ohne die App wäre er niemals auf die ganzen Andrew-Tate-Verschnitte aufmerksam geworden.

Ohne die App säße er jetzt niemals hier, angespannt, vorfreudig, nervös, mit schwitzenden Händen, während sich die digitale Gruppe langsam bereit machte. Er klinkte sich in den Chat ein.

> wen haben wir heute am start?

> eine wiederholungstäterin.

> und die wäre?

Das wollte er mehr aus wissenschaftlichem Interesse wissen. Er bereitete sich gerne vor, checkte vorher noch mal, was man im Netz über ihre Auserwählte finden konnte. Einfach so, dann kickte das Machtgefühl später mehr.

Hunter88 meldete sich zu Wort.

> AdalinesTinyGamingWorld. ist ne harte nuss. aber die machen bekanntlich am meisten spaß.

> inwiefern harte nuss?

> die haben wir schon mal hopsgenommen,
> aber nur auf die leichte tour lol

> ist das was persönliches?

Er trank sich Mut aus der Bierdose an. So weit war es schon mit ihm gekommen: Sogar vor dem Laptop brauchte er Hilfsmittel, um seine Angst in den Griff zu kriegen.

Eine Weile kam keine Antwort, dann sah man Hunter88 tippen.

> maybe ...

> bro, wir stehen zu dir. wenn du sagst, dass
> die whore eine abreibung verdient hat, dann
> glauben wir dir das.

> genau.

> so sieht's nämlich aus

> wir halten zusammen

Streng genommen war das hier nicht Teil des Kurses, auch wenn sich diese Gruppe dadurch kennengelernt hatte. Jemand von ihnen hatte einen geheimen Extra-Bereich für sie erstellt, indem sie sich ein bisschen *austoben* konnten. Praxisübung quasi. Eine Spielwiese.

Er leerte den Rest der Bierdose. Jemand hatte bereits den Livestream der Streamerin als Bildschirmübertragung in den Channel geworfen. Nach und nach betraten sie alle den Sprachchannel, auch er selbst. Dabei richtete er sich auf. Auch wenn ihn niemand sehen konnte, wollte er die Tipps des Coachs befolgen. Direkter

Blick, gerader Rücken, eine aggressive Haltung. Hier bin ich, sagte diese Haltung, und so einfach kommst du an mir nicht vorbei.

»Gleich geht's los«, sagte HandsomeJack. Er klang ein bisschen zu jung, um Teil des Kurses zu sein, für den musste man nämlich volljährig sein. Vielleicht war er ein Kumpel von irgendwem und hatte es so in den Inner Circle geschafft. Mittlerweile waren locker dreißig, vierzig Leute im Inner Circle, da hatte man keine Übersicht mehr. Und er selbst war auch nicht jeden Tag dabei, das schaffte er bei seinem Schichtdienst auch gar nicht.

Er starrte auf die Bildschirmübertragung, während er selbst Twitch öffnete, um AdalinesTinyGamingWorld selbst aufzurufen. Bei Bedarf konnte er so ein bisschen in ihrem Chat herumpöbeln. Dampf ablassen. Sie für das Verhalten der Kantinenmitarbeiterin bestrafen. Ja, dachte er, die hier ist auch nicht besser, die sind alle gleich.

»Wie wäre es, wenn wir heute mal was anderes machen?«, schlug Hunter88 vor. »Es wird ja langsam langweilig, immer nur Bot-Armeen zu schicken.«

Gelächter dröhnte durch seine Kopfhörer.

»Was haltet ihr von Swatting?«, hörte er Hunter88s Stimme heiser an seinem Ohr.

»Das haben wir noch nie gemacht«, meinte JohnDoe. »Ich weiß nicht, Bro. Haben wir überhaupt ihre Adresse?«

»Haben wir«, sagte Hunter88.

»Keine Ahnung. Das ist eine heiße Kiste«, stimmte Kevin0339 JohnDoe zu. »Wenn man da nicht aufpasst, hat man eine Anzeige an der Backe.«

»Glaubst du, wir würden nicht aufpassen?«, fragte Hunter88 unwillig. »Wir haben nicht umsonst einen IT-Experten hier dabei. Der achtet schon drauf, dass wir die Bullen nicht direkt zu uns führen.«

Swatting.

Er musste kurz überlegen, was das noch mal war. Sie hatten so was wirklich noch nie gemacht, deswegen war er sich nicht völlig sicher, aber wenn ihn seine Erinnerung nicht trog, dann waren das Fake-Anrufe bei Polizei und Feuerwehren, die man unter Angabe eines vermeintlichen Einbruchs, eines Brands oder Ähnlichem zu der Adresse des auserwählten Opfers schickte. Natürlich passierte das, während das Opfer im Stream war – so konnte man die Reaktion live mitverfolgen und sich daran ergötzen.

»Alter, in den USA ist mal einer bei so einer Aktion gestorben«, sagte ein User namens Shotgun2.0. Der war neu, den hatte er selbst noch nie gesehen.

»Echt?«, fragte Hunter88 gelangweilt. »Nie von gehört.«

»Doch, wirklich, ich schwöre. Da hat die Polizei einen erschossen, weil sie dachten, der Typ wäre bewaffnet. War er aber nicht.«

»Ja, und? Du glaubst doch nicht seriously, dass die Polizei hier jemanden erschießen würde? Vor allem keine Frau.«

»Nee, aber dafür in den Knast wandern kann man sicher. Da hab ich kein Bock drauf«, sagte HandsomeJack. Im Hintergrund hörte man Babygebrüll.

»Hat auch keiner gesagt, dass *du* den Prankanruf machen sollst, oder?« Hunter88 hatte sich vom Coach schon einiges abgeguckt. Diese herausfordernde, keinen Widerspruch duldende Tonlage hatte er jedenfalls drauf.

»Hat auch keiner gesagt, dass den überhaupt irgendjemand macht«, gab HandsomeJack schneidend zurück.

Für ein paar Sekunden war es still im Sprachchannel. So klingt das also, dachte er und wünschte sich eine zweite Bierdose herbei, so klingt das, wenn zwei Alphas aufeinanderprallen.

»Wie wär's, wenn wir Swatting Light machen?«, schlug John-Doe vor, dem die Stille offenbar auf den Piss ging.

»Was zur Hölle soll Swatting Light sein?«, fragte Hunter88.

»Na, wir ordern einfach Pizza dorthin.«

»Pizza? Hast du sie noch alle? Sind wir die Essenslieferanten der Bitch? Sollen wir auch gleich noch einen Spa-Gutschein hinterherschicken?«

»Bullshit. Die kriegt eine fette Bestellung und darf den Scheiß dann selbst bezahlen. Und überleg mal, wie die gucken wird.«

Während er lauschte, wie sich Hunter88 und JohnDoe mögliche Lieferservices zuwarfen, bei denen man telefonisch bestellen konnte, begann der Stream von AdalinesTinyGamingWorld. Nun, da er sie sah, kam ihr Gesicht ihr vertraut vor. Sie hatten sie schon mal im Visier gehabt, jetzt fiel es ihm ein. Die ganzen Streamertussis, die sie hier abends aus den Löchern von Twitch ausgruben, waren alle derselbe Einheitsbrei. Make-up in der Visage, bunte PC-Ausstattung, Lichterketten im Zimmer und der Streaming-Sheet auf dem Bildschirm mit irgendwelchen Comiczeichnungen ausgestattet, die an Animal Crossing erinnerten.

Sie zockte allerdings nicht *Animal Crossing*, sondern *The Last of Us*. Dunkel erinnerte er sich, dass sie ihr den letzten Stream ordentlich versaut hatten. Bei dem Gedanken daran erfüllte ihn Befriedigung.

»Was also jetzt?«, warf er in die immer noch laufende Debatte ein. »Können wir mal zum Punkt kommen? Ich hab nicht die ganze Nacht Zeit.«

Nee, morgen musste er wieder arbeiten. Und er brauchte jetzt einen Boost, um sich auch in der Kantine blicken lassen zu können.

»Wir crashen erst noch mal den Chat«, sagte Hunter88. »Da haben es sich alle gerade so gemütlich gemacht.« Er lachte. Und obwohl er Hunter88 gar nicht wirklich kannte, lief ihm ein Schauer über den Rücken. So wie der Typ da lachte, war das wirklich was Persönliches.

Während die anderen zusammen mit dem besagten IT-Spezialisten, der in all den Unterhaltungen kaum einen Ton von sich gab, die Bot-Attacke besprachen, holte er sich noch ein Bier. Er brauchte den Alkohol, um den heißen Ball in seinem Bauch zu befeuern, und die Dose zum Festhalten.

Als er zurückkam, sah er bereits die verbissene Miene der Streamerin, die gerade das Spiel pausiert hatte, um ihren Moderatorinnen beizuspringen. Sie hat den Ton für einen Moment gemutet. Man kann sie nicht hören, aber die Verärgerung, die Erschöpfung stehen ihr deutlich ins Gesicht geschrieben. Deswegen machten sie das ja. Für diese Miene. Die Ohnmacht darin. Die Panik. Die Hilflosigkeit.

So ist es gut, dachte er, so muss das sein.

In ihm sollten jetzt die Gefühle sein, die der Coach ihm versprochen hatte: Würde, Ehre, Macht, Stolz, Erfüllung.

Aber da, wo all das sein sollte, war etwas anderes. Was, wenn so jemand mit deiner Mutter umginge?, wisperte eine Stimme, die klang wie jene der Kantinenmitarbeiterin. Würdest du sie auch so behandeln? Hatte sie das heute Mittag zu ihm gesagt, als er ihr Nein nicht akzeptiert, sondern noch mal nachgebohrt hatte? Oder hatte er sich das eingebildet?

Würde, Ehre, Macht, Stolz, Erfüllung.

Er versuchte, all das in sich reinzupressen, hatte er doch teuer dafür bezahlt, dass andere sein Versagen richteten. Er hatte das Elend, das er Leben nannte, aus der Hand geben und dafür Perfektion zurückbekommen wollen.

Würde, Ehre, Macht, Stolz, Erfüllung. Aber über allem brannte eine Scham. Und die Scham machte ihn nur noch wütender.

> ich mach das.

Er musste das in den Chat schreiben, weil er seiner Stimme nicht traute. Sich die Macht zurückzuholen, ist nicht easy, hatte der Coach gesagt, aber du wirst sehen, dass es dir besser geht, wenn du dich das erste Mal behauptet hast.

»Du bist unser Hero«, rauschte es durch seine Kopfhörer. Die anderen feuerten ihn johlend an. »Du bist unser Hero, bro.«

Ich mach das echt jetzt, dachte er und griff nach seinem Handy.

Er stellte die Anzeige seiner Telefonnummer aus, um bei seinem nächsten Anruf anonym zu bleiben.

Dachte, das reichte aus, um nicht erkannt zu werden.

Dachte daran, den Schmerz des Abgewiesenwerdens zurückzuspiegeln.

Dachte nur noch daran, dass er sich die Macht zurückholen musste.

Dachte überhaupt nicht mehr nach

und wählte die 112.

Zehn Minuten später waren sie live dabei, wie sich laute Sirenen in den Stream mischten.

> Alter, jetzt passiert es.

> Ich halt es kaum noch aus.

> Sieh nur, wie sie noch gar nicht ahnt, was ihr gleich blüht.

> Kanns kaum noch erwarten ey.

Eine halbe Minute später flog die Tür im Hintergrund auf, und eine Frau um die vierzig stürmte ins Zimmer. Die Miene verschreckt, die Hände wild gestikulierend. Einige Sekunden herrschte gebannte Stille im Sprachchannel. Niemand wagte, zu atmen oder auch nur ein Wort von sich zu geben. Auf diesen Augenblick hatten sie gewartet, auf den Augenblick des Erkennens. Bevor die Streamerin hastig das Livevideo beendete, konnte man

die Frau – sicher die Mutter von AdalinesTinyGamingWorld –
noch ein paar Worte ausspucken hören:

»Warum zur Hölle stehen mehrere Einsatzwagen der Feuerwehr vor unserer Tür und behaupten, hier stünde alles lichterloh
in Flammen?«

Hunter88s Lachen bezeugte eine solche Schadenfreude, dass er
selbst unweigerlich mit einstimmen musste. Der Kantinenmitarbeiterin hatte er es gegeben.

Jetzt war er bereit für die nächste Lektion.

ADA

Es war nicht die Feuerwehr, die ihr Angst machte. Es war nicht der Aufwand, mit dem sie den Mitgliedern der Rettungseinheit vor dem Haus erklären musste, dass gar nichts passiert war. Dass es keinen Brand gab. Dass sie jemand getrollt hatte. Falscher Alarm war das gewesen. Jemand hatte sich einen schlechten Scherz mit ihr erlaubt.

Das alles war es nicht, was Ada dazu brachte, zurück in ihrem Zimmer durchzuatmen und sich zu sammeln. Ihre zitternden Finger und ihr flimmerndes Herz unter Kontrolle zu bringen.

Es war die Botschaft hinter der Feuerwehr. Wir wissen, wer du bist, sagte die Botschaft. Wir wissen, wo du wohnst, und wann immer wir wollen, haben wir Zugriff auf dich.

Aber nicht mit mir, ihr Pisser, dachte Ada, als ihr Atem sich beruhigt hatte. Sie war nicht ganz unvorbereitet, nicht ganz schutzlos, nicht ganz hilflos. Ja, sie hatte nicht mit einer Swatting-Attacke gerechnet, so was hatte sie den Leuten, die sie offenbar im Visier hatten, nicht zugetraut. ·

Aber nicht mit mir, wiederholte sie wie ein Mantra, ehe sie sich wieder vor dem Bildschirm positionierte. Der Platz auf dem Gamingstuhl war dabei wie ein Wachposten, wie ein Wall, den sie beschützen musste. Nur, dass der Wall ihr Zuhause und ihr Stolz war. Sie schaltete Ton und Kamera wieder an. Das Spiel war noch immer pausiert, sie war gerade in einem Kampf gegen Zombies stecken geblieben. Das Gesicht des Zombies ähnelte noch dem des Menschen, der er einmal gewesen war, aber hinter den Augen war nichts mehr. Hinter den Augen war nur Leere, und exakt so verhielt es sich mit den Leuten, die gerade ihren Kanal auf dem Kieker hatten.

»Hey Leute«, sagte sie und lächelte in die Kamera. Den Schrecken, der ihr noch in den Gliedern saß, hatte sie unter der stählernen Uniform aus aufgesetzter Selbstsicherheit verborgen. Tu so, als könnte dir niemand etwas anhaben, tu so, als wärst du unbesiegbar, war der Stoff, aus dem diese Uniform gewebt war. Ada brauchte sie, um den Wachposten verteidigen zu können.

»Da bin ich wieder. Sorry für die Unterbrechung, ich musste mich hier kurz um eine Kleinigkeit kümmern.« Das Lächeln danach war das zur Uniform passende Gewehr.

Natürlich war das keine Kleinigkeit gewesen. Das wusste Ada, und das wusste auch ihre Community, die sich in den letzten fünfzehn Minuten in dem laufenden Chat mit Vermutungen überschlagen hatte. Aber wenn Ada inzwischen eines wusste, dann, dass Opfersein eine schwierige Sache war. Man musste ein paar Parameter des Opferseins erfüllen, um auch als solches anerkannt zu werden. Nicht zu weinerlich, nicht zu schwach durfte man sein, um die anderen nicht weiter anzustacheln. Sonst habe man ja provoziert, würden die Leute sagen. Aber zu hart, zu stark durfte man auch nicht sein. Sonst war man eine Nuss, die noch nicht ganz aufgebrochen war, da war der Kern nicht freigelegt. Da, schau, sagten die Leute dann, die ist ja gar nicht verletzt, die liegt nicht gebrochen am Boden, so schlimm kann es dann ja gar nicht gewesen sein, was man ihr angetan hat.

Ada hätte nicht gedacht, dass es so schwer war, ein Opfer zu sein, das anerkannt wurde. In den Augen aller ein *richtiges* Opfer halt.

> was ist passiert?

> was war los?

hat dich jemand geswattet?

welches arschloch macht denn so was?

»Ey, wirklich, alles cool«, sagte Ada. Natürlich war das eine Lüge. Natürlich war absolut gar nichts cool. »Es ist ja nicht so, dass diese Arschloch-Moves was Neues wären, oder? Ich meine, wie viele Creator, die live auf den unterschiedlichen Plattformen streamen, sind in letzter Zeit Ziel von Swatting und diesen ganzen Prank-Aktionen geworden? Da fallen mir so einige ein.« Sie griff nach dem Becher neben dem Monitor. Kalter Tee benetzte ihre raue Kehle. Die Worte, die sie nicht aussprach, saßen bombenfest in ihrer Luftröhre fest.

Um Ruhe in das Chaos zu bringen, das einmal wie ein Tornado durch ihren Kopf und ihren Stream gerauscht war, drückte sie auf Play. Setzte das Spiel fort, das sie pausiert hatte. Der Kampf gegen den Zombie, der würde jetzt ein Sinnbild sein für den Kampf, den sie auf anderen Ebenen ausfocht.

»Das Gute ist ja«, sagte sie locker und schoss dem Zombie in die Schulter. Der stöhnte, bewegte sich aber weiter auf sie zu. Sie musste den Kopf treffen. So war das auch mit den Bot-Attacken. Sie musste den Kopf treffen. Die Ursache. Die Person, die alles in Gang gesetzt hatte.

»Das Gute ist ja, dass der Shit strafbar ist«, sagte sie und schoss die Munition leer. Dunkles Blut spritzte, dann Gehirnmasse. Der Zombie fiel tot um, aber ihm folgten unzählige andere. Eine ganze Horde nahte, lauter leere Augen.

»Und witzigerweise habe ich eine Ahnung, woher der Wind weht, wisst ihr?«

167

sehr gut. zeig die verantwortliche person an!

kann nicht sein, dass diese typen immer mit allem davonkommen.

twitch ist ja kein rechtsfreier raum

na ja irgendwie doch. da passiert doch eh nie was, wenn man leute aus dem internet anzeigt.

man kann ja sogar verbotene sachen wie nazikram posten, sogar das wird nicht verfolgt.

aber das ist doch nicht fair. da MUSS man doch was machen können.

»Klar ist das nicht fair«, nickte Ada. »Und oft hat man eben gar keine Anhaltspunkte, wer sich hinter virtuellen Attacken verbirgt. Aber manchmal eben doch.«

Ada war sich sicher, dass die Ursache in der Party lag. War sich sicher, dass Patrick immer noch keine Ruhe gab. War sich sicher, dass sie nur ihn eliminieren musste, und dann, dann wäre endlich Schluss mit dem Mist.

Sie lud das Gewehr nach. Das im Spiel, aber auch das in ihrem Kopf. Das, was Munition brauchte. Munition aus Kraft, aus mentalen Ressourcen. So viele Zombies überall, wie sollte sie nur Herrin über all das werden? Woher sollte sie all die Munition nehmen? Wie sollte sie es schaffen, nicht gnadenlos gekillt zu werden? Sie wollte den Kopf über Wasser halten. Sie wollte nicht unter die Räder der Masse geraten, dann wäre alles verloren.

Aber es war nicht so easy. Sogar das virtuelle Gewehr in der virtuellen Hand, sogar das wog schwer.

Ada starrte in die Kamera.

»Jetzt wird zurückgeschossen«, sagte sie.

JENNY

Jenny lernt jeden Tag etwas Neues dazu. Mit zuvor nur theoretischen Erkenntnissen macht sie jetzt Praxiserfahrung. Heute ist es Folgendes: Ungerechtigkeit kann einen körperlichen Schmerz erzeugen. Erst fängt der klein an. Begleitet von Übelkeit, beginnt er, sich nebelartig in einem auszubreiten, sich dann zu einem Staubkorn zu manifestieren und anzuschwellen. Bauchschmerzen, Migräne, latenter Würgereiz, ein leichtes Zittern. Das Gesicht ist blass, die Zunge trägt den bitteren Geschmack von Ohnmacht.

Dieser körperliche Schmerz haftet vielen Leuten an, manchen mehr, manchen weniger. Manche müssen mehr Ungerechtigkeiten aushalten als andere. Und nun ist es für Jenny, als habe sie vom Apfel der Erkenntnis gegessen. Sie hat keine Ahnung, wie sie vorher all die Ungerechtigkeiten nicht sehen konnte. Und seit dem Besuch auf der Polizeistation fragt sie sich, ob Ada all das auch empfunden hat. Ihre Anzeige kann kaum erfolgreicher gewesen sein, schließlich ist sie eingestellt worden. Und der Berg an Ungerechtigkeiten, den man Ada aufgehalst hat, muss noch viel größer gewesen sein als ihr eigener. Am Ende ist Ada nämlich unter ihm zusammengebrochen. Zerquetscht worden. Dieser körperliche Schmerz hat ihre Tochter einfach zermalmt.

Und Jenny denkt auch an Saidu und die chronischen Bauchschmerzen, die ihn oft vom Unterricht ferngehalten haben. Niemand hat je herausgefunden, woher die kamen, aber jetzt fragt sich Jenny, ob das nicht auf der Hand lag. Ob das nicht glasklar war. Die ausgeuferte Polizeikontrolle war vermutlich nur ein Störfaktor

von vielen. Einer von vielen, die sie nicht erkannt hat, weil sie …
weil sie nie richtig hingesehen hat.

Sie sitzt auf dem Sofa, und endlich lassen die Auswirkungen
der Migräne-Attacke nach. Sie sitzt da und denkt sich eine Strategie aus. Irgendwas, mit dem sie lernen kann, diese Ohnmacht in
Schach zu halten.

Einatmen, ausatmen. Einatmen, ausatmen. Die Glieder strecken. Die Muskeln dehnen. Mehr Platz im Körper schaffen für all
die Ungerechtigkeiten. Einatmen, ausatmen. Einatmen, ausatmen.

Der Polizeibeamte hat die Anzeige tatsächlich aufgenommen.
»Ich muss Sie wirklich inständig warnen«, hat er gesagt, »machen
Sie sich keine großen Hoffnungen, dass sich der Übeltäter finden
lässt, und wer weiß, vielleicht sind es sogar mehrere. Aber gut, dann
ist es wenigstens aktenkundig«, hat er noch geseufzt, »falls noch
mal was passiert.«

Ja, hat Jenny gedacht, falls Ada noch mal stirbt, ist es wenigstens
aktenkundig.

Während sich Jenny mit diesen körperlichen Auswucherungen
der Hilflosigkeit auseinandersetzen muss, ist Dominik von dem
einen Extrem ins andere geschlagen. Wo er vorher im Büro gesessen und sich in die Arbeit vertieft hat, sitzt er nun zu Hause
im Arbeitszimmer und vertieft sich in Recherchen. Brütet über
Vergleichsfälle, über Präzedenzfälle. Das Ergebnis der Recherchen
ist dasselbe: Hilflosigkeit. Und nun hat er einen Mantel über seinen Schmerz geworfen, nur ist er diesmal mit einer anderen Naht
geflickt, nicht aus Abwehr, sondern aus dem Gefühl, nichts tun,
nichts ändern zu können, weder in der Vergangenheit noch in der
Zukunft.

Manchmal geht Jenny zu ihm. Bringt ihm Kaffee und eine neue
Flasche Wasser. Oder etwas zu essen. Oft rührt er es nicht an. Erst
ist Jenny sauer darüber gewesen, dass er die zubereiteten Mahlzei-
ten nicht zu schätzen weiß, aber dann ist ihr eingefallen, dass das

hier ja keine gewöhnliche Situation ist. Dominiks Körper kann nicht brüten und zugleich verdauen, sein Verstand nicht denken und die physischen Bedürfnisse zugleich beachten. Er kann nicht das Gestern und das Jetzt zugleich würdigen, es geht immer nur eines von beidem.

Und immerhin eine Sache haben sie sich in diesem neuen tristen Alltag ohne Ada zurückgeholt. Ein Ritual ist wieder da, heftig umkämpft, ein blutiger Triumph, der sie schweratmend und ausgelaugt zurückgelassen hat: Sie essen wieder gemeinsam zu Abend. Also *richtig*. Sie sitzen nicht nur wortlos voreinander, nicht jeder eine Welt für sich seiend. Sie lassen sich aufeinander ein. Vorsichtig zwar, denn die Magnete haben noch immer eine Strahlkraft, und wenn sie nicht aufpassen, dann fliegen sie beide auseinander.

Jennys Gedanken werden jäh unterbrochen, als ihr Handy klingelt. Sie hat es in den letzten Wochen immer auf lautlos gestellt und das erst seit der Anzeige geändert. Möglicherweise könnte die Polizei ja Rückfragen haben, hat ihre naive Seite überlegt, und dann rufen die an und wollen noch Sachen wissen. Also hat sie die Lautstärke wieder aktiviert.

Karla Dietrich schlägt ihr auf dem Display entgegen. Jenny seufzt. Sie hat es seit der Beerdigung erfolgreich geschafft, ihrer Schwester aus dem Weg zu gehen. Aber sie kann sich nicht ewig verstecken. Irgendwann muss sie in Konfrontation gehen. Und ihre Schwester ist die personifizierte Konfrontation. Als Vorgesetzte in einer Tech-Firma muss sie das auch sein, sonst hätte sie keine Chance gegen all die Männer, die eine Frau nicht in solchen Positionen sehen wollen. Und Jenny hat ihre Schwester dafür immer bewundert, aber ein wenig klein hat sie sich gleichzeitig auch neben ihr gefühlt.

»Ja?«, nimmt sie ab. Kein Hallo, keine Begrüßung. Alles an ihr soll ausstrahlen, dass sie nicht reden will. Nur das Nötigste austauschen, dann will sie wieder ihre Ruhe haben. Will sich mit Dominik in die Recherche und in sich selbst vergraben. Will im Internet weiter auf Hinweissuche gehen, auch wenn sie mittlerweile Schiss davor hat, ob der Abgrund dort noch tiefer werden kann. Wie ein Schlund, der sich mit jedem Fund weiter öffnet. Komm, lass dich fallen, lockt er, ich verschlinge dich im Ganzen.

»Jenny, na endlich!«, ruft Karla laut. Ihre Stimme klingt wie durch ein Megafon verstärkt. Jenny ist Lärm nicht mehr gewohnt, in ihrem Haus ist schließlich alles still. Jeder geht auf Zehenspitzen, um Adas unsichtbare Spuren nicht zu verwischen.

»Ich hab schon gefühlt hundert Mal versucht, dich zu erreichen.« Den Vorwurf kann man nicht überhören.

»Ich weiß, Karla. Ich kann die Anrufliste lesen. Aber ich hatte keinen Nerv zum Telefonieren. Hab ich dir doch geschrieben.«

»Gar nichts hast du. Ich musste deinen Mann anrufen, um mich zu vergewissern, dass du ...«, *lebst*, wollte sie sagen, das weiß Jenny auf Anhieb, *lebst* verstopft die Leitung zwischen ihnen, »dass alles okay bei dir ist.«

»Dann weißt du ja, dass alles okay ist.« So okay es eben in so einer Situation sein kann, in der sie steckt, fügt sie gedanklich hinzu. Jenny denkt an ihre Strategie. Einatmen, ausatmen, Muskeln dehnen, Glieder strecken. Sie zieht das durch, hier und jetzt am Telefon.

Karla glaubt ihr kein Wort. Vielleicht ist Jenny auch deshalb nie ans Telefon gegangen. Ihre Schwester kann kein Mensch belügen. Die hat einen Lügendetektor irgendwo unter der Haut eingesetzt, darauf könnte Jenny Stein und Bein schwören.

»Als ob. Ich kenne dich, Jenny. Du verschließt dich. Das hast du schon immer getan. Auch damals, als Papa gestorben ist.«

Jennys erster Impuls ist es, das abzuwehren. Aber ganz daneben liegt Karla nicht. »Ja, und?«, fragt sie also zurück. »Jeder Mensch trauert anders.« Diese Wahrheit muss als Ausrede für alles herhalten. Und vielleicht hatte Karla in einer ihrer Sprachnachrichten ja wirklich recht: Vielleicht benutzt Jenny das, um sich weiter vor der Welt zu verstecken.

»Wieso rufst du jetzt genau an?«, kommt sie einer möglichen Antwort ihrer Schwester zuvor.

»Ach ja«, sagt Karla. »Ich stehe vor deiner Haustür.«

Jenny springt entgeistert auf. »Was?!« Ihr Entsetzen ist unverhohlen.

»Es geht doch nichts über unverfälschte Reaktionen«, murmelt Karla trocken. »Öffnest du mir jetzt die Tür, oder muss ich wieder Dominik anrufen?«

Tausend Ausreden schießen Jenny durch den Kopf. Wir sind beschäftigt. Wir trauern. Wir können nicht. Wir sind krank. Wir haben Haushaltstag.

Aber der einzig wahre Grund wäre: Ich will nicht. Und das kann sie nicht noch wochenlang durchziehen.

»Meine Güte«, sagt sie ins Handy, »du gehst mir ganz schön auf die Nerven.«

»Ich weiß, Schwesterherz, ich weiß«, erwidert Karla ungerührt. Dann legt sie auf. Sekundenbruchteile später klingelt es.

Und Jenny gibt ihren Widerstand auf.

Eine Stunde später sitzt Jenny mit ihrer Schwester in einem Café. Genauer gesagt sitzen sie draußen, denn enge Räume mit vielen Menschen kann Jenny nicht aushalten. Also hat Karla als Kompromiss einen der drei Tische vor dem Café vorgeschlagen. Es ist kein warmer Tag, ab und zu nieselt es sogar ein wenig, aber die Tische sind überdacht, und sie haben dicke Jacken an.

Hier fühlt sich Jenny halbwegs sicher. Hier kann sie mögliche Worst-Case-Szenarien durchspielen und sich Notausgänge zurechtlegen. Hier kann sie aufspringen und die Flucht ergreifen, wenn sie das Gefühl hat, sie kann nicht mehr. Wenn die Normalität zu viel wird.

174

Eine Weile sitzen Karla und sie schweigend da, nippen an ihren Teetassen und beobachten die Menschen, die durch die Fußgängerzone ziehen. Auch sie sind Teil des Kammerspiels der Normalität.

Aber Jenny kann Karla nicht für immer entkommen. Ihre Schwester gibt ihr nur eine kurze Verschnaufpause, um sich von dem überfallartigen Besuch zu erholen. Und dann ist die Verschnaufpause auch schon vorbei und der Tee ausgenippt. Karla trommelt mit den Fingerspitzen auf die glasige Tischoberfläche.

»Hör mal«, beginnt sie wieder, und Jenny fragt sich, wieso jede schlechte Nachricht mit *Hör mal* anfangen muss. Man sollte doch meinen, für solche Anlässe gebe es feierlichere Formulierungen.

Hör mal, meinst du nicht, es reicht jetzt mal mit der traurigen Miene?

Hör mal, findest du nicht, du solltest mal wieder arbeiten gehen?

Hör mal, denkst du nicht, du musst irgendwann mal wieder leben?

Hör mal, hör mal, hör mal.

»Ich habe mitbekommen, dass bei euch so einiges los sein muss. Ich mache mir Sorgen um dich, Jenny. Wirklich. Wir alle tun das. Auch Mama ...« Sie stockt.

»Ihr müsst euch keine Sorgen machen«, wehrt Jenny ab. Sie fühlt sich eingekesselt. Karla holt zum Schlag aus, um ihr Trauerschild zu zerbrechen, das Jenny vom *normalen* Leben abschirmt, und benutzt dafür die Sorgen ihrer Mutter, um Jenny ein schlechtes Gewissen zu machen. Wie perfide.

»Jeder würde sich in so einer Situation Sorgen machen.« Karla legt die Finger um die Tasse, als würde das Porzellan sie wärmen. Dabei ist kaum noch Tee drin.

Jenny antwortet nicht. Sie sehnt sich in die Stille ihres Zuhauses zurück. Da wartet so viel auf sie. So viele Aufgaben, so viele Abgründe, die es auszukundschaften gilt. Warum hat sie sich hierauf eingelassen?

»Vielleicht sollte jeder aber auch verstehen, dass man in solchen Zeiten Raum für sich braucht«, sagt sie schließlich.

Karla schluckt. Sie hat sich kurz vor Adas Tod die langen braunen Haare abgeschnitten und trägt jetzt einen Bob. Er wirkt wie ein Rahmen. Porträtiert unzählige Emotionen auf ihrem Gesicht, als wäre es eine Leinwand.

»Du bist nicht die Einzige, die trauert«, sagt ihre Schwester dann. »Du magst vielleicht diejenige sein, die am stärksten trauert, das verstehe ich. Aber nicht die Einzige. Ada hatte noch mehr Familie. Sie hatte auch Großeltern. Cousinen. Onkel. Und eine Tante. Die trauern auch, Jenny. Die trauern auch.«

Im ersten Moment hat Jenny das Gefühl, dass Karla ihr da etwas erzählt, von dem sie noch nie zuvor gehört hat. *Ada hatte noch mehr Familie.* Jennys Universum ist in den letzten Wochen auf ein Minimum geschrumpft, so sehr auf ihren kleinen ramponierten Planeten fixiert, dass sie alles andere vergessen hat. Hat nicht mehr an die Monde gedacht, die um diesen Planeten herumkreisen, sondern nur an die Splitter des Asteroiden, die noch in der staubigen Erde des Planeten stecken. Hat nicht mal in Erwägung gezogen, dass der Knall des Asteroiden so heftig gewesen sein muss, dass er auch die Flugbahnen dieser Monde verändert haben könnte. Hat nicht darüber sinniert, wie weit das Beben gereicht hat.

Jenny rückt mit ihrem Stuhl näher an ihre Schwester heran, die sich noch immer an ihre Tasse klammert.

»Scheiße«, sagt sie und merkt gar nicht, wie sehr sie Adas Lieblingswort mittlerweile zu ihrem eigenen gemacht hat. »Es tut mir leid, Karla. Ich hätte daran denken müssen, dass auch ihr leidet ...«

Sie findet nicht die richtige Sprache für das, was in ihr vorgeht. Sie ist Konditorin. Sie dekoriert Torten, keine Worte. »Ich habe einfach nicht daran gedacht. Und das ist eine verdammt schlechte Ausrede, ich weiß.«

Ihre Schwester stellt die Tasse ab, der Rest Tee schwappt in dem Porzellan herum. »Ich weiß das. Also, ich glaube, ich habe zumindest eine Ahnung. Und ich will dir auch kein schlechtes Gewissen machen. Meine Güte, du hast echt genug an der Backe, da will ich nicht noch eine zusätzliche Last sein. Ich wollte nur ...« Jetzt ist sie diejenige, die um Worte ringt. »Ich wollte dir nur begreiflich machen, dass wir noch da sind. Dass wir für dich da sind. Für euch beide.«

»Ich weiß doch«, entgegnet Jenny wieder und greift nach Karlas Hand, die nun frei ist und keine Tasse mehr hält, sondern Jenny und ihre Trauer. Und es tut überraschend gut, stellt Jenny fest. Als hätte jemand ein Netz um sie gespannt, das ihren permanenten Fall abmildert.

»Dominik hat auch erzählt, dass ihr bei der Polizei wart.«

»Ja, gestern. Aber ich habe das Gefühl, das hat nicht viel gebracht.«

Karla sieht sie direkt an. »Glaubst du, jemand hat Ada in den Suizid getrieben?«

So schonungslos hat es noch niemand ausgesprochen, nicht einmal Dominik. Und es kostet Kraft. Gerade vor einem Menschen, der einen gut kennt.

»Ja, ich denke schon. Ich meine, Ada ist ... war ein glückliches Kind. Das dachten wir jedenfalls.« Jenny lächelt gequält. »Aber das denken die Leute danach oft, richtig? Das haben wir nicht kommen sehen, sagen sie dann, und irgendwie nimmt man es ihnen nicht ab. Wie sollte man so was nicht kommen sehen? Aber es ist die Wahrheit. Ich habe es nicht kommen sehen. Entweder war Ada also eine Künstlerin der Tarnung, oder ich habe vieles übersehen oder falsch eingeschätzt.«

»Möglicherweise auch beides«, sagt Karla nachdenklich. »Was

hast du herausgefunden? Also mit welchem Material bist du zur Polizei gegangen?«

Jenny erzählt in kurzen Sätzen, was sie auf Social Media herausgefunden hat. »Ich habe aber das Gefühl, nur ein paar Puzzleteile zusammenbekommen zu haben«, schließt sie. »Als würde da noch einiges fehlen, damit alles ein stimmiges Bild ergibt.«

Karla sieht sie lange an. Sie ringt sichtlich um Worte. »Eigentlich wollte ich dir heute raten, dass du möglicherweise loslassen und weiterziehen sollst. Aber was du da erzählst, das ist …« Sie pausiert und atmet durch. »… heftig. Und ich muss an diesen einen Satz denken, den dieser Polizist gesagt hat: dass es vielleicht mehrere Leute waren, nicht nur eine Person, die diese Profile erstellt haben. Glaubst du, da ist was dran?«

»Ich weiß es nicht. Mein Gefühl sagt mir, dass eine Person das alles ins Rollen gebracht hat. Aber soweit ich weiß, sind die Fotos weiterverteilt worden. Und spätestens da ist eine Art Gruppendynamik an Adas Schule entstanden.«

»Hast du mal in Adas Handy nachgesehen?«

Jenny spürt, wie ihre Lippen trocken werden. Sie schüttelt den Kopf. »Das ist wie eine rote Zone, weißt du? Außerdem habe ich das Passwort nicht.«

»Vielleicht gibt es Menschen mit Expertise, die so was hacken können? Oder hast du mal ihr Zimmer auf den Kopf gestellt? Vielleicht hat sie es irgendwo stehen. In einer Art Notfallbuch oder so.«

Jenny zuckt nur mit den Schultern. Adas Zimmer auf den Kopf stellen, allein die Vorstellung ist grausig.

»Du hast Angst davor, was du finden könntest, oder?«

»Ja. Und ich habe Angst davor … zu nah dran zu sein. Angst vor dem Bruch der Privatsphäre. Angst davor, dass sie ihren Freundinnen Dinge erzählt hat, die sie uns nicht erzählt hat. Angst davor, ihre letzten Wochen noch mal live mitzuverfolgen. Angst davor, es …« Jennys Stimme versagt. Sie muss sich räuspern, um wieder

Herrin darüber zu werden und über ihre Gefühle gleich mit. Dieses Gespräch verlangt Jenny alles ab, und zugleich war es überfällig.

»Nicht aushalten zu können?«

»Ja, genau. Ist das nicht paradox? Ada musste da wirklich durch, und ich habe schon Angst vor der Simulation.«

»Das ist nicht paradox, das ist menschlich.« Karla legt ihr die Hand auf den Unterarm. »Und das mit der Privatsphäre ... Das ist zwar löblich von dir, aber Ada wird es nichts mehr nutzen. Und vielleicht ...« Wieder bricht sie ab. Dieses Gespräch ist ein einziges Ringen um Worte. »Vielleicht findest du irgendwas, womit das Ganze einen größeren Sinn ergibt.«

»Einen größeren Sinn? Was meinst du damit?«

»Ich kenne mich damit nicht so aus, weil ich nur auf Facebook und Instagram bin. Aber ich habe das Gefühl, was immer Ada alles zugestoßen ist, übersteigt das Maß von gewöhnlichem Mobbing. Nicht, dass das nicht eh schon schrecklich gewesen wäre, aber du weißt, worauf ich hinauswill.«

»Mobbing und Stalking«, schiebt Jenny ein.

»Ja, genau. Beides. Ich könnte mir vorstellen, dass da noch mehr ist.«

»Aber wie soll ich das herausfinden? Ich habe schon auf diversen Plattformen nach ihrem Namen gesucht.«

Karla denkt kurz nach. »Hast du auch auf Videoplattformen nachgeschaut?«

»Du meinst, da, wo sie gestreamt hat? Auf Twitch?«

»Ja, zum Beispiel. Oder YouTube. Oder TikTok. Ich glaube, junge Leute halten sich da sogar mehr auf als auf Instagram.«

Jenny lässt sich das durch den Kopf gehen, während Karla im Inneren des Cafés verschwindet, um ihnen Nachschub zu holen. Einerseits klingt es logisch, was ihre Schwester da sagt. Jenny hat nur Teile des Internets durchforstet. Sie ist nur da gewesen, wo sie gewusst hat, was sie erwarten könnte. Sie hat sich auf sicherem Terrain bewegt. Aber nun dunkle Gewässer zu betreten, keine Ahnung zu haben, wohin man tritt, davor hat sie Schiss. Videoplattformen bedeuten eine Illusion, für die Jenny noch nicht bereit ist. Bedeuten Stimmen. Bedeuten Gesichter. Bedeuten Leben. Bedeuten, einen Menschen in Farbe zu sehen, in voller Tonqualität zu hören, bedeuten, man ist fast dran an diesem Menschen. Man kann vergessen, dass da Pixel sind, keine Pigmente, dass da eine Frequenz ist, kein Lachen. Nur tot ist der Mensch am Ende trotzdem, da kann auch die digital konservierte Videospur nichts dran ändern. Jenny weiß nicht, ob sie diese Dissonanz ertragen kann.

Als Karla zurückkommt und neue Wärme mitgebracht hat, an die sie sich beide krallen können, hat Jenny einen Entschluss gefasst.

»Du hast recht. Ich muss weitersuchen. Da ist noch mehr, das kann ich spüren«, sagt sie. »Aber Angst hab ich trotzdem.«

»Es wäre absurd, wenn du keine hättest«, antwortet Karla. Sie sieht müde aus, als wäre sie nicht nur ins Café und wieder zurück gegangen, sondern einmal den Mount Everest hoch und wieder runter. Ihre Familie trauert auch, ruft sich Jenny in Erinnerung. Und das steht ihrer Schwester ins Gesicht geschrieben.

»Weißt du noch, als Ada das erste Mal bei mir übernachten sollte?«, fragt Karla plötzlich. Die Müdigkeit ist immer noch da, aber da ist auch ein Leuchten in ihren braunen Augen.

»Wie könnte ich das vergessen?« Jenny muss lächeln. »Es war das erste Mal überhaupt, dass sie woanders übernachten sollte. Dominik und ich wollten endlich mal was anderes sehen als volle Windeln und Kotzflecken auf unseren Klamotten. Wir wollten ausgehen. Ins Alfredo, glaube ich. Das hatte damals noch offen.«

»Und du hattest übelst Panik, dass Ada nicht bei mir würde schlafen wollen und ihr nachts kommen und sie abholen müsstet.« Auf Karlas Gesicht breitet sich ein Grinsen aus. Dagegen kann auch der Nieselregen nichts ausrichten.

»Ich hatte Panik, dass sie richtig Terz machen würde. Das konnte sie immer gut. Beim Einkaufen oder im Zoo oder so. Immer, wenn sie ihren Willen nicht bekam, ist sie auf Konfrontation gegangen. Sie war genauso ein Sturkopf wie ihre Tante.« Sie sehen einander an, ihre Augen sind einander so ähnlich, genauso wie die Trauer darin denselben Einschlag hat.

»Und Terz hat sie auch gemacht«, sagt Karla, und ihre Augen schimmern. Vielleicht, weil sie so lachen muss, aber auch, weil der Körper sich gleichzeitig schütteln will. Erinnern ist ein seltsamer Prozess. Man weiß nie, in welche Richtung es heute geht.

»Ja, Terz hat sie gemacht. Am nächsten Morgen, als wir sie abholen wollten. Die ganze Nacht haben Dominik und ich wachgelegen und kein Auge zugetan, weil wir uns Sorgen gemacht haben. Das Essen im Alfredo hat beschissen geschmeckt, und das ganze Date war ein Reinfall, weil wir …« Jenny winkt ab. »Und als wir dann vor deiner Tür standen, hat sie geweint und gebrüllt, weil sie noch nicht wegwollte. So gern war sie bei dir, Karla. Sie hat es geliebt. Du warst immer die coole Tante, bei der sie sich wie eine kleine Erwachsene gefühlt hat.«

Sie sitzen da, sie weinen und lachen, während sie an Ada denken. Zum ersten Mal seit Adas Tod traut Jenny sich, über sie zu sprechen. Nicht über die tote Ada, nicht über die Ada, die sie nicht mehr zu kennen glaubt, die sich suizidiert hat, sondern über die lebendige Ada. Über die erwachsene Ada, aber auch über die kleine, tollpatschige Ada, die mit den Zehen gegen Bettkanten gelaufen und kopfüber in den Kinderpool geplumpst ist.

Der Nieselregen hat stärker zugenommen, aber er kann ihnen nichts anhaben. Da ist ein Dach über ihnen und dazu eine unsichtbare Mauer aus Geschwisterliebe und Erinnerungen, die trösten und den Regen abwehren.

ADA

Ada spürte, dass sie sich schleichend verändert hatte. Sie war misstrauisch geworden. Jeder positiven Sache stand sie erst mal skeptisch gegenüber. Vielleicht verwandelte sie sich plötzlich doch noch in etwas Hässliches, das konnte jederzeit geschehen. Generell sowieso jedem Menschen, und in Adas Leben passierte das gerade dauernd.

Aber seit einer Woche hatte es keine Vorkommnisse mehr gegeben.

Kim lief neben ihr über den Bürgersteig, den Blick auf das Smartphone in ihrer Hand gerichtet. Ihre beste Freundin war in den gemeinsamen Kursen ihr Back-up. Niemand traute sich, ihr einen Spruch reinzudrücken, wenn Kim bei ihr war. Und all die Vorfälle hatten auch dafür gesorgt, dass sich um Ada eine Schale gebildet hatte, die ihr eigentliches Ich umschloss. Eine Schale aus Wut und Kalk, während sie sich von innen weich an Ada schmiegte. Etwas getan zu haben hatte Ada geholfen. Die Anzeige aufzusetzen hatte sie gestärkt. Das *Ich habe etwas unternommen* hatte der Kalkschale eine Schicht aus Stolz hinzugefügt.

Kim war aber nicht nur wieder gesund. Sie hatte sich außerdem die Haare frisch gefärbt. Das Türkis war mehr ins Blaue gerutscht. Ada fragte sich, was das über den Gefühlszustand ihrer besten Freundin aussagte.

»Ich glaube, jetzt kehrt Ruhe ein.«

»Woher willst du das wissen? Glaubst du, die Bullen machen echt was?« Kims Stimme hatte einen wütenden Unterton angenommen. Sie wussten beide, dass die Anzeige allein noch nichts zu bedeuten hatte. Die Polizei musste auch was tun. Und es war kein Geheimnis, dass gerade Verbrechen im Internet meistens nicht verfolgt wurden.

»Weiß nicht. Aber selbst, wenn da keine Strafe oder so bei rauskommt, ist Patrick jetzt gewarnt. Der wird sicher nicht riskieren, noch mal irgendeine Aktion zu starten. Der weiß nun, dass ich immer wieder zur Polizei rennen würde.«

»Ja, aber die Beweise, die wir vorgelegt haben, waren schon ziemlich dürftig.« Kim warf die Haare über die Schulter zurück. Wie aufmüpfiger Wellengang trieb er über ihre Schultern. Roter Lippenstift schmückte ihren von Unmut verzogenen Mund.

Ada ließ die letzten beiden Wochen in ihrem Gedächtnis Revue passieren. »Glaubst du, er hat Vorkehrungen getroffen?«

»Anders kann ich mir nicht erklären, wieso plötzlich alle Profile verschwunden sind.«

Ja, als sie sich entschlossen hatten, zur Polizei zu gehen, hatten sie gemeinsam alle blockierten Profile von Patrick selbst entblockieren wollen, um Screenshots von seinen Nachrichten zu machen. Aber seine eigenen Profile hatte er zwischenzeitlich gelöscht. Die Nachrichten, mit denen er sie zubombardiert hatte ... alle nicht mehr zuordbar. Es gab nur noch die Ada-Fakes. Und die paar Screenshots, die sie noch in ihren Gruppenchats gefunden hatten, hatte die junge Polizistin bedauernd gesagt, würden allein kaum für einen Tatverdacht ausreichen.

Aber die Bots, hatte Ada eingewandt, und das Swatting ...

Alles ernste Sachen, hatte die Polizistin gesagt, und Ada hatte ihr das sogar geglaubt. Sie war selbst eine junge Frau, die wusste, was im Netz abgehen konnte. Aber selbst junge engagierte Polizistinnen waren in einem trägen, langsamen, schlecht vernetzten Polizeiapparat mit wenig Personal für digitale Verbrechen gefangen.

Wir schauen uns das an, hatte die Polizistin ihr versprochen. Wir schauen uns das an. Immerhin das. Besser als nichts, hatte Ibrar sie zu trösten versucht. Benni und er hatten vor der Behörde auf sie gewartet, als emotionaler Support sozusagen. Zuerst hatten sie es übertrieben gefunden, dass Ada zur Polizei wollte.

Ernsthaft, hatte Benni gefragt. Ist das nicht zu dick aufgetragen? Ich meine, wir alle haben schon Scheiße im Internet erlebt. Und du stehst ja in der Öffentlichkeit, jedenfalls so ein bisschen. Dann muss man damit klarkommen.

Es waren ein paar Sekunden vergangen. In jeder Sekunde eine andere Emotion. Erst Sprachlosigkeit. Dann Unglauben. Dann Hitze. Ein Wutvulkan. Kim und sie waren gemeinsam ausgebrochen, und das rechnete Ada ihrer Freundin hoch an. Auch wenn ihr Verhältnis immer mal wieder angespannt war und Ada im Grunde nicht wirklich wusste, warum überhaupt, wählte Kim nun eine Seite. In solchen Situationen verbündete sie sich mit Ada. Gegen alle Männer, auch gegen ihren eigenen Freund.

»Hast du sie nicht mehr alle?«, war es aus Kim rausgeplatzt. »Seit wann muss man sich alles gefallen lassen, nur weil man irgendwo sein Gesicht in die Kamera hält, hä? Was für eine Scheißlogik soll das sein? Eine Öffentlichkeit zu haben ist doch kein Freifahrtschein für andere, sich übergriffig zu verhalten.«

Sie hatten sich eine Weile gezofft, und Ada hatte sich nur an Ibrar gelehnt, weil er der Einzige gewesen war, der gerade da gewesen war, die einzige Schulter, die einzige Option von Halt. Und immerhin hatte er sie gewähren hatten, hatte vielleicht erahnt, wie müde sie von allem war, wie sehr ihr der Mist an die Nieren ging.

Vielleicht hatte er es geahnt, vielleicht aber auch nicht, denn es kristallisierte sich immer mehr heraus, dass Männer keine Ahnung davon hatten, was Frauen erlebten. Wie viel Lebenszeit ihnen abhandenging, in der sie Ziel von Attacken wurden, von Belästigung, von Mobbing, von Bodyshaming, von sexualisierter Gewalt, von Machtmissbrauch.

Noch viel mehr Zeit ging dafür drauf, sich dafür zu rechtfertigen, warum sie nicht alles Menschenmögliche dafür getan hatten, um eben kein Ziel von alldem zu werden. Dass du Opfer bist, ist eben deine Schuld, das stand wortlos in den Köpfen geschrieben. Es ging gar nicht mehr um die Täter, die waren nur eine diffuse Nebelkerze im Hintergrund. Das sprach niemand aus, aber sie dachten es alle, und mittlerweile dachten sie es nicht nur im stillen Kämmerlein, sie rieben es den Frauen ganz ungehemmt unter die Nase.

Dass du Opfer bist, ist eben deine Schuld, das stand in den Kommentarspalten geschrieben. Und diese Schuld haftete ihnen allen an. Die ließ sich nicht mal eben abwaschen, da hatten die Leute auch gar keine Lust drauf. Sie sahen in den Frauen immer noch die Eva, die dem Mann den verbotenen Apfel angedreht und ihn ins Verderben gerissen hatte. Das zog sich bis heute durch. Die weibliche Kollektivschuld war tief in ihnen allen verankert.

Vielleicht ertrug Ada in diesem Moment deshalb nur Ibrar neben sich. Er war zwar keine Frau, aber mit unsichtbarer Kollektivschuld kannte er sich aus. Er trug die Kollektivschuld, die in den Augen viel zu vieler jene Menschen auf ihrer Flucht über das Meer mitgebracht hatten. Die Kollektivschuld des Fremdseins.

Am Ende hatte Benni eingelenkt. Keine Ahnung, ob er es wirklich kapiert hatte oder nur seine Ruhe hatte haben wollen. Mal sehen, was dabei rauskommt, hatte er gesagt und mit den Händen eine abschließende Geste gemacht.

Das war nun eine Woche her, und seitdem hatte Benni sich wenig blicken lassen, und Kims Haare waren blau geworden. Ada fragte sich, ob da ein Zusammenhang bestand.

»Wieso blau?«, fragte sie also.

»Wieso nicht?«

»Ich dachte, du warst happy mit Türkis.«

»Man denkt so oft, dass man mit dem einen oder anderen happy ist, und dann ist man es doch nicht.«

Ada warf ihr einen Blick zu. »Ah, sprechen wir jetzt wieder in Metaphern?«

Kim stieß einen Seufzer aus. »Ja, sorry. Benni und ich haben Stress.«

»Uff, das tut mir leid. Ich hoffe, nicht wegen mir? Also wegen der Anzeigensache und so?«

»Hm«, antwortete Kim.

»Also …?«

»Wir haben einfach Stress, okay?«, fuhr Kim auf. »Passiert halt mal.«

Ada hatte keine Ressourcen mehr übrig, aus denen sie jetzt für einen Streit mit ihrer besten Freundin schöpfen konnte. Sie gingen schweigend ein paar Schritte weiter.

»Okay«, sagte sie deshalb nur. Sie fragte nicht nach. Sie umarmte Kim nicht. Die war so tief drin in *Scheiß auf alles*, dass das jetzt nichts gebracht hätte. Sie gingen einfach nur zusammen die Straßen entlang.

»Ach, es ist alles nur beschissen. Wir haben für die Anzeige zusammen auf unseren Handys alles zusammengesucht. Die Screenshots der Nachrichten, die wir noch hatten, und so was …« Kim kickte einen Stein weg. »Und da sind wir einfach in Streit geraten, weil er das halt etwas übertrieben fand.« Sie schaute angepisst drein.

»Okay?« Übertrieben. Wow.

»Ja, das war auch meine Reaktion. Ich dachte, wir hätten das vor Ort und Stelle geklärt, aber offenbar nicht.« Kim schnaubte wütend.

»Wie kacke von ihm«, rutschte es Ada raus. »Und jetzt?«

Kim hielt offenkundig nach einem weiteren Stein Ausschau, aber da war keiner mehr auf dem Asphalt. Keine Möglichkeit mehr, den Frust rauszudonnern, einmal mit Karacho gegen einen gefühllosen Klumpen.

»Tja, jetzt hängt es an mir. Entweder er checkt es von selbst und sieht es ein, oder er kann mich mal. Meinen Stolz und meine Überzeugungen schlucke ich für ihn nicht so gern runter.«

»Stolz runterschlucken ist echt nicht so dein Ding. Aber ihr seid schon ziemlich lange zusammen. Das wirft man ja auch nicht mal eben so weg. Keine leichte Entscheidung.«

»Ich will mich eigentlich auch gar nicht entscheiden. Das ist eine Wahl zwischen Pest und Cholera. Fühlt sich zumindest so an.«

»Glaub ich dir. Kann ich irgendwas tun?«

Kim schüttelte den Kopf. Ihr blaues Haar flog dabei hin und her. »Nee, du hast ja selbst schon genügend Drama an der Backe.«

Und dann atmete Kim neben ihr einmal tief aus. Mit dem Atemzug entließ sie allem Anschein nach auch den Frust, der ihre Gliedmaßen hart und starr hatte werden lassen. Plötzlich wurde ihr Körper wieder weich und dehnbar, und sie griff nach Adas Arm. Finger verschränkten sich ineinander.

»Wir sind immer füreinander da, richtig?«, flüsterte sie, obwohl niemand außer ihnen beiden auf dem Asphalt war.

»Klar«, sagte Ada überrascht. Emotionale Ausbrüche waren eine Seltenheit bei Kim. So war das halt, wenn man die *Scheiß-auf-alles*-Mentalität lebte, dann war man hart wie Stahl, und Gefühle waren nur die Flamme, die den Stahl zum Schmelzen brachte. Die Flamme hielt man sich besser vom Leib.

Doch Kim reichte das nicht. Sie blieb stehen, ihre Finger waren fest wie ein Schraubstock. Sie umklammerten Adas Arm, als stünden sie im Auge eines Tornados und könnte jeden Augenblick auseinandergerissen werden. Jede in eine Richtung, entgegengesetzt, losgelöst.

»Nee, ehrlich jetzt: Wir sind immer füreinander da, ja? Wir lassen uns nicht von Typen auseinanderzerren, okay? Weder von echten noch von virtuellen. Die können uns alle mal.«

»Das war doch noch nie anders.«

»Ich will's nur noch mal sagen«, meinte Kim und lockerte ihren Griff. »Beziehungen sind schnell für die Tonne, aber echte Freundschaften sind selten. Das, was wir haben, *ist* selten. Das will ich nie verlieren.«

Ada wusste nicht, ob sie sich geehrt oder unter Druck gesetzt fühlen sollte. Kim war draufgängerisch, rotzig, dreist. Sie widersprach. Sie sprang in die Bresche. Sie prügelte sich für Leute, an denen ihr etwas lag. Aber ihre Gefühle, die drückte sie nur mit der Farbe ihrer Haare aus, nicht mit Worten. So eine war sie einfach nicht. Deswegen war dieser Ausbruch was Besonderes.

»Ach komm, das weißt du doch. Unser Pakt hat ja schon seit Jahren Bestand.« *Freundschaft über Typen.* Darauf hatten sie sich vor Jahren eingeschworen. »Nimmt dich das mit Benni so mit?«, wollte Ada wissen.

Sie waren vor Adas Elternhaus angekommen und blieben stehen. Kim winkte ab. »Der kann mich mal. Ich genieße jetzt eine Woche sturmfreie Bude.«

»Sind deine Eltern wieder weg?«

»Geschäftsreise. In London.«

»Und wieso bist du nicht mitgefahren? London ist doch cool.«

Kim verdrehte die Augen. »»Mit der Frisur nehmen wir dich ganz sicher nicht mit««, äffte sie die Stimme ihrer Mutter nach. »Nicht mal zu Hause kann man sein, wie man will.« Sie spuckte auf den Asphalt, dann umarmte sie Ada und zog ab.

Nicht mal zu Hause kann man sein, wie man will.

Der Satz schwirrte noch eine Weile in Adas Kopf herum. Verfolgte sie über den Pfad zur Haustür, die wenigen Stufen hinauf.

Was für ein Privileg, dachte sie, wenn man aber genau das sein konnte. Wenn das eigene Zuhause ein Ort war, an dem man ungehemmt, geschützt, frei sein konnte. An dem einem kein Unheil drohte, an dem die vertraute Raufasertapete keine Illusion von Sicherheit darstellte, an dem kein Hort der Gewalt war, die durch die Wände aus Putz dringen konnte.

Wenn sie so darüber nachdachte: In ihrem Zuhause *konnte* Ada sein, wie sie wollte. Vor ein paar Jahren hätte sie das möglicherweise anders gesehen, aber da war sie eben noch eine Teenagerin gewesen. Jetzt wuchs sie aus der natürlichen Rebellion heraus. Jetzt sah sie Dinge, die sie früher nicht gesehen hatte. Sah die Arbeit, die sich ihre Mutter täglich machte. Die liebevollen Frühstücksboxen, die sie früher mitten in der Nacht für Ada fertiggemacht hatte, weil sie selbst schon früh in der Konditorei sein musste. Sah ihre Eltern beide schuften, um ihr Sicherheit zu geben. Sah den Haushalt, den sie zwischen alldem auch noch unter Kontrolle hielten. Sah, wie sie ihre eigenen Persönlichkeiten und Bedürfnisse herunterreguliert hatten, weil man für das eigene Kind ein Stück seiner selbst aufgeben musste. Man konnte keinen anderen Menschen formen und wachsen lassen, ohne nicht ein bisschen von sich selbst zu verlieren.

Sie sah, was ihre Eltern, vor allem aber ihre Mutter, leisteten. Arbeit, die für Ada lange unsichtbar gewesen war. Arbeit, die für so viele unsichtbar war. Jetzt noch, heute noch. Für die bekam man keinen Orden, keinen Lohn, keinen Dank. Die leistete man einfach im Stillen, ohne Fanfarengetöse.

»Mama?«, rief sie noch im Flur.

»Ja?« Die Stimme ihrer Mutter klang fern, wie aus einer anderen Galaxie. Sie war im Keller. »Ich bin gleich da!«

Ada ging schon mal in die Küche und stellte ihre Schultasche auf den Tisch. Sie räumte die Reste ihres Essens aus der Tasche, warf die leere Wasserflasche in die Tasche mit Pfandware. Die Brotdose wanderte in die Spülmaschine.

Sie wusste, dass ihre Mutter die Küche betreten hatte, weil deren Geruch ihr vorausgeeilt war. Man sagte ja, dass jedes Haus seinen ganz eigenen Geruch aufwies, und Ada fand, dass das mit Menschen genauso war. Seit sie sich erinnern konnte, haftete dieser Geruch aus Zitrone, Plätzchenteig und Baumwolle an ihrer Mutter. Und irgendwie fand sie Trost darin, dass manche Dinge einfach immer gleich blieben. Sie veränderten sich nicht. Sie bildeten eine Konstante in einer Welt, die manchmal so schnell vorwärtspreschte, dass einem davon kotzübel wurde. Sie blieben auch dann eine Konstante, wenn die Welt außerhalb dieser vier Wände verstörend und brutal war. Wenn Ada beim Heraustreten aus ihrem Zuhause an ihr zersplitterte.

Wenigstens zu Hause kann ich sein, wie ich will, drehte Ada den Spieß um und trat nach vorne. Verkürzte die Distanz zwischen Jenny und sich selbst. Nicht nur die räumliche Distanz, nicht nur das Messbare, sondern auch die, die sich in den letzten Jahren eingeschlichen hatte. Die die Rebellionsjahre und ihr Hobby, das Jenny nicht so recht verstand, und die unangenehmen Folgen daraus ihnen eingebrockt hatten.

Ada schmolz die Distanz einfach ein, indem sie Jenny umarmte. Sie konnte deren Verwirrung in der kurzzeitigen Anspannung spüren.

»Wofür ist das denn?«, fragte Jenny halb scherzhaft.

»Einfach so.«

»Einfach so?«

»Jap. Kann man nicht einfach so mal die eigene Mutter umarmen?«

»Kann man«, gab Jenny zurück. »Ich beschwere mich da nicht.« Und Ada spürte einen sanften Druck an ihrem Rücken, wo Jenny ihrerseits die Arme um sie schlang. Ein gegenseitiges Halten, zwei Frauen, fast gleich groß, fast die gleiche Statur, einander aus dem Gesicht geschnitten und nur durch die Jahre getrennt.

Ada hielt sie noch einen Moment, nur noch diesen einen Moment. Sie wollte das personifizierte Zuhause festhalten, die Heimat in ihren Armen, die Quelle des ganz eigenen Geruchs in der Nase. Sie wollte nicht loslassen, sie wollte so einfrieren, unter einer panzerstarken Schicht aus Geborgenheit. Hier konnte ihr die Welt draußen nichts anhaben. Hier war ein Kokon um sie herum gesponnen, der nicht zerstochen werden konnte.

Ada wollte flüstern. Wollte Zuneigung in Jennys Haare wispern. Wollte Dankbarkeit auf ihre Haut schreiben. Wollte das, was sie nie aussprach, was sie immer für sich behielt, in Jennys Gedächtnis brennen, für später, für schlechte Zeiten, weil man nie wusste, wofür es einmal gut war. Weil man nie wusste, ob man sich oft genug sagte, wie viel man einander bedeutete. Weil man nie wusste, wann der Alltag in diese besonderen Sekunden reinkickte und crashte, was man sich zu selten anvertraute.

»Ich hab dich lieb, Mama«, flüsterte Ada. Fünf Worte nur, und es waren viel zu wenige. Die Liebe in ihr wollte überborden, wie ein Fass, das zu voll war, dabei konnte es nie voll genug sein, man konnte nie genug lieben.

»Ich dich auch, mein Schatz«, sagte Jenny leise. Da war eine Frage in ihrer Stimme, die man nicht überhören konnte. Was ist los, Ada, woher der Gefühlsausbruch?

Aber braucht man immer einen Anlass, Mama?, gab Ada in Gedanken zurück. Und die Antwort war nur ein Griff, der sich festigte. Eine Umarmung, die den Kokon verdichtete. Ein gehauchter Kuss auf den Haaransatz, so wie früher, wenn Ada krank gewesen war, so wie früher, als man die elterliche Liebe noch angenommen hatte, ohne Wenn und Aber, ohne falschen Stolz, ohne Argwohn. So wie früher, so sollte es jetzt noch mal sein.

»Was hältst du davon, wenn wir heute Abend Pizza machen?«, fragte Ada und ließ ihre Mutter los. Ließ die Wärme los und den Geruch ihrer Kindheit, ließ die Erinnerung los, wie die mütterlichen Arme sich angefühlt hatten, als sie noch kleiner gewesen war. »Also unsere Spezial-Pizza, versteht sich.«

Jenny verzog das Gesicht. »Mit allem drauf?«

»Mit *allem*«, bestätigte Ada grinsend.

Ihre Mutter warf einen skeptischen Blick auf die Uhr. »Das sollten wir eigentlich schaffen, bevor dein Vater nach Hause kommt. Ich weiß allerdings nicht, ob wir alles zu Hause haben, was wir brauchen. Hefe hab ich da, passierte Tomaten und Käse auch. Zwiebeln sind noch ein paar in der Schüssel auf der Anrichte, aber Peperoni und Chilischoten, puh ... Ich glaub, die sind aus.«

»Ich könnte eben rüber zum Supermarkt gehen und welche holen«, bot Ada an. Eigentlich hatte sie noch einen Haufen Hausaufgaben zu machen, aber ... *Scheiß drauf.*

»Ja, lass uns das so machen. In der Zeit kann ich eben den Pizzateig vorbereiten. Der muss ja noch eine Weile gehen.«

»Definitiv. Wir brauchen den richtig fluffig.« Ada schnappte sich die Einkaufstasche vom Haken hinter der Tür und zog einen Zwanzig-Euro-Schein aus der Glasschüssel, in der immer Geld für Haushaltskram rumlag.

»Bis gleich«, sagte sie, und als sie schon fast aus dem Türrahmen in den Flur hinaus war, hielt sie noch mal inne und drehte sich um. Es war ein Reflex, der sich nicht unterdrücken ließ. So wie Atmen. Wie Blinzeln. Wie Schlucken. Jenny stand bereits neben der Spüle und holte Mehl heraus. Sie wollte nicht denken, dass ihre Mutter dort hingehörte, an einen Küchentresen, weil sie nicht wie eine misogyne Arschgeige klingen wollte, die dachte, dort wäre eben der Platz einer Frau. Der Platz einer Frau war da, wo sie sein wollte. Ob auf der höchsten Stufe der Karriereleiter, allein in einem Van auf einer Weltreise oder eben mit mehlgepuderten Händen in der Küche – wenn sie das selbst entschied, dann war alles fein. Dann war man auch keine misogyne Arschgeige.

Und ihre Mutter *wollte* da sein. Da konnte sie ihre Form von Kunst wirken. Konnte kreativ sein. Konnte zaubern. Sie hatte so lange zurückstecken müssen, für Ada, für die Familie, dass Adas Herz sich zusammenzog. Das war immer noch ein Ding, das Müttern anlastete: Meistens lag es an ihnen, zugunsten der Familie sich selbst, die eigenen Bedürfnisse, die eigene Entfaltung für viele Jahre zurückzustecken.

Gut, dass Ada sich jetzt selbst um ihren Scheiß kümmern

konnte. Wenn sie ihr Abitur bald in der Tasche hätte, dann würde sie ausfliegen. Dann würde sie ans andere Ende des Landes ziehen und Game Design studieren. Sogar darin unterstützten ihre Eltern sie, obwohl ihr Vater schon seufzend prophezeit hatte, dass die Jobaussichten ... Aber was soll's, hatte er dann gesagt, du wirst das schon machen.

Im Flur zog sie sich ihre Sweatjacke über und die Kapuze über das Haar, dann ging Ada nach draußen. Sonnenlicht begegnete ihr. Holger mähte nebenan den Rasen und hatte damit die perfekte Ausrede, sie nicht grüßen zu müssen. Seit sie vor ein paar Wochen mal den Plastikmüll für die Abfuhr am nächsten Tag rausgestellt und vergessen hatte, einen der Säcke richtig zuzubinden, ignorierte er sie. Ein paar Bonbontütchen hatten sich auf seinen Rasen verirrt, die sie alle unter seinem strengen Blick hatte auflesen müssen. Und so nachtragend war er, das würde das nachbarschaftliche Verhältnis noch ein paar Monate belasten.

Ada war das recht. Sie konnte den alten Mann eh nicht leiden, der seine Frau behandelte, als wäre sie seine persönliche Servicekraft. Jetzt musste sie wenigstens nicht mehr auf nett machen und konnte grußlos an ihm vorbeispazieren, ein breites Grinsen auf den Lippen, eine Botschaft, die er unmöglich übersehen konnte.

Mit erstaunlich guter Laune machte sie sich auf den Weg in den Supermarkt.

Zwanzig Minuten später war Ada wieder zu Hause. Der Stoffbeutel hing schwer über ihrem Arm, weil sie ein wenig eskaliert war und lauter Zeug besorgt hatte, von dem sie wusste, dass ihre Eltern es gerne mochten. Holger mähte nebenan noch immer Rasen. Wütend drückte er das laute Gerät über den Vorgarten. Musste schieben und drücken und sich gegen den alten Rasenmäher stemmen. Dabei hatte er einen hochroten Kopf, denn wohin sollte all die Wut auf das System, auf die Menschen, auf ein Virus, das er zu einem

Diktaturmerkmal hochstilisierte, auch entweichen, wenn es nicht mal reichte, alle paar Tage Gras unter seinen Füßen zu zerschreddern?

Bevor Ada die Haustür aufschloss und mit dem Einkauf eintrat, zog sie noch die Post aus dem Briefkasten. Diese lugte ein paar Zentimeter aus dem Schlitz hervor, sodass Ada sie auch ohne Schlüssel greifen konnte.

Zwei Briefe in ihrer Hand waren das Resultat. Aber halt. Zwischen den zwei Briefen – einer von einer Versicherung und einer, der nach Werbung aussah – klemmte noch etwas anderes. Sie hätte es fast übersehen. Ein Zettel, herausgerissen aus einer Tageszeitung. Eine Seite, bei der unten ein Stück weiße Fläche übrig geblieben, die von jemand anderem gefüllt worden war. Nicht mit Handschrift, das wäre zu leicht, das wäre zu auffindbar, zu gefährlich. Sondern mit ausgeschnittenen Buchstaben, vermutlich aus eben jener Zeitung.

Das nächste Mal ist es nicht die Feuerwehr,
die vor deiner Haustür auf dich wartet.

Innerlich zuckte Ada zusammen. *Sie* waren also vorgerückt, hatten sich an sie und ihr Zuhause rangewanzt. Versuchten, die Schale ihres Heims aufzubrechen mit solchen Botschaften. Am liebsten hätte Ada einen Blick zurück auf die Straße geworfen. Hätte abgecheckt, ob da jemand auf dem Bürgersteig stand oder sich hinter dem nächsten Gebüsch versteckte und beglotzte, wie sie die Nachricht las. Ob dieser Jemand hoffte, Angst auf ihrer Miene zu lesen. Nun, diese Genugtuung würde sie diesem Jemand nicht geben. Sie knüllte den Zettel zusammen und stopfte ihn in ihre Hosentasche, damit ihn ihre Eltern nicht zu Gesicht bekamen.

Ohne sich nach hinten umzudrehen, hob sie die rechte Hand, ballte sie zur Faust und zeigte den Mittelfinger.

Und damit brachte sie Holger, der zufällig gerade in ihre Richtung sah, und seine Wut endgültig zum Implodieren.

Zwei Stunden später erfüllte der Geruch von Pizza und würzigem Käse das gesamte Erdgeschoss der Familie Wagner. Vielleicht drang ein bisschen davon sogar durch die Rohre nach nebenan, wo Holger Hauptmann seiner Frau lang und breit erklärte, dass er sich scheiden ließe, wenn sie den heimlich gemachten Impftermin am nächsten Tag tatsächlich wahrnehmen würde. Dann ist es aus mit uns, brüllte er, und die Leitungen trugen sein Geschrei quer durch das Gebäude. Dann ist es aus mit uns, dann kannst du sehen, wo du bleibst, ich lasse mich ganz sicher nicht von dir mit diesem genmanipulierten Scheiß anstecken.

Familie Wagner hörte mit einer Mischung aus amüsierter Belustigung und Mitleid zu, aber dann kümmerte sie sich um ihre eigenen Angelegenheiten. Zu dritt waren sie von der Küche mit ihren Tellern ins Wohnzimmer gezogen und aßen Pizza vor dem gedämpften Fernseher.

Den Zettel erwähnte Ada nicht.

Und auch sonst nichts. Es war schon zu anstrengend gewesen, ihre Eltern davon zu überzeugen, dass der Swatting-Einsatz eine Ausnahme gewesen war. Ein schlechter Scherz. Ein Prank, der sich nicht wiederholen würde. Dafür hatte sie gesorgt. Und ihre Eltern hatten ihr irgendwann geglaubt. Ada hatte das im Griff. Ada kannte sich aus mit Twitch und Social Media. Ada wusste, wie man das alles händelte.

Irgendwann werde ich ihnen erzählen, dass mehr dahintersteckte, dachte Ada, während sie beobachtete, wie Jenny ihrem Vater einen Kuss gab. Irgendwann würde sie wirklich das tun, nahm sie sich fest vor. Da würde sie die Lücken aus Unwissenheit mit Vertrauen flicken. Aber heute war kein Platz für schlechte Nachrichten.

Heute war auf ihrem kleinen Planeten
nur Platz für Liebe mit Käserand.

JENNY

Adas Zimmer hat Jenny seit einer ganzen Weile nicht mehr betreten. Streng genommen seit dem Tag, an dem sie das Handy ihrer Tochter gefunden hat. Und nun ärgert sie sich darüber. Der Zahn der Zeit nagt an allem, auch wenn er erst nur ein bisschen knabbert. Es fühlt sich erst wie eine Liebkosung an, ein vorwitziges Necken. Eine Staubschicht hier, eine Pflanze mit schlaffen Blättern da. Nichts, was man nicht wieder in den Griff kriegen kann, denkt man sich. Der Prozess der Veränderung ist schleichender Natur. Eine Weile kann man sich dabei die Augen zuhalten und sich einreden, dass alles gleich bleibt. Die Zeit ist gar kein linearer Prozess – okay, das ist sie sowie nicht –, sondern ein Tropfen Bernstein, der alles mit einer Schicht Ewigkeit umschließt.

Das jedenfalls hat Jenny irgendwie gedacht, bis sie Adas Zimmertür aufgestoßen hat. Hat gedacht, dass es sich in der letzten Zeit in ein Bernsteinzimmer verwandelt hätte. Nicht einmal ein Staubkörnchen hätte ihm was anhaben können. Aber so ist die Wirklichkeit nicht. Die dünne Staubschicht überall versetzt ihrer Erinnerung einen Stoß. Und das kann so nicht bleiben. Auf gar keinen Fall darf sich hier Veränderung einnisten und die Ewigkeit vom Thron schubsen.

Jenny macht auf dem Absatz kehrt und holt Putzzeug. Sie wischt mit heißem Wasser, schlichtem Reinigungsmittel und einem Mikrofasertuch über die Oberflächen und denkt noch, dass alles einen Preis hat. Sie entfernt den Staub, aber sie entfernt auch die Stellen, die Ada berührt hat. Entfernt die Haare, die vielleicht noch irgendwo herumliegen, als sie mit dem Staubsauger durch den Raum tobt. Lässt die Moleküle, die Ada möglicherweise noch einmal durch ihre Lunge gewirbelt hat, in der schweren Luft entweichen, während Jenny einmal stoßlüftet.

Man kann wohl nicht alles haben, und man kann auch nicht alles für immer behalten. Und egal, was Jenny tut und was sie tun wird, sie wird Ada Stück für Stück immer weiter verlieren, da kann sie sich sträuben und wehren, so viel sie will.

Selbst den Bernstein hat der Asteroid zerstört, das ist die bittere Wahrheit.

Nach dem Putzen ist Jenny fix und fertig. Sie hat fast vergessen, warum sie überhaupt hergekommen ist. Da ist doch ein Grund gewesen, ein Anliegen, ein Plan? Irgendwas hat sie doch hier gewollt. Irgendwas hat sie suchen wollen – oder finden? Oder war das nicht am Ende eh dasselbe? Beides zum Scheitern verurteilt, beides nur ein Akt des Trotzes. Jenny steigt Runde für Runde gegen die Trauer in den Ring. Kassiert Schläge. Ist kurz vor dem Knock-out. Aber sie gibt nicht auf. Ist wie eine Kakerlake. Der Underdog. Ist die, mit der niemand rechnet. Sie kommt vom Seitenrand. Ist die, die sogar dafür ausbuht wird, weil sie nicht anerkennt, dass es aus ist. Dass sie verloren hat. Dass da nichts mehr geht.

Sie
gibt
einfach
nicht
auf.

Ihr Blick wandert durch das Zimmer, das jetzt sauber ist und gut riecht. Oder auch nicht. Je nachdem, ob man mit *gut* eigentlich vertraut meint. Es riecht mehr nach Zitrus und weniger nach Ada. Das ist früher auch schon so gewesen, aber da war die Gewichtung eine andere. So wird es jetzt immer sein, erkennt Jenny. Sie wird Ada nach und nach aus dem Haus kehren. Wie Dreck aus dem Flur, hinaus vor die Haustür.

Der Gedanke brennt wie Höllenfeuer.

Aber Jenny kennt das ja. Das Brennen ist geläufig. Das haut sie nicht mehr so von den Socken wie vor Wochen noch. Sie kann es aushalten. Deswegen sieht sie sich weiter im Zimmer um. Da war ja was. Und dann fällt ihr wieder ein, weshalb sie sich hierhergewagt hat.

Zögernd geht Jenny über den Fußboden. Sie ist den Weg schon tausendmal gegangen. Mit Ada als schreiendem Neugeborenen. Auf und ab, auf und ab, schhht, alles wird gut, auf und ab. Mit Ada als quengelndem Kleinkind. Mit Fieberschüben, sie auf dem Arm haltend. Auf und ab, auf und ab, alles wird gut, ich versprech's dir, auf und ab. Genervt durch den Raum tigernd und Kleidungsstücke vom Parkett auflesend, als Ada ein bockiger Teenager war. Auf und ab, auf und ab, wann räumst du deinen Kram endlich selbst hinter dir weg? Auf und ab, selbst heute, sogar eben noch. Auf und ab, alles weggewischt.

Tausendmal ist sie diesen Weg gegangen, und doch ist er jetzt neu. Ist ungewöhnlich. Sie hat eine neue Aufgabe. Heute will sie keine Tränen trocknen, keine Schmerzen lindern, keine Wäsche auflesen, keinen Liebeskummer trösten.

Vielmehr setzt sie sich auf Adas Gamingstuhl und drückt auf den Powerbutton ihres PCs. Jenny fühlt sich in dem gewaltigen, fast sesselartigen Stuhl wie eine Amöbe. Wie hat Ada sich in diesem Ding wohlfühlen können? Wie hat sie sogar das Selbstbewusstsein aufbringen können, vor ihrer Community zu sprechen?

Adas PC ist schnell. Im Nu ist er hochgefahren. Auf dem Desktop ist ein Foto von Ada und Kim, im Hintergrund ist noch eine Handvoll anderer Leute aus ihrem Freundeskreis zu sehen. Aber Ada und Kim stechen hervor, der Zoom ist scharf gestochen. Ihre Wangen berühren sich fast, so eng stehen sie beisammen.

Vorsichtig berührt Jenny die Maus. Sie ist einer der Gegenstände, die zuletzt von Ada berührt worden sind, und reiht sich damit in die Liste der Dinge ein, die Jenny nun kontaminieren muss. Es fällt ihr so schwer, dass sie sich innerlich einen Tritt in den Hintern geben muss. Unsicher bewegt sie den Cursor über den Desktop. Sie hat sich in den letzten Wochen zwar mit ihrem eigenen Laptop befasst, aber eine Expertin mit diesem ganzen ... *Computergedöns* ist sie immer noch nicht. Ihr fehlt die jahrelange Erfahrung mit dem Internet und generell diesen Gerätschaften. Sie ist gerade so an der Generation vorbeigeschlittert, die damit aufgewachsen ist. Ihr ist das nicht so ins Blut übergegangen, wie es bei Ada war.

Jenny öffnet den Chrome-Browser. Zu ihrer Erleichterung hat Ada eine Lesezeichenleiste angelegt. Kein weiteres Suchen also, die meisten Antworten liegen vor ihr wie auf dem Silbertablett serviert. Auf Twitch hat Jenny nämlich selbst schon vergeblich nach Ada Ausschau gehalten. Aber da sie den Nickname ihrer Tochter nicht gewusst hat, ist sie nicht weit gekommen. Und vielleicht hat sie bei der Suche auch nicht alles gegeben, wenn sie ehrlich zu sich selbst ist.

Jetzt aber ist sie nur noch einen Mausklick von Adas Twitchkanal entfernt. Ihre Finger zittern. Sie entwickeln eine Selbstständigkeit, die Jenny sonst nicht von ihrem Körper kennt. Sonst hat sie das Sagen über ihre Glieder. Ist die personifizierte Disziplin.

Aber zum Glück hat Jenny eine kurze Schonfrist. Als sie klickt, baut sich die Startseite von Adas Kanal auf. *AdalinesTinyGaming-World* steht da oben in der Ecke, während Jenny mit dem Cursor über das winzige Profilbild ihrer Tochter fährt. Kein Wunder, dass sie sie nicht finden konnte. Ada hat ihren Namen abgewandelt. Ein kluger Schachzug für mehr Anonymität, findet Jenny. Sie orientiert sich kurz auf der Startseite. Links sind ein paar Kanäle, denen Ada selbst gefolgt ist. Zwei davon sind gerade live. Jenny klickt auf den Punkt *Videos*, und die Seite baut sich rasch neu auf. Dort kann sie eine Vorschau von Adas neuesten Videos erkennen. Offenbar hat sie kurze Clips einiger Streams als Highlights gespeichert, damit die Leute sie auch später noch ansehen können.

Allein die Vorschaubilder der Videos lassen Jennys Herz stocken. Wenn Ada im Standbild sie schon fertig macht, kann sie Ada in Bewegung dann überhaupt aushalten? Ich bin nicht kleinzukriegen, versucht sie, sich Mut zu machen. Der Cursor schwebt über einem der Videos. Aber es anzuklicken, dazu braucht sie den letzten Schubs, der sie über die Hürde stößt. Was glaubt sie hier eigentlich zu finden?

Um ihr plötzlich rasend schnell klopfendes Herz irgendwie unter Kontrolle zu bringen, liest Jenny sich erst mal die Überschriften der einzelnen Videos durch. Vielleicht findet sie so schon einen entscheidenden Hinweis. Die meisten sind Let's plays, also Streamings, bei denen Ada live ein Spiel zusammen mit ihrer Community gezockt hat. Jenny weiß, dass sie das seit ungefähr zwei Jahren gemacht und sich so langsam eine größere Fanbase aufgebaut hat. Aber nun, da sie die Anzahl der Views unter den Videos sehen kann, ist sie überrascht. Teilweise haben die Videos sechsstellige Viewzahlen erreicht. Selbst als Laie ahnt Jenny, dass das nicht wenig ist.

Aber ein Video, das sie ungefähr zwei Monate vor ihrem Tod hochgeladen hat, toppt alle anderen. Es hat mittlerweile fast eine halbe Million Klicks.

Wenn eine Frau ihre Telefonnummer NICHT rausrücken will –
oder: Die Zerstörung der Incels

Jenny hat keine Ahnung, was der letzte Begriff bedeutet, sie hat ihn noch nie gehört. Trotzdem weiß sie instinktiv, dass das Video da wichtig ist. Dass sie es sich ansehen muss. Dass es nicht umsonst so eine Sichtbarkeit erlangt hat. Sie weiß nur nicht, ob diese Sichtbarkeit von der guten oder der richtig schlechten Art ist. Allerdings hat das Video nur eine Länge von fünfzig Sekunden, das kann kaum der Rede wert sein. Aber Jenny weiß, dass viele Streamer auch einen YouTube-Kanal haben, auf dem sie ihre Streams später hochladen, weil man sie auf Twitch nicht ewig speichern kann. Und da sie nun Adas Nick kennt, hat sie ihren Kanal und ihre Videos binnen Sekunden auf YouTube gefunden. Da ist das Video nun in voller Länge. Fünfzehn Minuten dauert es. Fünfzehn Minuten und dreiundzwanzig Sekunden.

Einatmen, ausatmen also. Einatmen, ausatmen, Muskeln dehnen, Glieder strecken, man kennt es schon, das Mantra bleibt immer dasselbe. Raum schaffen in sich selbst, denn die Chance ist hoch, dass sich in Jenny gleich noch mehr Emotionen, noch mehr Erkenntnisse, noch mehr Düsteres gemütlich machen werden.

Bevor sie wie ein Feigling einknicken kann, klickt Jenny das Video an. Noch während die Website innerhalb von Sekundenbruchteilen lädt, wappnet sie sich. Sie denkt, ihre Festung ist stark genug, die Mauern sind eine eiserne Wand, das Tor uneinnehmbar, die Gräben tief wie Abgründe. Da kann keiner durch, sagt Jenny sich, auch der Schmerz nicht. Den kann sie jetzt gar nicht gebrauchen.

Aber nichts kann sie davor wappnen, ihre Tochter in Farbe zu sehen und ihre Stimme zu hören.

»Hey, ihr Lieben«, hört sie Ada sagen. Es ist so unwirklich, ihre Tochter zu sehen, die Augen mit Eyeliner geschminkt, gekleidet in den schwarzen Kapuzenhoodie, den Jenny einmal in der Woche gewaschen hat. »Es ist mal wieder so weit ... Schön, dass ihr alle da seid. Ich dachte, wir probieren heute mal was Neues aus.«

Jenny beugt sich vor, bis ihr Gesicht ganz nah am Bildschirm ist. Es ist immer noch alles zweidimensional, selbst das Leben und der Tod, aber es fühlt sich so echt an. Zu echt vielleicht. Das Tor in ihr bricht ein, als bestünde es aus Pappe. Die Gräben sind gefüllt mit Grafit, jeder kann einfach drüberspazieren.

»Was haltet ihr davon?«, fragt Ada und lächelt breit in die Kamera.

Und Jenny fängt an zu weinen.

Der kleine Planet bricht einmal in der Mitte durch.

ADA

»Ich dachte, wir probieren heute mal was Neues aus«, verkündete Ada, als sie an diesem Abend live ging. »Was haltet ihr davon?« Der Chat reagierte prompt.

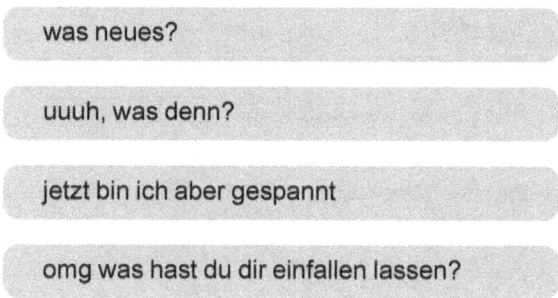

Ada rückte ihre Kopfhörer zurecht und schob das Mikrofon dichter an ihre Lippen. »Wir zocken heute nicht. Wir machen heute stattdessen mal was ganz anderes.«

Gespaltene Reaktionen. Enttäuschung. Verwunderung. Interesse.

> was, wieso nicht? Ich freu mich schon den ganzen Tag auf last of us.
>
> hä, aber was denn dann?
>
> oke cool, ich bin offen für alles haha

Ada rückte kaum merklich auf ihrem Stuhl hin und her. Sie war eigentlich nie nervös, wenn sie streamte. Aber heute Abend war das anders. Sie war nervös. Richtig hart nervös. Drei Tage hatte sie mit Kim die Köpfe zusammengesteckt. Sie hatten recherchiert. Ein Skript geschrieben. Alles wieder über den Haufen geworfen und von vorne angefangen. Hatten gehadert. Mindestens ein Dutzend Mal hatte Ada gesagt, dass das eine Scheißidee war. Mindestens dreizehn Mal hatte Kim erwidert, dass es die beste Idee wäre, die Ada jemals gehabt hätte.

Und so waren sie hier gelandet. Ada auf dem Gamingstuhl, Kim auf dem mit der Kamera nicht einsehbaren Bett. Ihre beste Freundin reckte, wann immer Ada zu ihr rüberlinste, aufmunternd beide Daumen hoch. Los girl, du packst das, formten ihre Lippen.

»Ihr wisst ja, dass in letzter Zeit so einiges los war«, sagte Ada dann und hoffte, dass das Pokerface stark genug war, um eben jene Nervosität zu überschminken. Gerade bei diesem Thema, bei dem, was nun kommen würde, durfte sie keine Schwäche zeigen. Da musste sie knallhart sein.

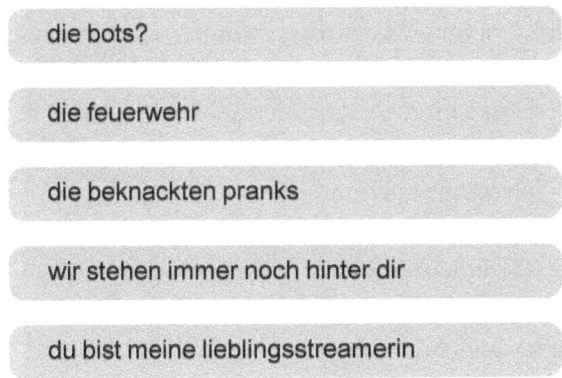

die bots?

die feuerwehr

die beknackten pranks

wir stehen immer noch hinter dir

du bist meine lieblingsstreamerin

»Ja, genau«, fuhr Ada fort. »Die Bots, das Swatting, blabla. Ich habe mich zwischenzeitlich mit anderen Streamerinnen unterhalten. Also, Betonung auf StreamerINNEN. Und das Traurige ist ja irgendwie: Was mir widerfahren ist, ist nicht unbedingt ein Einzelfall.«

> ja, das ist wirklich so

> hab ich auch bei anderen schon gesehen,
> also vor allem diese botattacken

> und pizzalieferungen sind auch so ein
> unangenehmer trend

> jetzt wo du es sagst fällt mir erst auf, dass ich
> so was immer nur bei frauen mitbekommen
> habe. ok vlt nicht immer, aber häufiger, würd
> ich mal so sagen

Ada nickte. »Ja, keine Ahnung, ob's da Statistiken zu gibt. Also dass eine gewisse Frauenverachtung immer noch in der Gesellschaft verankert ist, ist ja nichts Neues, aber dass das auch im Internet ein Thema für sich ist, ist mir erst bewusst geworden, seit es mich selbst betroffen hat. Jedenfalls … das hat mich nicht losgelassen.«

Wieder sah sie zu Kim rüber. Die nickte ihr zu, während sie mit dem Rücken an der Wand lehnte und zwischendurch Chips kauend auf ihrem Smartphone herumtippte.

»Und ich habe mich gefragt: Woher kommt das eigentlich? Wieso ist es gerade in letzter Zeit so krass geworden? Und mir ist eine Sache aufgefallen, die ich irgendwie lange nicht bewusst wahrgenommen habe, dabei liegt's eigentlich so auf der Hand …«

Ada zog einen Screen in ihren Livestream. Es war die direkte Verbindung zu ihrem eigenen Handy, auf dem sie nun ein Video geöffnet hatte. Sie hatte extra für diesen Abend ein paar Videos auf TikTok und YouTube gespeichert und die extremsten Ausschnitte zu einem großen Video zusammengeschnitten, um es mit ihrer Community durchzugehen. Um zu zeigen, was für eine perfide Scheiße auf Social Media unterwegs war. Auf der linken Seite erschien neben ihrem Gesicht nun die Übertragung ihres Smartphones.

»Ich will euch mal was zeigen«, sagte sie. »Und ich warne euch vor. Was ihr jetzt seht, ist nicht so leicht zu ertragen. Genauer gesagt kann es einen ziemlichen Kotzreiz verursachen.« Sie verzog das Gesicht.

Das Standbild des Videos zeigte einen jungen Mann. Anfang dreißig etwa, schmächtig, glattes braunes Haar. Man konnte nur einen Teil seines Oberkörpers sehen, aber die Wölbung am unteren Teil seines T-Shirts deutete einen Bauchansatz an. Der Anflug eines Bartes zeigte sich an seinem Kinn und oberhalb der Oberlippe. Hinter der Brille verbargen sich ebenfalls braune Augen, mit einem Ausdruck darin, den Ada nur als verschlagen bezeichnen konnte. Aber vielleicht überinterpretierte sie das auch. Vielleicht konnten Augen so gar nicht aussehen, und die Beschreibung schwirrte nur in ihrem Kopf herum, weil sie wusste, was hinter diesen Augen so abging. Was der Typ dachte. Wie er tickte.

»Wenn ihr Misogynie und Frauenverachtung nicht ertragen könnt, dann macht jetzt besser aus«, erklärte sie. »Ich werde den Stream noch auf YouTube hochladen. Ihr könnt euch den also auch später anschauen, falls ihr zu einem anderen Zeitpunkt mehr Ressourcen übrighabt. Oder ihn mit jemandem zusammen gucken wollt.«

Ada strich sich eine Haarsträhne zurück und hoffte, dass niemand das leichte Zittern ihrer Hand wahrnimmt. Sie hatte keine Ahnung, wer genau zusah. Ob die Anzeige, die sie aufgegeben hatte, wirklich genug Abschreckung war. Also musste sie jetzt Stärke demonstrieren, sonst würde sie virtuell demontiert werden. Sonst würde nie Ruhe auf ihrem Kanal sein.

Die anderen im Chat stimmten der Kommentatorin zu. *Wenn eine Frau ihre Telefonnummer NICHT rausrücken will* – so war das Video benannt, während unten in der Caption stand: *Hast du ein Nein schon mal akzeptiert?*

Ada könnte direkt wieder kotzen. Aber vor laufender Kamera wäre das nicht so prickelnd.

»Okay, lasst uns reingehen.« Sie drückte auf Play und ließ das Unheil anlaufen.

»Stell dir vor«, sagte der Typ, der schwarze, gegelte Haare und einen Bart trug und Andi hieß, aber in Adas Kopf nur Dude genannt wurde. Sie gönnte ihm keinen Namen, nicht bei dem, was er da vom Stapel ließ. Eigentlich hatte er nicht mal Sichtbarkeit verdient, aber so war das eben mit der Abwägung von Sichtbarkeit und Aufklärung. Manchmal ging das eine nicht ohne das andere.

»Stell dir vor, du gehst raus. Du bist auf dem Weg zur Arbeit. Oder in der Bahn. Willst dich mit deinen Kumpels treffen, was weiß ich. Und da steht neben dir eine hübsche Frau, Mitte zwanzig vielleicht. Das ist ein gutes Alter, sag ich dir, da sind die Frauen kein Kind mehr, aber noch jung genug. Formbar, würde ich sagen. Da kann man noch was draus machen. Du musst nur aufpassen, dass da noch nicht zu viele andere Typen dran waren, sonst wird das nichts mehr. Aber wenn das nicht so ist, dann ist das dein Jackpot. Solche Frauen kannst du an dich anpassen. Sie werden dankbar sein für Führung und Tipps. Sie werden deine Lebenserfahrung zu schätzen wissen.«

Nicht mal vierzig Sekunden dauerte der Scheiß, und der Dude hatte bereits so viele Red Flags und Warnzeichen gedroppt, dass Ada fix und fertig war. Obwohl sie das Video – und die unzähligen anderen von ihm und seinesgleichen – ja schon kannte. Obwohl sie es Stück für Stück durchanalysiert und zu einem Gesamt*kunst*werk geschnitten hatte.

> heilige scheiße

> der typ ist mir auch schon in den feed gerutscht

> was bin ich sehend?

> ich glaub ich muss mir die augen auswaschen gehen

> den kenn ich nicht. aber auf youtube hab ich neulich einen gesehen, der ist noch schlimmer

»Wartet mal ab«, mahnte Ada. »Wir haben ja gerade erst angefangen. Das Beste kommt bekanntlich zum Schluss. Oder … das Schlimmste halt.« Sie starrte auf die braunen Augen. Definitiv verschlagen. »Ich hab die letzten Tage damit verbracht, mir Dutzende dieser Typen anzuschauen. Sie treiben sich überall rum, aber der letzte Schrei ist anscheinend, dass sie Coachingtipps auf Videoplattformen hochladen.«

> Das sind vermutlich die söhne der boomer, die auf facebook irgendwelche beleidigenden kommentare über frauen in der öffentlichkeit hinterlassen, weil sie es im leben sonst zu nix gebracht haben

Andere stimmten ihr zu, Ada auch, zumindest gedanklich, denn sie fuhr schon fort. »Die meisten haben sich vermutlich Andrew Tate und Konsorten zum Vorbild genommen, der einen Haufen Geld damit verdient, anderen Männern irgendwelche vermeintlichen Beziehungstipps zu geben. Aber ob nun Tate oder all diese anderen Typen hier, eine Sache haben sie gemeinsam: Sie richten ihren Content an unsichere, bei Frauen möglicherweise wenig erfolgreiche Männer und trichtern ihnen ein, dass an dieser Erfolglosigkeit gar nicht sie selbst und ihr Verhalten schuld seien, sondern wir Frauen. Wir enthalten diesen Männern etwas vor. Liebe, Familie, eine Beziehung und vor allem: Sex. Die glauben really, dass die ein Recht auf uns haben. Auf unseren Körper. Auf alles einfach.«

> das is ja mal übel help

> was für 1 toxischer typ, aber ich kann mir echt nicht vorstellen, dass es von der sorte viele gibt. bitte sag mir, dass es nicht viele von denen gibt, ada pls

»Man würde sich wünschen, es gäbe nicht viele von denen, aber sie erleben gerade eine Art Hochphase«, sagte Ada und trank einen Schluck Wasser. Sie wünschte sich, es wäre ein ordentlicher Schuss Whisky drin, dann würde sie das hier eher durchstehen. »Da kommen so einige Faktoren zusammen: Konservative und/ oder rechte politische Positionen erleben gerade Aufwind, und diesen Positionen folgen misogyne auf dem Fuße. Die sind eng an vermeintlich traditionelle Rollenbilder geknüpft.«

> frauen hinter den herd und so

wenn man bedenkt, dass vergewaltigung
in der ehe bis zum ende der
neunzigerjahre noch nicht strafbar war,
wundert mich gar nix

Ada nickte. »Ja, genau. Eine toxische Definition von Männlichkeit gehört auch dazu. Passt auf, ich zeig euch gleich mal ein paar *anschauliche* Beispiele. Aber gerade machen wir den Typen hier noch fertig.« Sie deutete ein Grinsen an. »Also wortwörtlich, oder?«

Sie ließ das Video weiterlaufen. Der Typ – er nannte sich übrigens *thegermancounselor* – starrte mit einem Blick in die Kamera, der selbstbewusst und … maybe sexy? aussehen sollte, aber einfach nur lächerlich war.

»Du siehst die Frau also dastehen. Die Frau, die möglicherweise gut genug für dich sein könnte, das musst du noch auschecken, aber gehen wir mal davon aus. Und du willst ihre Nummer haben. Dann gehst du ganz selbstsicher auf sie zu. Alles an dir muss ausstrahlen: Ey, ich hab dich auserwählt, das ist eine Ehre für dich. Vielleicht machst du ihr ein Kompliment. Sag etwas zu ihrem Aussehen, das kommt immer gut. Da musst du auch gar nicht auf diese ganzen ungebumsten Feministinnen hören, die dir was von Übergriffigkeit erzählen wollen. Das ist alles Bullshit. Frauen finden es gut, wenn man ihr Äußeres lobt, glaub mir. Und das motiviert sie auch gleich, mehr aus sich zu machen und sich nicht gehen zu lassen.«

Der Chat eskalierte. Und auch die Viewzahlen stiegen merklich. Gerade wurden sie vierstellig. So viele Viewer hatte Ada noch nie auf einen Schlag gehabt.

was für 1 wichser

so ein arschloch einfach

wtf wtf wtf

i can't

wie hast du die recherche ausgehalten, ada?

»Gar nicht«, sagte sie trocken, während sie das Video kurz anhielt. »Das kann kein halbwegs stabiler Mensch aushalten. Aber na ja, was tut man nicht alles für Aufklärung? Weiter geht's.«

»Wenn du dann vor ihr stehst, lässt du dein Kompliment vom Stapel. Lass ihr ein, zwei Sekunden, das sacken zu lassen, aber nicht mehr. Nur das Gute soll ankommen, ansonsten soll sie keine Zeit haben, irgendwie ins Grübeln zu kommen. Und du fragst sie nach ihrer Nummer. Fixiere ihren Blick dabei. Stell dich zwischen sie und die Bahn oder den Bus oder was auch sonst gerade ihr Ziel ist. Aber das ist wichtig … Du musst zwischen ihr und ihrem Ziel stehen. Die Botschaft ist: Du kommst erst vorbei, wenn du mir deine Nummer gegeben hast. Deine Körperhaltung muss das auch ausdrücken. Bau dich auf, mach dich groß. Die Schultern hoch, das Kinn auch.«

omg der ist komplett lost

ja, total durch

was für eine drohkulisse der aufbau, das ist doch übergriffig as fuck

genau vor solchen situationen hab ich
immer angst. der behandelt frauen ja wie
ein tier, das man in eine ecke treibt. der
spielt mit den schlechten erfahrungen, die
man schon gemacht hat, und der furcht
einer frau

Ada hielt das Video wieder an. Die Kommentare waren zu wichtig, um sie ignorieren zu können.

»Da hast du total recht«, bestätigte sie den letzten Kommentar. »Das hier ist alles unglaublich weit entfernt von Consent, also der Zustimmung aller Parteien. Das hier ist Manipulation, sowohl körperlich als auch psychisch. Man würde eine Situation erschaffen, in der Angst geschürt wird. Die einzige Fluchtmöglichkeit ist dann Nachgeben. Dem Typen geben, was er will. Und selbst, wenn man dann physisch unbeschadet aus der Sache rauskäme, wäre etwas anderes verletzt. Unsere Würde. Unsere Selbstbestimmung. Unser Sicherheitsgefühl.«

als wären frauen einfach irgendein produkt
im supermarktregal, das man sich aussuchen
und ungefragt mitnehmen könnte. könnte
kotzen

»I feel you«, erwiderte Ada, »aber wir sind noch nicht durch, es wird noch krasser.«

»Frag sie also nach ihrer Nummer. Am besten hältst du ihr direkt dein Handy hin, damit sie die bei dir eintippen kann. Gib ihr keine Wahloptionen. Du bestimmst, wie alles abläuft. Gib den Ton an. Du kannst so tun, als hätte sie eine Wahl, aber eigentlich hat sie keine. Und wenn sie doch nicht so einfach mitmacht, sondern dich abwiegeln will, hast du noch ein paar Optionen.«

Ada hielt inne und runzelte die Stirn, während sie den Clip erneut pausierte. »Nur, damit wir uns an dieser Stelle nicht falsch verstehen und wir alle auf demselben Stand sind: In solch einer Situation gibt es keine OptionEN. Es gibt nur eine einzige. Das Nein akzeptieren, umdrehen und gehen. Das war's, Ende, basta. Da wird nicht gedroht und gebettelt und manipuliert. Wenn dein Gegenüber keinen Bock auf dich hat, dann ist das so. End of fucking story.«

Die Viewzahl war weiter in die Höhe geschnellt. 2987 Views. Jetzt. Live. Und die Kommentare huschten so schnell über den Bildschirm, dass Ada Mühe hatte, jedem einzelnen zu folgen.

> aber man kann es doch mal probieren, manchmal wollen frauen doch auch, dass man dran bleibt

Den User hatte Ada bisher noch nicht in ihrer Community wahrgenommen.

> ja genau. sie wollen erobert werden und so. man weiß doch oft gar nicht ob nein wirklich nein heißt und ja wirklich ja. ihr redet ja in rätseln haah

> blödsinn, das ist vlt ein mythos unter männern

»Natürlich heißt Nein wirklich Nein, du Honk«, murrte Kim vom Bett aus. Offenbar hatte sie angefangen, die Kommentare auf ihrem Smartphone zu verfolgen und sich nun tatkräftig einzumischen, denn ihre Antwort erschien Sekunden später im Chat.

»Das Ding ist doch: Vielleicht sollte man mal aufhören, immer nur auf das Verhalten einer Frau zu schielen«, sagte Ada. »Immer, wenn etwas passiert, wird ihr Verhalten analysiert. Nicht seins. Es wird nicht darauf geschaut, was er gesagt oder getan hat, es wird nicht geprüft, welche Situation er geschaffen hat. Vielmehr wird sie einer Prüfung unterzogen: Was hatte sie an, wie laut war ihr Nein, wie sehr hat sie sich gewehrt, hat sie einen Vorteil, wenn sie sich hinterher beschwert oder bei einer möglicherweise sogar vollzogenen Straftat Anzeige erstattet. Die Aufmerksamkeit lastet immer auf den Frauen. Das kann doch nicht sein.«

Ada dachte an die Party, an Patrick, an die Anzeige, die vermutlich im Sande verlaufen würde.

»Und als wäre das alles nicht schlimm genug, gehen diese Männer, diese Incels, jetzt sogar so weit, ihr eigenes Tun zu legitimieren, indem sie alte Rollenbilder und vermeintlich natürliche Hierarchien zwischen Mann und Frau als Grundlage für ihr missbräuchliches und misogynes Handeln heranziehen. Das fuckt mich so hart ab.«

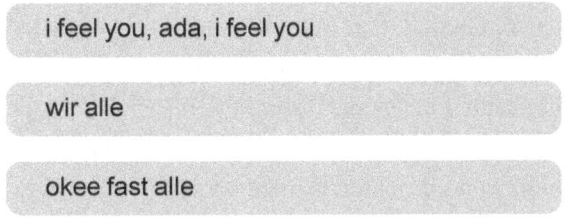

i feel you, ada, i feel you

wir alle

okee fast alle

Ada ließ den Rest des TikToks ablaufen. Schweigend beobachteten sie gemeinsam den Typen, der Strategien aufzählte, mit denen Männer halt doch noch an die Nummer rankommen sollten.

»Wenn sie dich abwiegeln will, geh nicht drauf ein. Sag ihr noch mal freundlich, aber bestimmt, dass du ihre Nummer haben möchtest. Vielleicht will sie dann auf Social Media ausweichen, aber darauf lässt du dich nicht ein. Sag, dass du ein Kerl des echten Lebens bist und dich Social Media nicht interessiert. Am Ende will die dich da nur erst mal auschecken, wer du so bist und was du machst. Aber hier bist du derjenige, der die Wahl trifft, nicht sie.«

»So geht das die ganze Zeit weiter«, sagte Ada. »Ich glaube, wir haben alle gecheckt, dass der Dude denkt, er wäre der Nabel der Welt und alles würde sich nur um ihn drehen. Auf die Selbstbestimmung der Frau scheißt er. Aber ich habe noch was anderes für euch mitgebracht.«

Das zusammengeschnittene Video lief weiter. Cut. Szenenwechsel. Anderer Typ, andere Optik – schwarze Haare, stechend blaue Augen, unangenehmes Lächeln, Bart –, selbe Attitüde, selbes Mindset. Als wären sie alle aus demselben Loch gekrochen.

»Ich weiß auch nicht, was das soll«, sagte er in die Kamera, die Stimme erhoben, um mit Lautstärke Eindruck zu schinden. »Social Media hat die Leute verkorkst, glaubt mir. Alles geht den Bach runter.«

> da hat er nicht ganz unrecht

»Wartet mal ab, Geduld, Geduld«, murmelte Ada lakonisch.

»Echt, heute macht man TikTok auf, und aus allen Ecken gucken einen halbnackte Frauen an. Habt ihr keine Erziehung genossen? Haben eure Eltern euch nicht beigebracht, dass man euch keinen Respekt zollt, wenn ihr euren Körper nur halb bekleidet jedem präsentiert?«

Die Kommentatorin von eben korrigierte sich:

> ... okay, this eskalated quickly

»Euer Körper sollte etwas Heiliges sein«, sprach der Typ weiter. »Etwas Besonderes für euren Mann, wisst ihr? Wie ein Geschenk, das man eben nicht jedem gibt. Kein Mann hat Interesse an einer Frau, die dieses Geschenk freizügig jedem überlässt. Und lasst uns

214

mal ehrlich sein: Dann ist es auch kein Geschenk mehr. Dann bist du halt nur eine verbrauchte Frau von vielen.«

> ich krieg hier schnappatmung

> wer denkt er eigentlich wer er ist?!

> na ja, aber man muss ja auch nicht rumhuren

»Ich liebe es, wie er über den Wert einer Frau spricht, als wäre sie Marktware«, ergänzte Ada ironisch und zuckte mit den Schultern. »Und wie er komplett außer Acht lässt, dass hier mit Doppelstandards gearbeitet wird. Während die Frau eine verdammte Bitch ist, wenn sie ihre Sexualität und ihren Körper offen auslebt und zeigt, gilt das beim Mann natürlich nicht. Wenn er *rumhurt*, ist er ein toller Hecht, nicht wahr? Dann stößt er sich die Hörner ab, bis er sich irgendwann ausgetobt hat und bereit ist, sich von einer *reinen* Frau, die ihn dann verdient hat, in den Hafen der Ehe führen zu lassen.« Ihre Stimme troff vor Sarkasmus.

> ekelhaft ich kotze gleich

> ja einfach widerwärtig

> wie kann man so heuchlerisch sein

> in welchem jahrhundert leben die eigentlich?

»In einem Jahrhundert, in dem sie Angst vor der Gleichberechtigung der Frau haben«, antwortete Ada. »Darauf läuft es am Ende bei all diesen Typen hinaus. Ob's die auf TikTok sind. Ob's

Politiker sind, die damals gegen die Strafbarkeit von Vergewaltigung in der Ehe gestimmt haben. Ob's Arbeitgeber sind, die ihre Chefpositionen missbrauchen, um sich sexuelle Gefälligkeiten zu besorgen. Ob's Regierungen sind, die strenge Abtreibungsgesetze einführen. Es läuft immer und immer wieder auf dasselbe hinaus: Sie haben Angst vor Macht- und Kontrollverlust. Also wollen sie sich die Macht zurückholen. Notfalls mit Gewalt.«

Plötzlich fühlte Ada sich unglaublich müde. Sie ließ das Video zu Ende laufen, während sie dabei unauffällig durchatmete. Sie hatte geahnt, dass das hier schwierig werden würde, und genau so war es auch gewesen. Schwierig. Beängstigend. Bedrückend. Sie hatte keine Ahnung, wohin das alles noch führen würde. Ob das nur eine gesellschaftliche Phase war. Ob der Boden der Gleichberechtigung wirklich so fragil war, wie er sich derzeit anfühlte. Denn genau das tat er. Er knackste unter jedem Schritt, den man auf ihm tat. Die Schicht aus Toleranz und Respekt in der Gesellschaft schmolz unter der Hitze der Polemik, die man überall fand. Hinter Rednerpulten und Social-Media-Accounts.

»Du machst das super«, flüsterte Kim. Sie schien mitzukriegen, dass Ada kurz davor war, einzuknicken, und warf ihr einen Luftkuss zu. »Echt, du bist spitze. Seit wann bist du rhetorisch so stark?« Sie kicherte leise.

Ada hätte fast mit den Augen gerollt, besann sich aber im letzten Moment eines Besseren. Das hier war noch nicht fertig. *Sie* war noch nicht fertig.

Sie wagte einen Blick auf ihren Streaming-Monitor, wo sie sich selbst sehen konnte. Der Chat diskutierte mittlerweile heftig über die Incels, die Ada ihnen vorgespielt hatte. Die Viewzahlen lagen mittlerweile bei 3837.

Holy shit, hätte Ada fast gebrüllt. So tat sie das nur in Gedanken, aber da richtig laut.

What. The. Actually. Fuck. Happend?

216

»Incels und Männer, die mit ihnen sympathisieren, sind gefährlich«, sagte sie. »Sie wollen Frauen erniedrigen, sie demütigen, notfalls sogar mit Gewaltfantasien. Das dürfen wir nie vergessen. Das ist nicht ein Haufen vereinzelter Versager, die ihr Leben nicht auf die Kette kriegen und uns dafür die Schuld geben. Das ist eine immer größer werdende Bewegung, die sich und ihre Taten gegenseitig legitimieren und einander bestärken. Und ihre Ideologie ist nahe dran an den von rechten politischen Strömungen, die ebenfalls traditionelle Geschlechterrollen propagieren und uns am liebsten wieder hinter dem Herd und mit Baby auf dem Arm sehen wollen, ganz gleich, ob wir uns das wünschen oder nicht. Wir müssen uns dem entschieden entgegenstellen. Müssen aufklären. Und dürfen Misogynie nicht stehen lassen, wenn wir sie irgendwo erleben. Und gerade Männer haben die Aufgabe, gegen solche Widerlinge laut zu werden. Ihr habt das Privileg der größeren Sichtbarkeit. Nutzt es. Nutzt eure Stimme.«

aber es sind doch nicht alle männer so :(

Ein männlicher User schrieb das vermutlich, auch wenn der Nick das nicht richtig zu erkennen gab. Andere stimmten ihm so, größtenteils Männer, aber auch einige Frauen.

»Ja, das ist wahr«, sagte Ada. »Sicher sind nicht alle Männer so. Es sind nie alle Menschen irgendwas. Zumindest glauben wir das, richtig? Weil, wir wollen ja nicht sexistisch, rassistisch oder sonst was sein. Kein halbwegs anständiger Mensch *will* das. Aber wurden nicht trotzdem Strukturen geschaffen, die Männer begünstigen? Die es ihnen erlauben, sich so zu verhalten? Die es ihnen leichter machen, damit durchzukommen? Denn genau das ist passiert. Nur weil nicht alle Menschen das Privileg ausnutzen, das ihnen ihr Geschlecht, ihre Hautfarbe, ihre Gesundheit, ihre sexuelle Orientierung oder was auch immer geschenkt hat, bedeutet es aber nicht, dass ihnen selbiges das Leben etwas leichter macht. Und es bedeutet auch nicht, dass sie es nicht ausnutzen könnten, wenn sie wollten. Und das ist doch der Knackpunkt.«

was genau bedeutet privileg in dem kontext?

»Es bedeutet, dass man eine Art Headstart im Leben hat«, sagte Ada. »Um ein ganz konkretes Beispiel zu nennen: Es bedeutet, dass es bei sämtlichen Missbrauchsskandalen in den Medien das Wort Dutzender Frauen gegen jeweils einen einzigen Mann brauchte. *Eine* Frau, *ein* Opfer hat nicht gereicht, nicht zwei, nicht fünf. Es brauchte Dutzende, bis man davon abkam, die Täter nicht mehr in Schutz zu nehmen, sie gar gesellschaftlich zu ächten. Das ist das männliche Privileg: Wenn dein Wort auf einer Waagschale so viel Wert hat wie das von Dutzenden Frauen.«

Kurz war es im Chat gespenstisch still. Kurz, das bedeutete in einem Livestream-Chat ein paar Sekunden. Zehn Sekunden. Fünfzehn Sekunden vielleicht, irgendwie so. Aber in einem Livestream war das eine Ewigkeit, wenn die Streamerin nichts sagte und der Chat auch nicht. Das Internet lebte nicht von Schweigen, es lebte von Nachrichten, von Memes, von Action, von GIFs, von Emojis, von zu vielen Satzzeichen. Da dehnten sich Sekunden zu einem donnernden Schweigen aus. Da sagte die Stille mehr aus, als jedes Wort es vermocht hätte.

»Wenn ich euch nicht haben kann, Mädels, dann zerstöre ich euch‹ – das sagte Elliot Rodger, als er 2014 sechs Menschen tötete und vierzehn verletzte. Als Rache für sein Leben ohne Liebe und Sex. Als Rache dafür, was wir Frauen ihm angeblich vorenthielten. Wenn ich also sage, dass diese Bewegung und alle, die sich ihr jetzt anbiedern, gefährlich ist, ist das mein völliger Ernst.«

Die Stille dehnte sich aus. Nur vereinzelte *omg*s und *wtf*s und *holy shit*s ploppten wie Störgeräusche im Chat auf.

»Ich glaube, das reicht für heute«, sagte Ada dann. »Ich hoffe, euch hat der Stream gefallen, auch wenn er anders war als das, womit wir hier sonst unsere Zeit vertreiben.« Sie zog die Stirn kraus, ehe sie sich korrigierte. »Also nicht gefallen im eigentlichen Sinn, mehr ... Ich hoffe, ihr könnt etwas daraus mitnehmen. Das meinte ich.« Ada legte die Hand auf die Maus und trennte die Verbindung zu ihrem Handy. »Manchmal müssen es auch solche Themen sein, denke ich. Manchmal müssen wir unsere Reichweiten, so klein sie sein mögen, auch für was Gutes nutzen. Für was Wichtiges. Deshalb: Passt auf euch auf, ja?«

Sie blickte in die Kamera, und eigentlich war ihre Warnung auch eine Drohung, und diese Drohung richtete sich an all die Typen, die ihr in den letzten Wochen übel mitgespielt hatten. Ihr und vielleicht all den anderen Girls, die im Stillen litten, deren Leid nicht live ging.

»Passt auf euch auf. Seriously. Auch im Internet. Gerade da sieht man die Gefahr nicht kommen. Damit wir nicht so allein mit den Nachwehen des Contents sind, machen wir jetzt alle fünf Minuten Pause, kochen uns einen Tee oder so und quatschen dann noch in Ruhe darüber, okay?«

Ada wollte die Leute da draußen mit dem verstörenden Material, das sie gerade gezeigt hatte, nicht allein lassen, aber sie brauchte selbst mal ein paar Augenblicke zum Luftholen.

Dabei ließ sich all die Wut in ihrem Bauch so leicht nicht wegatmen.

JENNY

Das Video endet.

Jenny atmet aus. Sie hat das Gefühl, dass sie in den letzten zwanzig Minuten einfach gar keinen Atemzug getan hat. Als habe sie alles konserviert: Ada, ihre Stimme, ihr Grübchen am Kinn, sogar sich selbst.

Für einen Augenblick überlegt sie, noch mal von vorne zu starten. Das Video ein zweites Mal zu schauen und die wenigen anderen Highlight-Videos gleich mit. Aber Jenny reißt sich zusammen. Sie weiß, dass das der sichere Weg in den Kern des Abgrunds ist, wenn sie sich jetzt daran festbeißt. Dann kommt sie nicht mehr von Adas Vergangenheitsversion los. Dann würde sie für immer hier sitzen bleiben und sich Videos ansehen, und dann würde sie nicht mehr weitersuchen, nicht mehr recherchieren und nicht mehr vorankommen in der Trauerarbeit. Dann wäre sie wirklich konserviert.

Wäre die Verlockung nur nicht so verdammt groß.

»Okay, komm mal klar, Jenny«, flüstert sie in die Stille. Sie nutzt ihre eigene Stimme als Überschreibmechanismus. Ihre Stimme, die Adas übertönt. Es fühlt sich richtig an, weil Jenny nur so aus diesem Kreislauf aus Sehnsucht und Schmerz ausbrechen kann, und es fühlt sich vollkommen falsch an, weil sie nichts überschreiben und nichts übertönen will. Sie will Ada nur wiederhaben. Nur das, nicht mehr. Will nur das total Unmögliche haben, will das ultimative Wunder. Will die wissenschaftliche Sensation, dass jemand einen Zeitzurückdreher erfindet. Sie will durch das Wurmloch zurückschlüpfen zu dem einen Tag, zu dem Abend auf der Couch, und dann will sie nicht in den Fernseher starren, sondern in Adas Gesicht. Und will alles lesen, was darinsteht. Alles deuten. Schnell reagieren, richtig reagieren, präzise reagieren.

Will verhindern.

Sie

will

alles.

Und sie eckt damit an die Grenzen der Wirklichkeit an.

Einatmen, ausatmen, Muskeln dehnen, Glieder strecken. Irgendwo in Jenny muss noch Platz übrig sein, um auch diese Emotionen zu verstauen. Hinter der Milz vielleicht. Die ist eh nicht so wichtig. Wenn die ein bisschen rücken oder in sich zusammenschrumpfen muss, ist das nicht so tragisch, überlegt Jenny. Da ist noch Raum für eine weitere Kiste, in der sie das verpacken und erst mal in eine dunkle Ecke schieben kann, bis sie sich irgendwann damit befassen wird. In einer Therapie vielleicht. Ja, das würde Sinn machen. Und vielleicht nimmt sie Dominik direkt mit.

Oder vielleicht machen sie das nie, diese Therapie. Werden Leute, die ihren Schmerz ausdehnen, ihn wie eine zweite Haut um den eigenen Körper spannen. Der irgendwann wie ein Kleid aus Gestein wird. Starr und unbeweglich erdrückt er einen unter sich. So ist es nämlich bei Jennys Mutter, seit ihr Vater gestorben ist. Sie weigert sich, ihren Schmerz aufzugeben, als würde sie damit auch das Andenken an ihn aufgeben. Und egal, wie Karla und sie auf sie einreden, sie umklammert die Trauer wie eine Rettungsleine. Dabei zieht er sie runter, tief auf den schwarzen Meeresboden, und irgendwann bleibt sie einfach reglos dort liegen, davon ist Jenny überzeugt.

Sie löst den Blick von Adas Standbild. Kurz vor Videoende hat sie auf Pause gedrückt, weswegen Ada jetzt irgendwie in der Schwebe hängt. Der Mund ist leicht geöffnet, als wolle sie noch etwas sagen, und Jenny glaubt, dass es genauso gewesen sein muss, ehe sie gestorben ist. Dass sie noch etwas sagen wollte. Und an Jenny liegt es jetzt, herauszufinden, was das war. Das ist ihr Antrieb. Sie möchte wissen, was Ada sagen wollte, aber nie gesagt hat. Das ist das Scheißbenzin, mit dem sie selbst vorankommen will. Das einzige Mittel, um nicht stehen zu bleiben, aber gleichzeitig weiß man, dass man damit nur die Luft verpestet.

Jenny zieht ein Knie an und schlingt die Arme darum. So hat Ada hier oft gesessen, und jetzt macht sie es nach. Fühlt sich ihrer Tochter damit näher, hier in ihrem Gamingstuhl, an dem möglicherweise noch ihre Haare kleben oder Hautschuppen oder sonstige Moleküle und Atome. Sie weiß, dass sie auf Messers Schneide tanzt, aber sie kann nicht anders. Da sind noch andere Videos, die Ada als Highlight gespeichert hat, und Jenny wird sie alle ansehen. Sie richtet das Steuerbord neu aus und setzt Kurs auf den Sturm.

Play.

»Hey«, sagt Ada, und wenn Jenny die Augen schließt, dann kann sie sich fast vorstellen, dass Ada nicht nur eine Projektion ist, sondern *mehr*. In ihrem Kopf ist ihr Kind aus Fleisch und Blut, anfassbar, umarmbar, umschlingbar, niemehrloslassbar.

»Hey«, antwortet sie, die Augen noch immer geschlossen.

»Hey Mama«, sagt Ada. »Warum sitzt du auf meinem Stuhl rum?«

»Der Platz war frei«, flüstert Jenny. Diese vier Worte sind wie eine tosende Welle, die gegen ihr Schiff prallt.

»Ich weiß, Mama. Und das wird er auch bleiben. Das ist dir doch klar, oder?«

»Das musst du mir nicht sagen. Ich sehe die leeren Plätze im Haus … jeden Tag.« Im Wohnzimmer, auf der linken Seite der Couch. Am Esstisch, der Stuhl vor der Vitrine. Der kleine Sitzplatz vor der Fensterbank in der Küche, wo Ada als Kind immer gehockt und ihr beim Kochen und Backen zugeschaut hat. Überall im Haus sind leere Plätze. Sie klaffen wie Schluchten auf, als hätte sich der

Asteroid kurz vor dem Aufprall geteilt und wäre an mehreren Stellen auf ihrem Planeten zeitgleich eingeschlagen.

»Stört dich das?«, fragt Jenny, als Ada nicht antwortet. Ada darf nicht ins Schweigen geraten. Sie muss weitersprechen. Nur dann ist der Film hinter ihren geschlossenen Augen kein Produkt von Jennys Verstand.

»Stört mich was?«, fragt Ada, die damit Risse bekommt. Ihre Ada war auf Zack. Nicht so schwer von Begriff.

»Wenn ich hier sitze.«

»Nee, Quatsch. Solange du nichts kaputtmachst.« Skepsis schwingt in Adas Stimme mit. Schon besser. Ada konnte es gar nicht leiden, wenn Jenny in ihrer Computerecke zugange war. Das ist mein Arbeitsplatz, hat sie dann immer gesagt, hier darfst du nichts verrücken. Hier ist jeder Millimeter perfektioniert, weißt du?

Jenny weiß noch ganz genau. Und sie hat Fragen.

So

viele

Fragen.

Es sind Tausende, aber eigentlich lassen sie sich auf eine einzige komprimieren.

»Warum?«, will sie wissen und staucht alles auf fünf Buchstaben und ein Fragezeichen zusammen.

Warum?

Warum?

Warum?

»Jetzt mal Klartext, Mama«, sagt Ada sanft. »Glaubst du ernsthaft, das ließe sich so einfach beantworten? Wie so eine Universalantwort auf alles? Ich meine ... Ich weiß es doch selbst nicht.«

»Aber du ...«, setzt Jenny an. Du hast dich doch in die Tiefe gestürzt, du musst doch den Grund kennen, du musst doch, du musst doch, du musst doch, wirbelt es in ihrem Kopf herum. Die

Schifffahrt wird ein wilder, unkontrollierbarer Ritt, aber das hat sie kommen sehen. Sie weiß um die Möglichkeit des Kenterns, des Ertrinkens. Das ist der Tribut. Die größten Schätze, die liegen auf dem Grund.

»Mama, komm schon«, murmelt ihre Tochter. »Du redest mit der Erinnerungsada, also darfst du nicht zu viel erwarten. Wie soll ich mit dem Stand von damals wissen, was ich später warum mal tun werde?«

»Aber du …«, versucht es Jenny noch mal. Dann gibt sie auf. Ada hat recht, selbst wenn es nur die Erinnerungsada ist.

»Ich wünschte nur, ich wüsste, warum das alles passiert ist«, fügt sie hinzu. Ihre Fingerspitzen krallen sich um ihre Knie, drücken durch den Stoff in die Haut. Hinterlassen dort Halbmonde, die sie nicht sehen kann, aber fühlen, und das beschreibt ihr Leben so gut, dass sie fast lachen muss. Sie kann nicht sehen, aber fühlen. Nichts sehen, aber alles fühlen.

»Ich wünschte, du könntest mir sagen, was dich so weit getrieben hat und …«

»Dir Absolution erteilen?«, hakt Ada nach, als Jennys Stimme wegbricht. Sie knarzt wie das Holz, aus dem ihr wackeliges Schiff gebaut ist. Der Sturm zerrt gnadenlos daran, es knackt und knackt und drückt zusammen und birst. Splitter ragen in die Luft wie Abwehrmechanismen. Komm uns nicht zu nahe, warnen die Splitter, sonst spießen wir dich auf.

Einen dieser Splitter rammt ihr die Erinnerungsada direkt ins Herz. Und Jenny ist selbst schuld, sie hat es ja offen präsentiert, hier auf diesem Gamingstuhl direkt vor dem Monitor.

»Kann sein«, sagt Jenny, und es kostet sie alles, das zuzugeben. Sie schämt sich dafür. Schließlich ist sie schuld, sie hat nichts gesehen, nichts gehört, nichts gecheckt. Sie kann sich nicht erinnern, wie Adas Gesichtsausdruck an jenem Abend war, weil sie lieber auf den Fernseher gestarrt hat.

Und nun kauert sie hier vor einer digitalen Ada, vor der Erinnerungsada, und will, dass die ihr sagt, dass es nicht ihre Schuld war.

»Komm schon, Mama, du bist doch nicht auf den Kopf gefallen. Du weißt, wo du alles findest.«

In deinem Handy.

»Auch das?«, fragt Jenny leise.

»Auch das.«

»Aber das Passwort … Ich kenne es nicht.«

»Du bist nicht auf den Kopf gefallen«, wiederholt Ada und zieht eine Augenbraue hoch.

»Aber woher soll ich das denn wissen? Es könnte alles sein.«

»Lasst uns endlich anfangen«, sagt Ada. Jennys blinzelt. Ein dünner Lichtstrahl dringt durch ihre Wimpern.

»Was?«, fragt Jenny. Sie fragt, obwohl sie es besser weiß. Die Filmrolle zittert, das Band verheddert sich, der Ton verrutscht. »Womit?«, fragt sie trotzdem. Ein letztes Aufbäumen, ein letzter Versuch.

Play.

Zerplatzende Träume.

Play.

Schwindende Visionen.

Play.

»Wir haben Monate auf dieses Spiel gewartet, und ernsthaft, ich schwöre euch, ich drehe durch, wenn das nicht genauso gut ist, wie ich es mir in meinen kühnsten Träumen ausmale.« Ada lacht laut, und der Chat lacht mit, er ist eine Explosion aus Emojis und Herzen und GIFs.

Draußen geht die Sonne unter und taucht Jenny in ein Dämmerlicht, während sie das Video laufen lässt. Drei Stunden Play, drei Stunden ein Lachen, das unbeschwert und frei ist, drei Stunden Mitfiebern. Das Video ist anders als das von vorhin. Im direkten Vergleich kann Jenny das erkennen, kann die Schwere von Adas

Lächeln gegeneinander abwägen. Während sie analysiert, vergeht die Zeit, nicht aber die Scham.

Und dann klopft es plötzlich an der angelehnten Tür, und Dominik kommt herein. Jenny zuckt zusammen. Sie war so vertieft, dass sie ihn und seinen nahenden Feierabend schlichtweg vergessen hat.

Kleidung raschelt, Pantoffeln schlurfen über den Boden. Dominik trägt nie Pantoffeln, doch vielleicht hat er denselben Drang wie sie, vielleicht will er in diesem Raum nichts kaputtmachen und nichts verändern. Sie verwandeln es eben zu zweit in ein Bernsteinzimmer und lassen sich selbst wie zwei Trauermücken darin einfangen.

»Was machst du hier?«, fragt er leise. Seine Hand berührt ihr Haar und legt sich dann federleicht auf ihre Schulter. Es ist eine rhetorische Frage. Er kann ja sehen, was sie macht. Sie hat den Selbstzerstörungsmodus aktiviert.

Play.

»Karla hat mich auf die Idee gebracht, mich mal auf ihrem Twitch-Kanal umzusehen«, antwortet sie. Ihre Stimme ist ein heiseres Wrack.

Dominik ist so sensibel, sie nicht mit Vorwürfen zu überhäufen. Nicht: *Was für eine unkluge Idee, das tut dir doch absolut nicht gut, wie kommst du auf so einen Nonsens* zu sagen. Er sagt auch nicht: *Lass die Polizei ihre Arbeit machen*, denn sie ahnen beide, dass sie das nicht tun wird, dass sie mit dem Scheiß allein dastehen.

Stattdessen sagt er nur: »Okay«, und geht neben ihr in die Hocke. Ihre Gesichter sind beide in dieselbe Richtung gewandt. Zwei Augenpaare auf den Monitor gerichtet, zwei Münder pressen sich zusammen und bringen Falten ringsherum zum Vorschein. Falten jener Art, die man eigentlich nicht bekommen sollte, nicht in dem Alter oder sowieso nie im Leben.

»Hast du was gefunden?«, will Dominik wissen.

Ja – Ada, hätte sie fast geantwortet, aber das kann sie nicht sagen. Wenn sie ihm das sagt, dann wird er sie für komplett durchgeknallt halten.

»Ich weiß nicht«, sagt sie unsicher. »Ich glaube, Ada war doch bekannter, als sie uns weismachen wollte.«

»Bekannter? Meinst du, wie so eine Influencerin?«

Jenny tippt mit dem Zeigefinger auf die Video-Übersicht. Auf dieses eine Zerstörungsvideo. »Da, guck.«

Sein Blick folgt ihrem Hinweis. Erkennt die Zahl, die sie meint. Eine halbe Millionen Views hat es mittlerweile. Offenbar wurde es nach dem Streaming auf Twitch sehr oft aufgerufen.

Dominiks Augen werden groß. »Krass«, sagt er, obwohl er sonst nie *krass* sagt. Das passt nicht in den Wortschatz eines Anwalts und auch nicht zu seiner Stimme.

»Willst du es dir ansehen?«, fragt Jenny. Sie drückt nicht einfach auf Starten. So was muss man vorbereiten. Gegen den Anblick seiner toten Tochter muss man sich wappnen, das weiß sie ja zu gut.

Er zieht sich einen kleinen Hocker heran, der neben Adas Bett steht und dort als Ablageplatz für einen niedrigen Bücherstapel diente. Als er nickt, wiederholt Jenny den Prozess.

Play.

Diesmal kehrt Erinnerungsada nicht zurück. Vielleicht scheut sie sich, weil Dominik da ist und grimmig dreinschaut. So ganz hat er sich von seiner alten Trauerstrategie noch nicht gelöst, seine Miene ist wie eine unbefleckte Leinwand, die er auf gar keinen Fall zerstören will, nicht mit einem einzigen Klecks Farbe. Jenny hingegen hängt an Adas Lippen. Beim zweiten Mal fallen ihr andere Dinge auf. Details, die sie vorher nicht erkennen konnte, weil sie so darauf fixiert war, Ada raus aus dem Bildschirm in die Realität, raus aus der Vergangenheit in die Gegenwart zu zerren.

Aber nun rührt sich etwas in Jenny, das ihr zuvor nicht bewusst gewesen ist. Es ist eine Mischung aus Stolz und Angst. Stolz, der sich aus dem Mut nährt, den Ada da an den Tag legt. Wie sie unerschütterlich all diese Typen vorführt, sie zerlegt, sie mit Argumenten und Fakten … ja, *zerstört* eben. Das hat Jenny nicht erwartet. Das hat sie nicht gewusst, dass Ada so was kann, dass sie rhetorisch so gut ist, dass sie keinen Schiss hat, solche Leute und ihre Frauenverachtung öffentlich zu machen.

Jenny hat nicht gewusst, dass Ada so für diese Themen brennt, dabei hätte sie es sich doch denken können, so oft, wie sie über Oury Jalloh und Polizeigewalt und wichtige Themen gesprochen haben. Hat sie Ada überhaupt richtig gekannt? Die erwachsene Ada, die aufgeklärte Ada, die wütende Ada, die ihre Kinderschuhe längst abgestreift hat, was Jenny teilweise entgangen sein muss? Und was hat sie dann noch alles verpasst? Was ist ihr sonst noch alles durch die Finger geglitten neben Adas Leben?

Aber der Stolz wird flankiert von der Angst. Dabei ist es viel zu spät dafür, aber das ist der Angst eben scheißegal.

»Ob sie sich damit Feinde gemacht hat?«, überlegt Jenny, als das Video vorbei ist. Zum zweiten Mal strickt das Ende eine Schnur um ihre Kehle.

»Das habe ich mich auch gefragt«, murmelt Dominik. Unsicherheit legt sich auf seine Stimme, macht sie heiser. Dominik, der immer alles weiß, weiß jetzt gar nichts. Sie sehen einander an, und die Hilflosigkeit, die sie beide empfinden, spiegelt sich in den Augen des anderen.

Sie haben keine Ahnung.

Er nimmt ihr die Maus aus der Hand und scrollt sich durch den Chat, der auf der Startseite des Streams live mitgelaufen ist, eingebettet in Adas Design. Es geht größtenteils gesittet zu, aber natürlich sind da auch Ausschläger. Beleidigungen. Leute, die stänkern und beschimpfen und alles anders sehen. Die die Typen sogar abfeiern. Das Gedankengut teilen. Jenny hat nicht erwartet, dass es so was heutzutage noch geben könnte. Männer, die sich nach

alten, rückständigen Zeiten sehnen. Aber auf der anderen Seite …
Damals stand ihnen eben alles von selbst zu, heute müssen sie sich
bemühen.

»Vielleicht haben die Typen aus dem Video das nicht so gut aufgenommen«, mutmaßt Jenny. Die haben auch alle so kalte Augen,
denkt sie und schaudert. Die gehen sicher nicht gut mit öffentli-
cher Kritik um. Das ist nicht unbedingt die Stärke von Menschen,
die diesem vergifteten Bild von Männlichkeit folgen.

»Aber das …« Dominik tippt auf das Datum des Downloads.
»… ist erst nach all den Vorkommnissen passiert. Nach den Fake-
profilen und den Fotos. Meinst du, das hängt damit zusammen?
Die Typen hat Ada vermutlich erst an diesem Tag so richtig sauer
gemacht, oder?«

»Oder es war eine Retourkutsche«, mutmaßt Jenny. Sie hat die
Stirn in tiefe Falten gelegt. Sie kommt sich vor wie Holmes und
Watson, nur auf eine perfide Weise. Sie puzzeln den Tod ihrer
Tochter zusammen, ein Exit-Game, aus dem es allerdings kein Exit
mehr gibt. Nicht für Dominik und sie, nicht richtig, nicht mal auf
lange Sicht.

»Was haben wir noch mal alles?«, murmelt Dominik zu sich
selbst. »Diese unbekannten Notizen in ihren Schulsachen. Die Fakeprofile auf Facebook und Instagram. Die gefakten Fotos, die auf
diesen Profilen gepostet wurden.«

»Die Fotos sind sicher nicht unbemerkt geblieben«, wirft Jenny
ein. »Die werden weitergeleitet worden sein.«

»Ich denke auch. Aber ich hoffe, die Leute waren clever genug,
die auch als Fake zu entlarven.«

Jenny denkt an ihre eigene Schulzeit zurück. Wie bei vielen
anderen ist die Erinnerung daran mit Schmerz, mit schamhaftem
Umziehen in der Umkleidekabine, mit Lachen im Sportunterricht
verbunden. Aus der Schulzeit geht man entweder gebrochen oder
gestählt hervor, dazwischen gibt es nicht mehr viel.

»Bleibt die Frage, ob sie das entlarven *wollten*«, entgegnet sie leise. Ihr kommt das Gespräch mit Kim in den Sinn. Kim, die keinen Ton von all den Dingen hier hat verlauten lassen. Hat sie das nicht gewusst? Oder nicht im ganzen Ausmaß? Oder gibt es einen Grund, warum sie Jenny nichts von alldem erzählt hat? Plötzlich kommt es Jenny so vor, als hätte sie mit einer Fremden gesprochen, nicht mit der besten Freundin ihrer Tochter. Sie überlegt, ob das nicht nach einer Wiederholung schreit.

»Manche sind ja für jeden Grund dankbar, um …« Sie lässt den Satz unvollständig. Um andere zu mobben. Andere fertigzumachen. Anderen das Leben zur Hölle zu machen. All das, und nichts davon drückt wirklich aus, was das mit einem machen kann.

Dominik sieht sie an. Zwei, drei Sekunden braucht er, bis er es kapiert hat. Dann nimmt er ihre Hand und drückt sie. Zwanzig Jahre Ehe, schießt es Jenny durch den Kopf, und trotzdem hütet man manche Geheimnisse so erbittert wie eine Löwin. Sie erwidert seinen Druck, bevor sie ihre Hand zurückzieht.

»Da muss es noch mehr geben«, stellt sie betont nüchtern fest. »Das kann nicht alles gewesen sein. In dem Video sah sie … sah sie nicht so aus, als ob …« Sie muss sich räuspern, weil ihre Stimme ein verräterisches Miststück ist.

»In dem Video sah sie unglaublich kämpferisch aus«, hilft Dominik aus.

Kämpferisch. Ja, das ist es. Ada sah stark aus. Gewillt, es mit der Welt aufzunehmen. Trotzig. Rebellisch, aber nicht auf die laute Weise, nicht so wie ihre beste Freundin, sondern auf die leise. Sie pirschte sich von hinten im Dunkeln an. Und dann schlug Ada zu, mit messerscharfen Fakten, mit Wissen, mit Aufgeklärtheit.

Sie sieht exakt so aus, wie Jenny sie gekannt hat.

»Sie wirkt jedenfalls nicht wie jemand, der sich das Leben nimmt«, fügt sie flüsternd hinzu.

»Aber niemand kann vorher sagen, wie man dann aussieht.«

Dominiks Hand taucht wieder vor ihr auf, aber Jenny kann sie nicht nehmen. Kann sie nicht halten. Egal, wie oft man es sagt, wie oft man es wiederholt, wie sehr man ein Netz aus *ichhättenichtwissenkönnen* oder *ichkonntenichthellsehen* knüpft, so sehr schreit der Kopf eben *dochhättestdu*. Und er hat recht, so verdammt recht. Sie ist eine Mutter, sie ist eine Mutter *gewesen*, in ihr hätten überirdische Fähigkeiten schlummern müssen. Ein Alarmsystem, das im richtigen Moment hätte anschlagen müssen. Und da hat Jenny versagt. Da ist sie eine komplette Verliererin.

»Wie viel Zeit lagen noch mal zwischen dem Video und ihrem Tod?«, fragt sie.

Dominik rechnet kurz. »Wenige Wochen nur. Zwei.«

Jenny schnappt nach Luft, als ihr wirklich bewusst wird, wie kurz das vor Adas Tod war. »Zwei Wochen?!«

Dominik hat sich nicht verrechnet, das weiß sie, trotzdem bewegen sich seine Lippen. Er rechnet noch mal, extra für sie, weil sie es einfach nicht glauben kann. »Ja, zwei Wochen«, bestätigt er dann.

Jenny lässt sich in dem Stuhl zurückfallen. Lehnt sich an die Rückwand. Gönnt sich einen Moment, in dem sie sich vorstellt, wie Ada hier gesessen hat. Wie eine indirekte Umarmung ist das, träumt sie, nur durch die Zeit verschoben.

»Was übersehen wir?« Dominiks Stimme kommt aus der Ferne, als wäre sie in ein schwarzes Loch gerutscht. Er lässt dieses eine Video noch mal anlaufen, und dieses Mal, das dritte Mal, glaubt Jenny, etwas zu hören, das sie zuvor nicht gehört hat. Ein Lachen im Hintergrund. Da ist jemand. Da ist Kim.

In ihrem Kopf setzten sich winzige Puzzleteile zusammen. Versuchen, ihr Gegenstück zu finden. Sie spürt, dass sie an etwas dran ist. Die Erkenntnis ist zum Greifen nah.

Du bist doch nicht auf den Kopf gefallen, Mama.

»Alles«, sagt Jenny. »Das hier war nur der Anfang vom Ende.«

Videoplattformen, kommt es ihr wieder in den Sinn. YouTube, TikTok. Und sie hat noch etwas vergessen. X. Die Plattform der Hölle. Die Plattform, über die Ada immer besonders viel geschimpft hat. Die sie noch weniger mochte als Facebook.

Jenny wird weitersuchen. Sie wird eine Forscherin werden. Eine Katastrophenforscherin. Wie so eine, die tödliche Virusarten aus tauendem Gletschereis befreit. Wie so eine, die atomare Sprengköpfe im Meer versenkt, und Augenblicke später schwimmen Tausende toter Lebewesen auf der Wasseroberfläche.

Sie weiß, dass das Resultat ihrer Forschung sie zerstören wird.

Aber sie kann nicht aufhören.

Und wenigstens diese eine Schuld ihrem Kind gegenüber kann sie begleichen.

ADA

»Scheiße, du bist jetzt berühmt, Ada.« Ibrars Stimme war ganz nahe bei ihr. Ein Flüstern auf ihrer Wange.

»Blödsinn«, sagte sie.

»Doch, klar.«

»Blödsinn.«

»Na wohl«, beharrte er.

»Ibrar«, mahnte sie, als wäre sein Name ein Argument. Ein Punkt für sie. Dabei war das hier ein Match ohne Gewinner. Aber das war okay, es gab nichts zu verlieren, nicht heute.

Heute war ein Tag, an dem sie einen Sieg zelebrierten. Über ihnen spannte sich der Sonnenschirm. Er bedeckte nur einen Bruchteil der Terrasse. Und eigentlich war die Sonne auch schon längst untergegangen. Trotzdem kam niemand von ihnen auf die Idee, den Schirm einzuklappen. Ada mochte, dass sie sich unter ihm verkriechen konnten. Und Kim mochte das auch, nur würde sie es nicht zugeben. Er war wie ein Dach. Seine Spannweite waren die abgesteckten Seiten eines Schutzraums. Ada fühlte sich wohl darunter. Behütet. Safe. Der Sonnenschirm war das Dach und ihre Freunde der Wall rings um sie.

So war es immer gewesen, so würde es immer sein.

Nach dem Erfolg ihres Videos gestern hatte Kim sie alle zur Feier des Tages auf ihrer geräumigen Terrasse zusammengerufen. Ihre Eltern waren mal wieder irgendwo, sie wusste es selbst nicht genau. Und neben Ibrar und Angelique war auch Benni gekommen. Offenbar hatten die beiden sich wieder zusammengerauft.

»Ada, ich muss echt lernen, Probleme direkt anzusprechen, statt sie in mich reinzufressen«, hatte Kim ihr vorhin gesagt und geseufzt, »dann können sich Missverständnisse auch gar nicht manifestieren, richtig? Natürlich hat Benni das alles nicht so gemeint, und er hat auch alles eingesehen.«

Kim kam gerade auf die Terrasse. Sie sieht so schön aus, dachte Ada, als sie ihre beste Freundin sah, die ihre knalligen Haare geglättet hatte und dazu einen schwarzen Einteiler trug, der ihre Schultern freiließ. So ein classy Outfit passte eigentlich gar nicht zu ihr. Hinter ihr balancierte Angelique ein Tablett mit drei Cocktailgläsern. Die Brille war ihr etwas von der Nase gerutscht, aber da sie mit den Händen nicht drankam, zog sie die ganze Zeit die Nase hoch, um das Gestell wieder nach oben zu befördern. Ada musste grinsen.

Benni folgte den beiden jungen Frauen mit etwas Abstand und hielt je eine Flasche Bier für Ibrar und sich in der Hand.

»Warum fällt es dir so schwer, das zuzugeben?« Ibrar ließ nicht locker.

Ada drehte den Kopf um wenige Zentimeter. Kims Familie besaß eine riesige Loungegarnitur, und eines der beiden Sofas hatten Ibrar und sie in Beschlag genommen.

»Ich bin halt bescheiden«, sagte sie.

»Bescheiden«, wiederholte er lachend. »Bescheiden und berühmt.«

»Das muss sich ja nicht ausschließen«, mischte sich Kim ein, die die letzten Satzfetzen mitbekommen hatte und Ada nun einen Aperol Spritz in die Hand drückte.

Kim und Ibrar begannen eine Debatte darüber, ob man mit dem Berühmtwerden nicht automatisch irgendwann die Bodenhaftung verlor. Dabei lehnte Ada sich zurück, während das Kondenswasser des Cocktails ihre Haut benetzte. Es war so warm heute Abend. Ein richtig klischeehafter Spätsommerabend eben. Oder ein warmer Frühherbstabend, je nachdem, wie man das sehen wollte. In der Luft flirrte noch die Erinnerung an die Hitze, die tagsüber gewütet hatte. Aber die Realität war kühl und angenehm und schmiegte sich wie ein Versprechen an die eigene Haut. Diese Nacht wird unvergesslich, lockte sie, diese Nacht wird nie enden.

»Nennt mir eine bekannte Person, die nicht abgehoben ist.« Kim ließ sich auf die zweite Couch fallen, auf der bereits Benni saß und nun seinen Arm über die Lehne legte, sodass seine Finger ihr Haar berührten. Es war eine zarte, vorsichtige, sich vorantastende Geste.

»Uuh«, sagte Ibrar. Die Challenge würde er mit Freuden annehmen. Sie alle wussten, dass er quasi im Kino lebte und ein Filmjunkie war.

»Leonardo DiCaprio«, warf Benni ein. »Der setzt sich für Umweltschutz und so ein.«

»Ja, und seine Freundinnen dürfen nie älter als Mitte zwanzig sein. Sehr bodenständig«, murmelte Angelique.

»Da hat sie einen Punkt«, stimmte Ada ihr zu.

»George Clooney«, begann Ibrar, ehe er stockte. »Na gut, da ist der Age Gap auch echt groß.«

»Jetzt mal im Ernst, es gibt wirklich ein paar«, sagte Ada. »Keanu Reeves. Emma Watson. Jennifer Lawrence.«

»Jason Momoa«, ergänzte Angelique, und kurz huschte ein verträumter Ausdruck über ihr Gesicht. Ada konnte das total nachfühlen.

»Okay, okay.« Kim hob abwehrend beide Hände. »Ich hab's gecheckt. Aber gilt das auch für die deutsche Szene? Vor allem für die Influencer-Twitch-YouTube-Szene?«

»Also zumindest eine deutsche Streamerin kennen wir ja, die down to earth ist«, überlegte Ibrar laut.

Ada hob eine Augenbraue, während sie an ihrem Cocktail nippte. Es prickelte. Auf ihrer Zunge, in ihren Gedanken, auf ihren Fingerspitzen, überall. Die letzten vierundzwanzig Stunden waren wie eine Trance gewesen. Eine alternative Wirklichkeit. Vielleicht war die String-Theorie wahr geworden. Vielleicht hatten zwei verschiedene Universen für eine Millimillimillimillisekunde übereinander gelappt, und Ada hatte das Leben mit einer anderen Ada aus einem Paralleluniversum getauscht. Vielleicht waren sie einfach in das Leben der anderen gefallen, ohne es zu merken.

»Na, dann haltet mich besser gut fest, nicht dass ich noch abhebe«, murmelte sie, während ihr Handy aufleuchtete. So viele Push-Benachrichtigungen seit gestern. So viele neue Follower. So viel … neu, mehr, weiter, höher. Unter den Followern waren auch welche mit Gewicht. Mit Reichweite. Mit beachtlichem Bekanntheitsgrad. Ada hatte den Stream auf YouTube hochgeladen, da war er noch mehr durch die Decke gegangen als auf Twitch. Ein Youtuber mit mehr als einer Million Follower hatte das Video seiner Community empfohlen, und seitdem lief das Ganze von selbst. Lief das Video in Überschallgeschwindigkeit auf der Überholspur.

Ibrar schien gerade einen ähnlichen Gedanken zu haben, denn auch er starrte auf sein Handy. »Morgen YouTube-Top-Ten-Trends«, prophezeite er.

»Das wäre so geil«, sagte Kim. Ihre Miene strahlte Triumph aus. Stolz. Besitzergreifenden Stolz. Das hier war auch mein Erfolg, sagte diese Miene, ich war ja dabei, ich habe den Anstoß gegeben.

»Und dann?«, fragte Benni.

»Und dann was?«, gab Ada zurück.

»Ja, was machst du dann?«

Sie verstand immer noch nicht. »Hä, was meinst du?«

»Dann ändert sich dein Leben doch.«

»Bullshit, wieso sollte es?«

»Man kann nicht berühmt sein, und gleichzeitig bleibt alles beim Alten. So läuft das nicht.«

»Ich *bin* nicht berühmt.«

»Aber vielleicht wirst du es«, widersprach er.

»Jetzt geh ihr doch nicht so auf die Nerven«, ging Ibrar dazwischen.

»Ich will ja nur klarmachen, dass sie uns nicht vergisst«, sagte Benni und grinste. »Besser früher als später.«

Kim boxte ihm in die Seite. Wohl etwas zu fest, denn Benni zuckte zusammen. »Sie würde uns niemals vergessen«, meinte sie leidenschaftlich. »Das hier ist eine never ending Freundschaft. Ada ist wie Keanu Reeves und Emma Watson zusammen.«

»Und Jennifer Lawrence sieht sie sogar ein bisschen ähnlich«, ergänzte Ibrar.

»Überhaupt nicht«, gab Ada trocken zurück. »Aber ich wünschte, es wäre so.«

Ibrar, Benni und Angelique rutschten darüber in eine Filmdebatte ab. Seit der Pandemie hatten sie kein Kino mehr von innen gesehen, irgendwie hatten sie alle schlichtweg vergessen, dass das früher mal ihr liebstes gemeinsames Hobby gewesen war. Überhaupt gab es ja Streamingdienste und Kims gewaltigen Fernseher, und irgendwie hatte Ada ein schlechtes Gewissen, dass sie damit aktiv zum Kinosterben beitrugen.

Ada hörte nur noch mit halbem Ohr zu. In der einen Hand hielt sie das halb geleerte Glas und fütterte das Prickeln ihres Körpers mit Alkohol, in der anderen ihr Smartphone und fügte Likes hinzu. Sie kam nicht hinterher, die Push-Benachrichtigungen waren schneller als sie. Das muss dieses Wachstum sein, dachte sie, dieses Wachstum, nach dem alle lechzen. Es muss ja immer alles wachsen. Das Vermögen, das Bruttoinlandsprodukt, Körperteile, Reichweiten, Followerzahlen, die Größe des Autos. Mehrmehrmehrmehr, niemals darf das Wachstum enden, selbst dann nicht, wenn der Mensch nicht mehr kann und der Planet auch nicht. Wenn er ächzt und stöhnt und am Ende ist, wenn es nichts mehr zu holen gibt. Dann gibt es eben Wachstum auf Pump, so ist das dann, eine Hypothek auf die Erde.

Fingerspitzen ließen sie von ihrem Handy hochschrecken. Auch Ibrars Arm lag mittlerweile auf der Lehne, und sie hatte keine Ahnung, ob die Berührung an ihrer Schulter Absicht oder ein Versehen war. Sie riskierte einen Seitenblick, aber er war noch immer in eine hitzige Debatte mit Benni vertieft und bemerkte ihren Blick nicht. Es ging anscheinend darum, ob Heath Ledger oder Joaquin Phoenix der bessere Joker war, was, wenn Ada so darüber nachdachte, eine Debatte war, die weder Benni noch Ibrar gewinnen konnte. Beide waren brillant.

Stattdessen traf ihr Blick plötzlich mit Kims zusammen. Ihre Freundin hatte die Fingerspitzen auch bemerkt und grinste nun vielsagend von einem Ohr zum anderen. Ada zuckte nur mit den Schultern, und irgendwie hatte sie das Gefühl, dass da ein herausforderndes Zwinkern in Kims Miene lag.

»Vielleicht kann Ada dann bald auch nach Madeira auswandern«, kam Benni nach der Joker-Diskussion wieder auf das ursprüngliche Thema zurück.

»Oder nach Dubai«, warf Angelique ein.

Ada verschluckte sich fast an ihrem Aperol-Spritz. »Nur über meine Leiche.«

»Ganz abwegig wäre das ja nicht. Lass mal Limbo mit der moralischen Messlatte tanzen.« Kim kicherte. Sie war mit ihrem ersten Glas schon fertig und drauf und dran, nach drinnen zu stürmen und die zweite Runde einzuläuten. Wurde aber auch Zeit, fand Ada und schwenkte den dürftigen hellroten Rest in ihrem Glas. Kim verstand die Geste, natürlich tat sie das. Sie beherrschten die Sprache des Schweigens, der minuziösen Mimik, der minimalistischen Gestik, und Kim verzog sich nach drinnen. Benni und Angelique entschlossen sich kurzerhand dazu, in den beleuchteten Pool zu springen. Beide trugen Badekleidung unter ihren Klamotten, nur Ada hatte keine Lust auf Schwimmen gehabt und sich nicht entsprechend vorbereitet.

Kreischend und lachend nahmen die beiden Anlauf und ließen das Wasser hoch aufspritzen.

»Jetzt mal ehrlich«, begann Ibrar, »kommst du mit allem klar?«

»Natürlich, was denkst du denn?«

Ada wusste selbst nicht, warum sie so gepolt war. Warum ihr erster Reflex immer aus Abwehr bestand. *Ja klar, alles supi, alles tuttifrutti, why not, alles in Butter,* dann noch ein Lächeln hinterher, nur so, nur zur Sicherheit, besser ist besser. Möglicherweise hatte Kim heimlich all die Jahre auf Ada abgefärbt, mit ihrer Art, mit den grellen Farben, mit ihrem Trotz. Und jetzt dachte Ada auch, dass man immer die Starke mimen musste. Dabei war das total absurd. Sie waren unter sich. Hier musste sie nichts mimen, das war keine Theaterbühne. Niemand stellte die Nuancen ihrer Miene auf den Prüfstand, und niemand verwendete sie gegen sie, mit Photoshop zur Waffe verarbeitet.

Ibrars Gesichtsausdruck dagegen war so klar wie ein Wintersee. Er verzichtete auf die Schauspielkunst. Verhüllte nichts. Die Sorge in seinen Augen wirkte so real, dass Ada sie am liebsten aus seinen Iriden herauskopiert hätte. Ein Stück Echtheit in dieser Fakewelt, sie wollte es sich wie ein Gemälde an die Wand hängen. Aufbewahren für schlechte Zeiten, man wusste ja nie, was noch kam.

»Ich denke«, sagte er sanft, »dass das vielleicht alles zu viel ist.«

»Das wäre für jeden zu viel. Aber zu viel ist ja nichts Schlechtes.«

Er fuhr sich mit der Hand durchs Haar. Er hatte schönes Haar, lockig und schwarz und irgendwie glänzend, als wollte die Sonne einen Pakt mit ihm schließen. Du lässt mich ran, und ich bring dich zum Glänzen, das war der Deal.

»Dopamin kickt härter als jede Droge«, sagte er. »Aber der Absturz ist auch nicht zu verachten.«

»Du kennst dich damit aus, hm?«

Ada riet nur, in Wahrheit tappte sie im Dunkeln. Es gab nicht viel, was sie wirklich über Ibrar wusste: 1. Er war Bennis Kumpel.

239

2. Er war ein wandelndes Lexikon über Filmgeschichte. Ein richtiger Geek dahingehend. 3. Er war okay. Es gab Leute, da wusste man einfach sofort, dass sie okay waren, und Ibrar war einer davon. Da musste man nicht fragen und Details wissen und tausend Jahre abwarten, man wusste es, Ende, aus.

»Kann sein«, murmelte er ausweichend. »Es gab so einige Dopamin-Momente in meinem Leben.« Selbst jetzt verbarrikadierte er sich nicht, was Ada überraschte. Selbst jetzt ließ er Emotionen Emotionen sein. Behielt sie an ihrem Platz, in den Augen, in den Mundwinkeln, in dem traurigen Ansatz eines Lächelns. Er könnte sie auch zurechtbiegen, hier die Falte glattstreichen, da den Mundwinkel hochziehen, aber er tat es nicht. Und irgendwie wollte Ada nicht nur ein Gemälde, sie wollte Dutzende, gleich eine ganze Ausstellung nur für sich.

Sie wollte etwas sagen. Sie, die Streamerin, die immer plapperte, redete, für die Stille der Businesskiller war, sie wollte etwas sagen, irgendwas Schlagfertiges, irgendwas Kluges, irgendwas Nerdiges vielleicht, um in seiner Achtung zu steigen.

Aber was?

Doch Ibrar erwartete nichts, und das war irgendwie das Beste. Nichts voneinander zu erwarten, das schweißte einen am Ende sogar noch mehr zusammen. Das Wissen darum, dass man im Kopf der anderen Person noch eine luftleere Blase war, die man nach eigenem Gutdünken mit Inhalt füllen konnte. Die Vorstellung gefiel Ada. Sie war das Gegenteil zu ihrer Freundschaft mit Kim, die auch aus einer Konstruktion aus Erwartungen zu bestehen schien. Als wären die anderen Stützpfeiler ihrer Freundschaft nach und nach weggebrochen. Kim und sie waren zwei Abziehbilder ihrer jüngeren Versionen, und manchmal fragte Ada sich, ob sie sich nicht längst wie zwei Schlangen gehäutet hatten. Und ihre neuen Versionen versuchten vergeblich, sich diese alten Häute überzustreifen, die Gelenke und den Körper dafür passend zu machen, sich *fürei-*

nander passend zu machen, aber es klappte eben nicht. Sie waren auseinander rausgewachsen.

»Ey, ihr Spießer«, rief Kim, als hätte sie genau gehört, was Ada gedacht hatte. Das Tablett mit der nächsten Runde Cocktails hatte sie auf einem Beistelltisch neben dem Pool abgestellt. »Schwingt eure hübschen Ärsche gefälligst in den Pool.« Sie starrte zu ihnen beiden rüber, die Stirn gerunzelt, anscheinend unsicher, wie sie die Vertrautheit zwischen Ibrar und Ada einschätzen sollte.

»Heute nicht.« Ada schüttelte den Kopf. Auch Ibrar machte keine Anstalten, Kims Anweisung Folge zu leisten.

»Och, kommt schon«, rief ihre beste Freundin und sprang selbst ins Wasser. Sekunden später tauchte ihr bunter Schopf über der Oberfläche auf. Sie wischte sich über die Augen und gestikulierte wild mit den Armen.

Sie kann es nicht ertragen, einmal nicht die Verfügungsgewalt über einen zu haben, dachte Ada, und sie wusste nicht, ob sie deswegen angepisst sein sollte. Eigentlich kannte sie das ja schon. Aber vor Ibrar wollte sie keinen Streit vom Zaun brechen. Überhaupt hatte sie keinen Bock auf Zoff. Sie waren hier, um zu feiern.

Und Adas Weg, zu feiern, war, einfach unter dem Sonnenschirm zu liegen und keine Erwartungen zu haben, nicht an die Nacht, nicht an Ibrar, nicht an Kim, nicht mal an sich selbst.

Einfach liegen.

Einfach

sein.

»Vielleicht wird das nur ein One-Hit-Wonder«, sagte sie halblaut zu Ibrar.

»Dein Video?« Er erhob sich kurz und holte ihnen beiden Getränke vom Tablett.

»Ja, genau. Vielleicht war das jetzt einmal so ein virales Ding, und dann verschwindet mein Kanal wieder in der Versenkung. Weil, sonst mache ich so eine Art von Videos ja nicht.«

Als er sich wieder neben sie setzte, sank das Polster unter seinem Gewicht ein Stück weit ein und ließ Ada ein paar Zentimeter neben ihn rutschten. Sie taten beide so, als fiele ihnen das nicht auf.

»Okay, zwei Fragen dazu: Erstens: Wäre es keine Option, diese neue Art von Content künftig öfter zu machen?«

Ada lehnte den Kopf gegen die Lehne und starrte nach oben. Die Streben des Sonnenschirms liefen alle auf die Mitte zu. Wie Sonnenstrahlen, dachte sie.

»Ich glaube, ja«, antwortete sie nach einer Weile. »Also, sicher weiß ich es noch nicht, weil das natürlich viel mehr Arbeit und Zeit fressen würde, als einfach ein Spiel zu starten und zu zocken und so. Und ich weiß nicht, ob mir diese gesellschaftspolitischen Themen so liegen.«

»Na, du hast sie ja hier und da schon mal in deine Streams integriert«, meinte er. »Ist der Sprung dann noch so weit, richtige Videos dazu zu machen?«

Ada sah ihn überrascht an. Ibrar lachte und kam ihr zuvor. »Ich habe vielleicht ab und zu mal reingesehen«, gab er freimütig zu und grinste dabei so unverfroren, dass sie ihm nicht böse sein konnte.

»Es ist schon ein Unterschied. Allein die Recherchearbeit ist nicht zu verachten. Außerdem müsste ich für richtige Videos vermutlich auf YouTube umsteigen. Da eignet sich Streaming nicht unbedingt für.«

»Außer du bist irgendwann fame genug, um dich zurücklehnen und nur noch reactions drehen zu können. Dann hättest du es geschafft.«

»So weit wollen wir mal nicht denken«, versuchte Ada ihn zu bremsen. Tatsächlich lagen solche Gedanken für sie in endloser Ferne.

»Man kann nie weit genug denken«, sagte Ibrar. Seine Stimme wurde plötzlich leiser. Intim wurde es zwischen ihnen, aber nicht auf körperliche Weise. Nur so, als würde nichts zwischen ihnen beiden über die Grenzen des Sonnenschirms hinausdringen. Als wäre jedes Wort, jeder Blick, jede *Nicht*erwartung unter dem Plastikstoff festgehalten. Zwischen ihnen beiden eingebrannt.

»Manchmal muss man bis zum Horizont denken«, fuhr er fort. »Bis über das Meer. Bis zu anderen Kontinenten. Man weiß vorher eigentlich nie, wozu man wirklich fähig ist, glaub mir.«

»Ich weiß«, sagte sie leise. »Es tut mir leid.«

Er winkte ab. »Dann die zweite Frage: Wäre es denn so schlimm?«

»Was noch mal?« Ada hatte den Faden verloren.

»In der Versenkung zu verschwinden.«

Okay, das war schon tricky.

»Sei ehrlich«, fügte Ibrar hinzu und hob die Hände. »No judging, I promise.«

»Das lässt sich vorher leicht sagen«, scherzte Ada, dabei meinte sie es eigentlich ernst.

»Nein, wirklich, ich verurteile dich nicht.« Seine Miene wurde ernst. »Wirklich, da kannst du mir vertrauen.«

»Ach, ich …« Ada setzte an, brach ab. Setzte an, dann noch mal: »Das ist so ein bisschen wie Blut lecken«, sagte sie. Aus dem Pool drang lautes Lachen zu ihnen herüber. Zum Glück waren Benni und Angelique nicht so betrunken wie Kim und hatten ein Auge darauf, dass sie nicht absoff.

»Einmal angefixt, will man mehr«, sagte Ada. »Einmal die Luft da oben geschnuppert …«

»Will man nicht mehr zum Pöbel gehören«, beendete Ibrar den Satz.

»Das ist es nicht mal«, widersprach Ada. »Es ist nicht, was du jetzt vielleicht denkst. Nicht die Möglichkeit, irgendwie berühmt zu werden. Es ist eher die Möglichkeit, einen Unterschied zu machen. Keine Ahnung, klingt das weird? Bestimmt, oder?« Am liebsten hätte sie ihre Worte wieder zurückgezogen.

In Ibrars Augen blitzte etwas auf, das Ada nicht deuten konnte. »Einen Unterschied?«

»Ja. Hier. Da. Überall. In der Welt eben.« Es fiel ihr so schwer, in Worte zu fassen, was ihr seit gestern im Kopf herumschwirrte. Was sich wie ein Poltergeist in ihren Zellen manifestiert hatte und dort herumsprang und Unruhe verbreitete.

»Es ist wie Kopfkino«, versuchte sie zu erklären. »Zur selben Zeit laufen unterschiedliche Filme ab, und sie alle haben unterschiedliche Ausgänge. Unterschiedliche Messages, die sie mit uns allen teilen wollen. Und so ist es ja auch mit dem Leben. Mit dem eigenen in Form von all den Entscheidungen, die wir treffen. Aber eben auch mit den Leben der anderen, die wir streifen. Wo wir vielleicht eine Rolle spielen. Ob nur als Statist oder als eine kleine Nebenrolle, die aber vielleicht für einen Plot-Twist sorgen kann.«

»Was wir tun, hat einen Impact auf andere«, schlussfolgerte Ibrar nachdenklich.

»Genau. Man hat Verantwortung. Man muss bereit sein, die anzunehmen. Das jagt mir eine Heidenangst ein, wenn du mich fragst. Aber ich will das so gern versuchen. Ich habe früher auf die Leute geschimpft, die eine Stimme haben und sie nicht nutzen. Ich will nicht selbst so sein, weißt du? Eine von denen, die in schwierigen Zeiten einfach … still sind.«

Jetzt war es raus. Ausgesprochen. Ada konnte die Zeit nicht mehr umkehren, nicht noch mal dreißig Sekunden zurückspulen. Ob Ibrar sie nun für eine komplett verlorene Träumerin hielt?

»Du bist cool, Ada«, sagte er. Er berührte sie an der Schulter. Irgendwie sah er traurig aus, obwohl sie eigentlich nichts gesagt hatte, was einen anderen Menschen traurig stimmen sollte. »Echt, zieh das durch. Es gibt viel zu viele Leute da draußen, die ihren möglichen Impact nur für Müll nutzen. Also nimm dich der Themen an, die dir wichtig sind.«

»Was ist denn hier los?«, fuhr Kim dazwischen, nicht unhöflich, nur laut, damit alle sicher waren, sie nicht zu übersehen. Als könnte man sie je übersehen, sie, den Mittelpunkt von allem, und das meinte Ada nicht mal in ihren Gedanken auf eine gehässige Weise, es war eben einfach so.

»Gar nichts«, sagte Ibrar und lächelte Kim an, die mit ihrem klatschnassen Körper eine kleine Pfütze verursachte. »Ich habe Ada nur gerade gesagt, dass wir in allem, was sie tut, hinter ihr stehen.«

»Das muss man nicht sagen, das weiß sie doch«, erwiderte Kim so fest wie ein Baum, der seine Wurzeln nicht in Orte, nicht in seinen Heimatboden geschlagen hatte, sondern in die Menschen, an die er gewachsen war.

»Aber deswegen kann man es trotzdem noch mal sagen. Schaden kann das ja nicht.«

»Was kann nicht schaden?« Benni und Angelique tauchten nun auch auf. Badesession over.

»Ach, ich glaub, die zwei sind ein bisschen melodramatisch.« Kim rollte mit den Augen.

»Eher sentimental«, korrigierte Ada sie und tauschte einen kurzen Blick mit Ibrar. Sie lächelten beide. Irgendwie fühlten sie sich, als teilten sie nun geheimes Wissen, nur sie beide, nur sie miteinander. Und das machte was mit einem. Ohne Erwartungen natürlich, das verstand sich von selbst.

»Und was genau heißt das jetzt?«, fragte Angelique.

»Gar nichts«, sagte Ada. »Aber ich hab euch lieb. Reicht das, damit wir alle melodramatisch sind?«

»Sicher«, sagte Kim begeistert, die die volle Gefühlsdröhnung liebte. Sie umarmte Ada, verteilte ihre Nässe, ihre überschwängliche Liebe, ihr Sehnen auf Adas Haut und auf ihren Klamotten, aber auch das war okay.

Vielleicht, dachte Ada in dieser Nacht, die ein bisschen Magie war, würde doch alles ganz einfach werden.

DIE ANONYMITÄT

Dutzende Tweets überflog er. Nur einzelne Wortfetzen blieben überhaupt hängen. Der Sommer hatte eine Pause eingelegt und glitt in den Herbst hinein. Draußen ergoss sich der Regen sintflutartig auf die Straßen. Sein Handy gab ihm eine Unwetterwarnung, egal, was er öffnete: die WetterApp, Push-Benachrichtigungen der News, sogar PokémonGo warnte ihn davor, rauszugehen. Ihm hing das so zum Hals raus. Früher hatte es auch schon Bindfäden geschüttet, trotzdem hatte nicht jeder bei jedem Unwetterchen so einen Aufstand gemacht. Nach der Katastrophe im Ahrtal hatte er sich diese Notfallapp auf sein Handy gezogen. Da war er kurz ins Straucheln geraten. Hatte sich einfangen lassen von den Alarmisten, die was von Klimawandel laberten. Was für ein Unsinn. Er konnte es nicht mehr hören. Klimawandel hier, Klimawandel da, dauernd saßen in den Talkshows und in den Medien irgendwelche jungen Gören, die ihm sagten, wie er zu leben hatte. Das Klima hatte sich schon immer geändert, so war das halt, das wusste er als jemand, der nebenbei auf einem Bauernhof arbeitete, doch sowieso, aber jetzt wollten sie an seinen Lebensstandard ran, an seinen Grill, sein Fleisch, sein Auto, alles wollten ihm diese Rotznasen wegnehmen. Redeten daher wie Professorinnen, die Hälfte kapierte er gar nicht, aber was Gutes kam dabei eh nicht rum.

Jetzt stand er dauerhaft unter Strom. Jede Zelle seines Körpers war auf Angriff gebürstet. Überall sah er eine Bedrohung, die sich an ihn heranpirschen und ihm etwas wegnehmen wollte. Obwohl bis heute niemand gekommen war. Obwohl ihm bis heute niemand irgendwas genommen hatte. Aber er wusste, das würde bald passieren. Er konnte es spüren, ganz sicher. Auf dem Telegram-Kanal von *SchütztUnsereHeimat* kursierten jeden Tag Dutzende Links und Videos, die das bestätigten. Er fühlte sich schon ganz krank davon. Ausgezehrt. Erschöpft. All das Aufregen, all das Weiterleiten, all die Überzeugungsarbeit, das forderte einen Preis als Gegenleistung. Man konnte nicht selbst am ganzen System zweifeln, nicht im Sumpf all dieser Nachrichten schwimmen, nicht an den Pfeilern der Demokratie säbeln, ohne dass es einen auffraß, das ging nicht. Der Treiber dafür war Zorn, und Zorn kostete unsäglich viel Energie. Kostete Schlaf. Kostete soziale Kontakte, denn viele schüttelten nur noch den Kopf. Wandten sich von ihm ab, diese regierungstreuen Wichtigtuer. Allesamt Pisser. Da konnte er sagen, was er wollte, und YouTube-Links rumschicken, so viele er wollte, die wollten einfach nicht aufwachen. Selbst schuld, sagte er sich, aber es wurmte ihn trotzdem.

Sogar seine eigene Ehefrau verwandelte sich langsam in eine Verräterin. Du steigerst dich da rein, hatte sie neulich gesagt, als er im Internet ein paar Dinge bestellt hatte: Kartonweise verpackte Lebensmittel und Konserven, einen Gaskocher und Gasflaschen dazu, einen Wasserfilter, einen Aggregator, Batterien. Sogar eine Outdoor-Ausrüstung, Taschenmesser und so was. Nur, um sich vorzubereiten, hatte er erklärt. Nur ein paar Dinge für den Notfall. Am liebsten wollte er auch Waffen sammeln, aber da kam man so schwer ran. Also mussten Heugabeln, Sensen und scharfes Werkzeug erst mal ausreichen.

Was das für ein Notfall sein sollte, das sagte er nicht, sie war ja eh schon komplett hysterisch. Da wollte er gar nicht von Tag X und so anfangen. Lass den Scheiß, hatte sie bei der letzten Lieferung schon gekreischt, als er eine Palette Konserven in die Garage geschleppt hatte, du drehst ja völlig durch, wenn du so weitermachst, lasse ich mich scheiden. Die Frau begriff nichts, das war so frustrierend.

Und weil da so viel Frust war und eine Party mit dem Zorn feierte, musste er das alles irgendwo abladen. Und er wollte auch nicht gemein sein oder so. Es sollte schon die Richtigen treffen. Also legte er irgendwann neben seinen echten Profilen auf X und Facebook noch ein weiteres an. Es hatte erst kein Profilbild, und dann war er plötzlich Otto von Bismarck, das sah irgendwie intellektueller aus, und andere, die so dachten wie er, machten das ebenso. Aber irgendwann reichte eines solcher Profile nicht mehr aus, der Mainstream war immer noch in der Mehrzahl. Das geht so nicht, fand er, und besorgte sich neue Mailadressen und damit auch den Zugang zu weiteren Profilen. Alle Bekanntheiten der letzten Jahrzehnte probierte er einmal durch: Er war der Freiheitskämpfer, der BotschafterDerFreienMeinung, der DenkerDerNeuenZeit, er war sie alle. Er war sie alle, um auszuradieren, dass er niemand war.

Wenn ich mehrere Stimmen habe, bin ich lauter, war seine Logik, und die war unumstößlich. Dass die Stimmen gar nicht echt waren, das wollte er nicht hören. Seine Meinung war eh mehr wert, weil er ja recht hatte. Da war es auch kein fauler Zauber, wenn er ein bisschen trickste, um sich Gehör zu verschaffen. Am Ende tricksten sie doch alle irgendwie, wieso sollte er sich da zurücknehmen?

Er war schon routiniert. Man lernte schnell, wie man Social Media verätzen konnte. Man vernetzte sich miteinander. Fand auf Telegram und so Gleichgesinnte. Er war nicht allein mit seinem Zorn, er wurde geleitet, angeleitet, geführt. Hatte sich Dateien angelegt mit Bausteinen zu verschiedenen Themen. Oder zu bestimmten Personen. Vor allem Frauen hatte er im Visier. Junge Frauen, da konnte man sich gut dran abarbeiten. Die hatten so viele offene Flanken, die sie verletzlich machten, das war bestens geeignet für eine schnelle mentale Befriedigung. Da feuerte er einfach drauflos.

> fette kuh, nimm erst mal ab, uns was von Ernährung erzählen, aber selber nur am fressen, das sind die richtigen.

Das gab es in unterschiedlichen Versionen, wie eine Droge auf Raten, ein Abfeuern aus einem Maschinengewehr, dessen Magazin aus Worten bestand.

Manchmal flackerte kurz die Erinnerung an seine Mutter auf, die schon lange tot war. Behandle jeden so, wie du selbst behandelt werden willst, war ihr Motto gewesen. Was würde sie dazu sagen, fragte er sich manchmal, aber dann schob er diesen Gedanken weit von sich. Das waren ja keine echten Menschen, auf die er da feuerte, das waren Eliten, das waren böse Leute, die alles vernichten wollten. Er stand auf der richtigen Seite, und da heiligte der Zweck die Mittel.

Er lehnte sich auf seinem durchgesessenen Sofa zurück, den Laptop, der bedrohlich laut surrte, weil all den Zorn zu transportieren auch keine leichte Aufgabe war, auf dem Schoß. Drei Smartphones lagen neben ihm, zwei davon so alt, dass außer Social Media nichts mehr auf ihnen installiert war.

Jeden Tag checkte er zuerst die Trends. Unter welchem Hashtag verbarg sich welches Zündungsmaterial, wessen Gesicht klebte heute auf der Zielscheibe, um diese Fragen kreisten sich den ganzen Tag seine Gedanken, sodass er seiner Arbeit als Sachbearbeiter auch nur noch mit halber Aufmerksamkeit nachging. Sein Job kam ihm so sinnlos vor, alles kam ihm sinnlos vor, wenn man die Mechanismen einmal durchschaut hatte, wenn man einmal aufgewacht war. Du kannst nicht so tun, als wüsstest du von allem nichts, wenn du einmal kapiert hast, dass du von vorne bis hinten belogen wirst, dachte er, während er aus dem Fenster glotzte. Draußen zog ein Flugzeug über den Himmel, und er war froh, drinnen zu sein und nichts von den Hinterlassenschaften der Chemtrails abzukriegen. Sollten die da oben ihren Giftmüll für sich behalten.

Trinkwasser wird knapp – Grünen-Vorsitzende schlägt Gartenbewässerungs- und Poolverbot vor

Unter dem Hashtag #nichtauchnochmeinpool hatte sich schon eine tapfere Meute gegen die Bevormundung durch die Ökopartei zusammengerottet. Mit argumentativer Raffinesse zerlegte sie die vorgeschlagene Maßnahme der Spitzenpolitikerin:

> die trulla soll erst mal eine ausbildung machen
> und richtig arbeiten gehen, vorher hat die mir gar
> nix zu sagen oder so wie die aussieht braucht die
> für ihren pool doch kaum wasser 😆

Er ergänzte:

> komisch das kein trinkwasser da sein soll wo doch
> gerade eine flutwarnung rausgegeben ist … das
> passt alles nicht zusammen, wacht endlich auf …
> die verarschen euch von vorn bis hinten und ihr
> lemminge macht noch mit …

Er postete sich wieder in Rage. Statt runterzukommen, schäumte er auf, das Blut in seinen Adern kochte über. Alle waren verblendet, alle schwammen mit dem Strom, das konnte doch nicht wahr sein.

Sich über den Körper einer ihm verhassten Politikerin lustig zu machen reichte ihm heute nicht. Er musste noch eine weitere Salve abfeuern. Potenzielle Opfer gab es immer irgendwo, der Mainstream und seine Anhängerschaft waren ja überall und nicht totzukriegen.

Also öffnete er erneut die Hashtagtrends. Unter der Pool-Debatte gab es noch weitere Aufregerthemen. Die einstige Anti-Corona-Impfkampagne versuchte – wie alle paar Wochen – mal wieder, Konsequenzen für die Impfstrategie der Regierung zu fordern.

> vor gericht gestellt werden müssten sie für ihre
> zwangsspritze

Er likte den Tweet von dieter053156136. Eine Zweiklassenge-
sellschaft hatten sie damals errichtet, und das ohne Folgen.

> oder vor einen galgen

Da war er selbst sich nicht so ganz sicher, ob er schon so weit
war in seinem Zorn, sich dem anzuschließen.

Er überflog die Trends weiter. Hier eine Diskussion über eine
Talkshow vom Vorabend, die ihn nicht interessierte – zu wenig Potenzial, sich hochzuschaukeln –, da hatte irgendein Schauspieler
einen Skandal am Hals, weil er seine Macht angeblich missbraucht
hatte. Ohne sich überhaupt in den Artikel mit den Anschuldigun-
gen und Aussagen der betroffenen Frauen reinzulesen, hinterließ er
unter dem Hashtag einen eigenen Tweet:

> schau an, jetzt spielen leute und lügenpresse
> schon richter ohne das es ein gerichtsurteil gibt.
> kranke welt

Binnen Sekunden stimmten ihm andere Männer zu, lauter Pe-
ter0462162s und Uwe0481033s. Da waren sie sich einig, dafür
mussten sie einander nicht kennen, sie teilten ja ihre Liebe zu antiken
Männergestalten als Profilfotos. Als würde der Glanz von Napoleon
ein bisschen auf ihre Hetztiraden abfärben und sie legitimieren.

Der Rest der Trends gab an diesem Tag nicht viel her. Dabei
hatte er sich doch noch gar nicht ausgepowert. Er hatte nicht mal
angefangen. Wie Gift pulsierte der Zorn durch seinen Körper, er
würde sich gegen ihn wenden, wenn er ihn nicht mit digitalen Pfei-
len verschoss.

Deswegen scrollte er noch weiter runter, bis ihm ein Hashtag
ins Auge sprang, der neu war. #theadagames stand da. 639 Tweets
waren unter dem Hashtag gelistet. Nicht genug, um es ganz nach

oben zu schaffen, aber genug, um ein Indiz dafür zu sein, dass sich da was zusammenbraute.

Er klickte drauf. Weil er noch nicht im Thema drin war, musste er sich erst einlesen. Da war wohl eine neue Streamerin am Twitch- und YouTube-Markt aufgetaucht. Na wunderbar, dachte er, als gäbe es noch nicht genug von denen.

> noch so eine linksgrünversiffte schlampe, die ihren männerhass ausleben und noch dafür gefeiert werden will

> und mit vielen klicks noch kohle verdienen will, ich könnte kotzen, alles auf dem rücken von uns männern

> ja genau, ohne uns wäre die welt nicht da, wo sie wäre

Er witterte nun doch noch die Chance, seinem gärenden Zorn Futter einzuverleiben, also klickte er auf den obersten Tweet unter dem Hashtag. Dort wurde hitzig über den eingebetteten Link diskutiert. Er aber folgte der Verlinkung zum Originalvideo. Noch während er das Video laufen ließ, beteiligte er sich mit seinen unterschiedlichen Geräten und Profilen an der Diskussion.

> was für eine untervögelte tussi
> die hat noch keinen echten mann kennengelernt, sonst würde die nicht so dumm rumlabern

Er ließ sich in die Rage hineinfallen. Hier hatte er wieder jemanden gefunden. Hier konnte er jemanden verantwortlich machen. Sie war schuld, diese Streamerin, die es wagte, so über Männer zu reden. Besaß die denn gar keinen Respekt, dieses Gör? Hatte die keine Achtung vor der Lebensleistung, vor dem Wohlstand, den sie für dieses Land geschaffen hatten, quasi mit ihren bloßen Händen, aus dem Schutt der Kriegstrümmer? Da war er zwar noch gar nicht geboren gewesen, und auch zehn oder zwanzig Jahre später noch nicht, aber trotzdem gefiel ihm diese Selbstidentifikation.

Er wollte sie alle für schuldig erklären. In seinem Kopf hielt er ein Tribunal ab und verurteilte sie alle: die Frauen, die Queeren, die Grünen, die Linken, die Kranken, einfach alle. Sie waren schuld, dass er Probleme hatte, sein Haus abzubezahlen, seit die Gasrechnung so hoch war. Dass er nicht wusste, wovon er die neue Brille finanzieren sollte. Dass seine Mutter ihren Rollator von der Krankenkasse nicht genehmigt bekam. All seine Probleme brach er gnadenlos auf das Gesicht runter, das ihm auf einer Zielscheibe präsentiert wurde.

Er kam gar nicht auf die Idee, auf Ursachenforschung zu gehen, mal zu recherchieren, ob die Zusammenhänge, die sich in seinem Kopf einzementiert hatten, überhaupt stimmten. Die Telegram-Gruppen, in denen er sich tummelte, servierten ihm seine Feindbilder ja brühwarm. Es war so leicht, einfach nur zu glauben.

Er schickte den Link des Videos in seine größten Telegram-Gruppen. Rief die Verstärkung seiner Armee auf den Plan. Ein paar echte Menschen, aber exponentiell viele nicht ganz so echte Profile, die in den nächsten Stunden unter dem Hashtag, unter dem Video, überall, kommentieren würden. Sie bestärkten einander, schaukelten sich hoch in ihrer Abneigung, beschworen fast feierlich den Untergang des Abendlandes herauf, die Feindbilder wie auf einem virtuellen Schafott aufgereiht.

Ihre Stimmen waren so laut, die digitalen, aber auch die im eigenen Kopf, dass sie das Gewissen übertönten, das hier und da vielleicht noch im Todeskampf zuckte.

> die müsste nur mal jemand so richtig rannehmen.
> wieso darf so was überhaupt leben?

JENNY

Vier Wochen sind seit Adas Tod vergangen. Es fühlt sich so surreal an, wie egal der Zeit alles ist. Es können die schlimmsten Katastrophen passieren, Krieg, Atomunglücke, Fluten, Waldbrände, ineinander rasende Züge oder eben junge Frauen, die von Brücken stürzen, aber die Zeit ist hart im Nehmen. Die geht stoisch geradeaus, ohne sich davon beeindrucken lassen. Die gerät nicht außer Takt, nicht mal für eine Sekunde. Die lässt sich nicht beirren, das findet Jenny irgendwie beeindruckend. Sie fragt sich, was da kommen müsste, damit selbst die Zeit mal für einen Moment innehält.

Vier Wochen sind vergangen, und die Schule hat sich entschlossen, eine Gedenkfeier für Ada abzuhalten. Erst nach *vier Wochen* mit einer Gedenkfeier um die Ecke zu kommen, ist ganz schön frech, hat Dominik vorhin angepisst gesagt. Und Jenny muss ihm zustimmen. Ihr ist fast der Hörer aus der Hand gefallen, als Frau Hubner angerufen und sie beide dazu eingeladen hat. Ihre Stimme hat peinlich berührt geklungen, als hätte sie den Anruf mehrere Tage aufgeschoben, weil sie keinen Plan gehabt hat, wie man so ein Anliegen angemessen vorträgt.

Aber jetzt haben Dominik und Jenny sich noch mal die Mäntel übergeworfen, die seit der Beerdigung eh am Haken im Flur gehangen haben. Niemand von ihnen beiden hatte die Kraft besessen, sie wieder auf dem Dachboden zu verstauen. Trauerprozess abgeschlossen, hätte das irgendwie bedeutet, und so ist es ja nicht. So leicht schließt sich so ein Prozess nicht ab. Der ist erst zu Ende, wenn die eigene Hardware auch den Geist aufgibt.

Die Fahrt zum Schulgelände verläuft schweigend. Aber immerhin sind Dominik und Jenny ein Stück weiter im *Jeder-Mensch-trauert-anders*-Karussell. Sie haben die Schäden auf ihrem Planeten inspiziert und eine Bestandsaufnahme gemacht. Ziemlich viel ist da nicht übrig geblieben, der Asteroid hat die Ringe durchgeschlagen und die Monde zertrümmert und die Oberfläche malträtiert, aber zum Überleben zu zweit wird es wohl irgendwie reichen. Das zeigt sich daran, dass sie unterwegs zwar nicht reden und auch kein Radio ertragen, aber wenn sie halten müssen, legt Dominik seine Hand auf ihr Knie. Eine leichte Berührung an der Ampel, ein Lächeln an der Spülmaschine, ein aufgebrühter Tee mit einem Löffel Honig für den anderen, das sind jetzt die kleinen Augenblicke im Alltag, an denen sie sich gemeinsam entlanghangeln.

Sie parken einige Gehminuten von der Schule entfernt an einem Supermarkt neben der Bushaltestelle und gehen den Rest des Weges zu Fuß. Jenny ist diesen Weg vor einiger Zeit schon mal gegangen, Ada auf der Spur, als sie auf eine Art magische Schatzkarte oder einen Brief mit erklärenden Worten gehofft, aber nur ihren Schulkram bekommen hat. Deswegen weckt dieser Gang Erinnerungen. Dieser ganze Tag weckt Erinnerungen.

Sie greift nach Dominiks Hand. »War das wirklich die richtige Entscheidung, an der Gedenkfeier teilzunehmen?«

»Na ja«, sagt er. »Das macht man doch so. Es würde seltsam aussehen, wenn wir nicht auftauchen würden.«

»Vielleicht ist das eine Prüfung«, vermutet Jenny, die diesen Gedanken schon den ganzen Tag wie ein spitzes Korn in ihrem Kopf spürt. »Wenn die Eltern, die ihr Kind einfach so haben sterben lassen, nicht mal auf dessen Gedenkfeier kommen, dann kann man endlich ein Urteil fällen. Dann müssen sie irgendwie schuld sein, guck mal, die interessiert das alles gar nicht, die haben sich bestimmt noch nie gekümmert. Dann muss man sich als unbeteiligte Person nicht immer zwischen Argwohn und Mitleid entscheiden.

Man kann einfach eine Seite wählen. Verurteilen, Nase rümpfen, fertig.«

»Oder es ist eine Prüfung, wie viel wir aushalten«, sagt Dominik und drückt ihre Hand. »All die Kids, denen wir gleich begegnen. All die Gesichter, in die wir sehen und uns fragen: Hast du gewusst, was unsere Tochter erleben musste? Und: Warst du Teil davon?«

Jenny stimmt ihrem Mann zu. Sie macht das alles sauer. Selbst jetzt, wo sie mit sich selbst genug zu tun hat, hat sie das Gefühl, eine Show abziehen zu müssen. Jeder Mensch trauert anders, ja, aber er muss auch richtig trauern, das eine überlappt das andere. Angemessen, aber nicht übermäßig, leise, nicht zu aufdringlich bitte, demütig, nicht wütend. Die eigene Trauer als Vorabendserie für andere, das Skript ist geschrieben, Abweichungen sind in der Vorführung unerwünscht, sonst macht man sich verdächtig, sonst wird getuschelt.

»Du sagst es ja selber schon: Es würde seltsam aussehen, wenn wir nicht auftauchen würden. Ist das nicht traurig?«, fragt Jenny. Sie nutzt die Kraft ihrer Wadenmuskulatur, die das Laufen noch nicht ganz verlernt hat, um ihre Wut auf den Asphalt zu stampfen. Wumm, Wumm. Ihre Trauer gehört ihr, ihr ganz allein. Wumm, Wumm, Klack, Klack.

Dominik verschränkt seine Finger mit ihren. Vielleicht unbewusst passt er seinen Schritt ihrem an. Nun gehen sie im Gleichtakt, zusammen wütend, sie quälen den unebenen Straßenbelag.

»Ich sehe es so: Es ist eine gute Gelegenheit, das feindliche Lager auszuspionieren«, erklärt er dann.

»Das feindliche Lager?«

Er nestelt mit der freien Hand an dem oberen Knopf des Mantels herum. »Na ja, vielleicht finden wir vor Ort irgendetwas raus. Da sind ja immerhin auch ihre ganzen Freunde, oder? Und ihre Stufe.«

»Oder wir reden uns die Sache schön.«

»Oder das.«

Auch die Schule ist ein Tatort. Könnte ein Tatort sein. Ein verschwommener, zugegeben, weil sie nicht wissen, wie weit verbreitet das Mobbing war, wer mitgemacht hat und wer nicht. So ist das immer bei Mobbing: Wer es anführt und wer nur mitläuft, ist schwer auseinanderzuhalten. Aber schuld sind sie eigentlich alle.

Jenny fragt sich, wie Dominik so ruhig bleiben kann. In seiner Stimme sind keine Ausrutscher nach oben oder unten. Sie klingt genauso gefasst, wie es bei seinen beruflichen Telefonaten der Fall ist. Und seine Finger zittern auch nicht so, wie ihre es tun. Stattdessen rahmen sie ihre eigenen ein. Halten sie fest. *Wir schaffen das*, drücken sie aus. Ein legendärer Satz, er gilt für ein ganzes Land in Krisenzeiten, aber eben auch für sie beide, für eine Krise, die nur das Leben weniger Menschen betrifft, aber da mit voller Wucht. Aber Jenny weiß nicht, wie sie das schaffen soll. Sie ist plötzlich so wütend. Die Wut strömt ihr aus jeder Pore und gerichtet ist sie gegen alle, gegen die ganze Welt.

Das Gelände vor der Schule ist brechend voll. Der trostlose Vorhof ist geflutet von Menschen, der Lautstärkepegel so hoch, dass Jenny am liebsten auf dem Absatz kehrtmachen würde. Da sind so viele junge Menschen, dass sie sich fühlt, als wäre sie in einen Ameisenhaufen getreten. Während Dominik sich einen Weg durch die Mitte bahnt, wo extra eine Art Gang freigehalten wird, klammert sie sich an seine Hand. Sie darf ihn bloß nicht verlieren, sonst hält sie das hier nicht durch. Eine leise Stimmung hat sie erwartet, eine bedächtige, eine traurige. Stattdessen tuscheln die Jugendlichen miteinander, als wäre das hier nicht mehr als eine Gelegenheit, mal aus den Klassenzimmern rauszukommen. Unterrichtspause, dem Himmel sei Dank.

Neben dem Haupteingang ist eine Art kleiner Altar aufgebaut. Ein großes Foto von Ada klebt dort auf einem Plakat, darunter ihr Sterbedatum und jede Menge Sprüche in verschiedenen Handschriften, von den Leuten ihrer Klasse vielleicht. *Wir vermissen dich*, ist da niedergeschrieben, oder *Du bleibst unvergessen*.

Daneben stehen etwa zwei Dutzend Stühle für das Lehrpersonal und offenbar auch für Dominik und Jenny, denn die beiden werden winkend und rufend von Adas Klassenlehrerin, Frau Aydin, erwartet. Aus der Ferne kann Jenny auch Kims Schopf erkennen, der sticht sehr hervor.

Und bei dem Anblick durchfährt es Jenny wie ein Blitz.

Du bist doch nicht auf den Kopf gefallen, Mama, glaubt sie, die mahnende Stimme der Erinnerungsada zu hören.

»Schön, dass Sie es geschafft haben«, sagt die Lehrerin und lächelt. »Das war sicherlich kein leichter Gang für Sie.«

Sie ist die Einzige, die ihnen beiden in die Augen schauen kann. Der Rest blickt plötzlich interessiert zum Plakat, als sähen sie Ada zum ersten Mal. Als hätte sie nicht jahrelang die Schulbank hier gedrückt.

»In der Tat«, antwortet Dominik. »Aber wir haben uns sehr gefreut, dass die Schule doch noch etwas für Ada auf die Beine stellen wollte, um ihr Andenken zu ehren.«

Jenny und Frau Aydin fällt das unterschwellig vorwurfsvolle *Doch noch* gleichermaßen auf, und das Lächeln der Lehrerin bekommt etwas Zerknirschtes. Den Schuh zieht sie sich ohne Gegenwehr an, denn nun senkt sie den Blick. »Es ist viel Zeit vergangen. Zu viel, da haben Sie recht. Lassen Sie mich Ihnen beiden dafür eine Entschuldigung aussprechen, ja? Es sollte nicht den Eindruck erwecken, dass uns das Anliegen nicht am Herzen liegt. Das tut es nämlich. Sehr sogar. Es war sehr schwer, auch für viele Schülerinnen und Schüler. Wir haben in den letzten Wochen glücklicherweise eine engmaschige Betreuung durch die Schulsozialarbeiterin erhalten. An sie konnten sich alle mit Redebedarf wenden.«

In diesem Augenblick gesellt sich der Direktor zu ihnen. Ein hagerer Mann mit unscheinbarer Miene und rahmenloser Brille. Jenny hat ihn schon ein paar Mal getroffen.

»Guten Tag«, sagt er und schüttelt ihnen beiden die Hände. »Wir freuen uns, dass Sie sich der kleinen Andacht zu Ehren Ihrer Tochter anschließen. Niemand hier kann ahnen, was Sie derzeit durchstehen müssen, doch wir hoffen, dass es Ihre Trauer etwas lindert, zu sehen, dass Sie dabei nicht allein sind.«

Mit dem Finger schiebt er die Brille höher auf seine schmale Nase. Die Bewegung wirkt so fahrig, wie seine Stimme näselnd und seine Worte gestelzt klingen. Auswendig gelernt wie ein Gedicht. Nur, dass da weder Rhythmus noch Melodie eingeflochten sind.

Er und Frau Aydin führen sie zu zwei freien Plätzen. Zwischenzeitlich hat ein feiner Nieselregen eingesetzt, und Jenny ist froh, dass sie zwei Regenschirme eingepackt haben, die sie nun über sich spannen. Adas Klassenlehrerin setzt sich neben Dominik, während neben Jenny eine fremde Frau sitzt. Ein kurzer Blick auf das Schildchen an ihrem Blazer hilft Jenny weiter: *Monika Schwarzer, Schulsozialarbeiterin*

Sie sieht irgendwie traurig aus, denkt Jenny. Die Sozialarbeiterin hat die Arme um ihren Oberkörper geschlungen, als wüsste sie nicht, wohin mit ihnen und wohin mit ihrem Oberkörper. Das ist ein Gefühl, das Jenny gut kennt. Am liebsten würde man sich selbst mit Seilen verschnüren, wie ein Paket aus Haut und Knochen, damit der Körper nicht in seine Einzelteile zerfällt, weil man manchmal keine Kraft hat, alles zusammenzuhalten.

»Hi«, sagt sie aus einem Impuls heraus direkt zu Frau Schwarzer.

Die sieht erstaunt in ihre Richtung. »Hallo.« Man kann ihr an der Stirn ablesen, dass sie versucht, Jennys Gesicht einem Namen zuzuordnen.

»Ich bin Adas Mutter«, murmelt Jenny und deutet überflüssigerweise nach vorne auf das Plakat mit Adas Foto.

»Oh«, haucht Frau Schwarzer. Die Feuchtigkeit des Nieselregens legt sich wie eine Decke auf ihr angegrautes Haar, das ihr bis zum Kinn reicht. Die Nässe kräuselt es. »Mein Beileid«, schiebt sie dann noch hastig nach.

»Danke«, entgegnet Jenny so routiniert, als wäre das Fließbandarbeit, und irgendwie ist es das ja auch, dass Sichbedanken, das Nicken, das Reagieren darauf, wie sich andere unbehaglich winden, weil die direkte Konfrontation mit trauernden Menschen unangenehm ist. Und hier, auf so einer Gedenkfeier, da kann man nicht davor flüchten. Da muss man das Unbehagen aushalten.

»Haben Sie Ada gekannt?«, will Jenny wissen. Sie fragt mehr aus einer Beiläufigkeit. Will das Gespräch am Laufen halten, um nicht auf all die anderen Details achten zu müssen. Die kichernden Teenager um sie herum, den kopflos wirkenden Direktor, der am Rednerpult herumfingert, aber sich noch nicht überwinden kann, anzufangen.

»Also, ich kann mir vorstellen, dass Sie nicht alle Schülerinnen und Schüler hier persönlich kennen«, ergänzt Jenny, weil Frau Schwarzer nicht sofort antwortet. Das Unbehagen hat sich manifestiert, aber Jenny kann die Ursache dafür nicht erkennen. Eine Sozialarbeiterin sollte mit Trauer umgehen können, würde man doch meinen.

»Das stimmt«, beeilt sich Frau Schwarzer dann zu sagen. »Ada kannte ich allerdings tatsächlich.«

Da tönt Musik über den Schulhof. Sie ist zu leise, um die Unterhaltungen der jungen Leute zu übertünchen, weshalb ein paar Lehrkräfte durch die Reihen gehen und Anweisungen geben. Haltet den Mund, meint Jenny, es von irgendwo zischen zu hören. Vielleicht ist der Lärmpegel den Lehrkräften peinlich, ihr jedenfalls wäre er das.

Sie wünscht sich an einen anderen Ort. Was für ein würdeloses Unterfangen, denkt sie, wären wir doch gar nicht erst gekommen.

»Einfach so?«, fragt Jenny Frau Schwarzer, deren Arme mittlerweile noch verkrampfter wirken. Auch sie scheint sich woanders hinzuwünschen.

»Ich darf Ihnen leider nichts verraten«, sagt die Sozialarbeiterin ausweichend. »Sie wissen ja, wie das ist. Schweigepflicht und so.«

Nun lauscht Jenny genauer. Eigentlich hat sie nur ein Gespräch führen wollen, um sich von diesem Trauerspiel abzulenken, aber irgendwie ist ihr die Frau links von ihr nicht geheuer.

»Jetzt machen Sie mich neugierig«, antwortet Jenny und zieht eine Augenbraue hoch. »Ich meine: Wir suchen immer noch nach Antworten für all das, wissen Sie? Wenn Sie also irgendetwas sagen können, was uns vielleicht helfen könnte, zu *verstehen*, dann … bitte tun Sie das.«

Die Lautsprecher neben dem kleinen Pult, an dem der Direktor gleich etwas sagen will, spucken einen Song aus. Jenny kennt ihn nicht. Er ist träge und traurig und passt gar nicht zu Adas sonstigem Musikgeschmack, und Jenny überlegt, ob das ein Indiz dafür ist, dass die Schule ihre Tochter nicht kennt – oder sie selbst nicht.

Frau Schwarzer ist nur noch ein Häufchen Elend, dabei steht ihr das doch eigentlich gar nicht zu. Das Häufchen Elend müssten Dominik und sie sein, das ist ihr Pokal, ihre Gewinnerurkunde in diesem beschissenen Wettbewerb des Leidens. Aber der Sozialarbeiterin kann man an der Nasenspitze ablesen, dass sie gerade überall lieber wäre als an diesem Ort.

Jenny zieht trotzdem auffordernd die Augenbraue hoch, und Frau Schwarzer zuckt zusammen.

»Wissen Sie, Frau Wagner«, sagt sie dann nach einer endlos langen Stille. »Ich glaube, wir alle haben das ganz falsch eingeschätzt.«

»Wir?«, wiederholt Jenny. »Wer ist wir?«

Sie und ich, will die Sozialarbeiterin vielleicht sagen, aber sie tut es nicht. Reißt sich gerade noch im richtigen Moment zusammen, bevor sie den Eltern des toten Mädchens auf deren Gedenkfeier mit Vorwürfen kommt.

»Die Schule«, beeilt sich Frau Schwarzer stattdessen zu antworten.

»Und was ist *das*?«

»Was?«

»Sie sagten: Wir haben *das* alle ganz falsch eingeschätzt. Was meinen Sie mit *das*?«

»Na, die ganze …« Frau Schwarzer wedelt mit den Armen herum. Der Schuldirektor, der gerade mit dem Verklingen des Songs ans Pult getreten ist, um mit seiner Rede zu beginnen, wirft ihr einen bösen Blick zu. Das hier ist mein Auftritt, sagt der.

»Die ganze Situation«, schließt sie dann.

»Ist Ada mit irgendwas zu Ihnen gekommen?« Jenny umschifft das Ganze jetzt nicht mehr, sondern nimmt Kurs auf. Sie hat langsam das Gefühl, dass hier etwas im Raum steht, was man ihr nicht mitteilen will. Und vielleicht ist die Gedenkfeier gar keine zu späte Erkenntnis, kein Bemühen, kein Ehrenwollen. Vielleicht ist die mehr ein Ablassbrief, ohne dass Jenny davon wissen soll.

Frau Schwarzer schweigt. Ihre Arme hängen jetzt zu ihren Seiten hinab, die Fingern halten sich an der Sitzfläche des Stuhls fest.

»Oder zu sonst jemandem?«, fragt Jenny mit Blick auf Adas Klassenlehrerin.

»Wir haben uns heute hier versammelt, um das Andenken unserer ehemaligen Schülerin Ada Wagner zu ehren«, beginnt der Direktor in diesem Augenblick. »Ada war eine junge, lebensfrohe Schülerin mit einem wachen Verstand und einer künstlerischen Ader.«

»Eine *lebensfrohe* Schülerin? Ernsthaft?«, wispert Dominik Jenny von der anderen Seite ins Ohr. Er hat von ihrer Unterhaltung mit der Sozialarbeiterin offenbar nichts mitbekommen.

Bevor Jenny die Kotze hochkommen kann, wendet sie ihre Aufmerksamkeit wieder Frau Schwarzer zu. Sie will die Schulmitarbeiterin nicht aus den Augen lassen, damit sie sich nicht plötzlich davonstiehlt.

»Wie ich schon sagte ...«, flüstert Frau Schwarzer.

»Wir alle haben Ada für ihre aufgeschlossene Art geschätzt«, sagt der Direktor und wischt sich mit einer Hand über die Stirn. Der Nieselregen setzt sich feucht auf seinem Gesicht ab.

»... wir haben das falsch eingeschätzt. Nicht erkannt, was ...«, fährt Frau Schwarzer fort.

»Sie erfreute sich an der Schule äußerster Beliebtheit, vor allem bei den Mitschülerinnen und Mitschülern.« Der Direktor nickt ernst.

»... da wirklich vor sich ging ...« Frau Schwarzer endet mit einem zittrigen Atemzug.

»Nicht einmal erahnen können wir, was tatsächlich in ihr vorgegangen sein muss, dass sie keinen anderen Weg sah.« Die Stimme des Direktors schwillt in Jennys Ohren an.

»Wovon zum Teufel reden Sie da?«, zischt Jenny, als Frau Schwarzer innehält. Ihnen wird offensichtlich beiden zeitgleich bewusst, wie groß das Auseinanderdriften zwischen dem ist, was der Direktor und die Sozialarbeiterin jeweils von sich geben.

»In Zukunft müssen wir mehr auf die Zeichen achten«, referiert der Direktor, seine Tonlage ist immer gleich, gleich leiernd, gleich emotionslos, da gibt es kein Auf und Ab, keine echte Trauer, keine Empathie. »Wir müssen sensibler werden, selbst wenn die Zeichen unsichtbar zu sein scheinen.«

Jenny hebt die Hand und berührt Frau Schwarzer am Arm. Für jedes Wort braucht diese einen Anstoß, und jetzt braucht sie den wortwörtlich. Wie aus einer Trance erwacht, starrt die Sozialarbeiterin sie an, ihre Augen zwei große Teiche, als wäre sie in sich selbst ertrunken.

»Es tut mir leid«, sagt sie so leise, dass Jenny es kaum verstehen kann. Sie muss sich zu ihr rüberbeugen. Ihr Atem riecht nach Pfefferminz, aber auch nach etwas anderem, etwas Stechendem. Ist es Alkohol? Jenny ist sich nicht sicher.

»Was tut Ihnen leid?«

»Dass wir den Ernst der Lage nicht erkannt haben.«

»Also ist Ada zu Ihnen gekommen?«

Frau Schwarzer kann nicht antworten, aber ihr Körper spricht Bände genug. Da ist Nässe in ihren Augen, die nicht vom Regen kommt. Und dann nickt sie.

Jenny weiß nicht, was sie tun soll. Am liebsten wäre ihr, der Asteroid käme noch einmal zurück und würde hier einschlagen. Den Schulhof zertrümmern und mit ihr die falsche Rede, das falsche Lächeln, das permanente unterschwellige Kichern der vielen Jugendlichen. Nicht mal Adas Freunde kann Jenny in der Masse ausmachen, vielleicht haben die auch keine Lust auf diese Vorführung und sind gar nicht aufgetaucht.

»*Sie*«, sagt Jenny dann unnachgiebig, »werden mir jedes einzelne Detail erzählen. Und wenn Sie mir nur eine Sache verschweigen, werden mein Mann und ich diese verdammte Schule in Grund und Boden klagen.«

ADA

Einen Unterschied in der Welt zu machen hatte Ada sich irgendwie einfacher vorgestellt. Man dachte ja immer, Gutes tun würde auch mit Gutem belohnt werden, mit Zustimmung, mit Verbündeten, mit Solidarisierung und Reflexion der Personen, die man mit dem eigenen Content erreichte. Dass Karma ein in sich perfekt ausgeklügeltes System war, in dem es keine Schwachstellen gab.

Aber die Schwachstellen gab es, und die hatte Ada total unterschätzt. Die äußerten sich darin, dass ihr Video nach Tagen immer noch durch die Decke ging und ihre Social-Media-Kanäle ein einziges Chaos waren. Notifications, Nachrichten, Markierungen, jeder wollte sie einbeziehen, ihr seine Meinung sagen, sie auf sich aufmerksam machen. Und wo viel los war, wo sich viele Leute tummelten, ob digital oder real, da sammelte sich zwangsläufig auch viel Shit. Und je mehr Shit irgendwo rumlag, desto schwieriger wurde es, sich zu den guten Sachen, den empathischen Nachrichten, zu den begeisterten Reaktionen durchzukämpfen.

Denn eine Sache war klar: Männer waren ein solidarischer Haufen. Wenn einer von ihnen angegriffen wurde, dann rotteten sie sich zusammen wie eine Herde Hyänen. Und deswegen hatte Ada jetzt nicht nur die Fans jener Typen an der Backe, die sie in ihrem Video kritisiert hatte, sondern die ganze Incel-Bewegung – und alle, die ähnliche Narrative zu nutzen pflegten. Ihre Postfächer bestanden nun aus Hunderten Nachrichten und ihre Profile aus Tausenden Kommentaren, und stündlich kamen unzählige weitere dazu. Bestanden aus wilden Beschimpfungen, Beleidigungen, Morddrohungen und Vergewaltigungsfantasien von rechten Männern, von beleidigten Männern, von Männern mit einem fragilen Ego. Von Männern mit Klarnamen, die darauf vertrauten, dass ihre Einschüchterungsfähigkeiten so krass waren, dass Ada mit ihren Nachrichten nicht zur Polizei ging, und von noch viel mehr Männern, die sich hinter einem anonymen Account verbargen und so alles rauslassen konnten: allen Hass, alle Wut, alle Misogynie.

Ada hätte nie erwartet, dass in einem einzigen Menschen so viel Platz für Hass sein konnte, wenn sie sich so ansah, wie ausdauernd sich manche von ihnen in ihren Beschimpfungen gegen sie ergossen. Die fanden gar kein Ende, und dass Ada auf all das nicht reagierte, schien sie nur noch mehr anzustacheln. Sie wünschten ihr den Tod an den Hals, wünschten ihr, auf dem Heimweg vergewaltigt, wünschten ihr, verprügelt und verdroschen zu werden, wünschten ihr den Tod von Angehörigen und allen, die ihr wichtig waren. Sie schilderten alle Feinheiten der Gewalt, fantasierten bis ins Detail, bis mancher Nachrichtenverlauf wirkte wie das Drehbuch eines Horrorfilms.

Als wäre das alles nicht genug, mit dem man umgehen musste, war da auch noch die Kehrseite der Medaille: Wo sie vor wenigen Wochen noch die Außenseiterin gewesen war, waren sich die Leute an ihrer Schule nun unschlüssig, wie sie mit ihr umgehen sollten. Ein paar behandelten sie weiterhin wie Luft, weil sie zu stolz waren, sich bei Ada für ihr Verhalten wegen der Fotos zu entschuldigen, da reichte auch ihr plötzlicher Bekanntheitsboost nicht. Aber viele andere taten so, als hätte es diesen Vorfall und diese schlimmen Wochen nie gegeben. Als wäre Ada nie die Lachnummer in der Schule gewesen, als würden die Fakeprofile nicht immer noch existieren und diese *Kunstwerke* zum Besten geben. Ihre Anzeige gegen Unbekannt war ins Leere gelaufen und eingestellt worden. Selbst nach dem Doxxing, als sie nochmals mit der Polizei telefoniert hatte, hatte es kaum Zuversicht gegeben. Zu wenig öffentliches Interesse, zu wenig Beweise, zu wenig von allem außer ihrer Verzweiflung, davon hatte es viel zu viel gegeben. Aber das zählte im Rechtssystem nicht. Sie könnte es wieder versuchen, das wusste Ada. Könnte Hunderte oder Tausende Screenshots machen von all den Nachrichten der letzten Tage, aber sie war so ausgelaugt, so erschöpft, so müde von dem Hass, der sie aushöhlte. Für jeden, den sie anzeigen würde, würden zehn weitere neue Hassnachrichten parat stehen. Ada hatte keine Kraft, keine Ressourcen, keine Zeit, um der Welle aus Hass etwas entgegenzusetzen.

»Du siehst aus wie so eine griechische Statue.«

Ein Lufthauch, dann setzte sich Angelique neben sie auf die unbequeme Bank aus Metall. Früher hatte es mal Holzbänke gegeben, die waren etwas angenehmer gewesen, aber irgendwer hatte immer Zerstörungswut gehabt. Diese Bänke hier waren gestählt genug gegen die Grausamkeiten junger Menschen. Da waren sie Ada um einiges voraus.

»Hä, wie kommst du denn darauf?«

Angelique strich sich ihr glattes Haar zurück. »Weil du total unbeweglich dasitzt. Wenn du nicht blinzeln würdest, könnte man dich halt für genau so eine Statue halten.« Sie hielt Ada das Buch entgegen, das sie mit sich trug. *Ich bin Circe* von Madeline Miller prangte ihr in goldenen Lettern entgegen. Wenn es irgendwann einmal ein Buch mit dem Titel *Ich bin Ada* gäbe, worum würde es dann wohl gehen, fragte Ada sich. Aber Ada war keine Fabelgestalt, auch wenn sie gern eine wäre.

»Ich hätte nichts dagegen einzuwenden«, erklärte Ada schulterzuckend. Sie zog ihr Handy aus der Hosentasche, wo es in dem engen Stoff die ganze Zeit gegen ihr Bein gedrückt hatte.

»Ich stelle mir das nicht so geil vor«, fand Angelique. »Du stehst die ganze Zeit an derselben Stelle rum und hast nichts Besseres zu tun, als die immer gleichen Leute anzustarren. Und die wiederum starren dich an.«

»Aber man ist ein Klotz aus Stein«, gab Ada zu bedenken.»Und als Klotz aus Stein empfindet man nichts.«

»Ich kann mir Schöneres vorstellen.«

»Und ich mir Schlimmeres.«

Sie lachten, während Angelique das Buch in ihrer Umhängetasche verstaute. Dabei warf ihre Freundin einen Blick auf Adas Display, das sie selbst gerade entsperrt hatte.»Da geht ja ganz schön was ab«, sagte sie gedehnt und lehnte sich ein Stück zu ihr rüber. Angelique war die Einzige, die Adas plötzliche Bekanntheit nicht mit einem Wort erwähnte, sie nicht rühmte, sie nicht aufzog, sie nicht anders behandelte. Selbst Kim benahm sich seit ein paar Tagen anders. *Freundlich* irgendwie. Als wäre Ada nun mehr wert, wo sie sich feministisch geäußert hatte. Als wäre sie damit in Kims Achtung gestiegen. Das gefiel ihr nicht recht, denn sie wollte nicht, dass ihr Wert daran gemessen wurde, wie heftig sie sich gegen das Patriarchat zur Wehr setzte. Sie wollte auch so genug sein in einer Freundschaft. Wollte reichen, wollte keine Benefits mitbringen müssen.

Ada antwortete nichts, sie reichte Angelique nur ihr Handy und ließ sie selbst durch ihren Anfrage-Ordner auf Instagram scrollen. Seit sie heute früh nachgeschaut hatte, hatten sich Dutzende von neuen Nachrichtenanfragen gehäuft. Bereits die Vorschauen ließen erahnen, dass es sich um einen beachtlichen Teil neuer Beleidigungen handelte. Dazwischen gab es auch schöne Nachrichten. Berührende, emotionale Nachrichten von anderen Frauen, die sich verstanden fühlten. Die Ada ungefragt ihre Geschichten erzählten, von Belästigung, von Gewalt, von Männern, die sie auf diese oder jene Weise missbraucht hatten. Bisher hatte Ada nicht einmal eine Ahnung davon gehabt, wie viele Wege es gab, einem anderen Menschen Gewalt anzutun, seelisch, körperlich, manipulativ, narzisstisch, unterschwellig, roh, sexuell, drohend, verfolgend, machtvoll. Es gab so viele Wege, dass man es kaum aushalten konnte. All diese

Nachrichten ehrten Ada, aber sie belasteten sie auch. So viel Verantwortung wurde ihr mit diesen Berichten übergestülpt, als hätte sie plötzlich eine ungeahnte Superkraft, mit der sie die Welt für Frauen besser machen konnte. Dabei fühlte sich das nicht so an. Vielmehr glaubte sie, mit einem Stock einfach nur in einem Ameisenhaufen gestochert und Chaos entfacht zu haben.

»Kein Wunder, dass immer jeder die Klappe hält«, sagte Angelique und gab ihr das Handy zurück. »Wenn jeder, der sich irgendwie für eine gute Sache einsetzen will, dann so was zu erwarten hat.«

»Ja, das ist echt übel. Ich habe auch vorher schon mitbekommen, dass weibliche Personen stärker von dieser Art Hass betroffen sind, aber so krass hätte ich das echt nicht erwartet.« Ada hob den Kopf und blinzelte ins Sonnenlicht.

»Hast du mal überlegt, mit jemandem darüber zu sprechen?«

Ada lachte.

Angelique nicht. »Nee, wirklich. Das hält ja kein gesunder Mensch aus.«

»Dafür habe ich doch euch.« Ada winkte ab

Doch Angelique ließ sich nicht so leicht abwimmeln. »Das war kein Witz.«

»Ich weiß«, versuchte Ada sie aufzuziehen. »Deine Stirnfalte ist so tief, dass sich deine Augenbrauen fast berühren. Das ist immer ein Alarmzeichen dafür, dass mit dir nicht mehr zu spaßen ist.«

»Gut, dass du meine Mimik zu deuten weißt«, erwiderte Angelique ironisch. »Aber du lenkst ab. Es gibt hier an der Schule eine Sozialarbeiterin. Du könntest bei ihr mal einen Termin ausmachen.« Sie deutete auf Adas Smartphone, dessen Beleuchtung in diesem Augenblick erlosch. »Das da ist nicht normal, Ada. Das ist nichts, womit man halt so klarkommen muss. Das ist kein blöder Liebeskummer oder so. Das ist heftig. Und ich glaube, man muss sich eine Strategie überlegen, wie man damit umgeht.«

»Ich blockiere die einfach alle«, erklärte Ada. Trotzdem berührten die Worte ihrer Freundin etwas in ihr. Ada hatte keine Ahnung, warum sie immer glaubte, über allen Dingen stehen zu müssen. War das so ein Ding der internalisierten Leistungsgesellschaft? Glaubte man instinktiv, immer Stärke demonstrieren zu müssen? Sich nie Schwäche erlauben zu dürfen?

»Man kann Hass nicht wegblockieren.«

»Challenge accepted.«

Angelique verdrehte die Augen. Sie nahm Ada die Scharade nicht ab, das war offensichtlich. Vielleicht musste sie sich mehr bemühen. Eine Schicht von Kims *Scheiß drauf* überziehen, ein Zwiebellook aus Abhärtung und *Niemandkannmirwas* und *Dasmussmanaushaltenkönnen*.

»Wirklich, Ada. Geh da mal hin. Nur einmal. Tu's meinetwegen für mich, okay?«

Ada rutschte auf dem metallenen Untergrund hin und her. Natürlich lag das nicht an dem flauen Gefühl in ihrem Magen, sondern an der unbequemen Bank, damit log sie nicht nur Angelique an, sondern sich selbst gleich mit. Zwei Fliegen, eine Klappe, Schachmatt.

»Wer geht denn zu einer Schulsozialarbeiterin?«, hörte sie sich selbst sagen. »Das macht doch niemand.« Nur Loser, dachte sie.

Angelique bedachte sie mit einem ernsten und irgendwie traurigen Blick. »Mehr Leute als du denkst«, sagte sie leise. »Ich zum Beispiel.«

Scheiße.

»Sorry«, beeilte sich Ada zu erwidern. Aber zu spät, in das Fettnäpfchen war sie nun getreten. »So war das nicht gemeint.«

»Doch, war es«, wehrte Angelique ab. »Aber das ist schon okay. So denken die meisten Leute, oder? Wenn man sich Hilfe holt, zeigt man Schwäche. Aber ich kann dir aus eigener Erfahrung sagen: Wenn du dich dazu entschließt, ist es das Stärkste und Mutigste, was du jemals getan hast.«

Ada wusste, dass sie mit Worten gerade nicht reparieren konnte, was sie binnen eines unbedachten Moments kaputtgemacht hatte. Sie überlegte kurz, ob sie Angelique nach ihren Problemen fragen sollte oder ob das angesichts der Kürze ihrer Freundschaft zu übergriffig war. Ada hatte keine Ahnung, ob sie sich wohl damit fühlen würde, wenn man sie darauf ansprechen würde. Vermutlich würde sie am liebsten aus eigenem Antrieb davon erzählen wollen. Deshalb legte sie ihre Hand auf Angeliques und drückte sanft zu. Es tut mir leid, sagte ihr Körper. Ich bin ein Hohlkopf, sagte ihr Blick.

»Ich werde einen Termin machen«, sagte sie dann nach einer langen Weile. »Ich werde so mutig sein wie du.«

Angelique nickte, drehte ihren Arm um, und zum ersten Mal überhaupt verschränkten sie beide ihre Finger ineinander.

Manche Freundschaften überlebten einen Dürresommer nicht. Aber andere brauchten genau das, um aus totem Land neues Leben hervorbringen zu können.

Ada klopfte gegen die Tür. Ihr gingen Angeliques Worte über Stärke und Mut nicht aus dem Kopf, und erst jetzt konnte sie ihre Bedeutung wirklich nachempfinden. Ihre Hand zitterte wie Espenlaub. Es war faszinierend, wie schnell sich der Körper der Kontrolle des eigenen Willens entziehen konnte und man seinem Gebaren hilflos ausgeliefert war.

»Herein bitte«, rief eine helle Stimme von der anderen Seite der Tür.

Augen zu und durch, sprach Ada sich Mut zu und trat ein, bevor der Fluchtinstinkt sie zum Gegenteil überreden konnte.

An einem Schreibtisch saß die Sozialarbeiterin der Schule und tippte etwas in einen Computer. Ada hatte Frau Schwarzer bislang nur wie einen Schatten an der Schule wahrgenommen. Sie wusste, dass es sie gab, aber sie hatte sie immer nur aus der Ferne oder aus den Augenwinkeln gesehen.

»Hallo, Ada«, sagte Frau Schwarzer nun und erhob sich. Sie umrundete den Schreibtisch und kam auf sie zu, wobei sie auf eine kleine Sitzecke deutete. Zwei Sessel, ein kleiner Couchtisch, ein Obstkorb mit knallbunten Früchten, daneben zwei Gläser und eine ungeöffnete Flasche Wasser. Vielleicht war das ein Ort, an dem niemand einen Tropfen herunterbekam, überlegte Ada. Vielleicht sprachen manche von den Schülerinnen und Schülern so schlimme Dinge hier aus, dass man nur etwas aus der Kehle rausbekam, aber nicht mehr rein. Ada hätte jedenfalls Verständnis dafür gehabt. Bei dem Anblick der Äpfel und Bananen stieg Übelkeit in ihr auf.

»Schön, dass du da bist, Ada. Bitte setz dich doch«, sagte Frau Schwarzer. »Ich hoffe, es ist okay, wenn ich dich duze? Ich weiß, du bist schon volljährig, also wenn dir das nicht recht ist, dann ist das natürlich auch voll in Ordnung.«

Ada nickte. »Ist kein Problem für mich«, murmelte sie.

Die Sozialarbeiterin beanspruchte den Platz ihr gegenüber. Der niedrige Beistelltisch mit dem seltsam cleanen Arrangement aus Obst und Wasser zog eine Grenze zwischen ihnen beiden. Zumindest kam es Ada so vor.

Was für eine hirnrissige Idee, dachte sie. Irgendwie hatte sie gedacht, das hier wäre eine gute Idee. Wäre eine Hilfe. Jetzt saß Ada hier und hatte keinen fucking Plan, wie sie auf diesem Sofa gelandet war. Natürlich war es voll okay, dass ihrer Freundin dieser ganze Shit hier bei ihren Problemen geholfen hatte. Nur musste das ja nicht für andere gelten. Vor allem für Ada nicht. Sie hatte ja eine ganze andere Haut, die war mit Adamant überzogen. Und die paar Schwachstellen, die sie hatte, das Loch unter der Achsel oder die eine Stelle unter der rechten Rippe, die würde schon niemand finden. Da würde schon niemand eine Lanze durchbohren und sie da treffen, wo es richtig wehtat.

»Ada?«

Wie Scheinwerfer durch einen Nebel kämpfte sich die Stimme der Sozialarbeiterin zu ihr durch.

Ada blinzelte. »Sorry. Was haben Sie gesagt?«

»Ich wollte wissen, was dir auf dem Herzen liegt.«

Am liebsten hätte Ada mit den Augen gerollt. Das war so eine typische Frage. Muskeln, hätte sie am liebsten geantwortet. Muskeln, darüber das Brustbein und Haut. Haut aus Adamant eben.

Sie ließ sich einen Atemzug Zeit. »Eine Freundin meinte, ich solle mal zu Ihnen kommen. Könnte nicht schaden, sagte sie.«

»Sagte sie das?« Frau Schwarzer lächelte, dabei fand Ada, dass ihre Antwort nicht witzig war. »Scheint eine gute Freundin zu sein, die du da hast.«

Ada zögerte. »Wir kennen uns noch nicht besonders lange. Aber ja, ich glaube, das ist sie.« Dass Ada sich zu schnell zu irgendwas überreden ließ, war ja nicht Angeliques Schuld. Dafür musste sie sich in ihren eigenen Hintern treten.

»Und hat sie denn einen Grund dafür?«

»Wofür?«

»Dich zu mir zu schicken.«

Frau Schwarzer nahm die Wasserflasche und schenkte sich ein Glas ein. Damit weichte sie die starre Grenze zwischen ihnen ein Stück weit auf. Vielleicht war das von Anfang an die Absicht, grübelte Ada. Durch eine Beiläufigkeit hier, eine kleine Geste da Annäherung schaffen.

Ada strich sich eine Haarsträhne aus dem Gesicht. Dabei hing da streng genommen gar nichts, aber sie musste irgendwas mit ihren Händen tun. Irgendwie beschäftigt wirken, als würde sie das hier nur nebenbei tun. Als würde ihr dieses Gespräch nicht wirklich was bedeuten. Sie tat das ja nur für Angelique. Damit die sich keine Sorgen mehr machte.

»Ich habe ein bisschen Stress«, gab sie dann zu und bemühte sich, ihre Stimme federleicht klingen zu lassen. Keinen Schimmer, ob sie Frau Schwarzer damit täuschte. Immerhin rechnete die bestimmt damit, dass man versuchte, sie zu verarschen. Wie paradox, dass man in dieses Büro kam, weil man um Hilfe bitten wollte, und es gleichzeitig trotzdem versaute und sich einen zurechtlog, bis sich die Balken bogen.

»Okay«, sagte Frau Schwarzer. Das Lächeln war weg, aber ihre Miene immer noch freundlich. Geduldig. Ich warte, bis du bereit bist, sagte dieses Gesicht, und irgendwie setzte Ada das unter Druck. Sie wollte ja auch nicht, dass Frau Schwarzer dachte, sie könnte ihren eigenen Job nicht. Sie wollte nicht, dass die ältere Frau sich wie eine Versagerin fühlte, weil Ada wiederum nicht mit der Sprache rausrückte. Was für ein Teufelskreis.

»Willst du über die Quelle deines Stresses reden?«, fragte Frau Schwarzer. »Wir könnten in kleinen Schritten anfangen, und du sagst mir, ob sie zum Beispiel eher schulischer oder privater Natur ist.«

Kleine Schritte sind gut, fand Ada. Da konnte man immer wieder eine Zwischenanalyse anfertigen. Ging man noch weiter, oder trat man nun doch die Flucht an?

»Es ist tatsächlich eine Mischung«, erklärte Ada. Sie hielt den Blick auf einen roten Apfel gerichtet. Eine glänzende Wachsschicht umspannte seine Schale, in der sich das Neonlicht der Deckenleuchte matt spiegelte. »Es hat im Privaten begonnen und sich dann auf die Schule ausgeweitet.«

Frau Schwarzer nickte, als verstünde sie genau, was Ada meinte. Dabei konnte sie das aus den paar Brocken, die Ada ihr hingeworfen hatte, nicht wissen. »Okay. Privat also. Da hätten wir jetzt ein paar weitere Abbiegemöglichkeiten: Familie, Freundeskreis oder etwas ganz anderes.«

Die Frage war diesmal leicht zu beantworten. »Was ganz anderes.«

Frau Schwarzer tippte sich mit dem Zeigefinger nachdenklich gegen das Kinn. »Hat es mit einem Hobby zu tun?«

Na, das ging ja schnell, dachte Ada, und leises Misstrauen gesellte sich zu dem Obstarrangement auf den Tisch, um die unsichtbare Grenze zu verstärken.

»Sagen Sie bloß, Sie wissen eigentlich schon Bescheid«, presste sie heraus.

Frau Schwarzer schaute sie überrascht an. »Bescheid? Worüber sollte ich Bescheid wissen?«

Ada scannte mit gerunzelter Stirn die Mimik ihres Gegenübers. Aber sie fand nichts, womit sie ihr Misstrauen begründen konnte. Vielleicht urteilte sie vorschnell. Vielleicht sollte sie der Frau einfach eine Chance geben.

»Ich war in den letzten Wochen oft Gesprächsthema hier an der Schule«, sagte sie und zuckte mit den Schultern. »Okay, eigentlich nicht nur hier. Überall. Ich streame auf Twitch und hab mir da eine kleine Reichweite aufgebaut.«

Kleine Reichweite? So ein Bullshit, du bist jetzt eine Person des öffentlichen Lebens, hörte sie Kims gackernde Stimme in ihrem Kopf. Seit dem viralen Hit zog ihre beste Freundin sie auf, und Ada hatte keinen blassen Schimmer, ob Kim sich für sie freute oder ob das eher eine seltsame Form von Humor war.

»Du streamst auf Twitch«, wiederholte Frau Schwarzer, wobei das mehr wie eine Frage klang.

»Ja, genau.«

Frau Schwarzers Stirnfalte vertiefte sich.

»Das ist eine Videoplattform«, beeilte sich Ada sie aufzuklären. »Wie YouTube, nur ist man da live.«

Frau Schwarzers Gesicht hellte sich auf. »Ach ja, davon habe ich schon mal gehört.«

Schon mal gehört. Wow. Wie sollte sie der Frau begreiflich machen, was sie gerade aushalten musste, wenn sie nicht mal ein Mindestmaß an Medienkompetenz besaß? War das nicht irgendwie nötig als Schulsozialarbeiterin? Sollte man davon nicht etwas

Ahnung haben? In Ada wuchs der Wunsch, den gewachsten Apfel in die Hand zu nehmen und gegen die Wand zu schleudern. Sie wollte die Wachsschicht springen sehen. Wollte sehen, wie alles aufriss, erst das Wachs, dann die Schale und schlussendlich sogar das Fruchtfleisch, um das Gehäuse freizulegen.

»Da kommen wir der Sache doch schon näher«, sagte Frau Schwarzer, und Ada hätte fast aufgelacht. Von wegen. Vom Gehäuse waren sie noch meilenweit entfernt.

»Hast du Probleme mit den Leuten dort?«, wollte Frau Schwarzer wissen, als Ada nicht reagierte. »Also auf ... Twitch.« Ihre Zunge formte die Buchstaben, als wären sie Teil einer fremden Sprache. Unsicher. Ungewohnt.

»Mit den Leuten dort?«, wiederholte Ada. Als wäre Twitch ein realer Ort, an dem sich eine bestimmte Anzahl an Menschen aufhielt. Wie ein Dorf. Oder ein Verein. Eine überschaubare Gemeinschaft.

»Ja, hab ich«, sagte sie forsch. »Haben Sie schon mal ein paar Hassnachrichten gelesen, Frau Schwarzer? Sie sind doch bestimmt auf Facebook, oder? Da begegnet einem das ja auch. Wenn der *Spiegel* einen Beitrag über ertrunkene Geflüchtete im Mittelmeer postet, dann findet man Hunderte, ach was, Tausende davon unter dem Beitrag. *Ein paar Leute* sind das wohl.«

Frau Schwarzer ließ sich nicht aus der Ruhe bringen. Ada hingegen schon. So eine Kackidee war das gewesen. Die Frau hatte doch gar keine Ahnung. Wieso sollte sie ausgerechnet mit ihr über Hate sprechen? Sie war zwanzig Jahre zu alt, um irgendwas Qualifiziertes sagen zu können. Medienkompetenz war nicht mal heutzutage ein Schulfach, und in ihrem Studium vor gefühlten Jahrhunderten hatte sie darüber sicher erst recht nichts gelernt.

»Ich glaube, hier geraten gerade einige Dinge durcheinander«, sagte Frau Schwarzer betont ruhig. Sie hatte die Hände etwas gehoben, vielleicht bewusst, vielleicht unbewusst. Es konnte eine abwehrende Geste sein oder eine besänftigende. »Es tut mir leid, wenn du den Eindruck hast, ich würde nicht begreifen, worüber du sprichst. Das stimmt möglicherweise sogar, aber ich bin lernfähig, Ada. Versprochen.« Sie lächelte und ließ die Hände wieder sinken. »Sag mir einfach, was dich bedrückt. Wenn du das möchtest, versteht sich. Du kannst mir auch alles zeigen, was du willst, wenn es die Sache vereinfacht. Wenn ich das richtig kombiniert habe, hast auch du mit Hassnachrichten zu kämpfen.«

Ada nickte und wippte unruhig mit dem Fußballen auf und ab. Selbst der Boden schien gewachst zu sein. Oder das war nur eine Schicht aus dunklen Geheimnissen und Traumata, die über Jahrzehnte in den Boden gesickert waren und dort einen klebrigen Untergrund gebildet hatten? Sie könnte jetzt ihr Handy zücken und all das zeigen, was sich da angesammelt hatte. Da war auch so eine klebrige Schicht, nur saß die in ihrem Smartphone und hielt ihre Finger, ihren Blick und ihre Aufmerksamkeit daran festgepinnt. Hier ist so viel Hässlichkeit, sagte es, aber weg kannst du trotzdem nicht.

»Ist es denn so schlimm wie unter dem *Spiegel*-Artikel über ertrunkene Geflüchtete?«, fragte Frau Schwarzer sanft. »Oder fühlt es sich vielleicht nur so an? Manchmal kommen einem drei negative Nachrichten ja so viel vor wie dreihundert positive. Das Schlechte wiegt gefühlt immer viel mehr als das Gute, oder?«

Ada dachte an einen Satz, den sie während ihrer Recherche bei einem der unzähligen selbst ernannten Life-Coaches aufgeschnappt hatte: Wenn du dich traurig fühlst, ist das nur eine Folge deines ungenügenden Mindsets.

Fuck you und deine Schuldumkehr, hatte sie damals gedacht, und trotzdem war etwas davon an ihr haften geblieben. Noch so eine klebrige Schicht, die man nicht so einfach wieder loswurde. Man war nur etwas wert, wenn man leistete, wenn man genug war, wenn man Erfolg vorwies. Und wenn etwas nicht gut lief, dann war man eben selbst schuld, dann strengte man sich nicht genug an, dann war die Ursache das Spiegelbild. Dann machte man Fehler, war irgendwo der Störfaktor in der Matrix, und was einem dann zustieß, war nur Karma. War das schlechte Mindset. War zu wenig Investment in positive Vibes.

Das alles sagte Frau Schwarzer in diesem Augenblick nicht, und trotzdem schwang da etwas von dieser Schuldumkehr in ihren Worten mit.

»Ja«, sagte Ada.

»Das ist vielleicht auch Teil davon, wenn man in der Öffentlichkeit stehen will«, überlegte Frau Schwarzer laut. »Da kann man das Schlechte nicht umgehen, oder?«

»Ja«, sagte Ada wieder.

Nicht, weil sie Ja meinte, sondern weil sie rauswollte. Weg von dem Obst, dass aussah wie ein Stillleben in einer abstrakt-sterilen Galerie, weg von dieser Frau, weg von diesem Ort. Sie hätte nicht Ja sagen müssen. Sie hätte auch erklären können, dass es nicht nur drei Hassnachrichten waren, sondern mehr. Dass das keine einfachen Beleidigungen waren, sondern Gewaltandrohung. Sie hätte so vieles. Aber Ada wollte nicht. Sie war müde, sich zu erklären.

Unvermittelt stand sie auf. Frau Schwarzer hob erstaunt eine Augenbraue.

»Unsere Zeit ist noch gar nicht um«, stellte sie mit einem Blick auf die Uhr fest.

»Doch«, erwiderte Ada. »Ich muss noch was für den Unterricht vorbereiten und deswegen jetzt los.«

Nach diesem Termin würde sie gar kein Klassenzimmer mehr von innen sehen, sondern sich vom Gelände schleichen, aber das musste Frau Schwarzer nicht wissen.

»Sollen wir einen neuen Termin ausmachen?« Frau Schwarzer schien begriffen zu haben, dass Ada nicht so glücklich mit dem Verlauf des Gesprächs war, und versuchte nun, die Richtung noch im letzten Moment zu ändern.

Doch Ada hatte keine Lust darauf. Sie schüttelte den Kopf und griff nach ihrer Tasche. »Ich melde mich wieder, wenn ich Redebedarf habe«, murmelte sie.

Das war ein Code für *Ich komme nie wieder*, und das wussten sie in dieser Sekunde beide, auch wenn es niemand aussprach.

»Na gut«, sagte die Sozialarbeiterin. »Aber wenn was ist, weißt du, wo du mich findest, ja?«

Das war ein Code für *Ich hab's kapiert, ich gebe für den Moment auf*, und Ada nickte aufatmend. Dann verabschiedete sie sich und rauschte nach draußen. Der Fußboden klebte auf dem Weg, als wolle er sie an den Schuhen, an den Sohlen, an den Achillesfersen, wo man besonders verletzlich war, festhalten.

Im Flur pausierte Ada kurz. Es dauerte noch fast zwanzig Minuten bis zur Pause, und in den Gängen war es still. Es irrten nur vereinzelte Schülerinnen auf der Suche nach der Toilette oder Lehrkräfte auf der Suche nach neuer Kreide durch diese Stille.

Ada fischte ihr Handy heraus. Der gesamte Sperrbildschirm war voller Push-Benachrichtigungen. Wenn man selbst als Person auf Social Media so stattfand, wie sie es jetzt tat, dann verlief die Zeit anders. Dann bedeuteten zwanzig Minuten Abwesenheit vom Smartphone, dass die Zeit sich währenddessen überschlug. Dann bedeutete jede Sekunde DMs, Likes, Follows. Dann bedeutete jede Minute Hass, der die guten Nachrichten überdeckte.

> du hast dich mit den falschen angelegt,
> schlampe

Das war der neuste Kommentar unter ihrem aktuellsten Instagram-Foto. Ada atmete durch. Von außen klopfte die Panik an, eine ganz neue Begleiterin ihres Lebens, die sich loyal an ihre Seite schleichen wollte. Aber Ada ließ sie nicht ein, noch nicht. Dann mutete sie alle Benachrichtigungen auf allen Kanälen, blockierte den neusten Schwall an beleidigenden Profilen und schränkte die Kommentarfunktion ein.

Sie löschte das digitale Licht.

Sie mutete den Sturm.

Und so sah sie nicht, wie sich am fernen Horizont stattdessen ein Orkan zusammenbraute

und

direkt

auf

sie

zuraste.

DIE ANONYMITÄT

Was für ein Scheißtag, dachte sie und knallte die Schultasche in die Ecke. Die Bücher darin schlugen gegeneinander, aber wen interessierte das schon, die waren eh alt und gebraucht. Voller Knicke anderer Leute, vergilbt und muffig. Eine Zumutung, so was noch zu verleihen. Aber sie war ja arm, ihre Familie war arm, da wurde erwartet, dass man eh für alles dankbar war. Streng genommen waren die Dinger nicht mal inhaltlich auf dem neusten Stand. An manchen Stellen musste sie ganz zart mit Bleistift Modernisierungen neben den Text schreiben, obwohl es verboten war, da überhaupt drin herumzukritzeln. Mit etwas Pech mussten sie die Schulbücher dann später bezahlen. Aber sie hatte keine Wahl. Wenn sie irgendwie mithalten wollte, musste sie in den sauren Apfel beißen.

Zu Hause war sie mit viel Gebrüll begrüßt worden. Andere Kinder wurden nach der Schule mit einer warmen Mahlzeit und einer liebevollen Umarmung erwartet, aber bei ihr war das nicht so. Da gab es statt süßem Pfannkuchen leere Flaschen Korn, und auf den Tellern in der Küche türmten sich Kippen und Asche. Der Zigarettengestank setzte sich überall fest: in den Möbeln, in den Klamotten, sogar im eigenen Haar. Dieser Gestank war wie eine Uniform, die sie mit nach draußen in die Welt trug und die dafür sorgte, dass andere sich von ihr fernhielten. Mittlerweile hatte sie zwar so ihre Tricks gefunden, lagerte frische Klamotten in der Schule und zog sich da vor der ersten Stunde um, aber das mit den Haaren, dafür hatte sie noch keine Lösung gefunden. Und ob man nachher viel stank oder wenig, machte wenig Unterschied, wenn andere sich ein Opfer aussuchten, auf dem sie herumtrampeln konnten. Da reichte die kleinste Abweichung vom Normativen, und man war fällig.

»Wer ist da? Bist du das? Bist du zu Hause? Ich brauche eine Weinflasche«, schrie ihre Mutter von nebenan. Sie musste noch im Bett liegen, zu betrunken von der Nacht. »Hörst du mich? Bring mir eine Weinflasche!«

Kurz hielt sie inne und wog ab. Nahm den Tonfall dieser Frau auseinander, wie sie es mit den Formeln in der Schule tat. Sie glaubte, diese schleppende Note zu hören, die Indiz genug war, dass sie es sich leisten konnte, ihre Mutter einfach zu ignorieren. Die war noch zu fertig, um irgendwas anderes auf die Kette zu kriegen, als da rumzuliegen und zu lallen. Ihr blieb noch ein Puffer von zwei, vielleicht drei Stunden, in denen sie ihre Schularbeiten erledigen musste, bevor der eigentliche Horror losging. Die zehrenden Stunden, die ihre Mutter brauchte, um von dem betrunkenen Zustand wieder in den nüchternen zu kommen. Oder war es andersherum? Wenn man so alkoholkrank war wie sie, dann brauchte es einigen Stoff, bis man wieder im Rausch angekommen war. Also, richtig viel Stoff. Und das kostete auch Geld, und so landete sie selbst hier mit geliehenen Schulbüchern und Klassenfahrten, für die sie Zuschüsse mit der gefälschten Unterschrift ihrer Mutter beantragen musste, weil die nicht mal mehr ihren Namen auf ein Blatt Papier geschrieben bekam, so weggesoffen hatte die sich mittlerweile.

»Du Missgeburt von einer Tochter«, brüllte ihre Mutter, »alles tue ich für dich, ALLES, und du kommst nicht mal hierher, wenn ich dich rufe, du undankbares Stück …«

Sie schlug ihre Zimmertür zu, und die Stimme der Frau, die ihr das Leben, aber nicht mehr geschenkt hatte, verlor sich. Ihr Magen knurrte, aber darum würde sie sich später kümmern.

Sie riss das Fenster auf und ließ frische Luft ein. Obwohl sie ihr Zimmer abschloss, damit ihre Mutter oder einer ihrer aktuellen Schlägertypen – pardon, Lebenspartner – nicht in ihrer Abwesenheit die wenigen Habseligkeiten, die sie noch besaß, plündern und zu Geld für die eigene Sucht machen konnte, war der Gestank allgegenwärtig. Man gewöhnte sich irgendwann dran, trotzdem war das der einzige Kampf, den sie mit gewissen Erfolgschancen ausfechten konnte. Den Rauch konnte sie vertreiben, die Sucht nicht, auch wenn sie lange gedacht hatte, dass sie sich nur genug kümmern, ihre Mutter nur genug lieben, nur genug für sie da sein musste, dann würde die Sucht schon verschwinden.

Bullshit. So funktionierte Sucht nicht. Sucht war eine Krankheit. Aus Sucht kam man nur raus, wenn man das auch anerkannte und sich helfen lassen wollte. Sie selbst hatte es in den letzten Jahren immerhin geschafft, die Klette der Verantwortung mit all ihren Widerhaken von ihrem eigenen Körper zu lösen.

Bevor sie sich ihren Hausarbeiten für Deutsch und Bio widmen würde, kauerte sie sich auf die Fensterbank und entsperrte ihr Handy. Nicht, dass da viel passierte. Sie hatte ja kaum Freundschaften. Sie war mehr die Beobachterin. Sie observierte ihr Umfeld auf Social Media. Sie nahm aus sicherer Entfernung teil, einfach, um gewappnet zu sein. Um alles mitzukriegen.

Der Fensterrahmen bohrte sich hart in ihren Rücken. Das war irgendwie typisch. Selbst die Wohnung war kantig und spitz. Ein Minenfeld, ein Arsenal an möglichen Gefahren aus halb glühenden Kippen, aus Scherben, aus zerbrochenen Flaschenköpfen. Willst du dich wirklich hier heimisch fühlen?, fragte die Wohnung. Als hätte sie selbst das je vorgehabt. Sie wartete nur auf die Volljährigkeit. Und dann wäre sie auf und davon. Natürlich. Keine Person, die irgendwie bei Trost war, konnte hier leben.

Sie wischte das halb verschmierte Display ab und scrollte durch Instagram. Da war mittlerweile fast nur noch Katastrophenmodus angesagt: Kriege, Klimawandel, Armut, vermüllte Meere, Artensterben, Erdbeben, Waldbrände, vergiftete Flüsse, Menschen auf der Flucht vor alldem und von anderen genau dafür verurteilt. Sie war müde davon und schloss die App wieder. Sie war müde davon, aber nicht, weil sie dachte, dass das alles nicht wichtig wäre. Sie war klug genug, um Fakten und Wissenschaft anzuerkennen. Aber die Katastrophe in den eigenen vier Wänden war ihr näher als die Katastrophen draußen. Sie musste sich erst mal um die kümmern, bevor sie sich mit den anderen befassen konnte. So war das nun mal: Man hatte in sich nicht unendlich viel Platz für untergehende Welten. Da war TikTok schon eher eine Plattform, auf der man einfach abschalten konnte. Sofern man seinen Algorithmus im Griff hatte, verstand sich. Wenn man nur lange genug Videos mit niedlichen Tieren oder Leuten ansah, die kopfüber einen Hügel herunterkullerten, während der Freundeskreis sich ringsum vor Lachen bepisste, dann kam wenig Störendes dazwischen.

Aber heute war das etwas anders. Heute war ihr Algorithmus außer Takt geraten. Beharrlich zuckten immer wieder dieselben Bilder über ihr Smartphone, egal wie stur sie die nur Sekundenbruchteile andauernden Sequenzen weiterschob, um den Algorithmus zu erziehen. Ihm begreiflich zu machen, dass sie keinen Bock auf die vorgeschlagenen Inhalte hatte.

Sie scrollte durch ihre Foryou-Page. Zack, zack, Video für Video. Kaum eines hielt sie länger als ein paar Sekunden fest, dabei war Zeit die Währung auf TikTok. Je länger man an einem Video dranblieb, desto erfolgreicher war es. All die Creator buhlten also um ihre Zeit. Um Sekunden. Um Augenblicke. Und währenddessen zog draußen das richtige Leben an ihnen allen vorbei.

Und dann blieb sie an einem Video hängen. Sie hatte die junge Frau schon öfter gesehen. Fragmente dieses TikToks waren immer mal wieder über ihre Startseite geschwappt, aber bislang hatte sie noch nichts daran gecatcht. Sie kannte die Frau nicht, keine Ahnung, was sie in ihrem Algorithmus verloren hatte.

Irgendwann ergab sie sich dann. Ergab sich dem Algorithmus, der vielleicht doch besser wusste als sie, was sie sehen wollte, was relevant war. Als das nächste Video mit dieser jungen Frau vor ihr auftauchte, skippte sie es nicht weiter.

Die ekelhafte Wahrheit über diese heuchlerische Streamerin zog sich für drei Sekunden in gelben Lettern auffällig über das TikTok. Was für ein Clickbaiting, dachte sie abfällig. Aber es funktionierte ja, sie blieb dran. Ihre Aufmerksamkeit war gebannt. 123.000 Likes hatte das Video schon und über 6000 Kommentare. Die Viewzahl musste damit locker die Millionenhürde genommen haben. Und das war offenbar nicht mal das einzige Video über diese junge Frau …

Etwa eine Minute lang wurde ein Intro gespielt, wer die junge Frau war und was sie machte (Games streamen und neuerdings auch gesellschaftskritische Videos). Der Sprecher, ein vermutlich junger Mann ohne Gesicht, dafür mit arroganter Stimme, droppte nicht nur ihren Twitch-, sondern auch ihren Klarnamen und sogar ihre Adresse, was Ada mit leisem Entsetzen zur Kenntnis nahm, denn Doxing war strafbar. Vor allem ein Video wurde besonders thematisiert: eine Recherche über die deutsche Incel-Szene, das anscheinend viral gegangen war. Ihr selbst war das allerdings entgangen. So viel hielt sie sich dann doch nicht online auf.

Ein lautes Klopfen an der Wand brachte sie dazu, das TikTok zu pausieren und kurz in die Stille zu lauschen.

»Ich warte immer noch auf meinen Scheißwein, du verwöhntes Gör«, kreischte ihre Mutter nebenan. Ihre Stimme klang kraftlos, und in dem Zustand würde sie sich noch nicht aufraffen und zu ihrem eigenen Zimmer kommen können, um Terror an der Tür zu schieben. Also beschloss sie, die Bratze, die sie geboren hatte, weiter zu ignorieren.

»Wisst ihr, was immer so spannend an diesen männerhassenden Feministinnen ist?«, fragte der User nun, als sie das TikTok weiterlaufen ließ. Kurz unterbrach sie das Video noch mal, um sich das

Profil anzuschauen. NoBetaJules hatte 25.200 Follower. Die Welt geht echt den Bach runter, wenn so einem Typen so viele Leute folgen, dachte sie, ehe sie zum Video zurückkehrte. »Sie sind voller Doppelmoral. Sie legen anderen Standards an, die sie selber nicht erfüllen können«, sagte NoBetaJules genüsslich. »Aber wie heißt es so schön: Wie man in den Wald ruft, so schallt es auch wieder raus. Das ist bei dieser Dame hier nicht anders.« Eine Gänsehaut überzog ihre Arme. Die Art und Weise, wie er *Dame* aussprach, fühlte sich an wie eine Verhöhnung.

»Ich meine, mal ernsthaft: Es ist ja so ein Trend, mit den Themen Diversity und Feminismus ordentlich Reichweite zu generieren«, fuhr er in demselben Tonfall fort. »Plötzlich ist vermeintliche Moral etwas, mit dem man polarisieren kann. Andere zu judgen, ist plötzlich edgy. So jedenfalls sehen das diese Gutmenschen, die ihren Content nur aus den angeblichen Verfehlungen anderer produzieren. Ich habe mich gefragt: Wer steckt eigentlich hinter diesen Leuten? Haben die wirklich so eine weiße Weste, wie die immer tun? Oder ist es wie bei Langstrecken-Luisa Neubauer, die einen auf Klimaaktivistin macht, aber heimlich durch die Gegend reist?«

Was für ein Whataboutism, dachte sie angewidert, als hätte das eine etwas mit dem anderen zu tun. Und irgendwie ahnte sie bereits, worauf das Video hinauslief. Trotzdem war sie so fasziniert, dass sie weiterschauen musste. Wie bei einem Unfall war das, man konnte einfach nicht aufhören zu gaffen.

»Deswegen schauen wir uns doch mal diese nette junge Streamerin hier an. Die hat ja in den letzten Wochen für ordentlich Zündstoff gesorgt. Ihr Video haben sicher viele von euch gesehen, und es ist kontrovers diskutiert worden. Aber es gibt noch mehr interessanten Content, den man sich mal ansehen sollte.«

Ein paar Fotos, die sehr privat aussahen, wechselten sich in Sekundenschnelle ab. Das war noch harmlos, denn die harten Sachen kamen jetzt erst. Tweets ploppten auf. Sie waren alt, das konnte man an dem eingeblendeten Datum sehen. Zwischen fünf und neun Jahre alt waren sie. Da war die Streamerin also selbst fast noch ein Kind gewesen. Streng genommen hätte sie gar keinen Account auf der Plattform haben dürfen, aber wer kontrollierte das schon? Sie schüttelte den Kopf, dann verfolgte sie das Video weiter.

Unter einem Beitrag, in dem 2015 ein großes Nachrichtenmagazin über den Krieg in Syrien und die daraus folgende Bewegung der Geflüchteten in Richtung Europa berichtete, hatte sie getwittert:

> **aber wo sollen die denn alle hin? etwa zu uns?**

Dann wurden Fotos eingeblendet. Anzügliche Fotos. Gerade genug zensiert, um nicht von der Plattform gesperrt zu werden, aber trotzdem konnte man sich denken, was zu sehen war. »Nun, das hat keine politische Relevanz, sondern dient eher der Vollständigkeit halber«, sagte die Stimme süffisant.

Wow, dachte sie. Was für ein Arschloch. Am liebsten hätte sie eine Beleidigung in die Kommentare geknallt, so wütend machte sie die abwertende Art des Typens. Trotzdem war das TikTok wie ein Sog. Sie musste einfach weitersehen, als wäre sie Zuschauende eines Unfalls. Danach wurde eine Videosequenz aus einem Stream eingeblendet. Man sah die junge Frau mit entschlossener Miene. Abwechselnd sah man sie und einen Bericht eines populistischen Nachrichtensenders, der über die russische Invasion in die Ukraine berichtete. Immer, wenn die russische Armee ein Krankenhaus oder einen Kindergarten mit Bomben traf, sah man die Streamerin jubeln. Dann wandte sie den Blick in die Kamera, ihre Augenbrauen waren hochgezogen. »Jetzt wird zurückgeschossen«, hörte man sie sagen.

Sie selbst hielt das Video mehrmals an. Die Streamerin – Ada – trug zwar in allen Videos denselben Hoodie, trotzdem schienen die Sequenzen irgendwie nicht recht zusammenpassen zu wollen. Die Lichtverhältnisse unterschieden sich hier und da, als wäre das, was sie zu sehen bekam, nicht in einem linearen Verlauf passiert. Manchmal war heller Tag, manchmal war Dämmerung. Außerdem waren die Kameraaufnahmen und die Szenen, auf die die Streamerin da reagierte, irgendwie eigenartig übereinandergelegt.

»Das stimmt doch alles nicht«, sagte sie im Flüsterton.

Kurz pausierte sie das Video und rief den Kanal von Ada auf. Sie scrollte sowohl durch YouTube als auch durch Twitch, konnte aber nirgends die Videos finden, die der Typ süffisant kommentierte. »Sieh mal einer an«, war sein letzter Satz gewesen. »Ist unsere kleine Feministin in Wahrheit eine Kriegstreiberin und Regime-Unterstützerin? Wie passt das wohl zusammen?«

Wie seltsam, dachte sie. Alles, was sie fand, waren Videos, in denen Ada normale Games zockte. Hatte sie diese anderen Videos aus TikTok gelöscht? Hatten sie überhaupt je existiert, oder waren sie Fake?

Sie schaute weiter, die Stirn in tiefe Falten gelegt, die Finger trommelten unruhig auf die Tischplatte. »Es ist doch so: Diese ganzen Gutmenschen da draußen, die uns erklären wollen, was wir zu denken und wie wir zu handeln haben, haben selbst eine Vergangenheit. Sie haben selbst Dreck am Stecken«, sagte die männliche Stimme. Im ganzen Video gab es kein einziges Gesicht dazu, auch das Profil bot kein Aufschluss. Die sonstigen Videos waren nur Ausschnitte aus Nachrichtenbeiträgen, Reden aus der Politik oder Interviews, die schriftlich kommentiert wurden. Trolle, die versuchten, medial Einfluss auf die Meinung der Gesellschaft zu nehmen. So wurde ganz langsam der Weg ins Unsagbare beschritten, seit 2015, seit der Pandemie, seit den jüngsten Kriegen, seit den letzten Wahlen, seit dem Erstarken der neuen Rechten.

Diejenigen, die immer jammerten, mundtot gemacht zu werden, machten andere wirklich mundtot.

Sie klickte in die Kommentare. So viel Wut war da. Aber nicht die angebrachte Wut, nicht die Wut, die sie fühlte, die Wut auf den

Mann im Video. Es war die ausufernde Wut auf die junge Frau, die in ihren anderen Videos einfach nur harmlos Spiele zockte oder wichtige gesellschaftliche Themen besprach. Und gleichzeitig war da so wenig Skepsis. Die Menschen glaubten den Nachrichten nicht mehr, den Regierungen nicht, aber was irgendein gesichtsloser Typ mit seinen Buddys auf TikTok hochlud, das glaubten sie sofort und ohne zu hinterfragen.

Die Welt ist so am Arsch, dachte sie. Offenbar gingen Katastrophen nicht immer nur mit stinkenden Wohnungen und billigem Tequila, verschüttet auf fleckigem Teppichboden, einher. Sie konnten sich auch ganz leise von hinten an Menschen heranschleichen, die auf den ersten Blick ein vermeintlich perfektes Leben führten. Irgendwie tat ihr die Streamerin leid, auch wenn sie selbst genug Scheiße an der Backe hatte.

Sie setzte den sechstausendzweiundvierzigsten Kommentar ab, obwohl sie eigentlich nie was kommentierte. Aber hier hatte sie den Drang, der Welle aus Hass irgendetwas entgegenzusetzen.

Das ist doch ziemlich übel zusammengeschnitten. Seht ihr das nicht?

Der Kommentar landete ganz unten. Verschwand in der sich echauffierenden Masse.

Niemand las oder likte ihn.

Und sie selbst hatte die Streamerin nach zwei Stunden vergessen. Die eigenen Katastrophen hatten das Rennen gemacht.

JENNY

Ein neuer Tag ist ein Geschenk, sagen Leute oft. Ein Anfang. Eine unbefleckte Leinwand. Du kannst alles daraus machen, sagen sie. Aber für Jenny ist jeder Tag gleich. Derselbe Kampf, und jeden Morgen muss sie wieder Anlauf nehmen. Sie kann eine Pause von alldem gebrauchen, von dem Sich-aufraffen-Müssen, dem Suchen, dem Finden.

»Wenn das hier alles vorbei ist, müssen wir wegfahren«, sagt sie plötzlich zu ihrem Mann, der vor dem Kleiderschrank steht und sich für die Arbeit fertig macht.

Dominik zieht verwirrt die Stirn in Falten. »Wie – wegfahren?«

»Na, weg eben.«

»Meinst du wie Urlaub?«

Sie schlüpft in ein paar schlichte Sneakers. »Nenn es, wie du willst. Urlaub. Trip. Auszeit. Egal. Hauptsache weg.«

Er sieht sie an. Sie hat keine Ahnung, was er denkt. In den letzten Wochen hat sie so viel mit sich selbst zu tun gehabt, dass sie das Lesen seiner Mimik ein Stück weit verlernt hat. Nur im Klang seiner Stimme ist sie noch geübt. Den zweifelnden Unterton erkennt sie.

»Haben wir das denn verdient?«, will er wissen.

Jenny zieht sich einen weichen Cardigan über. Noch eine Schicht über die anderen. Aus vielen weichen Schichten wird irgendwann eine harte, das hat auch bei ihrem Herzen funktioniert. Aus Gewebe, Muskelfasern und Zellen kann etwas Eisenhartes werden.

»Und ob«, sagt sie. Sie weiß, was er meint. Haben sie genug

gelitten, genug gesucht, genug geackert, genug gefunden, um ihr Versagen aufzuwiegen? Sind sie jetzt weit genug, um Absolution verdient zu haben, und mit Absolution meint Jenny eben einen Urlaub und vielleicht auch weniger Gewicht auf der Brust? Aber das eine kann man eben kaufen, das andere nicht.

»Wenigstens 3-Sterne mit schlechtem Essen und Balkon mit Plastikmöbeln vor einer Baustelle und zugebautem Blick aufs Meer.«

»Das könnte gerade so gehen«, überlegt Dominik laut und streicht sich das zu lang gewordene Haar zurück. Die Wellen kann er nur noch mit Gel bändigen, aber es ist noch zu früh für einen Friseurbesuch und betretenes Schweigen und Klatschmagazine, in die man sich vergraben muss, um übergriffigen Fragen auszuweichen.

Dominik kommt zu ihr rüber und gibt ihr einen Kuss auf das Haar. Vielleicht ist ein kleiner Urlaub auch für uns gut, überlegt Jenny. Immerhin müssen sie irgendwann anfangen, sich neu zu erfinden. Als Eltern. Als Paar. Als Einzelpersonen. Sie müssen sehen, wie sie dann zusammenpassen. Ob ihre Kanten noch aneinander liegen oder sich schon abstoßen. Oder ob der Verlust ihrer Tochter Menschen aus ihnen bilden wird, die irgendwann keine gemeinsame Passform mehr haben.

Jenny findet in die Nacht, aber nicht zurück in den Schlaf. Es ist fast zwei Uhr, als sie die Bettdecke zurückschlägt und leise aufsteht. Dominik schläft neben ihr tief und fest, und manchmal beneidet sie ihn darum, dass er trotz allem immer noch schlafen kann. Als besäße sein Körper einen Selbstschutzmechanismus, der ihrem eigenen fremd ist. Wenigstens in der Nacht kann sein Körper heilen, während ihr eigener von Albträumen geschüttelt wird. Ihre Tage bei Helligkeit werden da noch mal in Retrospektive betrachtet, verfremdet und verzerrt, sodass sie am Morgen wie gerädert ist.

Vorsichtig greift Jenny nach dem Aktenordner, den Dominik vor dem Schlafen durchgegangen ist, und legt ihn vom Bett auf ihren Nachttisch. Dann nimmt sie ihr Handy und Adas mit dazu, verlässt das Schlafzimmer und schließt leise die Tür hinter sich. Ihr Herz pumpt heftig. Der Albtraum ist zwar aus ihrem Gedächtnis verschwunden, doch ihr Körper erinnert sich noch an ihn. Der kann den Schrecken so schnell nicht aus seinen Gliedern schütteln. Jenny geht nach nebenan ins Bad und trinkt dort durstig ein Glas Leitungswasser. Tiefe Augenringe begegnen ihr im Spiegelbild, und eine Müdigkeit dazu, gegen die man nicht anschlafen kann.

Seit sie das Video gesehen hat, ist alles anders. Es ist, als habe sie vom Apfel der Erkenntnis genascht, und nun folgt die Bestrafung auf dem Fuße. Manchmal ist Unwissenheit wirklich ein Paradies, das hätte sie früher nie gedacht. Die Fakeprofile, die falschen Fotos, die Existenz einer Person, die es auf Ada abgesehen hat, das Swatting, von dem Jenny bis gestern nicht einmal gewusst hat, dass so was einen Namen hat. Das alles ist aber nur die Spitze des Eisbergs. Unter der Wasseroberfläche ruht noch ein zerstörerischer Koloss. Den sieht man nicht kommen. Den bemerkt man erst, wenn er einen aus dem Nichts heraus rammt und in den Untergang versinken lässt.

Jenny nimmt Adas Handy, das sie auf der Ablage zwischengeparkt hat, an sich und setzt sich damit auf den Boden. An die kalten Fliesen der Wand gelehnt, entsperrt sie den Bildschirm. Als der Sicherheitscode abgefragt wird, atmet sie durch.

Du bist doch nicht auf den Kopf gefallen, Mama.

Dann tippt sie Kims Geburtstag ein.

Das Handy leuchtet auf, und Jenny rutscht das Herz in die Hose. Da ist sie nun geöffnet, die Büchse der Pandora. Jetzt gibt es kein Zurück mehr, sie muss da durch.

bitch, erhäng dich, liest sie hier, *wieso lebst du überhaupt noch*, woanders. Sie kämpft sich durch eine App nach der anderen. Gezielt durchsucht sie X, gespeicherte Beiträge und Hashtags, Verlinkungen, findet #theadagames, findet Kommentare, überfliegt den Hass, die Drohungen, die unzähligen Beleidigungen. Sie hat in den letzten Wochen viel über Social Media gelernt, aber dass sich Hass so potenzieren kann, das hat sie nicht mal ahnen können. Sogar Verabredungen treffen Leute da, um *der Tussi mal einen Besuch abzustatten* oder *der mal einen kleinen Schrecken einzujagen*. Wie echte Menschen sich da im Netz ein Feindbild zusammenzimmern können, an dem sie alles ablassen können, was sie selbst frustriert, davon wird Jenny übel. Und es wird auch nicht besser, als sie auf die Videoapps wechselt und dort nach Ada sucht. Sie ist nicht nur als Zuschauerin entsetzt darüber, wie sich die Leute da gegen Ada zusammengerottet haben, sondern vor allem auch als Mutter. Ihr Beschützerinstinkt setzt ein, nur ist es viel zu spät. Der kann jetzt nichts mehr ausrichten, nichts mehr beschützen.

All der Hass, den sie da sieht, der über Monate durch ihr Haus gewabert ist, ohne dass sie ihn überhaupt nur erahnt hat, dreht Jenny den Magen um. Die Übelkeit dehnt sich aus und lässt sie würgen, sodass sie mit fahrigen Fingern den Toilettendeckel nach oben schlägt.

Jenny kotzt sich alles aus dem Leib, und trotzdem geht es ihr danach nicht besser. Schweiß lässt ihr das T-Shirt klamm an der Haut kleben.

Was kann ein einzelner Mensch gegen so viel Hass schon ausrichten?

Wut steigt in ihr auf. Da ist eine Wut, wie sie sie noch nie erlebt hat, sie rast mit derselben Wucht durch das Universum wie der zerstörerische Asteroid, der es auf ihren Planeten abgesehen hatte. Sie wischt sich über das Gesicht und rappelt sich auf. Am Waschbecken putzt sie sich die Zähne, während die Wut durch ihre Adern schießt. Die Bilder, die Tweets, die Kommentare, die wird sie nie wieder los, wie eingebrannt sind sie. Wie ein Tier haben diese

Menschen Ada, ihre Tochter, ihr Kind, vor sich hergetrieben. Die Mistgabeln waren Smartphones, der Marktplatz all die Kanäle, auf denen ein Mob aus feiger Anonymität sich zum Zuschauen eingefunden hat.

Jenny nimmt diese Wut, sie presst sie in eine Passform, mit der sie etwas anfangen kann. Sie will sich von dieser Wut beflügeln lassen. Sie will sich anspornen lassen.

Will etwas tun.

Will etwas ändern.

Will, dass jemand aus dieser gesichtslosen Menge dafür teuer bezahlt.

Will

Gerechtigkeit.

Ohne Gerechtigkeit wird diese Wut sie sonst eines Tages überwältigen, das weiß Jenny. Sie wird sie von innen heraus verschlingen, und deswegen hat Jenny nur eine Wahl: Sie wird weiterkämpfen. Muss es. Für Ada, aber auch für sich, für Dominik, für all die Adas, die die Zukunft noch hervorbringen wird.

Jenny sieht ihr Spiegelbild an und erkennt eine Verbündete, die Einzige, die ihren Schmerz versteht. Und sie gibt dem Spiegelbild ein Versprechen, sie schreibt es auf das Glas und ins Universum.

Es wird sich etwas ändern.

ADA

Es ist so ein verdammtes Klischee, und trotzdem ist es wahr, dachte Ada. Die Ruhe vor dem Sturm war so trügerisch, dass man die Welle, die der Sturm auf dem Meer aufpeitschte, nicht kommen sah. Nicht mal, wenn man auf dem Deck stand. Nicht mal, wenn man gerade noch in den Sonnenaufgang geblickt hatte.

Es hatte nicht lange gedauert, bis ihr die ersten Leute das virale Video zugeschickt hatten, das Ada auseinandernahm. Streng genommen gab es nicht nur ein Video, sondern Hunderte. Als hätte sich eine Gruppe im Verborgenen abgesprochen und zeitgleich unzählige Kopien derselben Version online gestellt. Vermutlich war das auch genauso geschehen. So gingen diese Leute sicher, dass auch wirklich irgendetwas von dem Material durchsickerte und sich verbreitete. So funktionierte die Verbreitung gefährlicher Inhalte auf Social Media: Man organisierte und verknüpfte sich, und dann schlug man gemeinsam zu. Sie beherrschten das Game – rechte Parteien, Querdenker, russische Trollprofile im Cyberwar. Sie alle beherrschten es. Und alle wussten davon, sogar die Leute in der Politik und in den Behörden und in den Medien, aber niemand unternahm etwas dagegen. Niemand zeigte dieser dunklen Seite des Netzes Grenzen auf.

Ada fühlte sich entblößt. Als stünde sie in einem Kreis aus Tausenden, Hunderttausenden, Millionen Menschen, und irgendwer hätte ihr all die Klamotten vom Leib gerissen und die Haut gleich mit. Und jetzt konnte jeder sie sehen, jeden Millimeter ihres Körpers, ihrer Seele, ihrer Psyche. Sie konnten ihr Leben mit Taschenlampen und Handykameras ausleuchten. Sie erhellten jeden

Winkel ihrer Vergangenheit, gruben sich mit virtuellen Schaufeln durch ihre Privatsphäre. Alles, was sie fanden, betrachteten sie mit Argusaugen, nur um es dann wegzuwerfen und ihre Überreste zu überrennen.

Mit so was muss man klarkommen, wenn man in der Öffentlichkeit steht, hatte Frau Schwarzer gesagt. Hatte Kim gesagt. Hatten sie alle gesagt.

Aber Ada kam nicht damit klar. Ada wollte nicht innen wie außen entblößt vor der Welt stehen, weder mit echten Inhalten und noch erst recht nicht mit gefakten. Und Ada fragte sich: Musste sie überhaupt damit klarkommen? Wo stand geschrieben, dass Menschen ein Anrecht auf die Privatsphäre anderer hatten? Wo war verankert, dass man, nur weil man anderen zehn Prozent seines Ichs offenbart hatte, der Gesellschaft auch die anderen neunzig Prozent schuldete? Wo war festgehalten, dass man die Perfektion in persona sein musste, dass man keine Fehler machen, dass man nicht auch dunkle Flecken in der Vergangenheit haben durfte, die es zu überwinden galt? Dass man jetzt nicht mehr der Mensch war, der man vor fünf Jahren noch gewesen war. Dass man sich weiterentwickelte, dass man wuchs, dass man erwachsen wurde, dass man *begriff*. Es war ein schmaler Grat, auf dem man da wandelte, zwischen dem Entwicklungsspielraum, dem man jedem Menschen zugestehen musste, und der Verantwortung für Fehlverhalten, der man sich nicht entziehen durfte.

Nur, weil man sich öffentlich zu Themen äußerte, war man kein Freiwild, ganz unabhängig vom Bekanntheitsgrad. Man gab sich nicht selbst zum Abschuss frei, gab nicht automatisch die Erlaubnis, dass die Leute im eigenen Leben nach Schmutz wühlen durften.

Ada war keine Verpflichtung eingegangen. Zu nichts und niemandem. Sie hatte niemandem etwas versprochen. Sie hatte keinen Teil von sich aufgegeben oder verschenkt. Aber die Leute dachten das jetzt. Die dachten, sie hätten ein Recht auf sie. Die dachten, sie dürften an ihr ziehen und zerren, sie dürften sie unter einem Mikroskop sezieren. Die dachten, statt ihre Argumente zu zertrümmern, zertrümmerten sie besser gleich sie, den Menschen dahinter, dann konnte der auch keine Argumente mehr ausspucken.

Der Wind rauschte um sie herum. Sie hatte sich in den Stadtpark geflüchtet. Da gab es so ein paar Ecken, zwischen Bäumen und Gebüschen, wo sich niemand aufhielt. Da konnte sie allein sein. Da war kein Mensch, der sie verurteilte oder sie verteidigte, der sich dem Ringen um die Deutungshoheit über ihre Person angeschlossen hatte. Keiner, der besser als sie wusste, wer sie war.

Nur ein einziger Mensch wusste, wo sie war. Jede Person aus ihrem Freundeskreis hatte sie kontaktiert. Hatte ihr Display mit Sorge geflutet, mit *Wo bist du?*, mit *Wir kommen, sag uns, wo du bist*, mit *Wir sind für dich da*.

Aber Ada hatte jetzt ein Vertrauensproblem. Nicht mal diesen Leuten, nicht mal ihnen traute sie mehr, sogar das hatte der Mob kaputtgemacht. Irgendwoher musste dieser Typ aus dem Video über sie schließlich die Infos herhaben. Die alten Tweets, die sie längst gelöscht und nur noch in einem Archiv in der Cloud aufbewahrt hatte. Ihre Adresse, private Fotos, all das. Irgendwer hatte das also weitergegeben. Vielleicht das Passwort. Alte Geschichten. Irgendjemand hatte den Codex gebrochen: Freunde und Freundinnen verraten sich nicht, lass uns drauf schwören.

Nur einen einzigen Menschen ließ sie noch zu sich kommen. Auf den wartete sie, während sie sich durch ihre Benachrichtigungen klickte, dabei innerlich wie erstarrt. Sie konsumierte bewusst nur Content, der nicht sie selbst im Fokus hatte. Aber egal, was sie anklickte, alles war belanglos. Alles auf Selbstoptimierung trainiert. War das schon immer so gewesen?

Fuck you, dachte Ada, die plötzlich wütend wurde, während sie sich beim Warten auf die Profile von irgendwelchen Lifestyle-Influencer*innen verirrte. Um nicht an ihren eigenen Shitstorm denken zu müssen, heftete sie sich einfach an einen anderen. Sie betrachtete Storys von Leuten, die in Dubai lebten, für shady Firmen warben und ihre Kinder für Eigenwerbung filmten.

Es fiel leicht, andere zu verachten, wenn man sich gerade selbst verachtete. Ada verachtete, wie diese Menschen, Mütter, Väter, vermeintliche Vorbilder, alles vermarkteten, was sie ausmachte: ihr Leben, ihre Beziehung, ihren Körper. Oft sogar ihre Familie, ihre Kinder, als wären die irgendwelche Puppen, die man vor die Kamera zerren konnte. Als würde dieses Zurschaustellen nicht irgendwas mit den kleinen Seelen machen, als wäre es nicht schädlich, dass deren Privatsphäre, ihr schützender Kokon, viel zu früh brutal aufgebrochen wurde. Wie dieser Film, den Ada mal mit ihrer Mutter Jenny geschaut hat. Die Truman-Show.

Ada wusste all das. Und doch war sie mittendrin. War verwoben. Hatte mitgemacht. Hatte konsumiert.

Als könnte sie sich selbst verarschen, wenn sie nur ab und zu vorbeischaute, sich nur ein ganz kleines bisschen was abguckte, nur danach linste, welche Werbeprodukte optische Wunder bewirken sollten, während dieselben Personen, die sie in die Kamera hielten, was von Selbstliebe und Body Positivity faselten.

Liebe dich selbst, sagen sie, *aber kauf diesen ganzen Scheiß, hier ist ein Rabattcode. Liebe dich selbst, aber eigentlich bist du hässlich und unvollständig. Schau her, dieser Müll hier macht dich besser. Macht dich ganz. Wertet dich auf.*

Wie krass, dachte sie noch, da wird man jahrelang gebrainwasht, was man tun kann, um sich selbst hübscher und schöner und besser zu machen, aber am Ende sind es dieselben Leute, die dich wie Dreck behandeln.

»Hey, Ada«, sagte dieser eine Mensch, auf den sie gewartet hatte.

Sie hob den Kopf. Ließ das Handy fallen, als bestünde es aus flüssiger Lava, und vermutlich war das auch so. Ihr Handy war jetzt ihr Feind.

Ibrar sank neben sie ins Gras – oder in das, was man noch Gras nennen konnte. Eigentlich waren es nur noch braune vertrocknete Stängel, die bei jeder Berührung abbrachen. Die Stadt dürstete nach Niederschlag. Nach Abkühlung.

»Scheiße, Ada«, sagte er nur und fuhr sich durchs Haar. Er beschönigte nichts, das rechnete sie ihm an. Kein *Das wird schon wieder* oder *Augen zu und durch* oder *Die beruhigen sich schon noch.*

»Scheiße trifft es wohl«, raunte sie, stieß ein Seufzen aus und zupfte mit den Fingern ein paar tote Halme aus. Einfach nur, damit ihr Körper eine Beschäftigung hatte.

Dann zog sie einen zerknüllten Zettel aus ihrer Hosentasche und reichte ihn an Ibrar weiter.

»Was ist das?«, fragte er.

»Schau einfach rein.« Ada starrte geradeaus. Etwa zweihundert Meter entfernt war ein Spielplatz. Kinderlärm tönte von dort dumpf zu ihnen rüber.

Ibrar zog das Papier auseinander und strich es glatt. »*Wir wissen immer noch, wo du wohnst. Hast du keine Angst um dich und deine Lieben?*«, las er vor. Ada konnte von der Seite sehen, wie an seiner Stirn ein Muskel zuckte.

»Wo hast du das gefunden?«

»Im Briefkasten. Ich hatte nach der ersten Botattacke schon mal so einen Zettel bekommen und den Typen von damals im Verdacht. Tja, und neulich kam noch so einer. Zum Glück habe ich das vor meinen Eltern da rausgefischt. Die würden durchdrehen, wenn die davon wüssten.«

Durchdrehen aus Sorge. Aber eben auch aus Ohnmacht. Da reichte es, wenn Ada schon durchdrehte. Sie musste nicht auch noch ihre Eltern in die Sache reinziehen.

Dann nahm sie den Zettel wieder an sich.

»Warst du damit bei der Polizei?« Seine Stimme klang seltsam gepresst.

Ada schüttelte den Kopf. »Wozu? Letztes Mal haben die ja auch schon nichts gemacht. Das Verfahren wegen Stalking haben die eingestellt. Ich habe danach noch Kontakt mit denen gehabt. Hat auch nichts gebracht.« Die Polizei hilft gegen Drohungen und Mobbing im Internet sowieso nicht, dachte sie. »Keine Ahnung, wie viele Leute dahinterstecken. Ich glaube nicht mal, dass das noch dieselben Leute wie vom Anfang sind.«

»Aber das hier ist anders«, widersprach Ibrar. »Das hier ist wirklich ernst.«

»Letztes Mal war es auch ernst. Aber so funktioniert das Justizsystem halt nicht. Hier kümmert sich erst jemand, wenn was passiert ist. Wegen ein paar Zettelchen macht die Polizei ganz sicher keinen Aufstand.« Adas Stimme kippte etwas, als sie fortfuhr und eine Person nachahmte: »Das ist sicher nur ein schlechter Scherz unter Jugendlichen.«

»Das können die nicht so abtun.«

»Ach? Und wieso nicht? Das hier … Das ist ja nun ein ganzer Mob. Das alles ist außer Kontrolle geraten. Wenn die Polizei schon nicht gegen konkrete Menschen vorgeht, wieso sollte sie es dann mit einem Mob aufnehmen?«

Ibrar gestikulierte wild, und irgendwie rührte es Ada, dass er sich so aufregte. Er glich aus, wo ihr sonst Gleichgültigkeit entgegenschlug.

»Das muss man im Zusammenhang betrachten. Es ist ja nicht nur diese Drohung, die jemand bei dir persönlich eingeworfen hat. Es ist …«. Er stockte. »Es ist alles.«

»Genau, es ist alles«, stimmte Ada ihm zu. »Und das durchblicken die Leute nicht. Jedenfalls nicht die, die etwas verändern könnten.« Nicht Behörden. Nicht Institutionen. Nicht pädagogisches Personal. »Das Internet ist für uns alle Neuland«, hatte Angela Merkel mal gesagt, und neben »Wir schaffen das« war das wohl eine der wenigen Aussagen, die moralisch betrachtet wahr gewesen waren, auch wenn die Verantwortung hauptsächlich auf die Schultern ehrenamtlicher Mitarbeitender abgeladen worden war und es bis heute an Willen, Mitteln und Wegen mangelte, *Wir schaffen das* wirklich umzusetzen.

Ada hasste sich für die Machtlosigkeit, die sie nicht aus ihrem Ton verbannen konnte. Aber so war es eben: Sie hatte selbst aufgegeben. Sie ließ sich einfach von dem Sturm aufwirbeln. Ließ sich von den Füßen reißen.

Plötzlich spürte sie, wie ihr Herz gegen ihre Brust hämmerte. Ibrar war hier, aus einem ganz bestimmten Grund. Okay, eigentlich zwei.

»Der ganze Shit stimmt nicht«, flüsterte sie.

»Ich weiß«, sagte Ibrar nur.

»Woher willst du das wissen?«, fragte sie hitzig. Am liebsten hätte sie geschrien, aber dann hätte der ganze Park sie gehört. Dann wüsste der Mob am Ende noch, wohin sie sich verkrochen hatte.

Er biss sich auf die Unterlippe, ein Anflug von Unsicherheit. »Keine Ahnung, ich weiß es einfach.«

Ada vergrub das Gesicht in den Händen, um nicht in ein verzweifeltes Lachen auszubrechen. »Der ganze Shit stimmt nicht«, wiederholte sie. »Also, fast nicht. Die ganzen Videos existieren so nicht. Die wurden zusammengeschnitten. Ich habe nie auf politischen Kram reagiert, bis ich das Incel-Video gemacht habe. Alles, was man sieht, war einfach aus meinen Gaming-Streams zusammengeschnitten.«

»Wenn man genau drauf achtet, sieht man es«, sagte Ibrar sanft. »Und viele tun das. Die achten drauf.«

»Aber noch mehr Leute halt nicht«, widersprach Ada. »Und eine Sache ist wahr.« Sie rang nach Luft. »Dieser eine Tweet … Der ist wahr. Die haben sich irgendwie mein Twitter-Archiv gekrallt.«

Das gerade gegenüber Ibrar zuzugeben, wollte ihr schier das Herz herausreißen. Ibrar, der genau im Zuge der sogenannten *Flüchtlings-*

krise 2015 auf kaum vorstellbaren Wegen nach Deutschland gekommen war. Ibrar, der allen Grund hätte, sie dafür zu verurteilen, sie zu hassen, sie zu verabscheuen, dass sie mal einen Tweet gegen Flüchtlinge abgesetzt hatte.

»Wie alt warst du da?«, fragte er nach einer Ewigkeit.

»Ich weiß nicht. Das tut doch nicht zur Sache.«

»Wie alt warst du da?«, bohrte er nach.

»Zehn oder elf oder so.« Sie konnte ihn nicht ansehen. Erwartete eingezeichneten Ekel dort in der Miene, die in letzter Zeit für sie mit jedem Tag schöner geworden war.

»Du warst ein Kind, Ada.« Ada spürte Finger an ihren Händen, dann wurden ihr selbige vom Gesicht gezogen. »Natürlich war es absoluter Bullshit, was du gepostet hast. Die Frage ist ja auch, woher dir solche Gedanken kamen. Ein Kind kommt selten allein auf solche Ideen. Meistens sind es Familienmitglieder, Lehrkräfte oder sonstige Vorbilder, denen Kinder dann nachplappern.«

»Oder man schnappt in den Medien was auf«, überlegte Ada.

»Oder das.« Ibrar nickte zustimmend.

Ada drehte einen Grashalm zwischen den Fingern hin und her. »Es war der falsche Weg, diesen Tweet damals einfach heimlich zu löschen. Ich hätte dazu stehen und es als Learning verbuchen müssen.«

»Das wäre eine Möglichkeit gewesen«, stimmte Ibrar zu. »Die Tweets waren fremdenfeindlicher Müll. Aber du warst noch jung, da haben wir alle mal Fehler gemacht. Du hast dich weiterentwickelt. Du gibst dir Mühe. Mehr kann man von niemandem verlangen.«

»Du bist nicht pissed?«, fragte sie langsam.

»Nur ein bisschen.« Er lächelte. »Es können ja immer mehrere Dinge gleichzeitig passieren, nicht wahr? Ich kann rassistische Aussagen verurteilen und gleichzeitig die Umstände anerkennen. Und vor allem bin ich auch pissed auf die Menschen, die das jetzt gegen dich verwenden. Es ist ja schon perfide, wie rechte Narrative funktionieren. Wie sie das auf einmal so zusammenschneiden und drehen und wenden, dass es aussieht, als wärst du Opfer von Cancel Culture geworden, weil du etwas Falsches gesagt hast. Dabei geht es diesen Leuten nicht um Rassismus, weder um gefakten noch um echten. Es geht ihnen darum, dich fertig zu machen, weil du eine Frau bist, die den Mund aufgemacht hat. Und dafür instrumentalisieren sie deine Aussagen oder erfinden eben selbst welche.«

Ada traute der Sache nicht, aber als Ibrar sich entspannt gegen den Baum in ihrem Rücken lehnte, tat sie es ihm gleich. Und es geschah nichts. Unter ihr tat sich kein Boden auf. Kein Blitz fuhr von oben auf sie herab, um sie zu bestrafen. Denn in einer Sache hatte der Ersteller des Videos sie getroffen. Sie hatte sich unzulänglich gefühlt. Wie jemand, der versuchte, irgendwie gut zu sein, aber nur eine fucking Heuchlerin war. Daran musste sie vielleicht selbst anknüpfen. Weil am Ende war es gar nicht wichtig, ob sie *gut* war oder nicht, sondern dass sie ihr eigenes Fehlverhalten überwand und sich weiterentwickelte. Videos wie das, was sie über diese Incel-Bewegung gedreht hatte, waren kein Selbstzweck, um sich als besserer Mensch zu fühlen, sondern um selbst etwas zu lernen und andere etwas zu lehren, damit die Welt für alle ein besserer Ort werden konnte.

»Was willst du mal machen, wenn all das vorbei ist?«, fragte Ibrar plötzlich. Er schaute sie von der Seite her an. Der Blick aus seinen warmen dunklen Augen jagte Ada irgendwie Angst ein. Er schien bis in ihre Seele schauen zu können, und der Bereich war Sperrgebiet. Da durfte niemand hineinsehen. Da war mittlerweile alles dunkel.

»Was meinst du?«, gab sie betont cool zurück. Als wäre sie nicht gerade erst fast seelisch kollabiert, erdrückt von Abertausenden virtuellen Kommentaren und ihrem eigenen Schuldgefühl. »Beruflich oder wie?«

»Ich meinte generell so. Im Leben. Aber das Berufliche gehört wohl dazu, je nach Work-Life-Balance, würde ich sagen.«

Sie dachte einen Augenblick nach. Erst war sie versucht, irgendwas Gewaltiges zu nennen. Etwas, womit man Eindruck schinden könnte. Aber dann entschied sie sich für die Wahrheit. Wozu größer tun, als sie war, wenn Ibrar hier saß, obwohl der so viel Hässliches über sie schon online gesehen hatte, egal ob es echt oder zusammengeschnitten war?

»Ich würde gern Spiele mitentwickeln. Als Storyteller«, sagte sie.

Ibrar lachte. Er sah immer etwas grimmig aus, weil sich der Schatten seines Barts über das halbe Gesicht erstreckte, aber wenn er lachte, wirkte er deutlich jünger, als er eigentlich war.

»Wieso überrascht mich das nicht?«

»Ich würde ja sagen, weil du mich kennst, aber streng genommen wäre das gelogen: Wir kennen uns noch nicht so lange.«

Sein Lachen verblasste. »Muss man sich lange kennen, um sich gut zu kennen?«

»Stimmt auch wieder. Qualität über Quantität«, räumte Ada ein. »Jetzt du!«

Ibrar legte den Kopf in den Nacken. Ein paar Sonnenstrahlen fielen durch das dichte Astwerk der Eiche über ihnen. Die Blätter verfärbten sich langsam rotbraun. »Ich will Jura studieren.«

»Jura«, staunte Ada. »Das ist eine harte Nummer. Da hätte ich total Schiss vor.«

Er zuckte mit den Schultern. »Gar kein Bock, weiter dabei zuzusehen, wie Reiche immer reicher werden und so.«

Nun ahnte Ada, woher der Wind wehte, und sie biss sich auf die Zunge. Na klar. Nicht nur sie spürte Ohnmacht. Er tat das auch. Viele von ihnen taten das. Von den jungen Leuten. Von Leuten, die in irgendeiner Weise die Tritte von oben abbekommen hatten, die Opfer von Missständen und Diskriminierung waren. Und diese Ohnmacht, die trieb einen voran. Die verlangte nach Werkzeugen. Die brauchte Instrumente, mit denen man beschädigen konnte, was einen all das fühlen ließ. Weil man sonst kaputtging auf kurz oder lang. Ohnmacht war dahingehend noch schlimmer als Schmerz oder Wut. Wut ließ einen etwas tun, aber Ohnmacht, die ließ einen nur erstarren. Nur aushalten. Aber ewig konnte man nicht aushalten, dafür waren Menschen nicht geschaffen.

»Du wirst diesen Wichsern in den Arsch treten«, sagte Ada. »Ihnen allen. Du wirst so ein richtiger Staranwalt, ich sag's dir. Wie die aus Suits, so mit Anzug und Krawatte und clever.«

»Das ist der Plan«, sagte Ibrar. »Und wenn's mit Jura nichts wird, bleib ich halt einfach Angestellter im Gym.« Es klang wie ein Witz, aber sie wussten beide, dass es keiner war.

Ada zögerte für einen Atemzug. Dann streckte sie ihre Finger und berührte Ibrars Hand.

»Also, ich fänd beides cool«, sagte sie leise.

Seine Miene wurde hart. »Vielleicht erfährt man dann ja auch mal ein bisschen Anerkennung.« Seine Stimme troff vor Ironie. »Als Anwalt verzeiht das Land einem vielleicht endlich den ausländisch klingenden Namen. Die verzeihen einem ja sonst nichts. Die sehen nicht, mit welcher Geschichte die Leute über das Meer kommen. Wenn sie es denn überhaupt schaffen. Die sehen ihre Traumata nicht. Die sehen nicht die Familienmitglieder, die im Krieg umgekommen oder im Wasser ertrunken sind. Die sehen die Narben von Misshandlungen nicht. Die sehen nicht, wie Frauen vergewaltigt werden. Die sehen nicht, dass man ihnen ihre Kinder entrissen hat. Die sehen nur die Hautfarbe oder die Religion, und dann rast es los, das Karussell aus Vorurteilen. Die sehen nicht, dass man nach alldem psychologische Hilfe bräuchte. Die sehen nur Hass und Vorurteile.«

Ada legte ihre Hand nun direkt auf seine. Er zog seine nicht zurück. Stattdessen drehte er sie um, sodass sie ihre Finger ineinander verschränken konnten.

»Meine Oma hat mal gesagt, dass sie nicht versteht, woher diese Floskel kommt, dass in jedem Menschen etwas Gutes steckt«, sagte sie dann gedämpft. »Sie sagte: Es ist doch eher andersrum. In jedem Menschen steckt ziemlich viel Scheiße. Die meisten schaffen es nur, die nicht so krass raushängen zu lassen.«

Ein Lächeln huschte über Ibrars angespanntes, wütendes Gesicht. »Deine Oma klingt echt weise.«

»Damals habe ich zu ihr gesagt, dass sie eine ganz schöne Misanthropin wäre«, lachte Ada. »Wie recht sie hat, sehe ich erst heute. Sie war sowieso für ihre Zeit schon erstaunlich weit.«

Eine heftige Welle aus Trauer erfasste ihren Körper. Oma Gertrude, Dominiks Mutter, war vor fünf Jahren gestorben, und erst nach ihrem Tod hatte Ada nach und nach begriffen, was für ein kluger Mensch ihre Oma gewesen war. Nachdem Adas Opa schon vor dreißig Jahren viel zu früh verstorben war, hatte Gertrude nicht noch mal geheiratet. Dafür hatte sie bald eine Freundin gehabt, erst einige Jahre heimlich, dann offen, und war mit ihr jahrelang durch Deutschland gereist, um an sämtlichen CSD-Days teilzunehmen. Ich muss viel von dem nachholen, was mir lange verwehrt worden ist, hatte sie mal zu ihr gesagt, aber damals hatte Ada das nicht verstanden. Sie hätte noch viel von ihr lernen können, sie hätten voneinander lernen können, davon war Ada überzeugt, weil ihre Oma selbst im hohen Alter noch offen für Fortschritt gewesen war.

Sie hätte Ada jetzt verstanden, in dieser ausweglosen Situation, in der sie steckte. Sie hätte Social Media nicht verstanden, TikTok nicht, das alles nicht, aber die Menschen dahinter schon. Doch die Zeit hatte eben anders entschieden.

Ibrar löste seine Finger und legte stattdessen den Arm um sie. So saßen sie da, während die spielenden Kinder sich langsam nach Hause zum Abendessen verzogen und die Sonne den Horizont hinabkletterte. Sie färbte den Himmel rot, ein flammendes Inferno, das Sinnbild von Adas derzeitigem Leben.

»Wieso hast du mich eigentlich hierher bestellt?«, fragte Ibrar irgendwann. »Ich meine: Wo sind die anderen?«

Ada biss sich auf die Innenseite ihrer Wange. Er stellte eine berechtigte Frage, doch es war gerade erst etwas friedlicher in ihr geworden. Zu wenig Zeit, bevor sie wieder auf den Boden der Tatsachen aufschlug.

Sie richtete sich auf und schüttelte seinen Arm mit einer kaum merklichen Bewegung ab.

»Ich muss dich was fragen.«

»Das dachte ich mir. Ein Sommerpicknick hatte ich nicht erwartet.« Feine Ironie, nicht böse gemeint, nur ein bisschen auflockernd.

Ada begann wieder, ihre Nervosität an den Gräsern abzuarbeiten. »Ich glaube nicht, dass meine Privatsachen zufällig bei diesen Leuten geraten sind«, sagte sie nach einer Ewigkeit.

Ibrar runzelte die Stirn. »Ich bin davon ausgegangen, dass deine Cloud oder so was gehackt wurde?«

»Ja«, sagte Ada, dann ruderte sie zurück. »Also, nicht richtig.«

Er sah sie abwartend an.

»Ich meine … Also, ich gehe davon aus …« Herrgott, wieso stammelte sie sich so einen ab? Sie wusste doch genau, was sie sagen wollte. Aber es in Worte zu fassen machte es real.

»Die Cloud wurde nicht gehackt. Es gab keine Warnmails, keine Hinweise, nichts«, presste sie schließlich hervor. »Jemand hatte das Passwort.«

Ibrar nickte, aber zu verstehen schien er trotzdem nicht. »Vielleicht so ein Programm, das Passwörter rausfinden kann?«

Ada schüttelte den Kopf. »Ich nutze keines von diesen … unsicheren Passwörtern. Also keines, das eine hohe Trefferwahrscheinlichkeit hat.«

»Und dein PC? Kann da ein Virus oder Trojaner oder so drauf sein? Die können Passwörter live bei der Eingabe verfolgen. Das habe ich mal bei einem richtig großen Influencer gesehen. Dem haben sie fast alles zerstört und alle Konten auf fast allen Plattformen eingenommen.«

»Ibrar«, sagte sie leise. »Es war kein Virus, ich hab alles überprüft. Jemand muss mein Passwort gekannt haben. Und ich bin mir sehr sicher, dass es nicht von mir war, weil ich meine Passwörter nicht digital aufbewahre.«

Langsam zeichnete sich eine Erkenntnis auf seiner Miene ab.

»Meinst du, jemand hat es ... rausgegeben?«

»Ja«, flüsterte sie. »Ja, das glaube ich.«

»Aber ...«, setzte er an. Diesmal brach er mitten im Satz ab. Doch sie konnte selbigen noch in der Luft auffangen und zusammensetzen.

»Wer so was tun würde? Ich kenne nur eine einzige Person, die das Passwort meiner Cloud hat. Wegen gemeinsamen Fotos und so was.«

Ibrar starrte sie mit offenem Mund an. »Nur, damit wir uns nicht missverstehen: Reden wir hier von Kim?«

Da war es also raus. Und wie das nun so ausgesprochen in der Luft hing, klang es genauso hässlich, wie Ada es sich vorher ausgemalt hatte.

Als sie nicht antwortete, drehte er sich mehr zu ihr um. Es war inzwischen so dämmrig, dass man die Miene des anderen nur noch schwer deuten konnte. »Hast du sie drauf angesprochen?«

Ada seufzte. »Noch nicht. Auf der einen Seite will ich nicht glauben, dass sie zu so was fähig ist, und auf der anderen: Wenn es nicht stimmt, ist es ein gewaltiger Vorwurf.«

Ihm dämmerte etwas. »Bin ich deshalb hier? Willst du, dass ich sie frage?« Seine Stimme verriet nicht, ob ihn eine Bejahung der Frage kränken würde. Ob er sich ausgenutzt fühlte.

Deshalb entschied sie sich für brutale Ehrlichkeit. »Ich habe keine Kraft, das zu tun. Weder für die Enttäuschung in ihren Augen, weil ich ihr unrecht tue, noch, um auszuhalten, falls ich nicht danebenliege. Beides würde mich zerstören. Ich muss gerade alles dafür tun, diesen Sturm irgendwie zu überleben.«

Er dachte einige Augenblick darüber nach, ehe er sich zu ihr nach vorne lehnte. Ihre Gesichter waren nun so dicht beieinander, dass sie sich in die Augen sehen konnten, die beide von der einbrechenden Nacht verdunkelt waren und verschleierten, was wirklich dahinterlag. Ihr Atem vermischte sich, und Sekundenbruchteile später fühlte Ada eine hauchzarte Berührung an ihrem Kinn.

»Ich werde sehen, was ich tun kann«, zerschnitt Ibrar die anbrechende Nacht. »Und dann sehen wir weiter.«

»Danke«, flüsterte Ada und schloss die Augen. Sie fühlte sich so furchtbar, dass sich Übelkeit in ihr breitmachte. Am liebsten hätte sie alles rausgekotzt, den ganzen Schmutz, den andere mit Schaufeln in sie hineingeworfen hatten.

Aber das ging jetzt nicht. Der Schmutz musste noch eine Weile drinbleiben, denn nun zog Ibrar sie wieder an sich und hüllte sie ein in eine Schicht aus Armen und warmer Haut und einen Geruch, den man nur riechen konnte, wenn man jemandem nahe war.

Und Ibrar, der bisher immer ehrlich und direkt zu ihr gewesen war, senkte den Kopf und flüsterte *Alles wird gut* in ihr Haar. Das war die allererste Lüge, die sie seit ihrem Kennenlernen aus seinem Mund hörte. Vielleicht ist es ja auch keine Lüge, du Pessimistin, dachte Ada. Vielleicht glaubte er das wirklich, weil jeder Sturm eben irgendwann mal vorbeiging, und er musste das ja am besten wissen. Er kannte sich mit Stürmen und Bruchlandungen viel mehr aus als sie.

Und für einen kurzen Moment erlaubte sich Ada, sich der Illusion hinzugeben, dass er die Wahrheit sagte.

DIE ANONYMITÄT

Trends am 23. August, 20.38 Uhr

#siehabenmitgemacht
#transrightsarehumanrights
#keineechtefrau
#PandemicIsNotOverNow
#GrüneHängenSolangeEsNochBäumeGibt
#b2308
#theadagames

Top-Tweets unter #theadagames

> sieh mal einer an, was für eine heuchlerin. andere kritisieren, aber selber nicht einstecken können

> wegen genau solcher weiber geht die welt den bach runter

> wenn ich solche frauen sehe, weiß ich warum der feminismus unser untergang ist

war nicht bekannt wo die wohnt? kann mir jemand mal per dm die adresse schicken?

ich glaub die braucht mal einen echten kerl der ihr zeigt wann man die fresse halten sollte

wenn ich mir der fertig wäre, würde die die klappe nicht mehr so aufreißen

hässlich ist die auch noch haha

wasser predigen, wein saufen, das sind mir die liebsten

wollen wir uns nicht zusammenschließen und da mal hinfahren?

super idee, bro

bin dabei!

hat jemand die adresse?

jo, haben wir. die wurde schon mehrfach
gedroppt

das wäre so krassgeil

Und irgendwo einsam dazwischen:

ihr habt sie doch nicht mehr alle, was für
1 mistgabel-mob ist das hier eigentlich, alle
gegen einen, i can't

JENNY

Als Jenny zum ersten Mal vor dieser Villa gestanden hat, hat sie sich unsicher gefühlt. Da war alles noch neu. Die Trauer eine frisch geschlagene Wunde, die bei jeder Bewegung aufreißen konnte. Man schlich behutsam durch den Alltag, misstrauisch gegenüber sich selbst und dem eigenen Körper. Man konnte das Zerstörungspotenzial in den Zellen spüren. Als wäre irgendwo in einem ein Knopf versteckt, der, einmal aus Versehen betätigt, die Wucht hatte, alles zu zerfetzen.

Aber heute ist Jenny weiter. Der Schmerz und sie, sie haben viel Zeit gehabt, sich miteinander zu arrangieren. Sie haben Kompromisse ausgehandelt. Sie gibt ihm ein Stück von sich selbst, sie lässt sich auszehren und aushöhlen, aber dafür gibt er ihr eine dumpfe Schicht, die sie betäubt, eine seltsame Gleichgültigkeit. Gerade genug, um durchzukommen, durch das Leben, den Alltag, ihre Recherchen. Vor allem die Recherchen. Die sind der rote Faden, ohne die die anderen beiden Faktoren einfach wegbrechen würden. Und manchmal hat Jenny jetzt schon Angst vor dem Tag, an dem sie vielleicht doch alles aufgeklärt hat. An dem sie ihre Antworten bekommt. An dem *Warum* mit Klarheit gefüllt wird.

An dem Tag endet ihre Aufgabe, das weiß sie schon. Und sie hat keine Ahnung, was danach kommen soll. Da ist nur Nebel, wenn sie daran denkt.

Sie steht vor der Villa und überlegt, ob dieser Tag schon heute sein wird. Die letzten beiden Tage hat sie im Bett gelegen. Wie ein Albtraum, aus dem sie nicht mehr aufwachen konnte, haben sich die Videos, die Trends auf X, einfach alles, durch ihren Verstand gefressen. Sie hat getan, was sie nie hat tun wollen und Adas Handy zerpflückt. Schrecklich hat sie sich dabei gefühlt. Als hätte sie Adas Würde in Einzelteile zerlegt. Als hätte sie ihre Privatsphäre aufgedeckt wie ein aufgeklapptes Tagebuch. Als hätte sie ihr Andenken beschmutzt.

Aber es war nötig. Und die letzten Puzzleteile hat Jenny nun bekommen. Sie hat sie an die fehlenden Stellen gesteckt, an die leeren Flecken und das Kunstwerk der Tragödie nun vollständig zusammengesetzt. Sie kriegt die Chronologie nicht ganz zusammen, aber im Großen und Ganzen hat Ada im Netz mit ihrem gesellschaftspolitischen Video einige Leute verärgert, die daraufhin ein Video mit Halbwahrheiten, Fake News und dergleichen zusammenschnitten und es verbreiteten. Bis sich schließlich die ersten Gegenstimmen bereitmachten und genaue Videos darüber hochluden, was an dem Video alles verdächtig sei und worauf man achten müsse, um solche falschen Zusammenschnitte zu erkennen, war der digitale Mob längst von der Leine gelassen.

Ada hat die Gegenbewegung vermutlich nicht mehr mitbekommen. Sie entschied sich, der digitalen Gewalt, die man ihr angetan hatte, zu entfliehen, noch bevor die Richtigstellungen an Fahrt aufnehmen konnten. Allein diese Tatsache hat dafür gesorgt, dass Jenny sich auf den Boden legen musste und stundenlang nicht mehr aufstehen konnte. Hätte Ada nur etwas gewartet, wäre sie nur ...

Schlussendlich hat nur eine Sache Jenny dazu gebracht, wieder aufzustehen. Eine Ungereimtheit ist da noch geblieben. Eine Sache, die sie klären will. Ein Chatverlauf, den sie unterfüttern muss, weil er wie eine nicht enden wollende Gedankenschleife durch ihren Kopf geistert.

Sie drückt den Klingelknopf an Kims Haustür. Eine Weile geschieht nichts. Sie drückt noch mal. Wartet. Lauscht. Vielleicht hätte sie vorher anrufen sollen, aber sie will den Überraschungseffekt auf ihrer Seite haben. Sie will ungefilterte Emotionen.

Irgendwann wird die Tür dann doch von innen geöffnet. Kim sieht ihr verschlafen entgegen, dabei ist schon später Nachmittag. »Frau Wagner?«, ruft sie erstaunt aus, ehe sie sich verbessert. »Ähm, Jenny, meine ich.«

»Hallo, Kim«, sagt Jenny. Sie lugt an der jungen Frau vorbei in den leeren Flur. Still ist es in dem Haus, hat Ada immer gesagt, und still ist es auch heute. »Darf ich vielleicht reinkommen, wenn dir das nichts ausmacht? Oder komme ich gerade ungelegen?«

Sie kommt definitiv ungelegen, das kann Jenny Kim von der Stirn ablesen. Aber die beste Freundin ihrer Tochter wagt es nicht, Jenny an der Tür abzuweisen, also tritt sie zur Seite und lässt sie rein.

»Gehen wir nach draußen, ja? So einen sonnigen Herbsttag hatten wir lange nicht mehr.«

Jenny folgt Kim über den teuren Holzboden nach draußen auf eine Terrasse mit teuren Loungemöbeln. Schulkram liegt dort auf dem Tisch.

»Wollen Sie ... willst du was trinken?«, fragt Kim. Sie ist unsicher. Weiß nicht, was Jenny hier will. Sie haben *das* Gespräch ja bereits hinter sich, *wieso ist die hier, was will die jetzt noch hier*, das alles strahlen ihre verkrampften Schultern und ihr hervorgestrecktes Kinn aus.

Jenny verneint. »Ich bin wegen was anderem hier.« Sie hört die Ernsthaftigkeit in ihrer Stimme, und Kim hört sie auch.

Deswegen fackelt Jenny nicht lange. Sie holt Adas Handy heraus und legt es auf den Tisch. Es ist ein skurriler Anblick, wie das Smartphone da so zwischen Schulsachen liegt. Genau da sollte das Smartphone einer Achtzehnjährigen nämlich liegen. Nicht in einem Zimmer, das mehr einem Friedhof gleicht, auf dem nicht getrauert wird.

Kim blinzelt. Sie erkennt das Handy sofort.

»Wusstest du, dass ich Adas Passwort gefunden habe?«, fragt Jenny.

Kim sagt nichts. Die Schultern verkrampfen sich noch mehr. Das Kinn ist wie der Bug eines Schiffes, auf Konfrontationskurs gesetzt.

»Ich habe mich richtig schlecht gefühlt bei dem Gedanken, darin herumzuwühlen, weißt du?«, sagt Jenny, dabei erwartet sie keine Antwort. »Und als ich das Passwort dann hatte und es doch getan habe, da war ich überwältigt. Ich hätte nicht gedacht, dass so viel in so ein winziges Ding reinpassen kann. So viele Nachrichten. So viele Benachrichtigungen. So viele Markierungen. So viel Hass. Selbst ihr Tod ist viral gegangen.«

Die Erinnerung an die Nacht, in der sie all das gefunden hat, steckt wie ein Widerhaken in Jenny fest. Irgendjemand hat wenige Tage nach Adas Tod ein Video darüber gemacht, und dann hat sich die Nachricht wie ein Lauffeuer verbreitet. Alle haben darüber gesprochen. Viele haben Mitgefühl geäußert. Manche Beschämung. Aber da waren auch andere Kommentare. Da war auch *selber schuld*, und *wie man in den wald hineinruft* und *karma, bitches* und *eine feministin weniger*. Die Leute im Netz, die sind schon so abgestumpft, für die ist selbst der Tod nur etwas, das man kommentieren und dann weiterwischen kann. Und selbst für jene Leute, die vielleicht nicht mit Ada da oben auf der Brücke gestanden, ihr aber trotzdem den Stoß versetzt haben, ist das nur eine Möglichkeit, sich Reichweite zu erkaufen und auf Adas Rücken Content zu machen. Ada war im Leben nicht gut genug für sie, aber im Tod ist sie es. Wie Grabräuber holen sie den restlichen Wert aus Ada raus.

»Es hat ewig gedauert, einen Durchblick zu bekommen«, fährt Jenny fort. »Das Ganze ist ja immer noch nicht vorbei. Dominik und ich müssen die Kanäle schließen lassen, weil da immer noch viel … Aktion drauf ist. Du glaubst gar nicht, wie viele Leute einer Toten noch Nachrichten schreiben. Ja, das alles hat echt ewig gedauert. Das ist, wie eine Nadel im Heuhaufen zu finden. Und noch länger dauert es, zu begreifen, wie dieses … Monstrum entstehen konnte.«

»Welches Monstrum?« Kims Stimme ist hoch. Sie zittert. Die Stimme und die junge Frau gleichermaßen, ein Beben im Gleichklang.

»Dieser Internetmob. Sonst kennt man ihn nur aus dem Fernsehen. Oder aus Reportagen. Aber so was sieht man wie in einem Film und denkt, das passiert nur den anderen.« Kurz wandern Jennys Gedanken ab. »Das Gefährliche an diesem Monstrum ist, wie leise es ist. Es sitzt im Wohnzimmer, neben dir auf dem Sofa, und trotzdem siehst du es nicht.«

Kim hat eine Hand in die andere gelegt und knetet sie. Ihre Fingerknöchel treten weiß hervor. »Ich verstehe nicht so recht, was ich …«, setzt sie an. »Warum Sie mir das alles erzählen.«

Jenny schlägt sich die Hand vor die Stirn. Oder zumindest tut sie so. »Klar, sorry. Ich verzettle mich hier total«, sagt sie und entsperrt Adas Telefon. Jenny hat das, was sie Kim zeigen will, noch offen, und nun schiebt sie das Handy über die Tischplatte zu der jungen Frau hinüber. Die starrt auf das Display. Eine Sekunde, zwei Sekunden, drei Sekunden hat sie sich im Griff, aber dann wird sie blass.

> tja, deine spürnase lag wohl nicht daneben.
> sie hat das passwort rausgegeben. sagt
> jedenfalls benni. richtiger shit, hat er auch
> gesagt, war wohl keine absicht. es tut ihr
> sehr leid. kannst du ihr verzeihen?

Kim verhält sich wie die Fassade eines alten Hauses. Langsam bröckelt alles ab, Staub flirrt durch die Luft, und darunter liegt das eigentliche Mauerwerk frei. Da sind nur die Stützbalken übrig, die alles halten, und wenn man nur einen von ihnen zertrümmern würde, fiele alles andere in sich zusammen. Man sieht nur das Nackte, das Spärliche, minimalistisch, verletzbar.

»Scheiße«, flüstert Kim.

Jenny reagiert nicht. Sie wartet nur. Sie weiß, dass auf der anderen Seite des Tisches die Flut ausharrt. Da bahnt sich eine Welle an, das kann man überall spüren, in der Luft, im Boden, in den flatternden Wimpern der jungen Frau. Die Flut kann man nicht aufhalten, und man kann sie auch nicht beschleunigen. Sie wird dann kommen, wenn die Gezeiten sie herantragen und sie Böden aufschwemmt. Oder Geheimnisse, wie Perlen verborgen im schlammigen Watt.

»Ich wollte es Ihnen schon damals sagen«, presst sie irgendwann hervor. Das Zurückfallen ins Siezen zeigt, dass da wieder eine Grenze zwischen ihnen ist. Der Schmerz verbindet sie, aber er trennt sie auch. Sie stehen jetzt auf unterschiedlichen Seiten der Trauer-Front.

»Was sagen?«

»Dass ich … schuld bin.«

»Das hast du damals schon gesagt«, korrigiert Jenny sie sanft. Dabei muss sie sich innerlich disziplinieren. Muss sanft bleiben, wo sie laut sein will. Muss flüstern, wo sie brüllen will. Muss eisern sein, wo sie zerfließen will. »Aber damals hast du es auf etwas anderes geschoben. Du hast dir vorgeworfen, dass du ihr nicht mehr geschrieben hast.«

»Das war dann wohl nicht alles.« Kim sieht Jenny an, aber eigentlich sieht sie durch sie hindurch. »Wissen Sie, was das Ding ist? Ich wollte es Ihnen sagen. Wirklich. Als Sie hier waren. Und danach. Jeden einzelnen Tag. Aber irgendwann rast der richtige Zeitpunkt an einem vorbei, und dann wird alles nur noch schlimmer. Jeder Scheißtag, den man abwartet, macht alles nur noch schlimmer.«

»Ich würde sagen, *jetzt* ist der richtige Zeitpunkt.«

Kurz schimmert der alte Trotz in Kim durch. »Sie wissen doch eh schon alles.« Sie zeigt auf das Handy.

»Ja, aber ich will es von dir hören. Ich will … verstehen.«

Kim beißt sich auf die Unterlippe. »Es ist eigentlich ganz einfach. Das ist das Schreckliche daran. Es ist so simpel und hat so viel Schaden angerichtet.«

Jenny hebt eine Augenbraue, als Kim nach Worten sucht.

»Ich bin auf ein Fakeprofil reingefallen.« Kim lacht. Hart und wütend. »*Ich* bin auf ein fucking Fakeprofil reingefallen. Ich, die sich immer über meine Eltern lustig gemacht hat, weil sie unsichere Passwörter nutzen und nicht wissen, was Zwei-Stufen-Authentifizierung ist, und die irgendwelche Fake-Gewinnspiele auf Facebook teilen. Aber als mich ein privates Profil auf Instagram angeschrieben hat, dachte ich wirklich, es sei Ada. Ich war mir in den ersten Stunden sicher. Die Art, wie die Person schrieb, ich … ich war mir einfach sicher. Es erschien mir total logisch, dass Ada auch ein geschlossenes, privates Profil neben ihrem öffentlich haben wollte. Das haben ja die meisten Leute, die etwas bekannter sind. Und als ich nach dem Cloud-Passwort gefragt wurde, habe ich nicht weiter nachgedacht.« Mittlerweile laufen Kim Tränen übers Gesicht. Da ist die Flut, die Wellen gebrochen, der Boden schlammig.

»Und du hast es rausgegeben.« Keine Frage. Jenny weiß es schon. Sie hat es sich zusammengereimt.

»Ja. Aber dann hat das Profil nicht mehr reagiert, und ich habe mitbekommen, dass auch andere dasselbe gefragt wurden, und ich … ich wurde panisch. Ich habe die Nachricht mit dem Passwort zurückgerufen, aber offenbar war es zu spät.«

»Und dann? Wurdest du darauf angesprochen?«

»Nein. Ich habe einfach so getan, als wäre das nie passiert … Ich habe Ada das Profil gezeigt, damit sie gewarnt war, aber meine Nachrichten … Na ja, die hab ich gelöscht. Ihr hab ich nur den Anfang der Konversation gezeigt. Die zurückgerufenen Nachrichten konnte ja niemand sehen.« Kim kann nicht weiterreden, der Tränenfluss zerstört ihre Stimme. Schluchzend verbirgt sie ihr Gesicht in dem Ärmel ihres Pullovers. Jenny kann nur noch Wortfetzen verstehen. »Es war mir so peinlich … dass ich auf so was … reingefallen bin. Ich hätte es besser … wissen müssen. Ich wusste … Sie … würden … mich … hassen …«

Da ist es also raus. Und Jenny fühlt nur eine unsägliche Schwere. Sie hat sich nach Adas Tod vorgenommen, der Ursache auf den Grund zu gehen. Herauszufinden, was ihre Tochter in den letzten Tagen, Wochen, Monaten erlebt hatte, was sie schlussendlich auf diese Brücke führte. Und jetzt hat sie beinahe alle Rätselteile zusammengesetzt. Aber nichts davon gibt ihr diesen Frieden, den man immer in Filmen sieht. Da fällt nichts von ihr ab, da ist keine Erkenntnis, dass sie das große Ganze jetzt durchschaut hat.

Es macht immer noch keinen Sinn.

Sie steht auf. Ihre Waden fühlen sich an, als trügen sie Bleigewichte. Trotzdem umrundet sie den Tisch und nimmt Kim in den Arm. Es ist wie beim ersten Mal, ein Aufeinanderprallen von Geheimnissen, ein Abwägen von Schuld, ein Abstoßen und Anziehen, ein Sich-nahe-Fühlen und ein Wegwollen.

Kim lässt sich umarmen, und im Vergleich zum letzten Mal fühlt sie sich diesmal wie eine Puppe in Jennys Armen an. Als wäre sie weniger geworden. Vielleicht ist das so, wenn man Tag und Nacht mit Schuld leben muss. Sie nagt an einem.

Dann löst sich Jenny und hält die junge Frau ein Stück von sich weg. »Von jetzt an kein Schweigen mehr. Ich will alles haben«, sagt Jenny unnachgiebig. »Alle Nachrichten, alle Informationen, einfach alles, was du weißt. Ab jetzt gibt es keine Geheimnisse mehr zwischen uns, verstanden?«

Kim nickt wie ein Häufchen Elend. Die Mascara hat sich in den Fältchen ihrer Augen gesammelt. Die Tränen lassen ihre Wangen glänzen. Die Reste ihrer Foundation kleben an ihrer beider Pullover.

»Ich verspreche es«, wispert sie heiser. »Ich sag Ihnen alles, was Sie wissen wollen.«

»Gut«, nickt Jenny ernst und wischt ein paar Mal über Adas Smartphone. Da ist noch eine andere Nachricht, die ihr nicht aus dem Kopf geht. »Wir fangen ganz vorne an. Am besten bei dieser Party. Was ist da passiert?«

Kim holt tief Luft.

Und dann erzählt sie, wie alles begonnen hat.

ADA

Ada hatte mal gelesen, dass das menschliche Gehirn Dopamin und Oxytocin ausschüttete, wenn man Bestätigung erfuhr. Wenn Leute einen lobten, einen schön, klug, fancy, whatever fanden. Keine Ahnung, wo das gestanden hatte, ob es nur irgendeine Headline gewesen war, der sie kaum Beachtung geschenkt hatte. Aber irgendwie war diese Info trotzdem hängen geblieben. Aus einem ersten Impuls heraus hatte sie geschnaubt. Als ob, hatte sie gedacht. So ein Bullshit.

Aber dann war die Erkenntnis durchgesickert, dass sie sich selbst etwas vormachte. Ihre Bildschirmzeit lag durchschnittlich bei sieben Stunden am Tag. Sieben fucking Stunden. Sie durchschaute den Mechanismus, und gleichzeitig war sie selbst schon längst in dessen Falle getappt, wand sich dort wie ein wildes Tier. Hin und her. Sie wollte sich befreien und verhedderte sich stattdessen nur tiefer in unsichtbaren Fäden. Immer, wenn sie ihr Smartphone in die Hand nahm, Dutzende, manchmal Hunderte Male am Tag, wartend auf den Kick, auf dieses nur Sekundenbruchteile andauernde, heiße Strömen von Lava in ihren Venen, wenn neue Herzen aufploppten. Wenn sie ein neues Foto auf Instagram gepostet hatte. Oder eine Storytime auf TikTok. Wenn sie neue Follower auf ihrem Twitch-Kanal hatte. Weil sie sich alle nach mehr sehnten, da nahm sich Ada gar nicht von aus, auch wenn jeder Mensch am liebsten eine Ausnahme, eine Besonderheit sein wollte. Diese eine Person, der das alles am Arsch vorbeiging, die kein Dopamin brauchte. Aber heimlich verlangte es uns danach. Auch sie. Auch Ada. Sie sehnte sich danach, als wäre es ein Grundbedürfnis, das man nicht abstreifen konnte. Nach mehr Bestätigung. Mehr Likes. Mehr Klicks. Mehr Follower. Wie Junkies, nur, dass diese Droge nicht verpönt war, nicht verächtlich gemacht wurde, dass man sich nicht schämen musste, oder bloß heimlich. Wie bei Alkohol, nur schadete der dem Körper. Den Schaden konnte man sehen. Den anderen nicht. Was Social Media der Seele antat, war unsichtbar.

Alle Menschen wollten gesehen werden, wollten ihre verkümmerten Herzen mit einer glatten Glasur aus anonymer Anerkennung umhüllen und damit eigentlich einen anderen Schmerz aushöhlen. Wollten ihre Gesichter mit einem Filter weichzeichnen, der Kanten und Pickel verschwinden ließ. Ein virtuelles Abziehbild ihrer selbst, der harte Kontrast zu dem Spiegelbild, der ihren Kummer nicht mit einem Fingerwischen wegbügeln konnte. Wollten anderen zeigen, was sie konnten, worin sie gut waren, dass sie mehr hatten.

Sieh hin, sagten ihre Profile auf Instagram, TikTok, Snapchat, sieh hin, sind wir nicht schön? Sind wir nicht erfolgreich? Sind wir es nicht wert, gesehen zu werden, hundertfach, tausendfach, millionenfach?

Ada wusste all das. Kannte die Sackgasse. Das Rabbit Hole. Und doch hatte es die letzten Jahre ihr Leben bestimmt. Und jetzt tat es das mehr denn je.

Ihren PC hatte sie seit Tagen im Ruhemodus. Die Kamera war abgeklebt, nur für alle Fälle, man wusste ja nie. Ada war auf der Hut, selbst in ihrem eigenen Zimmer, in ihrem Reich.

Aber dann war da auch noch Adas Smartphone, ein einziges Pingen und Aufleuchten und Vibrieren. Erst war es ihr Freund, ihr Verbündeter. Aber dann hatte sich ihr Verhältnis zueinander verändert, vor allem in den letzten Monaten. Jetzt war es anders zwischen ihnen. Ein winziges Gerät, außer Kontrolle geraten, ein unsichtbarer Zaun, der die Lawine dahinter verzweifelt abzuwehren versuchte und doch keine Chance hatte.

Sie alle wollten gesehen werden. Wollten das Dopamin. Wollten immer mehr, verbogen sich, verdrehten sich, zeichneten sich noch weicher, bis sie alle gleich aussahen, weil es wie eine Sucht war. Eine Weile hatte Ada da mitgemacht, als sie noch jünger gewesen war, vierzehn, fünfzehn, sechzehn. Da hatte sie den Schein nicht erkannt. Diese Schicht nicht gesehen, den Filter in den Apps, aber auch nicht den in der Gesellschaft. Sie war mitgeschwommen im Strom, weil man das eben so tat. Sie hatte sich gezeigt, hatte von sich preisgegeben, erst ein bisschen, dann zu viel. Hatte die Fremden im Netz nicht als Fremde gesehen, sondern als Dopamin-Dealer.

Sie alle wussten das, jede einzelne Person, die ganze Gesellschaft. Aber das Netz war auch eine Sucht. Man konnte die Finger nicht davonlassen, egal, wie krass es war, wie zerstörerisch. Sie alle lechzten nach dem Dopamin, nach Information, nach der Illusion von Liebe, Bestätigung, Anerkennung, Zuneigung.

Als es so weit war, dass Ada das Internet und Social Media zu durchschauen begann, war es fast zu spät. Da waren schon zu viele Details von ihr selbst im Netz verstreut. Da war ihr Smartphone schon der letzte Wall gegen die Lawine, die sich aufgetürmt hatte, erst klammheimlich und schleichend, dann erbarmungslos und so gewaltig, dass nichts und niemand dieser Lawine hätte standhalten können. Da war schon all das Schlechte geballt auf ihrer Startseite. Zahllose Benachrichtigungen, die kein Ende nahmen. Sie schaltete alles ab, mutete Apps, deaktivierte Accounts. Kurz zog sie in Erwägung, ihr Handy einfach gegen die Wand zu werfen. Zertrümmere mich, flüsterte das immer wieder aufleuchtende Display.

Aber all das reichte nicht, um Stille zu erzeugen.

Es reichte schon seit Tagen nicht mehr.

Und über alldem schwebte eine dunkle Wolke der Gewissheit. Schwebte das Wissen, dass ihre beste Freundin dazu beigetragen hatte, ihr den Todesstoß zu versetzen. Nicht wissentlich, nicht absichtlich, das hoffte Ada. Der vernünftige Teil in ihr hoffte das. Aber der verwundete Teil, für den war das der Tropfen, der das Fass zum Überlaufen brachte. Für den war das Verrat, der bitter schmeckte.

Ada hielt es nicht mehr aus, in diesem Raum, vor diesem PC, neben diesem Smartphone, unter dieser Wolke.

Sie stand auf und verließ das Zimmer.

Das Handy blieb einfach auf dem Bett liegen, es war eh nur eine zentnerschwere Last.

Es hatte sie in den letzten Monaten genug gequält.

ADA

Die Dunkelheit und Ada führten ein Streitgespräch, während sie durch die Nacht lief. Sie versuchten, einander zu übertönen, und das Gebrüll wurde nur von vorbeifahrenden Autos unterbrochen. Aber wer lauter war, war schwer auszumachen. Man sollte nicht meinen, wie dröhnend so eine Dunkelheit sein konnte, wenn sie sich einmal im Herzen eingenistet hatte. Ada war von der Schwärze umringt, sie war überall, im Himmel, hinter den Bäumen und vor allem da unten, in der Tiefe. In ihr drin sowieso.

Jeder Schritt echote in ihrem Kopf wieder.

heuchlerin.

Schritt.

schlampe.

Schritt.

hier ist ihre Adresse, vielleicht sollte da mal jemand vorbeischauen.

Schritt.

morgen 18 Uhr?

Schritt.

die will nur aufmerksamkeit.

Schritt.

die soll sie kriegen.

Schritt.

morgen 18 uhr safe.

Aus der Dunkelheit formten sich unzählige Schatten. Anonyme Gesichter. Gestaltlose Münder, die ihr Beleidigungen entgegenschleuderten. Die vor ihrer Haustür lauerten. Die auf sie warteten. Eine unsichtbare Bedrohung, die sichtbar wurde. Die in ihren aufgerissenen Augen, der fahlen Haut, den zitternden Fingern eingraviert waren.

Morgen 18 Uhr. Meinten die Typen das ernst? Würden sie es wirklich wagen, vor ihrer Haustür aufzukreuzen? Und wenn ja, was dann? Was dann ...? Das konnte Ada ihren Eltern nicht antun. Und sich selbst auch nicht. Das konnte sie nicht aushalten. Es muss immer erst etwas passieren, bevor sich was ändert, dachte sie, die Verbitterung war dabei ein Schatten von vielen.

Sie hielt ein Kreidestück in der Hand. Sie hatte es unterwegs gefunden, auf irgendeinem Bürgersteig vor irgendeinem perfekt aussehenden Einfamilienhaus. Ein Überbleibsel des Tages und des Spiels eines Kindes auf dem Asphalt, der mit Sonnen und Blumen und anderen undefinierbaren Dingen bemalt war. Ada hatte das Stück einfach eingesteckt, ohne zu wissen, warum.

Auf der Brücke war es ruhig. Keine Autos, die um diese Uhrzeit vorbeifuhren, keine Scheinwerfer, die Adas Dunkelheit zerschellen ließen. Niemand, der anhalten, niemand, der verhindern konnte.

Plötzlich wurde es ganz still in ihr. All die fremden, anonymen Stimmen, die sie seit Tagen durch ihr Smartphone verfolgten, die sich darin überboten, ihr Gewalt anzutun, körperlich, seelisch, emotional, verebbten.

Es muss immer erst etwas passieren, bevor sich was ändert, dachte sie noch mal, diesmal nicht mehr traurig, nicht nur, sondern auch seltsam dumpf. Ada war nicht mal bewusst hierhin gelaufen, zu dieser Brücke. Sie hatte keinen Plan gehabt. Nicht richtig. Es hatte nur eine Ahnung in ihr rumort. Ein diffuses Gefühl, das sie wie ein Kompass geleitet hatte.

»Es muss immer erst etwas passieren, bevor sich was ändert«, sagte sie nun nicht mehr nur in Gedanken. Sie sagte es laut, sie schrie es hinaus, jeder sollte es hören, die ganze Welt. Sie schrieb es mit der Kreide auf den Bürgersteig der Brücke, einmal, zweimal, dreimal, dann warf sie die Kreide weg. Jeder sollte wissen, wie ungerecht alles war. Jeder sollte wissen, wozu Menschen fähig waren.

Was sie aus ihr gemacht hatten.

DIE ANONYMITÄT

Das Internet war schnell. Viel zu schnell. Fast in Echtzeit transportierte es Informationen durch Displays, EarPods oder Nachrichten. Unglücke, Katastrophen, Naturgewalten, alles war sofort abrufbar. Alles wurde sofort umgewandelt. In Content. In Unterhaltung. In Stoff, der für Reichweiten taugte.

Ada W. stürzt sich nach Shitstorm mit gewaltigem Ausmaß in den Tod – was hatte die junge Streamerin wirklich zu verbergen?, hörte er die Stimme einer jungen Frau. Es war das erste TikTok, bei dem er innehielt, als er sich kiffend durch den Feed klickte. Das Foto zeigte ein Gesicht, das er kannte. Es musste eine der jungen Frauen sein, deren Kanal er im Auftrag seines Bekannten schon mal hopsgenommen hatte. Für einen Moment betrachtete er die Linien des zierlichen Gesichts, die Augen, die nichts von der Traurigkeit verrieten, die sie ins Wasser befördert hatte, und das leise Stirnrunzeln, das vielleicht ihm galt oder wem auch immer, das sagte: *Ich weiß, was du getan hast,* oder auch nicht. Den angespannten Zug um den Mund, die Habachtstellung, die Skepsis in den feinen Lachfältchen.

Kiffen reichte an diesem Morgen nicht, also holte er sich etwas Härteres und machte einfach weiter. Er tat so, als ginge ihn all das nichts an, das Leben, die Welt und von Brücken fallende Frauen.

All das konnte man ja mit nur einem Klick wegdrücken.

Im Discord war die Hölle los.

> habt ihr es schon mitbekommen? diese eine
> streamerin hat sich umgebracht.

Sofort versammelten sich alle im Sprachchat. Er selbst auch, allerdings mutete er sich. Er wollte mitbekommen, was da los war, aber reden wollte er nicht.

»Ist nicht dein Ernst«, sagte HandsomeJack.

»Doch, wirklich, ich schwöre. Guck doch auf TikTok und so, überall reden die davon. Auf X trendet es auch«, erklärte JohnDoe.

Auf X wird jeden Tag jemand für tot erklärt, dachte er, trotzdem klickte er nebenbei auf Social Media herum, um nachzusehen, ob JohnDoe wirklich die Wahrheit sagte. Und so war es dann auch.

Krass, konnte er nur denken. Krass, dass es so weit gekommen war. Krass, wie weit sie gegangen war. Krass, wie weit man sie getrieben hatte. Nicht *man*, korrigierte eine nachdrückliche Stimme in seinem Kopf. Nicht man, sondern wir. Wir. Du. Ich.

»Krass«, sprach es HandsomeJack nun auch aus. »Das hätte ich nicht gedacht.«

»Echt nicht?«, fragte Hunter88. »Was denkst du denn, was Leute machen, wenn man sie wie Vieh vor sich hertreibt?« Er lachte, was er selbst total unpassend fand. Er rutschte auf seinem Stuhl hin und her.

»Na ja, nicht, dass sie sich umbringen. Das war ja nicht ... Ziel der Sache«, murmelte HandsomeJack.

»Was war denn dann das Ziel?«, wollte Hunter88 wissen.

Schweigen breitete sich in der Runde aus. Die ganzen Alphas, die sonst große Töne spuckten, wussten jetzt nicht, was sie sagen sollten.

»Whatever«, meinte dann VikingBoi79. »Es ist ja nicht so, als hätten wir sie von der Brücke geschubst.«

»Eben«, fand Kevin0339.

Nun schaltete er sein Mikrofon doch frei. »Na ja, aber ein bisschen geschubst haben wir schon, oder nicht? Die ganzen Botattacken ...«

»Ach, komm, jeder hat schon mal Botattacken erdulden müssen. Wenn man im Netz unterwegs ist, muss man damit umgehen können«, widersprach Hunter88. Dafür erntete er Zustimmung. »Außerdem das Swatting. Das virale Video …« Er ließ den Satz unbeantwortet, denn eigentlich war klar, was er sagen wollte: Wir haben schon ganz schön stark geschubst.

»Das Video ist allein Hunter88s Verdienst«, stellte Shotgun2.0 klar. »Damit haben wir nichts zu tun.«

»Ich war nur der Datenlieferant«, sagte Hunter88 ohne jegliche Reue in der Stimme. »Aber verantwortlich sind die Alphadudes auf TikTok. Krasse Community, ich sag's euch. Die können ganz andere Knöpfe drücken als wir.«

»Anyway, können wir das leidige Thema damit abschließen?«, wollte JohnDoe wissen. »Ich bin gestern über den Stream einer Influencerin gestoßen, die beim Zocken gegendert hat.«

»Omg, wie ekelhaft«, rief Kevin0339 aus.

»Ja, lass das mal auschecken«, stimmte HandsomeJack zu.

»Und crashen«, ergänzte Hunter88.

Er selbst mutete sich wieder und starrte auf sein Handy. Die Nachricht über den Suizid der Streamerin machte ihm mehr zu schaffen, als es sollte. Das bedeutete, dass er in seiner Entwicklung offenbar doch noch nicht so weit war, wie er es sich erhofft hatte. Dass ihm der Tod einer Fremden etwas ausmachte, zeigte ihm, dass er noch nicht gestählt war. Noch kein Leitwolf. Noch nicht eisern.

»Sie hat es doch nicht anders gewollt. Wenn man so provoziert, legt man es halt drauf an«, hörte er Hunter88 sagen, und er hatte keinen Schimmer, ob er Ada meinte oder diese andere Streamerin, und er hatte noch weniger Schimmer, wieso der junge Mann eigentlich so einen Hass in sich hatte. Und wie es ihm gelungen war, sie alle damit zu infizieren.

Ein Teil von ihm wusste, dass er diesen Mann und all die anderen ausschaben musste wie Dreck aus einer Wunde, die sich bereits entzündete. Aber wohin dann gehen, mit wem dann zusammen sein, wenn er die einzige Gemeinschaft ausschloss, die er hatte?

Das könnte ich sein.
Das könnte ich sein.
Das könnte ich sein.
Seit zwei Stunden starrte sie auf das Handy. Ihre Finger zitterten. Ihre Wimpern zitterten. Ihre Lippen zitterten. Ihr Herz zitterte, ihr Herz war ein Erdbeben, ihr Herz würde gleich in der Mitte durchreißen, und dann würde alles in den geöffneten Boden fallen.
Das könnte ich sein.
Das könnte ich sein.
Das könnte ich sein.
Sie konnte nicht aufhören, das immer wieder in ihrem Kopf zu wiederholen. Ihre Gedanken waren eine Achterbahn, die Loopings fuhr, bis man davon kotzen musste.

Seit Wochen lief sie mit einem schlechten Gewissen herum. Wieso hatte sie diese Fakebilder geteilt? Wieso nur? Wieso hatte sie es nicht sein gelassen und sich wenigstens ein reines Gewissen erhalten? Es hatte ja nichts geändert. Sie war nicht über Nacht beliebt geworden. Sie war nicht über Nacht wenigstens zu einer neutralen Zone geworden, wie die Schweiz oder so, wo man sie einfach in Ruhe ließ, wo sie sich unangetastet aufhalten konnte. Niemand hatte ihr angerechnet, dass sie sich genauso scheiße verhalten hatte wie die anderen. Dass sie nicht nur Opfer, sondern auch Täterin war, stand nun zwar auf ihrer Karma-Bilanz, aber die anderen hatte es einen Scheiß interessiert.

Hätte sie doch wenigstens reinen Tisch gemacht. Einmal hatte sie die Gelegenheit dazu gehabt. Einmal hatte sie Ada auf der Schultoilette getroffen. Da waren sie beide fertig gewesen. Psychisch am Ende, das hatte man sogar durch die geschlossene Klotür spüren können. Was ja auch kein Wunder war, immerhin hatte sie selbst befeuert, was die junge Frau einmal quer durch Schule und Kleinstadt getrieben hatte.

Und seitdem war einfach alles bergab gegangen. Sie fragte sich, ob sie nun anders empfinden würde, wenn die Konsequenzen ihres Verhaltens andere gewesen wären. Wenn man sie in die liebende Mitte einer Gemeinschaft aufgenommen hätte. Wenn man sie akzeptieren würde, ihr echtes Ich oder wenigstens das vorgeschobene. Wenn man ihr Respekt gezollt hätte für die Scheußlichkeiten, an denen sie sich beteiligt hatte.

Säße sie dann hier und bereute noch?

Säße sie dann hier und empfände Mitleid?

Oder hätte man ihr das ausgetrieben wie einen Keimling?

Säße sie dann überhaupt noch und hätte ein Gewissen?

Jetzt aber saß sie hier und wünschte, sie könnte die Zeit zurückdrehen. Nicht, dass es einen Unterschied gemacht hätte, was sie damals getan hatte oder nicht, Dutzende andere hatten die Fotos ebenfalls geteilt – und alles, was danach kam, war sowieso ohne ihre Beteiligung passiert. Inwieweit fiel sie da schon ins Gewicht?

Aber vielleicht hätte es doch einen Unterschied gemacht, überlegte sie und legte das Handy weg. Vielleicht war sie die eine Nachricht zu viel gewesen, die eine Person, die zu viel Reichweite entfacht hatte. Das Zünglein an der Waage, die sich eh schon gefährlich zur einen Seite geneigt hatte. Der Tropfen auf dem heißen Stein des Hasses eben.

Aber wie hätte sie all das nur kommen sehen sollen?

Mit all seinen Profilen tippte er unter #theadagames:

> die gerechtigkeit hat einmal gesiegt. jetzt ist der rest fällig. vor allem die regierung. hat einer noch ein paar stricke übrig haha?

JENNY

Sechs Wochen später

Jenny atmet die frische Luft ein. Ihre Lunge hat sich in den letzten Wochen angefühlt, als wäre sie mit Watte ausgestopft gewesen. Irgendwo, zwischen Fasern und Löchern und Kammern, hat sich die Luft einen Weg bahnen können, aber das Atmen ist schwierig gewesen. Mühsam. Genau so, wie sie erwartet hat, wie es sein würde, wenn sie ihr Versprechen ihrer Tochter gegenüber einlöste.

Sie hat das Geheimnis gelüftet, Antworten gefunden und ist in ein Loch gefallen. Das war vor sechs Wochen.

Neben ihr öffnet sich eine Balkontür. Dominik kommt zu ihr nach draußen. In der rechten Hand hält er eine Papiertüte mit etwas Essbarem. In der anderen eine Decke, die er ihr nun entgegenhält. Sie hat nicht einmal gemerkt, dass sie friert, bis sie den Stoff berührt und ihn über sich wirft.

»Ich habe das hier mit meinem Leben verteidigt«, sagt er ernst und stellt die Tüte auf den Tisch.

»Wovor?«

»Vor den Möwen.«

Sie neigt den Kopf und ringt sich ein spöttisches Lächeln ab. »Klingt nach einer wahren Heldentat.«

»Hast du mal Möwen in Aktion gesehen?«, fragt er und gestikuliert. »Wenn sie ihr Ziel anvisieren und dann, zack … zuschlagen?«

»Du hattest doch nicht etwa Angst vor ihnen?«, will sie amüsiert wissen.

»Wenn es so wäre, würde ich es dir nicht sagen.«

Dominik öffnet die Tüte und holt ihnen zwei Falafel-Rollen und jede Menge Servietten heraus. Er reicht ihr eine. Jenny hat keinen Hunger, nimmt sie aber trotzdem.

»Wieso? Vertraust du mir deine Schwächen nicht mehr an?«

Sie beißt in die teigige Ummantelung. Würzige Soße fließt über ihre Zunge und weckt wider Erwarten doch ihren Appetit.

»Ich würde einen gesunden Respekt vor Möwen nicht unbedingt als Schwäche bezeichnen, sondern eher als ...« Er überlegt, während er sorgfältig einen Teil der Alufolie von seiner Falafel-Rolle entfernt.

»Vernünftig?«, hilft sie aus.

»Genau. Vernünftig. Mit den Viechern legt sich kein klar denkender Mensch an.«

Sie essen eine Weile schweigend weiter. Jenny schafft die halbe Portion, dann wickelt sie den Rest wieder in die Folie ein.

»Für später«, murmelt sie, als sie Dominiks fragenden Blick wahrnimmt.

Er entgegnet nichts, aber sie weiß, dass er sie darauf festnageln wird, und das ist okay so. Seit sechs Wochen tanzen sie auf dem Drahtseilakt, auf der glatten Kante des Lochs herum, und es ist nicht leicht, das richtige Maß zu finden. Nicht zu übergriffig zu werden, nicht Grenzen zu missachten, nicht für den anderen zu entscheiden, aber zugleich nicht nachlässig zu sein, nicht gleichgültig, nicht schulterzuckend zuzusehen, wie der andere sich es weiter in dem Loch behaglich macht. Nicht immer gelingt es ihnen, das richtige Maß zu finden. Deshalb müssen sie nachsichtig miteinander sein, das ist das oberste Gebot, das sie in der Therapie gelernt haben. Nachsichtig sein entpuppt sich manchmal allerdings als Sisyphos-Aufgabe, wenn man nichts anderes will, als jemanden anzuschreien oder ihm Falafel-Rollen an den Kopf zu werfen. Aber auch das ist okay. Auch das ist Teil des Weges zurück.

»Ich kann es immer noch nicht glauben, dass wir das wirklich gemacht haben«, murmelt sie in die Stille, die sie beide genießen. Den ganzen Tag über wütet der Lärm eines Bohrers durch die Siedlung, und mehr als einmal sind sie direkt nach dem Frühstück aus der Hotelanlage geflüchtet, um selbigem zu entkommen.

»Wenigstens ist das Essen besser als erwartet. Und die Betten sind nicht ganz so durchgelegen, wie ich es laut den Rezensionen erwartet habe.«

»Du meinst, sie haben nur eine Kuhle in der Mitte, in die wir beide nachts reinkullern, aber dafür sind sie nicht steinhart?«, fragt Jenny trocken. Die Betten sind gelinde gesagt eine Vollkatastrophe. Aber da sie eh selten durchschlafen kann, macht sie dafür kein Fass auf.

»So in der Art.«

Dominik wischt sich Mund und Hände an einer Serviette ab, als er fertig gegessen hat. Wieder breitet sich Stille zwischen ihnen aus. Aber sie halten sie aus. Sie wissen, dass das sein muss. Dass sie sich selbst finden müssen und einander und dass dafür Raum geschaffen werden muss. Das passiert nicht von heute auf morgen. Das hier ist der erste Urlaub seit Adas Tod, und es ist auch das erste Mal, dass sie ohne sie am Meer sind. Jenny hat *erste Male* meiden wollen, aber irgendwann kommen sie unaufhaltsam. Sie kann sie nicht länger aufschieben.

Ada hat das Meer geliebt, und das macht Jennys und Dominiks Aufenthalt hier schrecklich und wunderschön zugleich. Sie fühlen sich ihrer Tochter nahe, sehen sie in Muscheln und Haizähnen, sehen die Form ihrer Haare in den Wellen und ihre Augenfarbe im Wasser, wenn die Sonne es mittags grün, fast türkis färbt.

»Lass uns eine Runde spazieren gehen«, schlägt Dominik vor, der ihr wohl an der Nasenspitze ansehen kann, wie sie gedanklich wieder abschweift auf die immergleichen Pfade.

»Ja, bitte«, sagt sie erleichtert.

Also gehen sie. Raus aus dem Hotelzimmer, weg von der Baustelle, über den kiesigen Weg zum Strand, vorbei an den Abschnitten, an denen die Leute in der warmen Wintersonne liegen, eingehüllt in Jacken und Decken.

Manchmal gehen sie Hand in Hand, ein Minimum an Berührung ist erlaubt. Manchmal gehen sie hintereinander her, ein Minimum an Abstand ist notwendig. Jeder von ihnen braucht dann einen Weltraum an Platz um sich herum.

Und manchmal warten sie, bis es dunkel wird. Warten auf eine sternenklare Nacht, warten, dass die Wolken verschwinden und sie am schwarzen Firmament etwas von Ada preisgeben, ein Funkeln, eine Ahnung, irgendwas.

Natürlich warten sie vergeblich.

Jenny sitzt am Strand. Die Kulisse vor ihr ist gewaltig. Weit hinten geht die Sonne unter und färbt den Horizont in warmes Licht. Wenn Hoffnung visualisiert werden könnte, dann sähe sie so aus, fährt es Jenny durch den Kopf. Das Meer treibt ruhig vor sich hin, die Wellen schlagen sanft gegen das Ufer. Sie sind nicht an die Nordsee gefahren, das hat Jenny nicht über sich bringen können. Sie hat genau gewusst, dass die Gezeiten sie noch mehr aufgerissen, dass die Ebbe den letzten Funken aus ihr hinausgezerrt und die Flut noch mehr Schwere hineingespült hätte.

Zwischen ihren Zehen reiben die Sandkörner an ihrer Haut, sie sind rau und kernig und spitz. In der Hand hält sie etwas, das auch rau und kernig und spitz ist. Es ist ein Umschlag, der längst geöffnet ist, das Papier darin wurde schon oft raus- und wieder reingeschoben. Es ist öfter gelesen und benutzt worden als Jennys Lieblingsbuch, aber nicht auf dieselbe gute Weise.

Es ist die Anzeige, die Dominik und sie aufgesetzt, aber noch nicht abgegeben haben. Sie haben Angst davor. Angst, dass sie wieder sang- und klanglos im Nichts verschwindet. Angst, dass wieder nichts passiert.

Das Schreiben hat das Loch, in dem Jenny sich seit sechs Wochen windet, vergrößert. Seinen Durchmesser in die Breite gezogen. Und nach unten ist da eh kein Ende, nach unten hin ist die Tiefe offen. Das Schreiben ist der Grund dafür gewesen, dass Dominik und sie ihre Sachen gepackt haben und an die Ostsee gefahren sind. Das knapp formulierte Dokument hat sich angefühlt wie eine weitere potenzielle Niederlage. Es hat Jenny ausgehöhlt. Vom Meer erwartet sie nun, dass es die Leere mit Salz, funkelnder Wasseroberfläche und Wellenrauschen füllt, und wenigstens dahingehend macht es seinen Job.

Sie betrachtet Dominiks Silhouette. Er ist so weit gewandert, dass er nur noch ein Schemen in der Ferne ist. Dunkel sticht er gegen das Abendlicht. Er lässt es sich nicht immer anmerken, aber für ihn wäre eine mögliche Niederlage noch härter als für sie selbst, denn es betrifft auch seinen Beruf. Dass er trotz seiner Ressourcen und seiner Erfahrung als Anwalt nicht wie ein Rammbock einreißen kann, was der Gerechtigkeit im Weg steht, nagt seit der ersten Anzeige an ihm. Es sind also nicht nur Trauer und Verlust, mit denen sie beide zurechtkommen müssen, es sind auch noch die Ohnmacht und die daraus wachsende Wut, die das Loch polstern.

Jennys Finger spielen mit dem Sand. Heben eine Handvoll auf und lassen sie dann zu Boden rieseln. Sie hält Hunderte, vielleicht Tausende Körnchen auf einmal, das wird ihr erst in diesem Augenblick wirklich bewusst. So viele Teilchen, die zusammen ein Ganzes ergeben. Die über Jahrhunderte oder Jahrtausende eine Struktur ergeben, Landschaften gestalten, Felsen in der Brandung zermalmen. Ein einzelnes Korn, so klein es auch ist und so unwichtig es auch scheint, ergibt nur im Gesamtgefüge Sinn. Und es hat die Macht, zu verändern, zu wandeln, zu formen.

Und allmählich beginnt Jenny zu begreifen. Mit Adas Tod ist es wie mit dem Sand. Es ist nicht nur dieser eine Mann, der die Schuld an Adas Tod trägt. Es sind nicht nur die Mobbenden, online wie offline. Es sind sie alle. Institutionen, Behörden, Individuen, Fachkräfte, selbst sie als Eltern.

Die Gesellschaft hat als Kollektiv versagt.

Sie alle haben Ada im Stich gelassen.

Da, wo sich Schuld aufteilen lässt, in winzige Stücke, da lässt sich auch die Verantwortung abschieben. Da sind alle schuld, aber am Ende irgendwie doch keiner. Da geht niemand in den Knast, da wird niemand verurteilt, niemand bestraft. Und wo niemand zur Verantwortung gezogen wird, da verändert sich auch nichts, das ist schon immer so gewesen. Die Lernkurve der Menschheit ist flach und träge und erstaunlich widerstandsfähig, und Jenny fragt sich, wie viele Leute dafür noch mit dem Leben bezahlen müssen. Jenny fragt sich, ob Adas Tod *genug* war, um Veränderung zu bewirken.

Sie spürt erst, dass sie weint, als der Wind ihre Tränen trocknet. Aber es sind keine Tränen der Trauer, nicht nur. Da versammeln sich viele Gefühle in dem Salz ihres Körpers: Die Erkenntnis über das Verlorene, das nie mehr zurückkehren wird. Die Erkenntnis darüber, wie die Menschheit tickt. Wie weit sie gehen kann, wie grausam sie ist, aber dass sie auch gute, kämpferische Seiten hat, das haben die Reaktionen auf Adas Tod im Netz gezeigt, Anteilnahme und Reflexion, Mitgefühl und Kampfgeist. Die Erkenntnis darüber, dass Gerechtigkeit ein dehnbarer Begriff ist. Ungerechtigkeit kann sich irgendwann sogar körperlich bemerkbar machen, das hat Jenny in den letzten Monaten am eigenen Leib zu spüren bekommen. Wenn man nur tatenlos zusehen kann, wie Unrecht geschieht, dann setzt sich das irgendwann fest, in Kopfschmerzen, Übelkeit, Magengeschwüren, Panikattacken. Der Körper sucht einen Weg, rauszulassen, was der Kopf nicht verarbeiten kann, einen Zustand der permanenten Dissonanz von Wirklichkeit und eigenem Moralempfinden. Da gibt es nur zwei Möglichkeiten: Akzeptieren, was ungerecht ist, oder ändern, was ungerecht ist. Dazwischen ist nichts. Dazwischen geht man nur zugrunde.

Der Sand ist weich in ihrer Hand. Der Hauch von Feuchtigkeit liegt darin, das rundet die Spitzen der Körner ab. Jenny sieht Ada überall, auch in dem Sand, in dem sie an anderer Stelle vor fünfzehn Jahren gespielt, mit Dominik Burgen und Festungen gebaut hat. Er hat den Drachen gemimt, den sie lauthals brüllend über den Strand gejagt hat. Ada, die Streamerin, Ada, die Gymnasiastin, Ada, die Freundin, Ada, die Private, war einst auch mal Ada, die unbesiegbare Ritterin. Ada, das unbekümmerte Kind.

Dominik kehrt von seinem Spaziergang zurück. Die Sonne ist noch nicht ganz untergegangen. Der Großteil des Himmels ist bereits dunkelblau, als wäre ein Fässchen Tinte über ihm ausgelaufen. Als ihr Mann bei Jenny angekommen ist, lässt er sich neben sie auf die Decke fallen. Der Boden ist abgekühlt, zu frisch eigentlich, um noch weiter darauf zu sitzen, doch sie beide spüren die Kälte kaum.

»Was machen wir, wenn wir nach Hause kommen?«, fragt sie ihn. Sie haben immer noch nichts entschieden, stattdessen lenken sie sich ab. Sie lehnen sich aneinander. Schulter an Schulter, Knie an Knie, eine Verlängerung des eigenen Körpers. Sie sind nicht länger aufs Gegenteil gepolt, das ist gut. Das hat das Meer hier geschafft, es hat die elektromagnetische Abstoßung aufgehoben. *Macht was draus*, scheint der Wind zu flüstern.

»Weiter«, sagt er.

»Und wie?«

»Ich weiß nicht. Irgendwie einfach.«

»Du findest, wir sollen es auf uns zukommen lassen?«

»Man kann eh nichts planen im Leben, oder?«

»Stimmt.« Dass sie hier ohne Ada sitzen, haben sie in keiner einzigen der unzähligen Versionen ihrer gemeinsamen Zukunft geplant. Aber Jenny hat beschlossen, dass ein Mensch zwar sterben, aber gleichzeitig trotzdem weiterleben kann. Ada wird nie aufhören, ihre Tochter zu sein, und Jenny wird nie aufhören, ihre Mutter zu sein. Diese Erkenntnis hat ihr am Anfang Höllenqualen bereitet, aber nun beginnt sie, ihr auch Trost zu schenken.

»Und es ist okay, dass wir erst mal nach Atem ringen müssen«, ergänzt Dominik. »Es ist so viel passiert in den letzten Wochen, wie will man das verarbeiten?«

Da liegt er nicht ganz daneben. In den letzten sechs Wochen hat Adas Fall etwas ins Rollen gebracht. Reichweitenstarke Influencer haben sich mit Ada solidarisiert, Kunstschaffende sich vermehrt gegen Hass im Netz ausgesprochen und sich in einem offenen Brief an die Abgeordneten des Bundestags gewendet. So viel ist passiert. So viel mehr muss noch passieren, damit sich das, was Ada zugestoßen ist, nicht wiederholt. Jenny fragt sich oft, ob das möglich ist: echte Veränderung. Vorankommen. Mehr Zusammenhalt.

Aber Veränderung muss immer bei einem selbst beginnen, und das wird die größte Hürde sein, das weiß Jenny. Am Anfang hat sie nicht gewollt, dass man ihre Tochter überall sieht, im Netz, im Fernsehen, in den Zeitungen. So eine Tragödie ist privat. Trauer ist privat, man will sie in die eigenen vier Wände einschließen und mit niemandem teilen. Aber mittlerweile sieht Jenny das etwas anders. Wenigstens auf diese Weise hat Adas Tat vielleicht noch einen Sinn. Kann Menschen bewegen. Kann Ruder herumreißen. Und drückt ihr einen Stempel der Ewigkeit auf. Verbindet ihren Namen nicht nur mit einer Tragödie, sondern auch mit der Hoffnung, dass diese den nötigen Sinneswandel einläutet. Dass es jetzt endlich besser wird.

Dass sich was ändert.

»Ich möchte kündigen«, sagt sie unvermittelt, obwohl es gar nicht in die Unterhaltung passt. Es bricht einfach aus ihr heraus. Sie hat nicht vorgehabt, das zu sagen. Bis zu dieser Sekunde hat sie nicht mal gewusst, dass sich dieser Wunsch in ihr manifestiert hat. Sie hat öfter drüber nachgedacht, ja, aber dass sie schon zu einer endgültigen Entscheidung gekommen ist, begreift sie jetzt erst.

»Okay«, meint Dominik.

»Okay?«, wiederholt sie fragend. Sie hat Gegenwehr erwartet. Argumente wie die finanzielle Sicherheit. Und dass sie ihren Job doch liebt, dass er ihre Berufung ist. Dass er ihr eine Stütze in dieser Zeit sein kann, wie es bei ihm mit seinem Job ist. Ja, vor allem das hat sie erwartet.

»Okay«, sagt er schlicht.

»Du hast nichts dagegen?«

»Es ist nicht meine Entscheidung, oder?«

Jenny zögert kurz. »Schon, aber ... Es betrifft ja unser Leben.« Es ist inzwischen so dämmrig, dass sie seine Miene nicht erkennen kann, dabei würde sie es gern. Würde sein Gesicht lesen wollen, wie früher. Aber vielleicht ist die Dämmerung gar nicht so verkehrt. So kann sie sich auf seine Stimme konzentrieren. Die kann sie ja noch besser lesen als sein Gesicht.

»Unser Leben ist ein Scherbenhaufen«, sagt er. »Wir müssen es eh ganz neu zusammensetzen. Und wenn du kündigen willst, dann kündige.«

Sie schweigen einen Moment.

»Was hast du stattdessen vor?«, fragt er dann.

Jenny holt tief Luft.

Und dann erzählt sie ihm, welche Idee in den letzten sechs Wochen in ihr gereift ist, während sie die Zeit im Loch abgesessen hat.

Sie erzählt ihm davon, wie sie in Zukunft andere Familien davor bewahren will, dass ihnen so etwas zustößt wie ihrer eigenen, erzählt von Vorträgen, erzählt von einem Buch. Erzählt davon, dass sie alle viel mehr wissen müssen über das Netz und was da lauert und ihre Kinder einspinnen und zerstören kann.

Erzählt von Hoffnung, die für andere noch eine sein kann, wo sie es für sie beide nicht mehr ist.

JENNY

Es fällt leicht, etwas zu verteufeln, mit dem man nur negative Erfahrungen gemacht hat. Das weiß Jenny. Lange hat sie das Internet gehasst. Hätte am liebsten den Stecker gezogen, nicht nur bei sich zu Hause, sondern überall auf der Welt. Hätte am liebsten alle Verbindungen gekappt, denn was nicht mehr funktioniert, kann auch keinen Schaden anrichten. Durch diese Leitung, hat sie gedacht, ist all das Übel direkt zu Ada in den Kopf gekrochen.

Aber mittlerweile weiß sie, dass das Internet nicht allein schuld ist. Es gibt ja nicht *das* Internet. Es gibt nur Menschen, die es bedienen, die sich darin tummeln, die es steuern, die es mit Content aufblasen. Es gibt nur Menschen, die Algorithmen erschaffen, die dazu führen, dass sich Gleiches zu Gleichem gesellt, im positiven Sinne wie auch im negativen.

Und Jenny weiß noch etwas: Man kommt da eh nicht mehr raus, selbst wenn man es wollte. Das ganze Leben ist mit dem Netz verwoben, egal, ob mit oder ohne Absicht. Man genießt die Vorzüge schneller Kommunikation. Hier eine WhatsApp, da eine Audionachricht, zwischen Tür und Angel kann man alles klären, was früher viel beschwerlicher ging. Die Smartwatch trackt tagsüber den Puls und nachts den Schlaf, der Fernseher spielt über Streamingdienste plötzlich ein überforderndes Serienangebot ab, Hörbücher und nahezu alle musikalischen Kunstschaffen hat man auf dem Handy immer bei sich. In Sekundenschnelle sind Hotels gebucht, Mails ausgetauscht, Kontakte geknüpft. Alles ist schnell und präzise. Und wenn man doch mal verloren ist, dann weist Maps einem den Weg.

So einfach kann man die Fäden der Digitalität nicht wieder von sich entfernen. Man ist mit ihnen verwoben, sie sind das Bindeglied zwischen digitaler und echter Welt, zwischen sich und anderen Menschen, zwischen Gestern und Morgen. Jenny hatte wirklich vorgehabt, das Internet zu hassen. Aber so leicht macht es ihr das dann doch nicht.

Der Wind streicht ihr eisig ins Gesicht. Dominik schläft schon. Die Meerluft macht ihn fertig. Abends fällt er wie ein Stein ins Bett. Jenny gönnt ihm die Ruhe. Zum ersten Mal seit Wochen scheint er wieder durchschlafen zu können.

Jenny hingegen ist nicht zur Ruhe gekommen. Seit Mitternacht hat sie sich im Bett herumgewälzt. Irgendwann, als sich abgezeichnet hat, dass sich das so schnell nicht ändern wird, ist sie aufgestanden, hat sich etwas übergezogen und sich draußen auf den Balkon gesetzt. Nur das Licht des Dreiviertelmondes erhellt die Nacht, aber das reicht ihr. Mit ihr draußen ist das Handy, samt Internet. Sie kann eben auch nicht davonlassen, obwohl sie weiß, dass es Ada in den Tod getrieben hat.

Jenny steckt sich die Kopfhörer in die Ohren, um keinen Lärm zu verursachen. Dann öffnet sie nacheinander Facebook und Instagram. Seit Adas Tod bekannter geworden ist, bekommt auch sie viele Nachrichten. Manche sind schlimm, die löscht und blockiert sie direkt. Aber die meisten sind freundlich und mitfühlend. Jenny möchte sie trotzdem nicht bekommen. Sie kennt all die fremden Leute nicht, die ihre Trauer auf Jenny abladen wollen. Da lässt man ihr keine Wahl.

Irgendwann schaut sie in TikTok rein. Keine Ahnung, warum, sie hat eine natürliche Abneigung gegen die Plattform. Da ist der Hass gegen Ada am größten gewesen. Von dort aus ist alles viral gegangen.

Trotzdem übt die App einen Sog auf Jenny aus. Der Sog ist unheimlich, wie eine Sucht eben. Nur mal kurz reinschauen, ist die

Devise, und im nächsten Atemzug sind plötzlich zwei Stunden vergangen. Es hat eine Weile gedauert, bis Jenny ihren Algorithmus so trainiert hat, dass er sich ihren Wünschen angepasst hat. Nun wird ihr ein bisschen Tiercontent eingespielt, bei dem sie ab und zu mal kurz lachen und vergessen kann, außerdem folgt sie einigen Leuten, die Backtipps zeigen. Auch wenn sie sich beruflich umorientieren will, ist Backen immer noch ihre Leidenschaft, und sie hofft, dass sie sich irgendwann wieder an selbiges heranwagen kann, ohne immer an Ada denken zu müssen. Oder zumindest ohne immer in Tränen auszubrechen. Das wäre schon mal ein Anfang.

Ein paar Minuten scrollt Jenny sich durch den Feed. Sie ist nur mit mäßiger Konzentration dabei. Eigentlich hofft sie nur, müde zu werden. Erschöpft zu werden von all den Eindrücken und dem kalten Nachtwind, der nach Salz und Stille schmeckt. Manchmal wird der Mond kurz von vorbeiziehenden Wolken verdeckt, dann sind das Display und vereinzelte erleuchtete Fenster in den Nachbarhotels die einzigen Lichtquellen.

Jenny wischt weiter. Ein neues TikTok startet. Ein vertrautes Gesicht. Ein geliebtes Lächeln. Eine verlorene Stimme.

»Hey zusammen«, sagt Ada. »Habt ihr mich schon vermisst?«

»Sehr«, flüstert Jenny in die Nacht. Kurz flammt die Hoffnung auf, dass Erinnerungsada wieder da ist. Noch mal eine Chance haben, mit einem verstorbenen Menschen zu sprechen, das will doch jeder.

Aber es ist nicht Erinnerungsada. Es ist nur ein TikTok. Eine böse Vorahnung steigt in Jenny hoch. *Bitte nicht.* Sie schickt ein Stoßgebet zum Himmel, obwohl sie genau weiß, dass der ihr auch nicht helfen kann. Der hat nicht mal Ada geholfen, als sie näher zu ihm auf die Brücke gestiegen ist.

Jenny schaut ein paar Sekunden wie erstarrt zu. Ihr Körper reagiert schon in vorauseilender Abwehrhaltung. Gleich kommt was

Schlimmes, sagt ihr rasender Puls, gleich zerlegen sie die Überreste meines Kindes.

Sekunden vergehen, und Ada lächelt, Ada zockt, Ada lacht, bis ihr die Tränen kommen. Ada erklärt, Ada tröstet jemanden aus dem Chat, der einen schlechten Tag hat. Ada isst Pizza. Ada diskutiert mit jemandem das beste Farming-Game. Ganz langsam entspannt sich Jenny. Das Video dauert zweieinhalb Minuten. Und in diesen zweieinhalb Minuten ist Ada wie eine Sonne. Versprüht gute Laune. Ist gegenwärtig. Springt aus dem Gamingstuhl und reißt triumphierend die Arme hoch, als sie einen Endgegner besiegt. *Ada, in unseren Herzen bist du unsterblich,* steht in kleinen Buchstaben am unteren Rand des Videos.

»Seht ihr das?«, brüllt Ada in den Monitor. »Habt ihr das gesehen?«

»Ja«, sagt Jenny. Jenny sieht alles. Jenny saugt alles auf. Jenny hat Tränen in den Augen. Aber die sind heute nicht nur aus Trauer gemacht. Da ist auch ein neues Gefühl. Jenny muss erst mal überlegen, was es überhaupt ist. Nicht Freude, dafür ist alles noch zu frisch. Aber ... Dankbarkeit vielleicht. Dankbarkeit dafür, dass Ada da war. Und dafür, dass jemand im Internet sich die Mühe gemacht hat, diese kleinen, herzzerreißend schönen Momente einzufangen und zusammenzuschneiden. Ihre Tochter so zu zeigen, wie sie eigentlich war: unbefangen, offen, freundlich.

Das TikTok hat viele Likes, erkennt Jenny in diesem Moment. Sehr viele – und noch mehr Views, unfassbar viele Views.

Und Kommentare sind da auch. Jenny wagt sich in die Kommentarspalte. Unzählige Herzen reihen sich untereinander, schwarze, weiße, rote, alle Farben sind vertreten. Die Trauer um Ada ist bunt, bescheiden, mitfühlend. Wenn da Hass ist, wird der gleich niederkommentiert oder landet ganz unten, man muss lange dahin scrollen.

Sie schaut sich das Video noch mal an. Und noch mal. Noch

mal, noch mal, noch mal, bis sie es fast auswendig kann. Aber jedes Mal gibt es ein neues Detail zu entdecken, und sie fühlt sich Ada auf diese Weise nah, sie will das noch nicht loslassen.

Und irgendwann kehrt Jenny in die Kommentarspalte zurück. Sie tippt nur ein Emoji ein. Ein Herz unter vielen. Aber sie will Teil dieses Stroms aus positiver Energie, Kraft und Kampfgeist sein. Sie will Teil der Bewegung sein, die sich dem Hass entgegenstellt. Will spüren, dass das Internet auch Gutes bewirken kann, dass Ressourcen vereint werden und etwas bewegen können.

Bis hierhin und keinen Schritt weiter, will Jenny sagen, mit einem einzigen Herz, das den Algorithmus mit Hoffnung füttert.

JENNY

Wenn Jenny ehrlich zu sich selbst ist, würde sie die ganze Sache am liebsten abblasen. Sie will einfach im Bett liegen bleiben, sich die Decke über den Kopf ziehen und es gut sein lassen. Sie hat genug getan. Hat den Grund für Adas Tod herausgefunden, hat ihr Versprechen eingelöst. Man sollte meinen, dass man dafür einen Preis bekäme. Irgendeine höhere Macht, die einem dafür nun Linderung verschafft. Eine Gegenleistung für die Anstrengung, eine Auszeichnung für die schrecklichen Dinge, die sie in den letzten Wochen lesen und sehen musste.

Aber irgendwie fühlt es sich noch nicht nach genug an. Sie hat gehofft, das Meer würde ihr einen Abschluss bereiten. Aber es fehlt noch etwas. Eine Entscheidung muss noch getroffen werden.

Jemand berührt sie an der Schulter. Dominik. Er zieht ihr die Decke vom Kopf.

»Wir müssen bald los«, sagt er. Dunkle Ringe liegen unter seinen Augen. Sie haben sich eingegraben wie ein Tattoo, als wollten sie für immer dortbleiben und die Geschichte in seinem Kopf auch für Außenstehende erzählen.

Sie stöhnt leise, rollt sich aber dann zur Seite und schlägt die Decke weg.

»Ich weiß nicht, wieso wir das überhaupt machen«, stellt sie fest.

»Weil wir dranbleiben müssen.«

»Das ist eigentlich gar nicht unser Job.«

»Ich weiß«, sagt er nüchtern. »Das ist ja das Tragische.«

Sie schnaubt.

»Wir haben dieses Mal harte Fakten auf unserer Seite«, versucht er sie zu besänftigen. »Namen. Nummern. Zeuginnen und Zeugen.«

»Und das war auch nicht unser Job.«

»Nein«, antwortet er leise. »Aber vielleicht eine Art Buße.«

Damit hat er sie, und das weiß er auch. Sie zieht sich an, zieht schwarze Kleidung über helle Haut, Schicht um Schicht kleidet sie sich in eine Rüstung. Sie hat so eine Unruhe in sich. Wie damals, kurz bevor die Polizei vor ihrer Tür aufgekreuzt ist und ihr Leben mit einem Fingerschnipsen aus den Fugen gebracht hat. So ist es heute auch. Die Luft ist schwer, als braue sich etwas in ihr zusammen. Ein Unwetter, eine Anspannung, die sich entladen will. Ein Unwetter, das einen Ableiter braucht, das irgendwo etwas aufreißen will.

»Wir kriegen das hin«, sagt Dominik erstaunlich zuversichtlich. »Meine Kanzlei macht sonst weiter Druck.«

»Ich hätte nicht gedacht, dass Roger dir so den Rücken freihält«, meint Jenny.

»Wieso? Weil er selbst keine Kinder hat?«

Jenny denkt einen Moment nach. »Ja. Aber vermutlich kann sich jeder Mensch, der einen Funken Empathie besitzt, vorstellen, durch was wir gerade durchgehen.«

»Im Ansatz bestimmt.«

Sie sind beide fertig angezogen. Bereit sind sie nicht, aber darauf kommt es nicht an. Unten in der Küche gönnen sie sich noch einen Kaffee. Jenny traut sich langsam wieder an Koffein heran. Die Recherchen der letzten Zeit haben sie so ermüdet, dass sie sich sonst einfach auf den Boden legen und schlafen könnte.

»Wollen wir los?«, fragt Dominik, als er ihre leeren Tassen in den Geschirrspüler geräumt hat.

»Wollen nicht«, sagt Jenny. »Es gibt echt Schöneres, als am frühen Morgen wieder diese Schnarchnasen sehen zu müssen, zu denen wir gleich fahren.«

»Schnarchnasen?«, wiederholt Dominik mit hochgezogener Augenbraue.

»Sesselpupser?« Jenny tippt sich scheinbar nachdenklich mit dem Finger gegen das Kinn.

Sie sehen einander einen Augenblick an, dann müssen sie lachen. Sie grinsen sich verschwörerisch zu, als würden sie ein Geheimnis miteinander teilen, zu dem niemand sonst Zutritt hat. Und irgendwie ist es ja auch so. Sie teilen etwas, zu dem niemand sonst Zutritt hat. Und wer weiß, denkt Jenny für den Bruchteil einer Sekunde, vielleicht reißt sie das alles ja gar nicht auseinander. Vielleicht schweißt sie es sogar noch enger zusammen. Denn das machen Tragödien mit Paaren, mit Freundschaften, mit Familienbanden. Sie verändern die Dynamiken. Sie bringen Vertrautes aus dem Gleichgewicht. Sie decken Seiten auf, die man zuvor noch nicht gekannt hat. Entweder schneiden sie die Beziehung zueinander mit einem sauberen Cut durch, oder sie weben den Stoff fester. Dazwischen gibt es nichts. Man geht nie unverändert aus einer Tragödie heraus, man selbst nicht und auch nicht das System, in dem man sich bewegt.

Sie haben ihren Weg gefunden, Buße zu tun, und deswegen steht Dominik nun hier. Deswegen steht Jenny nun hier. Wegen dem, was sie heute vorhaben, hofft sie, dass Ada ihr vergeben kann, von wo aus auch immer sie jetzt beobachtet, wie sich ihre introvertierte Mutter abkämpft, nicht mal halb so begabt, wie Ada es in ihren Streams war, nicht halb so rhetorisch gewandt, nicht halb so gewinnend.

Aber das ist auch okay so. In Kindern vereint sich irgendwie immer das Beste ihrer Eltern, und das war auch bei Ada so. Sie hat Jennys Empathie und Kreativität besessen und Dominiks ruhigen Charme und seine Gabe, sich in Themen zu verbeißen, für die er sich interessiert. Sie hat die guten Seiten von ihnen beiden genommen und sie mit ihren eigenen Charakterzügen garniert. Und sich selbst so einzigartig gemacht, wie es eben jeder einzelne Mensch auf dieser Welt ist.

Jenny schluckt den Kloß in ihrem Hals herunter, der immer noch hochkommen und sie zum Weinen bringen will, wenn ihre Gedanken zu sehr in die Vergangenheit abschweifen. Sie ist noch lange nicht da, ihren Frieden mit den Erinnerungen gemacht zu haben. Sie ist immer noch wütend. Sie will manchmal immer noch rasen und schreien und den Boden unter ihren Füßen zu Staub zertreten. Sie will Adas Zimmer immer noch in ein Bernsteinzimmer verwandeln, in dem Zeit und Gerüche und letzte Male eingefroren bleiben.

Aber selbst Bernstein hält nicht ewig. Ein paar Millionen Jahre vielleicht, aber nicht ewig.

»Also los«, sagt Jenny entschlossen.

»Also los«, bestätigt Dominik.

Sie lassen die schwarzen Mäntel an der Garderobe hängen, stattdessen versuchen sie es heute mit Farbe und Normalität. Und als sie rausgehen, da berühren sich Fingerspitzen, tastend, suchend, haltend, bangend.

Als sie das letzte Mal vor der Polizeistation parkten, waren sie allein. Zu zweit zwar, aber dennoch allein. Da hatte sie nur ein Haufen Papiere begleitet und viel Hilflosigkeit und noch mehr Zorn, den sie damals noch ins Leere richten mussten, weil er kein Ziel hatte.

Heute ist es anders. Als Dominik den Wagen heute in eine Parklücke steuert, merkt Jenny sofort, dass sich etwas verändert hat.

Sie sind nicht allein. Da sind nicht nur ein paar einsame Autos von Leuten, die ihre Nachbarn wegen Ruhestörung anzeigen wollen oder für irgendeine Aussage vorgeladen wurden. Auf dem Parkplatz ist etwas los. Auf dem Parkplatz sind Menschen. Ungewöhnlich viele Menschen für einen verdammten Parkplatz. Jenny umklammert die Mappe auf ihrem Schoß, in der alles drin ist. Namen. Nummern. Zeuginnen und Zeugen.

»Was ist denn hier los?«, wundert sich Dominik, der die Menschen nicht sofort erkennt. Das tut Jenny auch nicht, jedenfalls nicht alle. Aber manche Gesichter treten gestochen scharf und vertraut aus der Menge heraus.

»Heilige Scheiße«, entfährt es Jenny, als ihr Mann den Motor ausschaltet. Für einen kurzen Moment lassen sie die Szenerie auf sich wirken. Ein paar Dutzend Leute haben sich auf dem grauen Asphalt versammelt. Nein, mehr. Viel mehr. Und sie sind laut. Ihre Stimmen sind zusammen eine Urgewalt, krachend verstärkt durch Megafone und die Wut, die sie antreibt. Sie rufen etwas, das Jenny durch die geschlossenen Fenster nicht richtig verstehen kann. Sie sind eng zusammengerückt, manche von ihnen recken Transparente und Schilder in die Höhe. Aber Jenny kann sie von hier aus nicht lesen.

»Das muss Kim angeleiert haben«, flüstert sie. Sie kann den grellen Schopf der jungen Frau in der Menge ausmachen. »Sie ist die Einzige, die mitbekommen hat, dass wir heute hierhin wollten.«

Dominik wirkt unschlüssig auf sie. Als wüsste er nicht, was er von der ganzen Sache halten soll. Ob sie ihrem Anliegen guttun oder eher schaden wird.

»Komm«, sagt sie und nimmt seine Hand. »Wir verbünden uns mit ihnen.«

»Bist du dir sicher?«

»Absolut. Wir können jede einzelne Stimme gebrauchen, oder nicht?«

»Absolut«, sagt auch er.

Sie drücken einander die Hand. Eigentlich haben beide kaum Kraft, aber in dieser Berührung potenziert sich, was sie übrighaben. Sie geben einander, was sie noch haben, dann steigen sie aus, und die gedämpften Stimmen von draußen werden nun klar und hörbar.

»Ist so ein … Auflauf vor einer Polizeistation überhaupt erlaubt?«, fragt Jenny leise.

»Klar. Es gibt ja sogar Demos explizit gegen Polizeigewalt.«

Nun, da sie über den Parkplatz laufen, können sie nicht nur hören, was die Leute rufen, sondern auch lesen, was auf die Transparente geschrieben wurde: *#justiceforada* steht da drauf und *Keinen Millimeter Platz für Hass* und *hate kills people* und *war das ein femizid?* Drei junge Frauen haben sich nebeneinander aufgereiht und halten eine besonders lange Banderole: *nichtstun tötet, bestraft endlich die täter.*

Jenny macht Kim ausfindig und bewegt sich auf sie zu. Die beste Freundin ihrer Tochter steht neben einem jungen Mann, der ebenfalls ein Schild in die Höhe hält: *Gesetze sind zum Durchsetzen da.* Ein Seitenhieb auf all die Anzeigen, die ins Leere laufen. Nicht nur von Ada, nicht nur von Jenny und Dominik, sondern von jährlich Abertausenden Anzeigen, die eingestellt werden, weil … ja, weil?

»Frau Wagner!«, ruft Kim aus, als sie sie erkennt. Es ist so laut, dass Adas Freundin gegen den Lärm anbrüllen muss. »Jenny, meine ich«, korrigiert sie sich rasch. Darauf haben sie sich geeinigt, als Jenny sich bei ihrem letzten Besuch, ihrer Aussprache, verabschiedet hat.

»Hey«, sagt Jenny, dann wedelt sie mit der Hand. »Was genau ist das hier?«

»Oh, das!« Ein breites Grinsen huscht über Kims Gesicht. »Eine Demo. Wir wollen der Hasswelle etwas entgegensetzen.«

»Wir?« Jennys Miene ist fragend.

»Ja klar, wir alle. Adas Freundeskreis. Aber noch mehr. Leute aus der Schule und so. Leute aus dem Internet. Leute, die das alles nicht so geil finden. Wir haben in den letzten Tagen über die sozialen Netzwerke nach Support gesucht und ihn gefunden. Es gibt sogar noch weitere Demos.« Kims Grinsen wird noch breiter.

»Weitere Demos?« Jenny weiß gar nicht, was sie sagen soll.

Kim nickt heftig. »Jep. Vor dem Justizministerium. Vor den

Parteizentralen der Regierungsparteien. Vor dem Brandenburger Tor. Und weiß Gott, wo noch.«

»Heilige Scheiße«, entfährt es nun auch Dominik. Aber es klingt irgendwie anerkennend.

»Wow, das ist …« Jenny sucht nach dem passenden Adjektiv. »Beeindruckend.«

Sie lässt den Blick über die Anwesenden schweifen. Hauptsächlich sind es junge Leute, aber ein paar ältere, vielleicht Eltern oder Familienmitglieder, sind auch dabei. Und es kommen immer mehr Menschen dazu. Sie strömen aus Seitengassen oder über den Bürgersteig der Hauptverkehrsstraße, und sie haben wiederum weitere Schlagkraft im Schlepptau. So werden es immer mehr und mehr und mehr Menschen. Es ist nur ein Nieselregen im Vergleich zu dem Sturm, dem Ada digital ausgesetzt war, aber auch ein Nieselregen kann etwas bewirken. Auch ein Nieselregen kann etwas zum Gedeihen bringen.

Der junge Mann neben Kim gibt sein Schild an einen anderen weiter, den Jenny kennt. Von Kindergeburtstagen und Filmabenden und später. Benni war schon lange mit Ada befreundet. Aber diesen Mann kennt sie nicht. Er hat dunkle Haare und dunkle Augen, in denen verschiedene Versionen von Entschlossenheit, aber auch Traurigkeit schlummern. Eine frische Traurigkeit ist da, eine akute, eine offene, die man aus hundert Metern Entfernung erkennen kann, so kommt es Jenny jedenfalls vor, weil sie dieselbe Traurigkeit in sich trägt. Das da ist ihre eigene Traurigkeit gespiegelt.

Kim sieht ihn von der Seite an. Sofort verschwindet das kämpferische Grinsen.

»Das ist Ibrar«, stellt sie ihn Jenny vor. »Er war auch mit Ada befreundet.«

»Mein herzliches Beileid für Ihren Verlust«, sagt der junge Mann ernst und mit einem feinen Akzent in der tiefen Stimme.

»Danke.« Fast hätte Jenny *Gleichfalls* gesagt, weil Ibrar irgendwie so aussieht, als hätte ihn Adas Tod ebenfalls von den Füßen gerissen.

»Ich kannte Ihre Tochter nicht lange«, fährt er zögerlich fort. »Aber sie hat mich verstanden. Wir haben uns wirklich gut verstanden.«

Etwas schnürt Jennys Kehle zu. »Ja, sie hatte immer ein offenes Ohr für andere.«

»Wir haben manchmal zusammengesessen und mit der Welt gehadert.« Er hebt den Kopf, die Stirn ist tief in Falten gelegt. Von seinem dunklen Bart scheint ein Schatten auszugehen, der sich auf sein gesamtes Gesicht ausbreitet. »Aber wie sehr sie hadert, habe ich nicht erkannt. Das tut mir leid.«

Jenny streckt die Hand nach Ibrars aus, erst zaghaft, dann entschlossen, und umschließt sie sanft. »Das haben wir alle nicht«, gibt sie zu. »Das können wir nicht mehr ändern. Aber wir können ...« Mit der anderen Hand zeigt sie auf den Parkplatz, auf die Menschen, auf das Gebäude, »das hier ändern. Wir können dafür kämpfen, dass sich so etwas nicht wiederholt. Deswegen sind wir hier.«

Mit *wir* meint sie Dominik und sich und Kim und Adas Freundeskreis, aber auch all die anderen, all jene, die noch immer auf den Parkplatz strömen, die aus der kleinen schutzlosen Menge, die den Anfang gemacht hat, einen festen Ball mit dicker Lederhaut formt.

Ibrar nickt, aber die Traurigkeit verschwindet nicht. Wie auch, so was braucht Jahre, und wer weiß, wie sehr sie sich schon in ihm verfestigt hat. Manchmal nistet sich die Traurigkeit eben ein. Manchmal nistet sie sich ein und bleibt.

Benni nähert sich und legt seinem Freund von hinten die Hand auf die Schulter und sagt etwas. Ganz leise, Jenny kann es nicht hören. Etwas schwebt zwischen den Freunden in der Luft, etwas, das nicht für sie bestimmt ist, aber das ist okay. Sie hat so viel herausgefunden, dass einige Geheimnisse für Ada vorbehalten bleiben sollen.

Ein paar Leute laufen mit Kameras, Mikrofonen und Handys über den Parkplatz und filmen mit. Im ersten Moment krampft sich alles in Jenny zusammen. Sie weiß, dass sie das für Social Media machen, und mit Social Media steht Jenny auf Kriegsfuß. Social Media hat Ada zerstört, Jenny weiß jetzt um die Brutalität. Aber die Netzwerke sind nur das Instrument gewesen. Die Lawine ins Rollen gebracht haben die Menschen dahinter. Echte Menschen, verborgen in der Masse. Das hier kann jedoch auch eine Lawine sein, wägt Jenny ab. Das hier kann auch was ins Rollen bringen. Kann aufrütteln. Kann Lethargie vertreiben. So wie dieses eine hoffnungsvolle TikTok, das Farewell-Video eine Lawine gewesen ist, die sich langsam im Internet ausgebreitet hat. Vielleicht ist das sogar der Anstoß gewesen, überlegt Jenny. Und was in Social Media begonnen hat, hat sich auf die Wirklichkeit übertragen. Erst haben die Menschen online um Ada getrauert, und jetzt tun sie es in der Realität. Jetzt stehen sie mit Dominik und ihr auf diesem Parkplatz und kämpfen für Gerechtigkeit. Das ist die einzige gute Sache, die Jenny aus alldem ziehen kann.

#esmussimmererstetwaspassierenbevorsichwasändert ist nicht das Werk einer aktivistischen Bewegung des Hashtags, der in den letzten Wochen gewachsen ist. Deren Unterstützende haben es aufgegriffen und vorangetrieben, ja. Sie haben Werbung dafür gemacht. Sie haben die Botschaft weitergetragen. Sie sind drangeblieben. Haben den Kampf gegen digitale Gewalt aufgenommen. Sie gehen mit dem Hashtag auf die Straße, jetzt, heute, hier, vielleicht morgen, vielleicht überall. Sie sind laut, sie bleiben beharrlich. Sie schreiben es mit Kreide und Graffiti und Farbe auf Mauern und Straßen, sie schreien und twittern und streamen es in die Welt. *Wir haben Ada einmal im Stich gelassen, aber jetzt nie wieder* sagen und kommentieren und verbreiten sie.

Sie haben #esmussimmererstetwaspassierenbevorsichwasändert groß gemacht.

Aber begonnen haben sie es nicht.

Begonnen hat es Ada.

Und sie hat den höchsten Preis von allen dafür bezahlt.

Ein paar Polizeibeamte kommen aus dem Vordereingang. Sie sehen entspannt aus, doch ihr Blick ist wachsam, als sie die Menge abscannen. Sie checken mögliche Gefahrenquellen und das Eskalationspotenzial ab. Jenny und Dominik beeilen sich, ihnen entgegenzugehen, die Mappe mit den gesammelten Hinweisen und Aussagen wie einen Schutzschild vor sich haltend.

»Wir wollen Anzeige erstatten«, sagt Jenny zur Begrüßung.

»*Sie* oder alle hier?«, fragt einer der Polizisten, ein Mann in den Fünfzigern mit strengem Blick und grauem Bart.

»Mein Mann und ich.«

»Und was ist mit dem Rest?«

Jenny zuckt mit den Schultern. Sie muss daran denken, wie sie beim letzten Besuch innerlich gebebt hat. Davon ist jetzt nichts mehr übrig. Damals hat man ihr nicht geholfen. Man hat sie nur abgefertigt, hat sie gerade lange genug mit Aufmerksamkeit bedacht, bis sie wieder zur Tür raus war. Respekt ist keine Einbahnstraße, findet sie.

»Der Rest ist eine Art moralische Unterstützung«, sagt Dominik und lächelt schmallippig.

»Gut, dann kommen Sie mal mit.«

Sie folgen dem Beamten, während zwei andere draußen bleiben und die Leute beobachten. Einer spricht in sein Funkgerät, aber was er sagt, kann Jenny nicht verstehen, denn im nächsten Moment fällt die schwere Eingangstür hinter ihnen zu.

Minuten später sitzen sie an demselben Schreibtisch vor demselben Beamten wie beim letzten Mal.

Aber heute machen sie es anders.

Heute lassen sie nicht locker.

Heute legen sie Fakten und Namen auf den Tisch.

Heute beißen sie sich fest, an diesem Ort, an diesem Mann hinter der hölzernen Kante und dem desinteressierten Blick. Denn durch die Fensterscheibe können sie es ganz leise hören, und die ganze Behörde tut es auch.

Gerechtigkeit für Ada muss es sein, laut fordern wir das ein! Gerechtigkeit für Ada muss es sein, laut fordern wir das ein! Gerechtigkeit für Ada muss es sein, laut fordern wir das ein!

Eine laute, unbequeme, starrköpfige Menge legt sich wie Federn im Wind unter Jenny und lässt sie abheben, während sie eine Anzeige gegen den Stalker ihrer Tochter stellt. Gegen den jungen Mann, der alles losgetreten hat, den einen spitzen Stein, der den Berg zum Einsturz gebracht hat. Und damit allein finden sie sich nicht ab. Jenny hat auch jede Menge Hasskommentare mitgebracht, die sie nun auf den Tisch knallt. Es ist nur ein Bruchteil derer, die es tatsächlich gegeben hat, aber wenigstens dieser Bruchteil soll bestraft werden. Wenigstens irgendjemand muss zur Verantwortung gezogen werden.

Gerechtigkeit für Ada muss es sein, laut fordern wir das ein!

Die Stimmen ebben nicht ab, und zum ersten Mal überhaupt hat Jenny das Gefühl, dass nicht alles sinnlos ist. Dass sie nicht allein kämpft. Dass Ada gesehen wird, und zwar nicht mehr nur unter dem Mikroskop, unter dem man sie seziert und auseinandergenommen und verhöhnt hat, sondern richtig gesehen. Nicht nur in Bruchstücken. Nicht nur durch verzerrtes Milchglas. Nicht nur als Objekt, als Feindbild, als Ventil, sondern als ganzer Mensch, mit Ecken und Kanten, mit Stärken, mit Eigenarten.

Vielleicht passiert jetzt endlich was, schießt es durch Jennys Kopf.

Und in ihr beginnt ganz zart etwas zu keimen, das sich wie Hoffnung anfühlt.

DIE ANONYMITÄT

Sie hatte einen Rucksack gepackt. Da war alles drin, was sie brauchte. Ein ganzes Leben, gestopft in ein Behältnis aus Leinen. Man konnte kaum glauben, dass da alles reinpasste, was einen ausmachte, aber so war es. Wenn man sich Mühe gab, konnte man sich selbst auf ein Minimum komprimieren. Die eigene Vergangenheit verschnüren und verpacken. Erinnerungen digital verwahren.

Der Geruch von Alkohol hing schwer in der Luft. Das letzte Fenster war vergangene Woche kaputtgegangen und ließ sich nicht mehr öffnen, und da sie kein Geld für eine Handwerksfirma hatten, blieb es halt genauso kaputt wie all die anderen. Mit jedem Tag wurde das Atmen also schwerer. Zum einen, da die Luft wirklich unaushaltbar mit Körperausdünstungen, Biergestank und Rauch erfüllt war, zum anderen aber auch, da ihr Kopf nicht mehr mitmachte. Die unterschwellige Panik saß wie ein Oktopus in ihrem Gehirn fest und breitete sich tentakelartig in den Rest ihres Körpers aus.

Sie dachte an die TikToks, die in den letzten Wochen wie eine Welle durch das Internet geschwappt waren. Wie Ebbe und Flut waren sie gekommen und gegangen, hatten immer Neues herangespült und Grund aufgerissen. Nach dem ersten Schock über den Suizid der Streamerin und der ungeschönten Häme war die Stimmung umgeschlagen. Neue Videos waren aufgetaucht. Jemand war direkt am nächsten Tag auf der Brücke gewesen, von wo aus Ada ihrem Leben ein Ende gesetzt hatte. Es hatte über Nacht ein wenig geregnet, aber trotzdem waren die Buchstaben, die Ada hinterlassen hatte, noch lesbar gewesen. Dieser Jemand hatte sie abgefilmt, bevor der Regen sie ganz abwaschen konnte, und ins Netz gestellt.

Es muss immer erst etwas passieren, bevor sich was ändert.
Sie rief vom Flur aus ins Wohnzimmer, dass sie nun weg wäre. Fürimmerweg, nicht mal eben, nicht nur kurz, um Kippen oder Lebensmittel oder Alkohol im Discounter zu kaufen, aber das sprach sie nicht aus. Es hätte keinen Unterschied gemacht, weil es niemanden interessierte, ob sie da war oder weg. Aber sie wollte, dass es jemanden interessierte, irgendwann in der Zukunft, und dafür musste sie raus aus diesem Loch. Sie war volljährig, sie durfte gehen, schon lange. Nur ihr Pflichtgefühl hatte sie mit unsichtbaren Ketten an diesem Ort gehalten.

»Ich bin dann weg«, wiederholte sie, und es war der kürzeste Abschied ihres Lebens. Mit diesem leichten Rucksack auf dem Rücken stieg sie die Stufen des versifften Treppenhauses hinab, trat auf Zigarettenstummel und Nadelspritzen, trat auf zerplatzte Träume und nie eingelöste Hoffnungen.

Es muss immer erst etwas passieren, bevor sich was ändert war ihr Wake-up-Call gewesen, und sie schämte sich ein bisschen dafür. Warum mussten immer erst Menschen sterben und Unglücke geschehen, um träge Seelen wie ihre aufzurütteln? Und warum hielt so ein Zustand nie lange an, warum schwor man sich dann immer, dankbar und demütig zu sein und froh um das, was man hatte, wenn man drei Wochen später eh wieder im alten Trott rotierte und unzufrieden mit allem war?

Sie starrte auf ihr Handy und checkte die Uhrzeit. Sie war spät dran, #justiceforada hatte bereits angefangen. Aber alte Leben aufgeben und neue beginnen kostete Zeit. Vielleicht war das Entschuldigung genug. Sie tippte eine kurze Erklärung in die WhatsApp-Gruppe, die sie vor einigen Tagen gegründet hatte. Seitdem waren viele Leute dazugekommen. Erst aus ihrem Freundeskreis, dann aus ihrer Stufe und dann nach und nach immer mehr Menschen aus der ganzen Stadt. Sie hatte nicht gedacht, dass sie so einen Zulauf bekommen würden. Bald hatte sich auch Adas beste Freundin angeschlossen, die wiederum einen großen Bekanntenkreis hatte akquirieren können. Und dann waren sie mit der geplanten Veranstaltung online gegangen, und die Zustimmung war eskaliert. Leute von überall her wollten kommen, wollten protestieren, wollten für Gerechtigkeit aufstehen.

Sie konnte den Trubel schon von drei Straßen Entfernung aus hören. Er vibrierte in der Luft, im Asphalt, in ihrem Herzen. Er füllte den Abschiedsschmerz, den sie von dem Zuhause, das gar keins war, mitgenommen hatte, und übertünchte ihn mit neuer Energie. Mit Triumph. Mit dem Gefühl von Verbundenheit. Sie hatte die Polizeistation erreicht, vor der die Demonstration stattfand. So viele Menschen waren gekommen. Sie pressten sich zusammen, sie bildeten einen großen weichen Körper, der zeigte: *Ich bin hier, und ich gehe nicht weg, bis man mir zuhört.*

Tragödien verbinden, dachte sie, aber gemeinsam für etwas kämpfen eben auch. Sie schloss sich dem großen weichen Körper an, und das war gut, sie fühlte sich wie ein Teil eines Ameisenhaufens, ein wichtiger, relevanter Teil, auch wenn er winzig klein war.

»Was ist denn hier los?«, fragte ein älterer Herr mit Gehstock und grauer Jacke über einem karierten Hemd neben ihr. Er war zufällig über den Bürgersteig spaziert und schien keine Ahnung zu haben, was vor sich ging.

»Jemand ist gestorben«, antwortete sie, und sie hatte keine Ahnung, ob sie von Ada oder sich selbst sprach. »Jemand ist gestorben, und das darf alles nicht so weitergehen«, ergänzte sie, und sie wusste nicht, ob sie von ihrem Leben oder den Folgen der patriarchalen Gesellschaft sprach, die Ada nicht mehr ausgehalten hatte.

»Auf gar keinen Fall«, sagte er ältere Mann nickend und blieb einfach neben ihr stehen. Er musterte sie mit gerunzelter Stirn und wachem Blick unter buschigen Augenbrauen, ehe er ihr seinen Gehstock hinhielt. Fast so, als wäre sie die Alte von ihnen beiden, als wäre sie die Gebrechliche. Und da merkte sie erst, wie gekrümmt sie dastand, wie schwer der Rucksack eben doch wog, auch wenn so wenig Leben und noch weniger Heimat darin war, aber das Gewicht, das erzeugte die Vergangenheit, das hatte sie unterschätzt. Jemand weiter vorne auf dem Parkplatz hielt ein großes Schild mit einem Foto von Ada hoch, und da konnte sie nicht mehr. Sie ließ die Tränen laufen. Umklammerte den Gehstock eines Fremden wie ein Rettungsseil. Bald waren ihre Wangen, ihr Hals, ihr Shirt, war alles klatschnass. Sie weinte um die junge Frau, die sie nicht kannte und in die sie etwas von sich selbst hineinprojizierte, sie weinte um die Möglichkeiten, die ungenutzt bleiben würden, sie weinte um verschenktes Potenzial.

Vor allem aber weinte sie um ungelebte Leben. Denn so eins konnte man sogar führen, wenn man nicht tot war.

Jetzt muss sich was ändern.

Content-Note

Folgende Themen sind in diesem Roman enthalten: Suizidale Gedanken, Suizid, Mobbing (online wie offline), Doxxing, Stalking,
sexualisierte Belästigung, Bodyshaming, Catfishing, Misogynie,
Beleidigung, Bedrohung, Alkohol- und Drogenmissbrauch, Rassismus, Fremdenfeindlichkeit

Hinweis: Die Kontaktdaten möglicher Hilfestellen sind im Nachwort enthalten.

Nachwort

Ich habe lange überlegt, wie ich das Thema »Hass im Netz« einmal literarisch verarbeiten kann. Wie fast alle Frauen, die sich online zu politischen und/oder gesellschaftlichen Themen äußern, habe auch ich in den letzten Jahren zunehmend digitale Gewalt erlebt. Was ich lange als persönliche Erfahrungen abgetan habe, hat allerdings System: Laut der Umfrage »Lauter Hass – leiser Rückzug« (durchgeführt vom Kompetenznetzwerk gegen Hass im Netz) schränkt jede zweite Person ihre Internetnutzung wegen digitalen Hasses ein. Meistens sind junge Frauen und Zugehörige marginalisierter Gruppen, also beispielsweise queere, behinderte oder migrantische Personen, davon betroffen. Hass im Netz geht Hand in Hand mit Sexismus, Misogynie, Queerfeindlichkeit, Ableismus oder Rassismus. Hass im Netz ist organisiert, oft durch rechte Netzwerke orchestriert und mittlerweile ein perfides Mittel, um Stimmen, die sich für Gleichberechtigung, Toleranz und Demokratie einsetzen, zum Schweigen zu bringen. Das kann jede Person selbst nachlesen, wenn sie sich einmal die Kommentarspalten von jungen politischen Frauen wie Ricarda Lang oder Luisa Neubauer ansieht, die exponentiell mehr Hassnachrichten erhalten als ihre männlichen Kollegen.

Unter dem Deckmantel vermeintlicher Meinungsfreiheit ist das Internet mittlerweile ein nahezu rechtsfrei scheinender Raum, in dem Personen beleidigt, bedroht, beschimpft und diskriminiert werden. Weder die Plattformen noch die Behörden sehen sich befähigt oder bemüßigt, die bestehenden Regularien und Gesetze zur Bekämpfung von Hass und Hetze im Netz anzuwenden und digitale Straftaten zu verfolgen und zu bestrafen. Organisationen wie HateAid sind nötig, damit Betroffene überhaupt eine Anlaufstelle finden, mit deren Hilfe sie sich zur Wehr setzen können. Denn Hass im Netz ist kein Kavaliersdelikt. Hass im Netz kann – das sollte auch nach der Lektüre des Romans deutlich sein – Ausmaße annehmen, die wir als Gesellschaft nicht hinnehmen dürfen.

2019 wurde der CDU-Kommunalpolitiker Walter Lübcke von einem Rechtsextremisten getötet, nachdem sich zuvor aufgrund Lübckes Engagement für Geflüchtete eine Hasswelle gegen ihn gerichtet und radikalisiert hatte.

2021 suizidierte sich Kasia Lenhardt, nachdem das Internet und die Boulevardmedien sie nach der Trennung von einem bekannten Fußballer zur Zielscheibe von Attacken und Hass machten.

2022 suizidierte sich Lisa-Maria Kellermayr, eine österreichische Ärztin, nachdem sie eine monatelange Hetzkampagne von Impfgegnern, Querdenkern und Anhängern aus dem rechtsextremen Milieu über sich hatte ergehen lassen müssen.

Hass im Netz kann tödlich sein. Wir alle sind dafür verantwortlich, dem Einhalt zu gebieten. Behörden, Sicherheitseinrichtungen, Regierungen, vor allem aber auch wir als Gesellschaft. Dazu müssen wir nicht nur die Strukturen aufbrechen, in denen wir einen solchen Hass ermöglichen, sondern auch mehr Anlaufstellen für Betroffene bieten, die Opfer werden.

Wenn auch du/Sie betroffen bist/sind, hier ein paar hilfreiche Anlaufstellen (Stand Juni 2024):

HateAid, eine gemeinnützige Organisation, die sich gegen digitale Gewalt und ihre Folgen engagiert: https://hateaid.org/

Hilfetelefon Gewalt gegen Frauen:
https://www.hilfetelefon.de/gewalt-gegen-frauen/mobbing.html
Tel.: 116 016

Kontaktdaten der Telefonseelsorge:
Tel.: 0800 1110111, 0800 1110222 und 116 123
https://online.telefonseelsorge.de

Quelle (Nachwort): https://kompetenznetzwerk-hass-im-netz.de/
lauter-hass-leiser-rueckzug/

Danksagung

Dieser Roman wäre nicht entstanden ohne Personen und Autoren-kolleg*innen, die mir Mut gemacht haben. Da sind vor allem Franzi Kopka und Rebekka Frank zu nennen, die den Text von der ersten Sekunde an begleitet und mir mit Rat und Tat zur Seite gestanden haben. Ich danke euch von Herzen, dass ihr an diesen Roman geglaubt habt, für den wertvollen Austausch, für lange Debatten zu all den schwierigen Themen und ihren Nuancierungen. Außerdem danke ich meiner Co-Working-Autor*innen-Crew und all meinen wunderbaren Autorenfreund*innen, die immer dafür sorgen, dass das Alleinsein als Autorin sich nicht wie Einsamkeit anfühlt.

Ich danke dem Verlagsteam von Bastei Lübbe, vor allem meiner Lektorin Martina Wielenberg, dass ihr dem Roman eine Chance gegeben habt. Außerdem danke ich meiner Redakteurin Angela Kuepper, die alles aus dem Text rausgeholt und ihn feingeschliffen hat!

Besonders danke ich Nora Bendzdo, die mir im Rahmen einer Sensitivity-Reading-Beratung bei einigen Stellen und der Ausarbeitung einer Figur wertvolle Hilfestellung gegeben hat.

Am allermeisten danke ich allen Lesenden, die diesen Roman gelesen und sich vielleicht ein wenig gesehen gefühlt haben. Egal, durch welch schwere Zeit ihr gerade geht: Ihr seid nicht allein, und irgendwann wird es wieder besser.